国家十一五社科基金项目成果
浙江大学董氏文史哲研究奖励基金
浙江大学侨福建设基金资助出版

博雅文学论丛

# 从岛国到帝国

近现代英国旅行文学研究

张德明 著

北京大学出版社
PEKING UNIVERSITY PRESS

图书在版编目(CIP)数据

从岛国到帝国：近现代英国旅行文学研究/张德明著. —北京：北京大学出版社，2014.4

ISBN 978-7-301-24018-2

Ⅰ.①从… Ⅱ.①张… Ⅲ.①英国文学-文学研究-近现代 Ⅳ.①I561.06

中国版本图书馆 CIP 数据核字(2014)第 046376 号

| 书　　　名：从岛国到帝国——近现代英国旅行文学研究
| 著作责任者：张德明　著
| 责 任 编 辑：延城城
| 标 准 书 号：ISBN 978-7-301-24018-2/I·2736
| 出 版 发 行：北京大学出版社
| 地　　　址：北京市海淀区成府路 205 号　　100871
| 网　　　址：http://www.pup.cn　　新浪官方微博：@北京大学出版社
| 电 子 信 箱：pkuwsz@126.com
| 电　　　话：邮购部 62752015　发行部 62750672　出版部 62754962
| 　　　　　　编辑部 62767315
| 印　刷　者：三河市北燕印装有限公司
| 经　销　者：新华书店
| 　　　　　　650 毫米×980 毫米　16 开本　21.5 印张　310 千字
| 　　　　　　2014 年 4 月第 1 版　2014 年 4 月第 1 次印刷
| 定　　　价：49.00 元

未经许可，不得以任何方式复制或抄袭本书之部分或全部内容。
版权所有，侵权必究
举报电话：010-62752024　电子信箱：fd@pup.pku.edu.cn

未发现的地域:这种词语激发了想象。多少年来,人们被海妖的声音吸引到未知的地区……

——约翰·赖特:《就任美国地理学家协会主席时的演说》

现代思想的一个关键时刻[是]……由于大发现时期的航行结果,一个相信自己是完美无缺并且是在最完美状态的社会突然发现,好像是经由一种反启示(counterrevelation),它并非孤立的,发现自己原来只是一个更广大的整体的一部分,而且,为了自我了解,必须首先在这面新发现的镜子上面思考自己那不易辨识的影像。

——列维-斯特劳斯:《忧郁的热带》

在欧洲共同体各成员国中,只有英国曾经缔造过一个真正的帝国——也就是说,是个像罗马帝国那样的世界性帝国,这个帝国不只是欧洲性质的,还是联结欧洲和整个世界的纽带。

——T. S. 艾略特:《批评的标准》

# 目　录

导　论 ································································· 1

## 第一部分　空间想象与全球视野的形成（1356—1719）

**第一章　朝圣：英国旅行文学的精神内核** ································ 15
　　一、异域空间中的跨文化交往 ········································ 16
　　二、阈限空间中的杂语对话 ·········································· 21
　　三、梦幻空间中的宗教救赎 ·········································· 25

**第二章　新世界之旅与乌托邦想象** ······································ 29
　　一、乌托邦空间的表征 ·············································· 30
　　二、表征的空间与地理学描述传统 ···································· 34
　　三、旅行空间与文本空间 ············································ 39

**第三章　航海旅行文集与全球视野的塑造** ································ 45
　　一、航海活动与文本表述 ············································ 47
　　二、地理空间与身份认同 ············································ 50
　　三、词语与修辞的力量 ·············································· 54

**第四章　荒岛时空体与新世界话语** ······································ 60
　　一、荒岛时空体 ···················································· 60
　　二、空间革命与新世界话语 ·········································· 64
　　三、主体—他者的建构 ·············································· 67

**第五章　异域意象的文化表征** ·········································· 74
　　一、地图、半球与圆规 ·············································· 75
　　二、女性化与色情化的美洲 ·········································· 78

三、男性叙述者与殖民意识 …………………………………… 84
**第六章　罗曼司与民族志的杂糅** …………………………………… 88
　　一、空间诗学与叙事模式 …………………………………… 90
　　二、"阈限人物"与文化身份危机 …………………………… 92
　　三、"新异"的美学与凝视的权力 …………………………… 97

## 第二部分　殖民空间的拓展与主体意识的建构（1719—1824）

**第七章　空间的生产与主体意识的建构** ………………………… 111
　　一、空间的构建与主体的形成 ……………………………… 112
　　二、空间的生产与文化的定位 ……………………………… 115
　　三、食人族传说的诗学—政治功能 ………………………… 119

**第八章　旅行文学与他者化过程** ………………………………… 122
　　一、在"帝国的眼睛"的凝视下 …………………………… 122
　　二、"他者化过程"中的自我反思 ………………………… 128
　　三、现代性制造的本国"他者" …………………………… 134

**第九章　旅行叙事与小说话语的分化** …………………………… 140
　　一、小说与新闻；事实与虚构 ……………………………… 140
　　二、前结构：制造/打破逼真的幻觉 ……………………… 146
　　三、视角主义与相对主义 …………………………………… 152

**第十章　旅行文学与"情感结构"的形成** ……………………… 157
　　一、大陆旅行与崇高体验 …………………………………… 158
　　二、感伤主义与移情能力 …………………………………… 165
　　三、现代性主体的"情感结构" …………………………… 169

**第十一章　写实的旅行记与诗性的想象力** ……………………… 173
　　一、航海日志与想象之旅 …………………………………… 175
　　二、"忧郁的信天翁"与"基督的灵魂" ………………… 179
　　三、孤独的老水手与仪式化过程 …………………………… 183

**第十二章　沉重的雕像与轻灵的十四行** ………………………… 190
　　一、语境还原与文本相遇 …………………………………… 191
　　二、美学理念与帝国利益 …………………………………… 196

三、脱语境化与再语境化…………………………………… 200
第十三章　诗性的游记与诗人的成长…………………………… 203
　　一、分裂的自我：诗人与朝圣者…………………………… 204
　　二、身份的困境：帝国的臣民与独立的个体……………… 209
　　三、时空感知模式：从水平移动到垂直上升……………… 215

## 第三部分　帝国的怀旧与人性的反思（1824—1924）

第十四章　"帝国的怀旧"与罗曼司的复兴……………………… 227
　　一、诗性的张力：冒险与思乡……………………………… 228
　　二、罗曼司的复兴：寻宝与探险…………………………… 231
　　三、绅士风度的重塑：勇气与团队精神…………………… 237
第十五章　帝国与反帝国的空间表征…………………………… 244
　　一、帝国的空间表征：祛魅化……………………………… 246
　　二、反帝国的空间表征：再魅化…………………………… 251
　　三、女性形象与空间表征…………………………………… 256
第十六章　机械时代的"地之灵"追寻…………………………… 261
　　一、意大利灵魂的两极……………………………………… 262
　　二、海之魂与岛之灵………………………………………… 267
　　三、从地之灵到地下之灵…………………………………… 271
第十七章　中国屏风中的西方镜像……………………………… 276
　　一、衰败的帝国与神秘的美感……………………………… 277
　　二、讽刺的笔调与移情的叙事……………………………… 280
　　三、中国的屏风与西方的镜像……………………………… 284
第十八章　跨文化交往的出路与困境…………………………… 288
　　一、旅行者与旅游者………………………………………… 290
　　二、洞穴幻像与回声………………………………………… 294
　　三、向心力和离心力………………………………………… 299
结　语……………………………………………………………… 304

附　录……………………………………………………312
　　大事年表………………………………………………312
　　参考书目………………………………………………320
　　译名对照表……………………………………………330

# 导　论

西方的现代性如何展开？现代性的建构与现代性主体的建构之间有什么联系？现代性主体的建构与其跨文化想象之间又有着何种相关性？现代性主体如何处理自我与他者、中心与边缘的关系，如何在不同的文化之间进行定位？对于这一系列涉及当代文化批评理论前沿的问题，离开空间诗学是无法得到圆满解释的，而空间诗学离开旅行文学也是难以想象的。在本书中，笔者试图通过对近现代英国旅行文学的研究，为回答上述问题提供几种可能的路径。

受研究对象和目的的制约，本书试图展现的既是一部历史又是一幅地图。的确，在这个研究领域，时间和空间，或历史与地理是不可分割的；一幅根据旅行文学来描绘的世界地图，同时也是一部有关空间想象、主体意识和帝国崛起的历史。为了准确地认识和把握这两幅互相交织的图景，有必要先澄清几个基本概念。

## 旅行与旅行文学的定义

据《旅行文学百科全书》(Encyclopedia of Travel Literature)的编者克里斯多弗·K.布朗(Christopher K. Brown)的考证，现代英语中的旅行(travel)一词来自中古英语 travaillier，意为"辛苦"(toil)或"作一次辛苦的旅行"(to make a toilsome journey)，而该词本身又来自古代法语 travaillier，意为劳作(to labor)，或从事辛苦的体力和脑力活动。同一词根进入当代的 travail，同时也有"令人筋疲力竭的劳作和不幸"的含义。因此，旅行的核心，并不是我们认为的那样是一种休假(a vacation)，而是一种充满逆境、困难和不安的严肃的活动；总之，旅行是一种劳作(a sort of work)。①

如果我们从词源学进入神话—传奇文本,就会发现,"旅行者的故事如同虚构本身一样古老"②。希伯来的《圣经》和希腊—罗马古典传统中,均有着极为丰富的旅行写作典型——无论是字面意义上还是象征意义上的——《旧约》中的《出埃及记》、荷马史诗《奥德赛》和维吉尔的史诗《伊尼阿斯记》,为后代作家提供了可供参照和参考的文献。尤其是,"荷马笔下的奥德修斯(Odysseus)给我们提供了这个至今还被用来描述一种史诗性旅行的术语(odyssey),而他所经历的一连串冒险则为无目标的、危险的旅行和快乐的归家的传奇提供了一幅蓝图。因此,奥德修斯的形象——冒险、力量、无依无靠——或许是旅行者,扩而言之,是旅行作者的合适的原型"。③

尽管旅行与写作总是难舍难分地纠结在一起,但要对其作出定义却并非易事。因此,旅行文学至今仍是一个定义宽泛的文学实体(a loosely defined body of literature)。④ 保罗·福塞尔(Paul Fussell)在其编辑的《诺顿旅行文集》(*The Norton Book of Travel*)中对旅行提出了相当严格的标准。在他看来,要建构真正的旅行,从一个地方到另一个地方的运动,应该清楚地表现出"某种非功利性的愉悦动机"(some impulse of non-utilitarian pleasure)⑤。但这个定义似乎太理想化,其提出的要求似乎也有点苛刻。迄今为止,人类的行为有多少是出于非功利性的呢?按照这个标准,我们就不得不把诸如《天路历程》或《鲁滨孙漂流记》之类的朝圣—旅行文学经典排除在外,因为它们有通过宗教救赎获得永生,或者追逐财富、满足好奇心的功利性动机。不仅如此,

---

① Christopher K. Brown, *Encyclopedia of Travel Literature*, Santa Barbara: ABC-CLIO, 2000, p. 1.

② Peter Hulme and Tim Youngs, *The Cambridge Companion to Travel Writing*, Cambridge UK: Cambridge University Press, 2002, p. 2.

③ Ibid.

④ Clenn Hooper and Tim Youngs, *Perspectives of Travel Writing*, London: Ashage Publishing Limited, 2004, p. 2.

⑤ Paul Fussell, *The Norton Book of Travel*, New York, London: W. W. Norton & Company, 1987, p. 22.

按照"非功利性"这个标准,我们还得把英国历史上公认的第一部"散文史诗"《英国民族重大的航海、航行、旅行与发现》(*The Principal Navigations, Voyages, Traffiques and Discoveries of the English Nation*)之类的作品也驱逐出旅行文学的领域,因为它具有明确的功利性目标,即通过编纂旅行文集建构英格兰的民族精神,进而扩展英国人的生存空间。

另一些学者试图用一种看上去更加客观、中性的标准来定义旅行和旅行文学。当代美国历史学家詹姆斯·克利福德(James Clifford)认为,"按其定义,旅行家是某些有着安全和特权,以比较自愿的方式移动的人们"①。显然,克利福德心目中的旅行更像是后现代的观光旅游(tour),它的确是一种"安全的""自愿的"人类行为,有"观看"和"凝视"他者的特权。但其实这是另一种理想化的标准,很难经得起历史事实的检验。在现代性展开之初,人们或迫于生存的压力,或出于冒险的冲动,或怀着追逐财富的欲望,选择了扬帆出海,去远方异域开辟殖民地,拓展生存空间。显然,我们不能说这些人是"自愿"离家出走的。至于那些从旧世界被迫迁徙到新世界去的移民——英国本土的囚犯、非洲的黑奴和亚洲的契约劳工,更不能说他们是"享有安全和特权,以比较自愿的方式移动的人们"。但是,不可否认,出于不同动机、选择不同方式离家出走的人们写下的或真实或虚构的航海日志、旅行日记,以及各种类型的游记和旅行故事,正是构成丰富庞杂的旅行文学,且激发了其同时代和后世的文学家创作灵感的源泉和材料。

从这个角度看,与其用一个先入为主的定义来自我划圈、自我限定,不如将旅行文学放到一个更宽泛、更具有涵盖性的领域中。如此,两位当代旅行文学专家克利·霍普尔(Clenn Hooper)和梯姆·杨斯(Tim Youngs)提出的意见似乎比较中肯,也更切合实际:

> 旅行文学最持久的特征是,它吸收了各种不同的风格和文体,不遗余力地转化和融合任何想象中遇到的对手,具有在不同的历史时期、不同的学科和不同的视角之间互动的潜力。正如旅行本

---

① Elizabeth A. Bohls and Ian Duncan, *Oxford World's Classics*, *Travel Writing*, *1700-1830*, *Anthology*, New York: Oxford University Press Inc. 2005, p. xvi.

身可以被视为某种流动的经验,旅行写作也可以被看作某种相对开放的、多样的形式,尽管闭合也发生在其更严格的常规典型中。①

那么,在不同历史时期产生的不同类型和风格的旅行文本中,在"流动的经验"和"相对开放的、多样的形式"中,是否能够找到某个稳固的中心,发现某种普世性的意义和价值呢?

在这方面,克里斯多夫·K.布朗的观点颇具启发性,他认为,旅行文学指的是那些记录一个人从一个地方到另一个截然不同的地方旅行的文本,那些具有持久性品质的文本——不管是在形式上还是内容上——它们能与来自不同时代、有着不同兴趣和背景的读者产生共鸣。② 这里,布朗强调的关键词是"持久性品质",按照他的说法,只有那些"超越其时代、能给后代带来真理或价值的文本""那些至今仍然能够教导我们有关好奇和奇迹,有关勇气和决定,有关那些可称之为'人类心灵'的抽象特色的文本"才称得上文学。此外,也可从读者的角度来定义——"无疑,几乎每个文本由于某种原因都能对某些专家产生兴趣,但文学是以多样性的原因对一个广泛的人类社会产生兴趣的"。③

不过,布朗的说法也有其问题,因为他在强调旅行文学具有的"持久性品质"或人类普世性价值的同时,也有意无意地抽掉了其丰富、具体的文化历史内涵,忽视了旅行文学与西方现代性的展开、欧洲帝国主义和殖民主义势力扩张之间的关系。在笔者看来,只有把旅行文学研究纳入现代性的展开这个大主题中,始终保持文化批评与文学研究、理论阐发与文本分析之间的张力,才能发现某种既具有丰富的历史内涵,又具有持久性品质,可上升为人类普世性价值的东西。从这个意义上,我们可以说,对旅行和旅行文学的定义和研究,不仅是一个纯文学的或

---

① Glenn Hooper and Tim Youngs, *Perspectives of Travel Writing*, London: Ashage Publishing Limited, 2004, p.3.

② Christopher K. Brown, *Encyclopedia of Travel Literature*, Santa Barbara: ABC-CLIO, 2000, p.2.

③ Ibid.

纯学术的问题,也必将进入广阔的社会政治文化领域。正如帕拉蒙德·K.纳亚尔(Pramod K. Nayar)指出的,现代早期的旅行文学一向被认为是"以各种不同的方式定义英国(和欧洲)的民族意识,政治实体问题和正在崛起的中产阶级的身份意识"[①]的文本集合体。

## 旅行文学与现代性:科际整合的焦点

旅行文学内容的开放性、形式的流动性和风格的多样性,决定了它必然成为20世纪后半期以来人文社科领域科际整合关注的焦点。霍普尔和杨斯敏锐地注意到,旅行成为人文和社会科学新近出现的一个关键主题,对旅行文学的学术研究在数量上达到了前所未有的水平。文学、历史学、地理学和人类学全都克服了它们以前对旅行文学不愿意采取的严肃态度,开始创造出一种跨学科的批评总体,这种总体将允许这种文类(genre)的历史复杂性得到正确评价。[②] 与此同时,社会学家们也开始关注旅游(tour)及其他旅行实践和隐喻的研究。翻译研究则提供了旅行研究的另一维度,其思考范围不仅是不同语言之间的翻译,而且也是不同文化之间的翻译。[③]

彼得·休姆(Peter Hulme)在《旅行写作研究》杂志的发刊号上,对近年来学术界对旅行写作的兴趣的升温作了评论。在他看来,这种兴趣,部分可以从旅行写作本身的跨学科性中得到解释。在20世纪末和21世纪初新的学术环境中,旅行写作已经成为不同学科兴趣的结合点。他指出,近几十年间地球被假定为已经收缩,旅行写作正在享受它在1920年代曾享受过的那种流行性。旅行写作也已进入学术研究领域,至少有两种新出版的杂志致力于这方面的研究。《旅行写作研究》致力于对旅行写作的研究,而《旅行焦点》则研究更为一般性的旅行文

---

[①] Pramod K. Nayar, *English Writing and India, 1600-1920:Colonizing Aesthetics*, London and New York:Routledge, 2008,p.1.
[②] Hulme and Youngs, *The Cambridge Companion to Travel Writing*, Cambridge UK:Cambridge University Press,2002,p.1.
[③] Ibid.,p.9.

化问题。①

旅行文学具有的跨文化性和跨学科性,也使其成为国际比较文学的一个重要研究领域。早在上世纪90年代,苏珊·巴斯内特(Susan Bassnett)就在其所著的《比较文学导论》(*Comparative Literature: A Critical Introduction*)中专辟一章"建构文化:旅行故事的政治学",从性别研究、文化研究和后现代理论等不同角度入手,揭示了表面看来单纯的游记背后的潜文本(sub-texts),使我们更清楚地看到旅行家们是如何建构其所经验的文化的。她指出,"从旅行家对其旅行的记录中,我们能够追溯文化刻板印象的存在,个人对异域作出的反应实际上折射出了旅行者自己所属文化的倾向"②。苏珊·巴斯内特的说法,实际上呼应了法国人类学家列维-斯特劳斯在上世纪60年代的回忆录《忧郁的热带》中提出的观点:

> 现代思想的一个关键时刻(是)……由于大发现时期的航行结果,一个相信自己是完美无缺并且是在最完美状态的社会突然发现,好像是经由一种反启示(counterrevelation),它发现自己并非孤立的,原来只是一个更广大的整体的一部分,而且,为了自我了解,必须首先在这面新发现的镜子上面思考自己那不易辨识的影像。③

因此,从旅行和旅行文学入手,探讨现代性的起源和展开,业已成为21世纪国际学术界研究的主流和热点之一。而在现代性的建构和旅行文学的兴起中,英国无疑有着举足轻重的地位。众所周知,英国曾经是近代以来最强大的殖民帝国,英语曾经是并且至今依然是世界上最强势的语言,同时也是欧洲各民族语言中旅行文学资源最为发达和丰富的语种。正如本尼迪克特·安德森在《想象的共同体》中指出的:"17世

---

① Hulme and Youngs, *The Cambridge Companion to Travel Writing*, Cambridge UK: Cambridge University Press, 2002, p. 154.

② Susan Bassnett, *Comparative Literature, A Critical Introduction*, Oxford UK & Cambridge USA: Blackwell, 1993, p. 93.

③ 列维-斯特劳斯:《忧郁的热带》,王志明译,北京:生活·读书·新知三联书店2000年版,第420页。

纪时,霍布斯因为使用真理语言(即拉丁语)写作而享誉欧洲大陆,而莎士比亚却因以方言写作而声名不闻于英吉利海峡彼岸。如果英语没有在200年后变成最显赫的世界性的——帝国式的语言,莎翁果真能免于先前默默无闻的命运吗?"①这里,本尼迪克特意在论证民族语言与民族主义起源的关系,但他的这番论述也提醒并启发我们思考帝国与旅行、语言、文学之间复杂的互动关系。从某种意义上说,理清这四者之间的关系,也就等于理清了近现代英国文学的发展与西方现代性的展开之间的关系,进而理解了西方现代性展开过程中,"硬实力"与"软实力"之间复杂的互动关系。

但显而易见,对这些关系的处理涉及旅行文学的社会功能、文化功能与美学功能,不是一门学科、一种理论方法能够奏效的,只有运用多种理论、多种方法进行"聚焦式"研究,才有望切中问题的核心。

## 研究起点和方法

对英国旅行文学的研究从何时开始?这是一个颇费思量的问题。因为,起点(starting point)的问题与源始(beginnings)的问题一样,既是历史事实的呈现,又是人为的逻辑架构。按照福柯的说法,"连续的历史是主体的建构功能之不可或缺的对应物"②。这就是说,主体,人类的意识,需要创造连续的历史观念来建构它自身的合法性。或者,如萨义德在《源始》(*Begingings*)中所说,源始的观念"是为了指示,澄清,或定义一个更后的时代、地方或行为而被设计出来的"③。

在论及英国近代旅行文学的发生时,大多西方学者将其历史起点定在15世纪,这是文艺复兴和地理大发现(the Age of Exploration)的时代,也是现代性开始启动的时代。"随着欧洲各国变得越来越稳定和

---

① 本尼迪克特·安德森:《想象的共同体:民族主义的起源与散布》,吴叡人译,上海:上海人民出版社2003年版,第20页。

② See Lennard J. Davis, *Factual Fictions: The Origins of the English Novel*, New York: Columbia University Press, 1983, p.1.

③ Ibid.

富裕，人们也开始到更遥远的海外去游历。与此同时，方兴未艾的印刷术以前所未有的数量促进了书写和观念的交流。有关旅行的写作是一种无须经历冒险、辛苦，无须耗费旅资，却能走南闯北、扩大见闻的途径。"①

但笔者认为，在地理大发现和印刷文化时代之前，还有一种源远流长的文化活动深刻地影响了英国旅行文学的发展走向和精神气质，这就是从中世纪以来一直延续到近代的宗教朝圣及其相关的文化—文学传统。笔者认为，正是那些出自漫游的骑士、虔诚的基督徒和世俗市民之手的朝圣—游记文本，为英国旅行文学奠定了基础，影响了从文艺复兴、地理大发现，一直到启蒙运动和浪漫主义时代的旅行文学，其余绪甚至一直延伸到维多利亚时代。毫不夸张地说，几乎在每个旅行作家的内心中，我们都能发现一个叶芝所说的"朝圣者的灵魂"。在历史发展的进程中，这个"朝圣者的灵魂"犹如希腊神话中的海神普洛透斯（Proteus）般变幻不定。它既充满了传道者的神圣激情，又透露出赤裸裸的世俗欲望；它是一种个体性的精神追求，又转化为一种集体性的乌托邦想象；既预示了现代性主体意识的萌芽，又代表了英国人的民族身份认同；更多情况下，它混杂了上述各种冲动，形成了复杂的变体、风格和类型。

从某种意义上，我们可以把"朝圣者的灵魂"与萨义德在《文化与帝国主义》中提出的"有机的连续性"（organic continuity）联系起来。萨义德认为，要说明帝国的叙事的"缓慢而稳定的观念与参照结构"，必须关注其所产生的"实际说明性的后果"，包括"有机的连续性、叙事的力量、全球化的世界观和艺术作品的完整性"。② 本书借助这个理论观点和方法，用于英国旅行文学的研究，并根据实际情况，作了进一步的修正和发挥。在笔者看来，在英国旅行文学中，"朝圣者的灵魂"是一种贯穿不同历史时期，在不同的叙事形式、主题和风格之间形成"有机

---

① Christopher K. Brown, *Encyclopedia of Travel Literature*, Santa Barbara: ABC-CLIO, 2000, p. 2.
② 爱德华·萨义德：《文化与帝国主义》，李琨译，北京：生活·读书·新知三联书店2003年版，第103—105页。

的连续性"的、相对稳定的精神内核。旅行故事、航海日志、乌托邦小说、帝国冒险小说、青少年成长小说和某些涉及旅行主题的诗歌之间的区别,只在于叙事的形式、调子的变化、强调的重点等,但在内在精神上却具有高度的一致性和复杂的互文性。在通常情况下,这些不同的叙事形式之间是可以互相转化和互相补充的。

上述这种高度的一致性和复杂的互文性,提出了一个萨义德所谓的"(叙事的)力量的问题"①。纪实的旅行文本与虚构的旅行小说一起,澄清、加强并促进了英国一般民众对于英国和世界的认识,形成了他们的跨文化想象。旅行文学既有力地影响了这种认识和想象,其本身又是这种认识和想象的结果。不同风格、类型和叙事形式的旅行文学之间形成了一系列相互交叉、又近于一致的观念,并通过不同的载体或语境形成"一种合作、自觉和趋同性"。② 这种叙事的力量使近代以来的英国作家,尤其是19世纪中叶的所有主要的英国小说家都接受了全球化的世界观。正如萨义德所说:"他们无法(基本上没有)忽视英国的力量在海外的巨大触角。"③

不过,在接受上述三条基本原则的基础上,我们也绝不能忽视作为个体的旅行作家的独特性,换言之,必须坚持"艺术作品的完整性"原则,尽可能通过对具体的旅行文学文本中的叙事手法、话语策略和修辞技巧等审美方面的深入分析,辨析出它们与当时的文化、社会、政治等方面的微妙的关联性,而不是从先入为主的观念和框框出发,将某位作家预先纳入某种意识形态观念中。在旅行文学中,旅行者、叙事者和主人公三者的身份往往既分又合、时分时合;观察者和评论者的视角也经常是互相冲突和补充融合的。凡此种种,都为近代小说的起源提供了丰富的材料和全新的视野,需要作深入的文本分析和美学判断。

最后,同样很重要的一个问题是,如何处理历史总体的描述和具体文本的细读之间的关系?换言之,如何既能展现一幅地图,又能进入图

---

① 爱德华·萨义德:《文化与帝国主义》,李琨译,北京:生活·读书·新知三联书店2003年版,第103页。
② 同上书,第103—104页。
③ 同上书,第104页。

标上的某个点,进行深入的观察和细致的考察？英国旅行文学是一个巨大的、庞杂的历史文本堆积。任何想对其总体发展或具体细节作出全面、准确的描述的想法,不是出于狂妄,就是出于无知。以传统的文学史的写法,先描述一下历史背景,再选择几个代表性作家作品加以细读分析,无疑是一种保险的做法。但考虑到研究对象本身的特点,笔者希望变换一下以往的研究思路和叙述模式,在现代性空间的展开这个大背景下,围绕某个特定的问题意识切入,以专题论文的形式进行深入探讨;其中既有对某个文学文化现象的宏观描述,也有对单个作家作品的微观透视,更多情况下是两者之间的互渗和互动。笔者希望以这种方式避开大而无当的学术叙事,保持文化批评与文学研究、理论阐发与文本分析之间的张力,正确处理好文学的内部研究和外部研究、美学判断和价值判断、文学的感受力和理论的洞察力之间的关系。当然,这只是一种理想的状态,至于是否能够达到,或在多大程度上达到,则敬请同行专家和读者明鉴之,审辨之,批评之。

# 第一部分 空间想象与全球视野的形成（1356—1719）

对旅行文学的研究，必然要涉及地理学及其相关的图像表征——地图。按照通常理解，地图就是依据一定的数学法则，使用制图语言，通过制图综合，在一定的载体上，表达地球（或其他天体）上各种事物的空间分布、联系及时间中的发展变化状态的图形。但深入考察我们会发现，其实，地图不仅是空间信息的载体，也是特定时代、特定人群的空间意识、空间想象、基本价值观和理想信念的图像表征。

上图是欧洲中世纪保存下来的最大的一幅世界地图，被称为赫里福德世界地图（Hereford Mappa Mundi），现存英格兰赫里福德大教堂。该地图绘制的时间约为1290年。当时的地图并不是作为未知世界的指路工具，而更多是利用地理信息来反映基督教教义的。此类地图通常被称为T—O地图，其形状如盘子（或像字母O），空间方位的设置一般是东方朝上，西方朝下，右边为南，左边为北，四周被大洋所包围。世界被分为亚、非、欧三大洲，其中顿河（古人称之为Tanais河）把欧洲与亚洲分开，尼罗河把非洲与亚洲分开，地中海把欧洲与非洲分开；顿河、

尼罗河在地图上成一条横线，而地中海则呈一条竖线，这一横一竖两条线组合起来就像字母T一样。印度在亚洲的西北部，越过喜马拉雅山便是中国。圣经中提到过的许多重要地点都绘有清晰的标志和图案，如亚当夏娃的乐园、以色列、红海、埃及等。圣地耶路撒冷则被置于天堂的中心。而耶路撒冷，如所周知，正是中世纪欧洲基督徒朝圣的圣地。

# 第一章 朝圣:英国旅行文学的精神内核

从字源上考察,朝圣者(pilgrim)和朝圣(pilgrimage)这两个词语已经沿用了许多世纪,有着广泛的意义。拉丁语中的peregrinus(per,意为通过,ager意为田野、国家、土地)一词,表示一个身处旅行中的外国人、异邦人,而peregrinatio则指这种海外的生存状态。不过,在通俗拉丁文《圣经》(the Vulgate)中,peregrinus也被用来翻译希伯来文的gur(旅居者,sojourner)和希腊文的parepidemos(异乡人),这两个词语的引申义是指上帝的子民与围绕着他们的世界的关系。公元4世纪,随着基督教圣地旅行的发展,这个词语在基督教思想中获得了第三层意义,描述的是一个怀着某种特定宗教目的的旅行者。①

据当代西方一些旅行文学专家的考证,从公元4世纪开始的整整一个世纪,朝圣是穿越中东的主要旅行模式,也是最现成的旅行写作范式。重要的是,这个模式延续了很长时间,在复辟时代和世俗化时代之后,它在英国有关东方的话语中占据了中心地位。向基督的朝圣(peregrinatio por christo)变成基督徒生活的一种隐喻,越来越被认为不是一种现实的旅行,而是一种体验,这种体验基督教的善男信女们可以去任何地方:不借助旅行也能抵达耶路撒冷的天国。对圣地之旅的这种寓意性解释,直到西方朝圣运动衰落之后还持续了很长一段时间,这方面最好的例证就是班扬的《天路历程》(1678)。②

在论及朝圣对于生活在中世纪的人们的意义时,当代中世纪文学专家狄·迪亚斯(Dee Dyas)指出,朝圣生活(life as pilgrimage)的概念包含三层意思:一是内在的朝圣(Interior Pilgrimage),基本对应于沉思

---

① Dee Dyas, *Pilgrimage in Medieval English Literature 700-1500*, D. S. Brewer, Cambridge Unaltered Reprint, 2005. p. 2.

② Peter Hulme and Tim Youngs, *The Cambridge Companion to Travel Writing*, Cambridge UK: Cambridge University Press, 2002, p. 108.

的生活，包括修行、隐居、冥想和神秘主义。二是道德的朝圣（Moral Pilgrimage），对应于行动的生活（the Active Life），表示在日常生活中服从上帝，尤其是要避免七大罪恶。三是实地的朝圣（Place Pilgrimage），包括到圣徒所在地或其他圣地的旅行，以获得对某种特定的罪行或放纵行为的宽恕，获得救治或其他物质性的利益，学会表现忠诚。①

本章将要分析的三个典型的朝圣文本，大致与迪亚斯给出的上述三层意思相对应。《曼德维尔游记》和《坎特伯雷故事集》主要涉及实地的朝圣（包括异域的和本土的），而《天路历程》则更多涉及内在和道德的朝圣，由此构成一个完整意义上的朝圣文学传统，其所涉及的空间想象、文化交往和主体建构等相关问题，笔者认为是最有研究价值和前沿意义的，本章将以此为中心展开论述，同时兼及宗教与世俗，文化与文学，旅行实践与叙事文本之间复杂的互动关系。

## 一、异域空间中的跨文化交往

《曼德维尔游记》（*The Travels of Sir John Mandeville*, 1356）是欧洲中世纪后期影响最大的朝圣文本，该书据称为英国爵士约翰·曼德维尔所写，出版后影响了包括哥伦布在内的文艺复兴后几代欧洲冒险家，并激发了莎士比亚、斯威夫特、笛福和柯勒律治等近代英国作家的灵感。② 据有关专家统计，《曼德维尔游记》自写成并出版以来，先后被翻译为10种不同的文字（捷克语、丹麦语、荷兰语、英语、法语、德语、爱尔兰语、意大利语、拉丁语和西班牙语），现存的各种抄本和译本共有275种之多。③

几个世纪以来，西方世界对《曼德维尔游记》的评判颇多差异。它

---

① Dee Dyas, Pilgrimage in *Medieval English Literature 700-1500*, D. S. Brewer, Cambridge Unaltered Reprint, 2005. p. 6.

② Margaret Flanagan, "The Riddle and the Knight: In Search of Sir John Mandeville, the World's Greatest Traveler. (Geography & Travel)," *Booklist*. 98.4 (15 Oct. 2001): p. 376.

③ Iain Higgins, "John Mandeville," Old and Middle English Literature. Ed. Jeffrey Helterman and Jerome Mitchell. *Dictionary of Literary Biography Vol. 146*. Detroit: Gale Research, 1994. 〈http://go.galegroup.com/ps/start.do? p = LitRG&u = jiang〉. 2009-8-13.

# 第一章 朝圣：英国旅行文学的精神内核

曾被15世纪的航海家哥伦布引为环球旅行的证据，其作者既被17世纪著名的游记探险作品的编纂者塞缪尔·珀切斯称为"世界上最伟大的亚洲旅行家"，又被18世纪的文坛领袖约翰逊博士誉为"英国散文之父"；该书在19世纪也曾被讥讽为剽窃之作；20世纪中后期，又重新被定位为"幻想文学"。①

无论《曼德维尔游记》作者的身份真伪如何，文本中想象、实录与抄袭的成份各占多少，有一点是确定无疑的，即曼德维尔的东方朝圣，既是一次寻根之旅，也是一次异域探险。从该书的序言来看，作者的意图主要是去耶路撒冷朝圣，全书差不多有一半的篇幅追踪了从欧洲到耶路撒冷这个东方圣城的不同朝圣路线，同时描述了一路上见到的名胜古迹，为后世的读者展现了当时欧洲人眼中的世界图景和想象的地理学。

在曼德维尔出游并撰写其游记的那个时代，欧洲人的地理概念基本上还局限于《圣经·旧约》提供的空间范围内。他们相信，世界的中心是圣城耶路撒冷。出了圣城之后，大地被从天庭乐园流出的四条河流所分割。位于底格里斯与幼发拉底两条河流之间的是美索不达米亚、迦勒底王国和阿拉伯帝国。位于尼罗河和底格里斯河之间的是米堤亚王国和波斯帝国。位于幼发拉底河和地中海之间的是叙利亚王国、巴勒斯坦和腓尼基。地中海从摩洛哥连接至西班牙海并直通大海。此外，就是欧洲人所未知的远方异域了。

曼德维尔的地理概念基本上建构于这些古老的观念之上，在某些段落中表现出对地球的形状有着准确的概念。他能通过观察北极星确定自己所在的纬度；他知道地球上存在着对跖地（antipodes）；他确信船只如果一直向东航行，环球一周后最终还是会返回自己的出发点。他不断重申耶路撒冷是"世界的中心"的信念，坚持认为春秋昼夜平分点（春分或秋分）的正午，在耶路撒冷立下一支长矛不会在地上投下影子，这就证明地球是圆的，而圣城则位于赤道正中，等等。此外，他还

---

① 约翰·曼德维尔：《序言》，《曼德维尔游记》，郭泽民、葛桂录译，上海：上海书店出版社2006年版，第1页。

"与时俱进"地引用或抄袭了当时一些刚从东方返回欧洲的传教士和商人撰写的游记中的有关资料,从而将他的地理空间概念扩展到了亚洲内陆腹地和众多的沿海岛屿,包括印度、爪哇、锡兰(今斯里兰卡)、中国北方的契丹王国和南方的"蛮子国",甚至还扩展到了契丹之外的黑暗之国、里海的犹太之国,直至传说中信奉基督教的东方统治者祭司王约翰(Prester John)的国度——非洲的埃塞俄比亚。

据西方学者的研究考证确认,曼德维尔所讲的故事,其资料来源主要有以下几个方面:马可·波罗(Marco Polo)的《东方行记》、博韦的文森特(Vincent Beauvais)的《世界镜鉴》、柏朗嘉宾(John de Plano Carpini)的《蒙古行记》、鄂多立克(Odoric of Pordenone)的《东游记》、海敦亲王(Haiton the younger)的《东方史鉴》,以及流传甚广而实系他人伪造的祭司王约翰的书信(The Letter of Priest-king John)。① 曼德维尔的创造性在于,他在引用和抄袭上述材料的基础上,又充分发挥自己的想象力,用他的生花妙笔讲述了(或者不如说杜撰了)不少关于远方异域的奇珍异兽、动植物、矿产资源,以及不同族群的外貌、语言、风俗习惯和宗教信仰等细节,给当时的欧洲读者展现了一个无比奇妙、令人惊叹的未知世界。

曼德维尔讲述的奇迹的确令人惊叹。他说他见识了身高30英尺、不吃面食只吃生肉的巨人;眼睛长在肩膀上的无头人;脸孔扁平、没有鼻子和嘴巴的怪人;不会说话,只会通过手势互相交流思想感情的侏儒族;以及靠闻苹果的气味生活的人群。有些岛屿上居住着一些脚上长着马蹄的人们,还有一些岛屿被眼中有宝石的邪恶女人所占据,她们像希腊神话中的美杜莎一样,只要望一眼就能要了男人的命。他还讲到了鞑靼国的大汗,他的宏伟的宫殿中装饰了无数的珠宝和奇石,他举办的宴席奢侈而豪华。他经常坐在四头大象拉着的华丽马车中,在无数国王和大臣的前呼后拥下,巡视他的辽阔的国度,等等。

《曼德维尔游记》中提到的这些地方和风土人情,想象的成份远远

---

① 约翰·曼德维尔:《序言》,《曼德维尔游记》,郭泽民、葛桂录译,上海:上海书店出版社2006年版,第6页。

多出实录的成份。正如《曼德维尔游记》的英译者指出的:"他(曼德维尔)所邀游的世界,并非真实的历史和地理世界,而是存在于人们心灵和时代心灵中那充满神秘和令人遐想的天地。"①但由于这些描述超越了《圣经·旧约》中描述过的东方地理范围,对于那些渴望通过朝圣见证神迹的欧洲读者来说,无疑具有很大的吸引力和诱惑力。这也是《曼德维尔游记》出版后受人欢迎的主要原因。

如前所述,作为一个基督徒,曼德维尔踏上朝圣之路,目的是为了追寻基督教的东方源头,寻觅和见证《圣经》中提到的上帝创造的奇迹。他从熟悉的西方出发,来到陌生的、传说中的东方,不可避免地将本族或本文化的观点和立场强加在异域事物身上。为了让西方读者理解东方,曼德维尔在《曼德维尔游记》中首先运用了"归化"(domestication)的叙事策略,即以已知的比附未知的,用熟悉的事物比附陌生的事物。比如,在讲到埃及著名的凤凰传说时,曼德维尔牵强附会,将每隔五百年自焚而死、又死而复生的凤凰与上帝和基督相提并论,说"所以世界上别无这种鸟,唯其一只,着实称得上是上帝的伟大奇迹。人们不由会将此神鸟与上帝相提并论,因为上帝也只有一个,人们又不由会将其与死后三日复活的我主相比附"。②又如,作者提到埃及园林中有一种长形的苹果,被称作乐园里的苹果,很甜。味道很美。"你尽可以将其切成无数小片,不管横切竖切,都会见到中间有一个我主耶稣的圣十字架形状。"③曼德维尔还告诉读者,忽必烈毫无疑问是个基督徒,并认为他的继承人是个异教徒④,等等。

不过,《曼德维尔游记》的作者对于陌生事物的牵强附会的解释和对于异域风情的一厢情愿的比对,并不是出自"西方中心主义"的立场,而是符合跨文化交往和沟通的一般规律和做法。对于这一点,维柯早就在其《新科学》中指出过,"每逢人们对远的未知的事物不能形成

---

① 约翰·曼德维尔:《序言》,《曼德维尔游记》,郭泽民、葛桂录译,上海:上海书店出版社 2006 年版,第 7 页。
② 同上书,第 15 页。
③ 同上。
④ 同上书,第 89 页。

观念时,他们就根据近的习见的事物去对它们进行判断"。① 这是人类认识陌生事物的第一规律。

除了通过"归化"的手法来描述他所不熟悉的异域风情之外,作者还通过引入"他者性",借助他者视角造成的"异化"(defamiliarization)效果,来达到更新自我认知的目的。在第五章"众多岛屿"中,曼德维尔描述了一个侏儒国。那里的人身材矮小,不到三拃(span)。这个矮小民族中的人寿命很短,他们在半岁的时候结婚生子,最多能活六七年,如果有人能活到八岁,就算是长寿老人了。这一段描述基本上完全取自鄂多立克的《东游记》,但曼德维尔加了一句,说"这个矮小民族并不在土地上耕耘,也不在葡萄园中劳作。原来他们有像我们这种身高的人替他们干活"。并特别指出,"矮人瞧不起正常身高的人,就像我们对待巨人或侏儒的态度一样"。② 如此一来,作者就从描述他者转为反观自身,体现了一种清醒的"自反"(self-reflection)意识。18世纪的斯威夫特正是在《曼德维尔游记》的影响下,采用同样的"异化"手法,在其《格列佛游记》中让主人公游历了小人国和大人国,通过引入他者视角反观自身,嘲弄和讽刺了英国社会及欧洲文明的缺陷。

在第二章"圣地"中,曼德维尔虚构了一场苏丹王与作者之间进行的交谈。作者先写到苏丹王向他询问欧洲国家内基督徒自身治理的情况如何。作者回答他说,"感谢上帝,很好!"但苏丹王马上反驳他说,"根本不是!"接着,借助这个虚构的东方他者之口,对基督徒的不道德行为进行了强烈的遣责。作者叹道:"呜呼!那些不守戒律的民众转而来责备我们,并数说我们的罪孽,这对我们的信仰岂非是莫大的讽刺。"与此同时,作者还对当时被西方人视为"异教徒"的穆斯林进行了赞美,认为他们"安分虔诚","笃信《古兰经》中的律条"。在这段虚构的对话中,伊斯兰世界又成了基督徒反观自己世界的一面镜子。

综观《曼德维尔游记》,作者的视野是开放的,心胸是开阔的。对

---

① 维科:《新科学——关于各民族的共同性质的新科学的原则》,朱光潜译,北京:人民文学出版社1987年版,第102页。

② 约翰·曼德维尔:《曼德维尔游记》,郭泽民、葛桂录译,上海:上海书店出版社2006年版,第77页。

于不同于基督教的其他宗教,他采取了包容和宽容的态度;对于不能理解的异风殊俗,他并未显示出某种鄙夷或不屑一顾的心态,而是尽可能以欧洲人熟悉的事物来描述之或归化之,使之成为基督教世界的镜鉴,以达到不同文化间互相沟通和交流的目的。当代美国学者希金斯(Iain Macleod Higgins)说"《曼德维尔游记》的力量在于它扰乱了确定性,因为它创造了一个文本空间,在这个空间中,关于世界的各种不同观点是可以互相贯通的"①,点出了产生于14世纪的《曼德维尔游记》对于生活在全球化时代的读者的意义和价值所在。

## 二、阈限空间中的杂语对话

《曼德维尔游记》书写的是个人化的东方朝圣,想象虚构的因素远远多于写实的成份。《坎特伯雷故事集》(*The Canterbury Tales*,1387)记述的则是团体化的本土朝圣,生动逼真的写实压倒了虚构想象的成份。前者充满了令人惊叹的、来自远方异域的神秘奇迹和奇闻逸事;后者则刻画了生动逼真的世俗人物,并通过这些人物讲述了一连串中世纪流行的民间故事。

在乔叟的时代,将不同的故事集在一起的做法屡见不鲜,但《坎特伯雷故事集》的独创性在于,"单个的故事是在一个连续的叙事框架中展开的,显示了不同的生活片断是如何联系起来的"。②按照两位乔叟专家乔伊斯·莫斯(Joyce Moss)和乔治·威尔逊(George Wilson)的说法,乔叟似乎对通过细节的关注来创造一种"现实的"叙述不是那么感兴趣。相反,他想提供一个包罗万象的框架,通过这个框架来安置他笔

---

① Iain Macleod Higgins, *Writing East*: *The "Travels" of Sir John Mandeville*, Philadelphia, Pennsylvania: University of Pennsylvania Press, 1997, p. 264.
② Anne Marie Hacht. Ed. , "Overview: 'The Canterbury Tales' ," *Poetry for Students*, Vol. 14. Detroit: Gale Group, 2002, Literature Resources from Gale. 〈http://go. galegroup. com/ps/start. do? p = LitRG&u = jiang〉. 2009-8-13.

下的人物和他们的故事。① 这个叙事框架就是朝圣。

历史地考察,乔叟在《坎特伯雷故事集》中参与的朝圣,是中世纪教会的中心制度,其重要性在当时或许仅次于教区教堂的制度。朝圣的正式目的是让信徒们与宗教圣地有亲密的接触,包括像坎特伯雷这样的大教堂和耶路撒冷,同时也向他们展示圣者的遗骨和遗物。在实践中,朝圣类似于现代人到某个胜地的旅游。② 从文化人类学的角度看,朝圣代表了一种逃离正常的社会责任和压力的形式;③来自不同社会阶层,有着不同背景的朝圣者为了一个共同的目标来到一起,进入一种共同体状态(a state of communitas),而且(在某种程度上)处在比平常更平等的地位中,更自由地互相交往。④ 从这个角度来看,朝圣本身的效果就是一种反结构(anti-structure),它临时性地把其参与者从日常生活的等级角色和关系中解放出来,之后又让他们回归以前的状况,因此它颠覆了而不是加强了正常的社会模式。弗里德利克·乔纳森(Frederick Jonassen)将人类学家维克多·特纳(Victor Turner)对朝圣的分析应用于《坎特伯雷故事集》,认为朝圣"展现了阈限性(liminality),因为朝圣者是一个至少暂时切断了其日常社会角色或地位的人"。他引用了特纳的论述:"当一个人前去朝圣时,他不但经历了从世俗时空到神圣时空的运动……而且脱离了他在其中扮演了一个体制化的社会角色的社会生活……他进入了一个完全不同的社会环境……被剥夺了地位、扮演的角色属性、隶属的社团,诸如此类。"⑤乔纳森还提出,虽然乔叟介绍了每个朝圣者的职业,但"他们是阈限人,因为他们主要不再是磨坊主、律师、乡绅、女修道院院长、或厨师;所有人都平等地成为

---

① Joyce Moss and George Wilson, "Overview: Canterbury Tales." *Literature and Its Times: Profiles of 300 Notable Literary Works and the Historical Events that Influenced Them.* Vol. 1, Detroit: Gale,1997. 〈http://go.galegroup.com/ps/start.do? p = LitRG&u = jiang〉. 2009-8-13.

② Joyce Moss and George Wilson, "Overview: Canterbury Tales." *Literature and Its Times: Profiles of 300 Notable Literary Works and the Historical Events that Influenced Them.* Vol. 1 Detroit: Gale,1997. 〈http://go.galegroup.com/ps/start.do? p = LitRG&u = jiang〉. 2009-8-13.

③ Dee Dyas, *Pilgrimage in Medieval English Literature 700-1500*, D. S. Brewer, Cambridge Unaltered Reprint,2005,p. 174.

④ Ibid.

⑤ Ibid. ,p. 175.

第一章 朝圣:英国旅行文学的精神内核

一场精神旅行中的宗教悔罪者"。①

用特纳的"阈限"理论和巴赫金的复调—对话理论来分析,朝圣作为一个"阈限空间"(liminal space),不但为出身于不同社会阶层的人们的互相交往提供了便利,也为来自不同社会阶层的话语和源于不同文化传统的故事间的对话和交往提供了一个平台,体现了丰富的"杂语性"(heteroglossia)和"互文性"(contextuality)特征。如所周知,乔叟的故事主要有两大来源:一是当时流行于欧洲的传奇和故事,如法国中世纪的《玫瑰传奇》、意大利薄迦丘的《十日谈》等;二是来自于本土的民间文学,如威尔·朗格兰(Will Langland)的《农夫皮尔斯的幻象》,以及其他来自民间的客栈故事、滑稽笑话和淫猥故事等。乔叟利用不同的故事讲述者之间的互动(包括赞叹、附和、争辩与讥讽等),既表现了他笔下人物的个性,又使读者保持了对故事进程的兴趣。例如,磨坊主讲了一个木匠被一个牛津学生骗去妻子的故事,木匠出身的管家马上反唇相讥,讲了一个磨坊主被两个大学生骗去妻女的故事;游乞僧讲了一个贪婪成性的法庭差役被魔鬼带到地狱的故事,法庭差役马上讲了一个骗人的游乞僧被信徒捉弄的故事,等等。而不同主题、体裁和风格的故事之间的穿插和并置,又体现了神圣与世俗、严肃与滑稽、讽刺与嘲笑、淫猥与正经等对立因素之间的融合与互补。例如,紧接着骑士讲述的爱情罗曼司的,是磨坊主的粗俗的偷情故事;紧接着僧士的悲剧故事的,是女尼的公鸡和狐狸斗智的寓言故事。这样,朝圣框架在《坎特伯雷故事集》中的作用就超越了单纯的文学叙事领域,而进入广阔的文化社会空间,体现了某种拉伯雷式的狂欢化精神和丰富的复调性。

朝圣提供的"阈限空间"不但将众多明显自相矛盾的因素结合在一起,也把隐含了不同态度的口语风格和书写风格混合在了一起。德瑞克·布鲁尔(Derek Brewer)认为,口语或口头风格说明,诗人当时就在朝圣者中间。这在乔叟的时代是很自然的。他接近了口语叙述传统,并在韵文叙述中对之进行了全面模仿。口语风格的特点建立在清

---

① Dee Dyas, *Pilgrimage in Medieval English Literature 700-1500*, D. S. Brewer, Cambridge Unaltered Reprint, 2005, p. 175.

晰并直接传达意义的基础上,观众熟悉传统的字句和故事。它是"流行的"和"热络的"。它利用了有变化的重复,通常是冗长和累赘的。它所运用的套话和已有的短语,经常演变为谚语和警句。它还利用语词游戏中的双关和押韵,来造成夸张的表达效果。人物和事件的描述通常较为粗犷和质朴。这些特征体现了从荷马、《圣经》一直到莎士比亚的口语风格的传统。[1]

作者—叙述者如何现身,并通过文本建构自己的主体性?这是朝圣—旅行文学的研究者必须关注的一个重要问题。如前所述,《曼德维尔游记》的作者是通过"归化"和"异化"两种相辅相成的手段来建构具有"自反性"的主体意识的,而《坎特伯雷故事集》中的作者则担当了一个集行动者(朝圣者)、旁观者和讲述者于一身的角色。乔叟自由地穿行在朝圣这个阈限空间中,既入于其内,又出乎其外;时而"混迹"于朝圣者中间,参与他们的讨论和争辩,自己也应邀讲了一个故事;时而抽身而出,站在一旁冷眼观察,记下他们的音容笑貌和性格癖好;更多的时候,他是一个讲述者和记录员,以一种冷静的、不动声色的、讽刺的笔调,将他的同伴们的言行举止和性格癖好,以及其中蕴含的普遍人性描绘出来。与此同时,他也在不经意间反映了自己的个性。正如德瑞克·布鲁尔指出的,乔叟在他的诗歌中创造了一种强烈的故事讲述者的行动意识。他把自己的讲述人格化了,给予我们一种栩栩如生的,尽管是断断续续的与真人交流的感觉,这个真人和蔼而又多疑,风趣而又敏感,具有从各个不同的视角看待事物的本领。他往往以一种谦逊的、自我调侃的方式来塑造自己的性格,尽管谦卑比真实更为明显。[2]

---

[1] Derek Brewer, "The Canterbury Tales: Overview," *Reference Guide to English Literature*, Ed. D. L. Kirkpatrick. 2nd ed. Chicago: St. James Press, 1991, Detroit: Gale Group. 〈http://go.galegroup.com/ps/start.do? p = LitRG&u = jiang〉. 2009-8-13.

[2] Anne H. Hawkins, "John Bunyan: The Conflictive Paradigm." *Archetypes of Conversion: The Autobiographies of Augustine, Bunyan, and Merton*, Lewisburg, Pa.: Bucknell University Press, 1985, pp.73-99.

## 三、梦幻空间中的宗教救赎

《曼德维尔游记》和《坎特伯雷故事集》描述的主要是实地的朝圣,而《天路历程》(*The Pilgrim's Progress*,1678)的出版则标志着英国朝圣文学发展的新向度或新层面,即从实地的朝圣转向内心的朝圣,从写实性的朝圣空间转到寓言性的朝圣空间。班扬笔下的朝圣者踏上朝圣之路,既不是为了探求远方异域的圣地奇迹,也不是为了借助朝圣框架来刻画世态人情,而是实实在在地经历了一番内心的道德净化和宗教救赎。作者描写了一位名叫"基督徒"的人做的梦,表现了他对自己的灵魂感到的深切焦虑。在梦中,他离开家人和朋友踏上了去天国的旅程。他从故乡"毁灭城"逃出,一路上历尽艰险:从"灰心沼"脱身,摆脱了"名利场"的诱惑,爬过"困难山",跨过"安逸平原",来到流着黑水的"死亡河"畔,最后终于到达"天国的城市"。按照安妮·霍金斯(Anne H. Hawkins)的说法,这是一个从堕落的自然自我逐渐转化为无罪的基督人格的过程,它具有三个层次:首先是抽空自我中所有不可接受的东西(与基督放弃神性平行展开的一个转化过程);其次是将自我中这些否定的方面投射在撒旦身上;最后在上帝的佑助下战胜和征服它们。①

从空间诗学的角度考察,班扬的独创性在于,通过构筑一个超凡的梦幻框架,他将基督徒内心的朝圣外化为一个介于现实和超现实之间的地理空间,使不可见的内心世界变得可见、可触摸;让无法度量的灵魂历险转化成可以度量的空间距离;将个人的精神性成长"物化"为空间的扩展和超拔。

---

① Anne H. Hawkins, "John Bunyan: The Conflictive Paradigm," *Archetypes of Conversion: The Autobiographies of Augustine, Bunyan, and Merton*, Lewisburg, Pa.: Bucknell University Press, 1985, pp. 73-99.

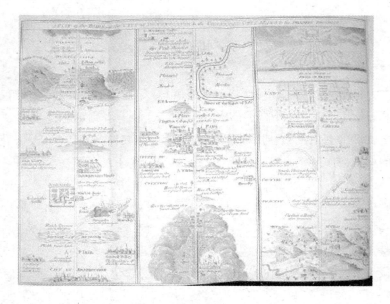

《天路历程》的地形图

班扬所构建、并带领他的读者穿越的想象的地理学有着它自己的荒野、平原、河流、山脉、深谷和洞穴,也有着它自己的道路、村落、城堡、宫殿、城市、市场、客栈、房屋、盐柱和坟墓,而其终点就是天国之城。简而言之,这是一个包括了自然与文化、天国与尘世,从下到上、由低到高的多维的立体空间。在这个想象的超验空间中,主人公到达的每一个地点或场所都有着复杂精细的分类,包含着深刻的道德寓意,其间有着各种各样的诱惑与罪恶、岔路与小径、旁门与左道,它们其实是主角内心焦虑的外化和对象化。基督徒向"我"解释并描述的"灰心沼"的来由是其中典型的一例——"……因为随着悔罪而来的渣滓和污秽不断朝这块低地流下来,所以这儿才叫灰心沼;那罪人一旦觉悟到自己的无望的境况,他心灵里就会生出许多恐惧、疑惑和沮丧的情绪,它们都聚合拢来淤积在这个地方。所以这块地才这样糟。"[①]

在《天路历程》中,主人公的旅行代表了道德和精神发展的历程,

---

① 约翰·班扬:《天路历程》,赵沛林、陈亚珂译,西安:陕西师范大学出版社2003年版,第31页。

## 第一章 朝圣:英国旅行文学的精神内核

他的内心空间与外部空间平行展开,道德净化和宗教救赎是在一连串空间的转换中得以完成的。从这个意义上我们可以说,《天路历程》中的朝圣实际上是一种通过仪式(rites of passage),而主人公穿越的想象的地理空间,既是基督徒内心焦虑的"空间的表征"(the representation of space),又是基督教文化"表征的空间"(the representational space)。按照当代法国著名的社会学家亨利·列伏斐尔(Henri Lefebvre)的说法,"表征的空间是活生生的,它会说话。它有着有效的核心或中心:自我、床、卧室、住宅、屋子;或:广场、教堂、墓地。它将激情、行动以及生活环境的场所全部囊括在内,所以直接包含了时间。因此,可以用不同的方式来认定它:可以是方向性的、境遇性的或关系性的,因为从本质上说,它是流动性的和动力性的"①。像巴什拉那样,班扬将他的"空间诗学"和"地形学"与表述的空间联系起来,"他在梦幻中带着这种亲密的和绝对的空间穿越了它"。②

梦幻既是班扬用来穿越朝圣空间的载体,也是他用来坦露自己灵魂的工具。在梦幻的掩护下,作者—梦者既能用第一人称书写自我的精神境界,又能描述他所梦到的别人的精神生活。精神的追求、朝圣的境界正是在梦者("我")和被梦者("基督徒")之间既各分彼此、又合二为一的复杂关系中,不断显现自身、又不断隐藏自身的。文本中不时出现的"于是我在梦中看见……"(Then I saw in my Dream…)之类的词句,表明班扬竭力想给读者造成一种幻觉中的现场感和逼真性,以打破寓言故事的抽象性;而不时出现的梦者—作者与被梦者—基督徒的对话,则表明了班扬内在统一的自我,在经历了一番主体自我与客体自我的分裂和冲突后,最后终于达成平衡,重新融为一体,共同走向天国之城。

上述三个从中世纪后期到近代早期的典型的朝圣文本,建构了一个从西方到东方、从本土到异域,从内心世界到外部世界的立体的朝

---

① Henri Lefebvre, *The Production of Space*, Trans. Donald Nicholson-Smith, Oxford UK, Cambridge USA: Blackwell, 1984, p. 41-42.

② Ibid., p. 121.

圣—旅行空间。曼德维尔的朝圣空间是一个介于想象与现实之间、不断向外延伸的远方异域，在这个空间中，东方的圣地与异域的奇迹互相并置，基督教的信仰与异教的世界观互为镜像，形成一种跨文化交往和沟通的话语实践。乔叟的朝圣空间是一个脱离了现有社会关系的阈限空间，在这个空间中，虔诚的宗教信念与粗鄙的世俗欲望，中世纪的浪漫传奇与民间的口语文化传统互相混杂，形成一个跨社会阶层杂语对话的舞台。班扬的朝圣空间是一个由内在的宗教信念外化而成的梦幻空间，在这个空间中，善与恶、灵与肉、神与魔、良知与欲望的搏斗互相交织，形成了一个跨越主体与客体、俗世与天国的超凡世界。

上述三个朝圣文本的作者分别是漫游的骑士、世俗的学者和虔诚的基督徒，他们朝圣的动机和目的各不相同，写作的风格和体裁也大相径庭，但整合在一起则形成了一个源远流长的叙事传统。近代英国的旅行文学正是在这个朝圣传统的影响下逐渐脱颖而出，形成自己的主体意识、空间想象、跨文化交往原则，以及相应的叙事策略和结构模式的。16—17世纪之交，在席卷全欧的航海大发现的时代风潮影响下，不列颠这个岛国民族终于完成了它的"空间革命"[①]，建构起符合现代性要求的主体意识和文化身份。中世纪圣地朝圣和旅行写作的主体——虔诚的基督徒、漫游的骑士、沉思的诗人和哲学家——逐渐淡出历史舞台，而不倦的"朝圣者的灵魂"则渗入新的现代性主体——商人、传教士、海盗、囚犯、冒险家、殖民者、海难余生者、外交使节和博物学家——中，这个主体永远富于好奇心，永远处在向外追寻、向内探索的朝圣旅途中，将世俗的发财欲望、激动人心的异域探险与传播福音、教化土著的殖民"事业"合而为一，踏上了一条向外扩张的海上帝国之路，也给英国乃至欧洲的旅行文学带来了新的面貌和气质。从这个意义上我们可以说，朝圣文学是英国乃至欧洲旅行文学之精神内核。

---

① 参见 C. 施密特：《陆地与海洋——古今之"法"变》，林国基、周敏译，上海：华东师范大学出版社 2006 年版。

# 第二章　新世界之旅与乌托邦想象

按照英国地缘政治家麦金德爵士(Sir Halford Mackinder)的说法，1492年现代世界开始进入"哥伦布时代"。① "当海洋这一根本能量在16世纪突然爆发后，其成果是如此深巨，以至于在很短的时间里它就席卷了世界政治历史的舞台。与此同时，它也势必波及到了这一时代的精神语言。"② 探险家们从欧洲出发向西，走了一条与中世纪的圣地朝圣相反的路径。但是，"新世界的发现者们并不是真正意义上的'旅行者'，因为他们主要不是被好奇心所推动，而是被暴力性的冒险、商业性的刨根问底和对黄金的贪婪，以及单纯的对权力的渴求所驱动"，尽管这些卑下的冲动"经常披上了适当的宗教热情的外衣"③。

虽然探险时代还不是一个真正的旅行者的时代，但是航海大发现揭示了一个比任何人想象的都要大得多的世界。地理空间的突然扩张使欧洲人认识到，他们占据的只是浩瀚空间中有限的一角，世界上还有许多与自己完全相异的人群和文化的存在。于是，现代意识就此产生了。正如列维-斯特劳斯指出的，地理大发现标志着"现代思想的一个重要时刻"，"一个相信自己是完全自足的人类社会忽然意识到……它不是孤立的，而是一个更伟大的整体的组成部分，为了达到自我知识，它必须首先在这面镜子中沉思自己尚未认识的形象"。④ 而这种"自我认识"(self-knowledge)首先就在远方异域与欧洲社会，乌托邦想象与现实世界的镜像式对比中产生了。

---

① C.施密特：《陆地与海洋——古今之"法"变》，林国基、周敏译，上海：华东师范大学出版社2006年版，第1页。

② 同上书，第49页。

③ Paul Fussell(eds.), *The Norton Book of Travel*, New York, London: W. W. Norton & Company, 1987, p.25.

④ 列维-斯特劳斯：《忧郁的热带》，王志明译，北京：生活·读书·新知三联书店2000年版，第420页。为行文风格统一，此处中译文据英译本有所改动。

## 一、乌托邦空间的表征

众所周知,西方思想文化史上一直有着追寻完美社会的传统。《旧约》中的"应许之地"、柏拉图的"理想国"、圣奥古斯丁的"上帝之城",是其中最典型的几个例证。不过,这些迷失在远古历史或宗教文本中的理想社会图景,大都带上了虚幻的色彩。从乌托邦思想史的发展来看,以托马斯·莫尔为代表的近代理想社会的规划者,其超越前人之处,就在于他们都借鉴或引入了一种新的空间视野或空间架构,这就是15—16世纪以来方兴未艾的航海探险,以及相关的旅行文献资源(包括航海日志、书信、商业报告、传教士的记录等)。正如当代著名的乌托邦研究专家克里珊·库玛尔(Krishan Kumar)指出的,"这些旅行作家的故事是乌托邦的原料,几乎是乌托邦的源头"。[①] 2002年版《剑桥旅行写作指南》的编者则进一步提醒我们,莫尔的《乌托邦》与这个时期出现的真实的游记作品惊人地相似,都附加了一幅地图和一张乌托邦语言的字母表[②],给人一种相当坚实、可靠、逼真的空间感。由于乌托邦是现实中无法实现的理想社会的空间表征,借助旅行文学来表征这种可望而不可及的"他者性空间"(space of otherness),无疑是最好的叙事策略。

在展开对乌托邦想象空间的讨论之前,有必要先交代一下本文采用的几个理论概念。本文中,笔者主要借鉴了当代法国社会学家列伏斐尔在《空间的生产》(*The Production of Space*,1984)中提出的两个概念——"空间的表征"(the representation of space)和"表征的空间"(the representational space)——并加以一定程度的修正。按照列伏斐尔的说法,前者与生产关系和这种生产关系置于其中的秩序有关,并且因此而与知识、符号、符码以及"正面的"关系有关;后者则将复杂的象征具

---

① Krishan Kumar, *Utopia and Anti-Utopia in Modern Times*, New York: Basil Blackwell Ltd,1987, p.23.
② Peter Hulme and Tim Youngs, *The Cambridge Companion to Travel Writing*, Cambridge UK: Cambridge University Press,2002, p.3.

## 第二章 新世界之旅与乌托邦想象

体化了,有时与社会生活中隐秘的或隐晦的方面的编码有关,有时则无关,它也与艺术相关(说到底,艺术与其说是一种空间的符码,不如说是一种表征的空间的符码)①。

列氏主要是从社会学角度出发,阐释空间的生产和再生产过程及机制的,上述两个概念虽然对文学批评和文化研究颇具启发性,但不能简单生硬地套用于旅行文学和乌托邦叙事。因为毕竟文学批评的研究对象主要是文本,乌托邦叙事涉及的空间是虚拟的符号空间,空间的表征主要与文本的制作及话语的操作相关。因此,在本文中,笔者对列伏斐尔的上述概念稍加修正,将"空间的表征"简单定义为——通过文本和话语被表征出来的空间;而"表征的空间"则指在表征空间的过程中,作者的意图、动机,所采取的叙事策略和修辞手段,及其希望达到的和实际达到的效果。两者之间的关系是互为表里,互为因果的。

综观近代英国旅行文学史上三个典型的乌托邦叙事——莫尔的《乌托邦》(*Utopia*,1516)、培根的《新大西岛》(*New Atlantis*,1626)和哈林顿的《大洋国》(*The Commonwealth of Oceana*,1656),我们发现,这三个文本中理想社会的空间表征具有以下共同的特征或相似的要素。

首先是空间定位的不确定性。细读《乌托邦》我们发现,莫尔对乌托邦所在的空间位置一直没有明确的定位。按说,既然乌托邦是一个迥异于英格兰的吸引人的理想空间,莫尔首先应该问清楚乌托邦所在的方位;而那位既具有丰富的航海经验,又在乌托邦中生活了五年的拉斐尔·希斯罗德也应该对乌托邦座落的位置有所交代。但是,我们从小说开头莫尔致贾尔斯的信中得知,他说自己已经完全忘记乌托邦的位置,因为"我们忘记问,他(希斯罗德——引者)又未交代,乌托邦是位于新世界的哪一部分。……我感到惭愧,我竟不知道我所畅谈的这座岛在哪一个海里"。② 作者的这个辩解很难自圆其说。因为第一卷结尾时,莫尔明明提醒过拉斐尔,在(第二卷)描述乌托邦时,"不要

---

① Henri Lefebvre, *The Production of Space*, Translated by Donald Nicholson-Smith Blackwell, Oxford UK, Cambridge USA:Blackwell Publishers Ltd, 1984, p.33.
② 托马斯·莫尔:《乌托邦》,戴镏龄译,北京:商务印书馆1997年版,第5页。

说得简略,请依次说明地域、江河、城镇、居民、传统、风俗、法律,事实上凡是你认为我们想知道的一切事物"。① 因此,我们只能把这个疏忽理解为作者有意跟读者玩的花招。

无独有偶,培根在《新大西岛》中也没有给我们提供有关新大西岛——本色列国的准确方位。文本一开头,叙述者说他是从秘鲁经南海(即太平洋)驶往中国和日本,之后由于风向不断变换,从西风转为南风,再转为北风,最后把叙述者和他的船员吹到了一块他们从未到过的陆地,虽然他们最终上了岸,但就像《乌托邦》中的情形一样,叙述者对这块陆地也无法作出明确的空间定位。哈林顿的《大洋国》同样如此,引言中讲到了这个虚构的理想共和国的两个殖民省玛辟细亚(Morpheus)和庞诺辟亚(Parthenia)。从作者描述的地形地貌特征来看,它们与希腊、威尼斯和英国均有相似之处,是几个处在大洋之中的岛屿,但作者也未对其所在的空间位置作出任何明确的交代。当然该书的主旨不在描述大洋国的旅行,而在为当时的英国提供一部宪法草案和政治纲领,此处不赘。不管怎么说,上述三个文本对乌托邦空间的定位是含混不清的,三个理想社会似乎都"置身于新旧两个世界之外",介于此岸与彼岸、存在与非存在的"阈限空间"(liminal space)②中。

与此相关的第二个特征是乌托邦空间的封闭性及其被发现的偶然性。在《乌托邦》第二卷中,作家以"海客谈瀛州"的方式,通过希斯罗德之口,对乌托邦的地形地貌作了详细的描述③:乌托邦岛像一叶小舟,静静地停泊在无边的海洋上。远远看去,就像一座海市蜃楼,虚无缥缈中透出神秘的气息。全岛呈新月形,长500英里,中部最宽处达200英里。重要的是,这个岛屿最初并不是四面环海的,而是多年前由一个名叫乌托普的国王下令掘开本岛联接大陆的一面,让海水流入围住岛屿才形成目前的与世隔绝状态的。因此,直到它被欧洲旅行者偶然发现时,乌托邦的居民对于外部世界一无所知,正如外部世界对他们一无所知一样。

---

① 托马斯·莫尔:《乌托邦》,戴镏龄译,北京:商务印书馆1997年版,第47页。
② 关于"阈限空间",参见维克多·特纳:《仪式过程:结构与反结构》,黄剑波、柳博赟译,北京:中国人民大学出版社2006年版。
③ 托马斯·莫尔:《乌托邦》,戴镏龄译,北京:商务印书馆1997年版,第48页。

## 第二章　新世界之旅与乌托邦想象

托马斯·莫尔虚构的乌托邦地图

吉尔伯特在研究 19 世纪乌托邦故事中发现,几乎所有的乌托邦都是偶然被发现的。① 而这个偶遇性特征无疑可追溯到 16 世纪以来英国旅行文学中的乌托邦叙事传统。在《新大西岛》上,叙述者详细描述了他们的船队是如何被不断转向的风偶然吹到一片不为外界所知的陆地边缘的;这个岛国中派来的使者拒绝他们登陆,"还急忙警告我们离开"。这个"警告"与其说反映了新大西岛——本色列国人对来自外界的疫病的惧怕,不如说透露了他们更深层次的一种恐惧,即来自外部世界的异风殊俗会给本国居民带来精神上的污染。在经过了一番严格的检查而终于被允准登陆后,这些来自欧洲的旅行者被安置在一个处于这个岛国的边缘,既不在此也不在彼的空间——"外邦人宾馆"中,三

---

① See J. C. Davis, "Going nowhere: travelling to, through, and from Utopia," *Utopian Studies*. 19.1 (Winter 2008): p.1.

天后才得到宾馆馆长的接见,后者向这些来自欧洲的访问者暗示,这个岛国对于外邦人是有保密的法律的。又过了几天,叙述者才得以进入这个名为本色列的国家。但他并没有给我们提供多少目击的证据(除了观赏一次游行之外),而主要是通过在此生活定居多年的一位犹太人之口,间接了解了关于这个国家的一些情况。读者沮丧地发现,直到《新大西岛》的文稿突然莫名其妙地中断,那些来自欧洲的航海者还无法进入本色列国内部,一睹其"庐山真面目"。

乌托邦外部空间的特征是与世隔绝性和不可接近性,而其内部空间结构则表现为自我复制性和普遍类同性。通过希斯罗德之口我们得知,乌托邦总共有54个城市,这些城市有着共同的语言、传统、风俗和法律,它们的总体布局和建筑样式都是类同的,每个城市之间的距离基本相等,最近的相隔不到24哩,最远的从不超过一天的脚程;任何城市的每一个方面都至少有12哩区域;郊区农村的空间也是整齐划一,根据理性和效率的原则布局的。每座城市分成四个大小一样的部分,以市场为中心依次排列厅馆、医院、餐厅和住所。每幢房屋都是按照统一的模式建造的,在外观上无甚差别。房子是没有门锁的,只要移动统一装配的移门,任何人都可以任意出入。每隔十年,居民以抽签的方式调换房子,以免产生私有观念。简而言之,乌托邦中没有公共空间和私人空间之分,前者已经完全吞并和取代了后者。

总之,外部空间定位的不确定性、偶遇性和自我封闭性,以及内部空间的类同性、相似性和无隐私性构成了乌托邦空间表征的主要特征。那么,这些特征背后体现了什么样的表征意图和意识形态,换言之,"空间的表征"背后,究竟有着怎样"表征的空间"?

## 二、表征的空间与地理学描述传统

众所周知,《乌托邦》首先是一种社会批判,借助一个去过新世界的"他者"的视野,展开对旧世界的"自我"(英国)的批判。其次是一种理想社会的建构,通过"把当下的社会结构挪移和谋划到一种虚构

## 第二章 新世界之旅与乌托邦想象

的叙事中来重建社会"①。这两种相辅相成的动机,都需要借助空间诗学—政治的操作和建构。新的、理想的和想象的空间必须与旧的、人们熟悉的现实空间联系起来,使之形成一种熟悉中的"异化"(defamiliarization)或陌生中的"归化"(domestication),才能唤起人们追寻它的欲望和动力。过于熟悉的空间没有吸引力,完全陌生的空间没有亲和力,且会令人不安。理想的乌托邦空间,应该介于旧的与新的、熟悉的与陌生的之间。而莫尔的《乌托邦》正是这样一种表征的空间。这一点,从莫尔为其理想空间精心选择或生造的词语中也得到了证明。如所周知,"乌托邦"(Utopia)一词,以古希腊语中表示"无"的字母 ou 为前缀,与表示"地方"的词干 topia 拼合在一起,意为"乌有之乡",而古希腊语表示"好"的形容词 eu 的发音又恰好与 ou 相似,这样,"乌托邦"就成了一个双关语,既指"无—地方"(ou-topia),又指"好—地方"(eu-topia)②,通过这种词语游戏,莫尔实际上已经暗示了乌托邦是一个介于存在与非存在之间,既令人沮丧又令人神往的虚拟空间。

当代西方学者罗姆阿德·拉柯威斯基(Romuald I Lakowski)认为,虽然《乌托邦》是一个用词语建构起来的岛屿,但它并不是存在于真空中,而明显是对欧洲航海发现和探险时代作出的一种回应。③ 但笔者想进一步指出的是,这种回应不是直接的,而是一个间接的、复杂的话语建构过程。总结近年来西方学者相关的研究成果,可以认为,《乌托邦》表征的空间实际上内含三个层次的地理学描述传统:一是航海大发现的"新世界",二是欧洲中世纪后期的地理学理论,三是英国本土的地理—地形学描述传统。莫尔把这三者融合在一起,形成一种同中有异、异中有同,既熟悉又陌生,既具写实性又具幻想性的乌托邦空间,通过这种表征的空间建构起他的未来理想社会的蓝图。

---

① Simon Morgan-Russell, "St. Thomas More's Utopia and the Description of Britain," *Cahiers Elisabéthains*. 61. (Apr. 2002): pp.1-11.

② Krishan Kumar, *Utopia and Anti-Utopia in Modern Times*, New York: Basil Blackwell Ltd, 1987, pp.23-24.

③ Romuald I. Lakowski, "Utopia and the 'Pacific Rim': The Cartographical Evidence," *Early Modern Literary Studies*. 5.2 (Sept. 1999): pp.1-19.

按照拉柯威斯基的说法,16世纪欧洲人心目中实际上有两个"新世界",除了美洲外,还有次撒哈拉非洲(sub-Saharan Africa)和亚洲之大部,在当时的人们看来,这两者同样都是新的。所以,一般认为的乌托邦是对新发现的美洲的一种回应,只说对了一半。尽管在莫尔写作《乌托邦》的1516年,欧洲人已经知道南美是一块与亚洲分离的大陆(不一定是洲),但在麦哲伦环球航行(1519)之前,没有人知道真正的太平洋有多大。当时流行的世界地图是修道士马丁·瓦尔德西姆勒(Martin Waldseemuller)根据亚美利哥·韦斯普契(Amerigo Vespucci)的《航海日记》绘制的,第一次用了"美洲"这个名字。莫尔可能利用过1507年出版的《宇宙志引论》(*Cosmographiae Introductio*),该书采用的世界地图也是马丁·瓦尔德西姆勒绘制的。但无论是1507、1516年版的《世界地图》和1507版的《宇宙志概论》中的球图,还是1507年版的《斯特拉斯堡托勒密》地图都说明,当时欧洲人对"美洲"的概念与当代人的理解相差甚远,美洲有时只包括南美和加勒比海诸岛,而且它与印度(亚洲)的距离非常近,形成一个制图学上的半圆(结合了印度洋和泛太平洋地区)。①

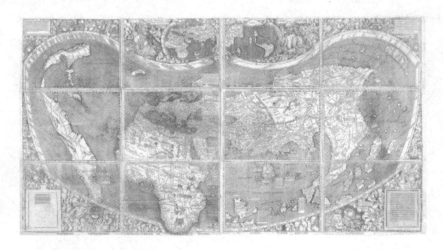

马丁·瓦尔德西姆勒(Martin Waldseemuller)绘制的世界地图(1507年)

---

① Romuald I. Lakowski, "Utopia and the 'Pacific Rim': The Cartographical Evidence," *Early Modern Literary Studies*, 5.2 (Sept. 1999): pp.1-19.

## 第二章 新世界之旅与乌托邦想象

此外,对跖地(antipodes)也是从古典时代一直延续到 16 世纪的欧洲地理学的一个重要概念。所谓对跖地,是指与本区地理位置相对的一个地区,或指地理位置正好相反的两个地区,例如,位于北半球的英格兰,其对跖地是南半球的澳洲。莫尔本人在提到乌托邦时多次用了"对跖地"这个词。在第一卷结尾,希斯罗德告诉我们,乌托邦人管欧洲人叫"昼夜平分线以外的居民"("Ultraequinoctials")①,也就是指生活在赤道或赤道带另一边的人。在第二卷中,我们得知,乌托邦处在南温带,"但是在这个新世界中,由于赤道将它与我们远远隔离了,因此他们的生活和性格都与我们不同,他们不相信条约"。② 于此可见,莫尔心目中的"新世界"不限于或不等同于南美。

进一步考察可以发现,《乌托邦》中理想社会的空间构造与英国的历史—现实空间之间有着微妙的对应关系。莫尔既借鉴了韦斯普契有关新世界航行的记录和中世纪晚期的地理学理论,也继承了英国地理学—地形学描述的传统。

据英国学者摩根-拉塞尔(Morgan-Russell)考证,对不列颠描述的文类源于公元 6 世纪一位不十分出名的圣徒,修道院中的编年史学家吉尔达斯(Gildas)。他出于对上帝之屋及其神圣的律法的热情,描述了"不列颠的地形"③。从地形地貌上看,莫尔描述的乌托邦与吉尔达斯描述的英格兰有着惊人的相似之处:两者均座落在大地的边缘,有着"新月形"的地形,像一柄三角形的白石英宝剑;两者宽度均为 200 英里,整个岛屿被海水包围,形成无法通过的天然屏障;两者均有着坚固的海防。此外,乌托邦的 54 个城邦对应于英国的 53 个郡,外加首都伦敦,人口稠密,物产丰富。乌托邦首都名字亚马乌罗提(Amaurotum)意为"黑暗之城",暗示了"雾都"伦敦。吉尔达斯提到的"两条宏伟的河

---

① 1959 年商务印书馆版《乌托邦》,中译者戴镏龄将"Ultraequinoctials"译为"昼夜平分线以外的居民"(第 57 页);1997 年商务印书馆版《乌托邦》,中译本修订为"赤道那边的人"(第 46 页)。

② 托马斯·莫尔:《乌托邦》,戴镏龄译,北京:商务印书馆 1997 年版,第 92 页。

③ Simon Morgan-Russell, "St. Thomas More's Utopia and the Description of Britain," Cahiers Elisabéthains. 61.(Apr. 2002):pp.1-11.

流"——泰晤士河与塞汶河,与亚马乌罗提城内一大一小两条河流遥相呼应,而横跨阿尼德河(Anydrus,意为无水之河)上的石桥即象征了伦敦桥。

总之,无论是地形地貌、面积大小、城市数量、物产丰富方面,乌托邦与英格兰之间都有着极为惊人的相似性。每位读过《乌托邦》的读者,几乎"不需要多大想象力就可以选出(英国的)可识别的陆相(land formation),康沃尔的'海岬'、威尔士的诺福克的峰丘和肯特的低地"[①]等等。

就这样,吉尔达斯描述的英国的地理地形结构及其隐含的民族主义萌芽被莫尔整合进他表征的乌托邦空间中,在这个空间中,旧世界与新世界、现实中的英格兰与理想中的英格兰形成一种互相呼应的关系,两者之间既有断裂又有联系。正如格林布拉特指出的,"《乌托邦》在同一个文本空间中呈现了两个不同的世界,同时又坚持认为这样做是不可能的。我们既不能将它们完全分离,又不能让它们谐和一致,因此,智力既无法满足于达到绝对的断裂,又无法满足于完全整合的形式。我们不断地被英国与乌托邦之间的相似性所吸引,又不断地为横亘在两者之间的深渊而感到灰心丧气。乌托邦既是(又不是)英国。亚马乌罗提既是(又不是)伦敦"。[②] 莫尔的目的就是希望通过阅读《乌托邦》的过程,"有效地唤起读者在现实的英国及其虚构的、理想的对应物之间架起桥梁",从而实现他的社会改革计划;"换言之,凡是明显不属于英格兰的,实际上就是它应该成为的"。[③]

从修辞策略上看,按照摩根-拉塞尔的说法,这种批判的功能是通过"(隐喻性地)将当下的现实投射到'乌有之乡'",以及"一种(换喻性的)挪移"来达到的。在莫尔的《乌托邦》中,批判既依赖于隐喻性的

---

① Simon Morgan-Russell,"St. Thomas More's Utopia and the Description of Britain," *Cahiers Elisabéthains*. 61.(Apr. 2002):pp.1-11.

② See Simon Morgan-Russell,"St. Thomas More's Utopia and the Description of Britain," *Cahiers Elisabéthains*. 61.(Apr. 2002):pp.1-11.

③ Simon Morgan-Russell,"St. Thomas More's Utopia and the Description of Britain," *Cahiers Elisabéthains*. 61.(Apr. 2002):pp.1-11.

联系(不列颠像乌托邦,伦敦像亚马乌提罗),又伴随以换喻性的重新连接(rearticulation):如果说伦敦像亚马乌提罗,那么"大街"就从整体上与这个城市发生了换喻性的联系,于是伦敦换喻性地代表的肮脏的现实就在亚马乌提罗的大街上得以重新连接,这些大街又宽敞又整齐,结果在两者之间造成了一种明显的"有节奏的变化"(accentual variation)或"鸿沟"。① 简言之,隐喻和换喻手法的交替运用,更使得乌托邦成为一个可望而不可即的、虚拟的符号空间。

于此可见,莫尔笔下的乌托邦空间,正是在上述既传统又现代,又具有世界性又具有本土性,包含了新世界、欧洲和英国的三重地理学描述传统中得到表征的。这也在一定程度上解释了造成乌托邦空间定位的不确定性、不可接近性、封闭性和偶遇性的原因所在。用克里珊·库玛尔的话来说,乌托邦"处在诱人的可能性边缘,某个刚刚超越现实边界的地方"②。如果这个理想的社会与我们的不完美社会无法融合,不愿受它的污染,那么我们就被告知,其先决条件就是隔绝。但是凭借这种隔—绝(isola-tion),我们实际上已经处在了荒岛、大海和航行的语义域中。③

## 三、旅行空间与文本空间

从形式结构上看,《乌托邦》是一个典型的旅行文学文本,涉及旅行空间与文本空间的互动。两个有名有姓的人物的旅行,即现实人物——作家兼外交官托马斯·莫尔从英国到荷兰再回到英国的旅行,以及虚构人物——航海家拉斐尔·希斯罗德从欧洲到新世界再回到欧洲的旅行,无疑是《乌托邦》这个文本空间得以形成的主要构件。

---

① M Stevenson, Kay Gilliland. "Utopia: Overview," *Reference Guide to English Literature*, Ed. D. L. Kirkpatrick. 2nd ed. Chicago: St. James Press, 1991, ⟨http://go.galegroup.com/ps/start.do? p = LitRG&u = jiang⟩. 2009-8-31.

② Krishan Kumar, *Utopia and Anti-Utopia in Modern Times*, New York: Basil Blackwell Ltd,1987, p. 1.

③ Davis, J. C. "Going nowhere: travelling to, through, and from Utopia," *Utopian Studies*. 19.1 (Winter 2008): p. 1.

从作品提供的书信、附录及其他相关的背景材料中我们得知,莫尔是作为英王亨利八世的使者,前往荷兰的法兰德斯的,由于外交事务上的纠葛,他不得不在这个低地国家逗留了三个月。出国旅行和异国居留经验往往能使人获得一种距离感和陌生化视角,可以更为客观地打量自己的国家和自己的内心。按照克斯特的说法,莫尔在出使荷兰期间和回国之后经历了一场危机,处在既不在此、也不在彼的边缘状态。在出使荷兰期间,莫尔正面临一场心理危机。一方面,他是一个已有相当地位和名声的大律师,但一直疲于律师事务,无暇从事他心爱的学术研究;另一方面,英王亨利八世诚邀他为朝廷服务,这个闲职能给他提供充裕的时间从事学术研究,但同时也意味着成为朝廷的仆人。于是,处在进退维谷状态中的作家莫尔,将自己的焦虑和矛盾投射到了小说人物希斯罗德身上。① 第一卷开头不久,两人之间的对话就影射了莫尔的这一两难处境。莫尔规劝结识不久的希斯罗德前去侍奉国王,当一个谋臣,为国家效力,为人民谋福利。而希斯罗德则断然拒绝,并借此话题展开了对现实中的英国的猛烈抨击和对理想中的乌托邦的热情赞美与详细描述。

从某种意义上,我们可以说,希斯拉德是莫尔的镜像人物。与莫尔一样,他也经历了一个从本土到异域,再从异域回归本土的历程。据小说中牵线人物彼得·贾尔斯所述,希斯罗德将自己的财产分给兄弟后,离开自己的家人和祖国,像奥德修斯一样漫游世界,参加了亚美利哥·韦斯普契四次发现美洲的远航中的三次。之后,他自愿留在新世界生活了一段时间。当他回到旧世界时,便将他看到的(不如说希望看到的)乌托邦告诉了欧洲人。为了更好地表征乌托邦空间,莫尔有意给他起名为拉斐尔·希斯罗德。让这个虚构人物扮演起一个双重性角色。如所周知,拉斐尔(Raphael)这个名(first name)来自希伯来语,意为"传播神的福音的使者";希斯罗德(Hythloday)这个姓(surname)来自古希腊语,意为"不可靠消息的传播者"。拉斐尔·希斯罗德姓名的

---

① See William T. Cotton, "Five-fold crisis in Utopia: A foreshadow of major modern Utopian narrative strategies," *Utopian Studies*. 14.2 (Spring 2003): p.41.

## 第二章 新世界之旅与乌托邦想象

双关性,也在一定程度上反映了旅行文学特有的双重性文化功能——既可能带来自远方异域的福音,也可能带来蛊惑人心的胡言乱语;读者既可以从旅行文学中获得启示,也可能因为它误入歧途。按照威廉·科顿(William T. Cotton)的观点,可以把希斯罗德视为一位柏拉图式的哲学家,他在见过白日的阳光后,又重新返回洞穴,来启发他的同胞。当他的福音被拒绝时(因为在这些愚昧之徒看来,他当然是个胡言乱语者),他拒绝再把时间浪费在为得到报偿而继续谈话中,而是把俗务留给了莫尔那样的会顺时应变的人,让他在现实政治的世界中对这些实践性作出必要的调整,以实现他的梦想。①

换个角度我们也可以说,莫尔就是希斯罗德,他希望通过写作和出版《乌托邦》,将来自新世界的福音传递给他的国人,同时他自己心中也明白,乌托邦的完美社会只是一种胡言乱语,是不可能实现的一个梦想。因此,在写作过程中,莫尔又将自己分身为了两个人。一个是作为小说人物的"莫尔",他倾听并同意拉斐尔的看法,猛烈抨击自己的国家存在的种种弊病;另一个是作为现实中"英国名城伦敦的公民和行政司法长官"(正如卷首所述)的莫尔,他对于希斯罗德设想的取消私有制的理想社会不屑一顾,认为公有制会使人们懒惰,"如果大家都不从事生产劳动,物资供应如何会充足?因为一个人缺乏切身利益作为动力,他就爱逸恶劳,只指望别人辛苦操作。而且,当人们为贫困所驱使,而保持个人所得又为非法,这不是必然会惹起经常的流血和暴乱吗?"②

从这个角度看,莫尔与希斯罗德之间的对话和争辩,实际上反映了作者内心中两个自我、两种理念的冲突。这种冲突也在一定程度上影响了乌托邦叙事在空间表征上的含混性和不确定性。这种含混性和不确定性在文本的整体结构和布局上也明显体现出来了。

如所周知,《乌托邦》采用了对话与独白交替的叙事策略;全书两

---

① William T. Cotton, "Five-fold crisis in Utopia: A foreshadow of major modern Utopian narrative strategies," *Utopian Studies*. 14.2 (Spring 2003): p.41.

② 托马斯·莫尔:《乌托邦》,戴镏龄译,北京:商务印书馆1997年版,第45页。

卷分别讲述了两个不同的社会,第一卷通过作者与希斯罗德之间的对话揭露了现实中的英国社会的种种弊病,并对此展开了猛烈的抨击和讽刺。第二卷通过希斯罗德的独白,描述了一个理想的完美社会。

但在实际的创作过程中,我们知道,是第二卷在先,第一卷在后。具体说来,莫尔是在1515年出使荷兰期间,利用三个月的赋闲时间写下了第二卷,对乌托邦这个理想社会的图景作了全面的描述。之后在回国后的一个月内,又完成了第一卷,加在第二卷前面,形成一个先有英国的现实社会、再有乌托邦理想社会的结构。这样,《乌托邦》从创作过程到全书结构就都体现了一种独特的"逆序性"(the backward orders of composition)①。

那么,莫尔这种独特的构思过程和结构策略的用意何在?为何不能单独发表第二卷,为何将正常的创作过程颠倒,要在第二卷之前再加上第一卷?

细读文本第二卷,我们不难发现,莫尔通过希斯罗德之口讲述的乌托邦社会图景其实是相当乏味的,描述也是相当粗略的。正如科顿指出的,第二卷中几乎没有对日常生活的描写,没有提到过一个有名有姓的人物(除了国王乌托普以外)。拉斐尔对其滞留岛国期间所发生的事件也没有具体记录。在拉斐尔讲的"故事"中几乎没有令人特别感兴趣的叙述。② 归结到一点,就是因为乌托邦是一个完全处在理想状态、没有发展、缺乏动力和活力的社会。就其定义而言,完美社会之所以完美就在于它在外部空间上是自我封闭的,在时间上是没有发展变化的(timelessness)。因为一旦有变化发展就说明它不是一个完美社会,或尚未达到完美状态。为了解决这个逻辑悖论,莫尔(及其他乌托邦主义者)设计的理想社会就不能不是一个缺乏行动、没有变化、与世隔绝的社会。因为一接触外部世界就会受其影响或污染,从而打破原有的稳定和宁静。为了保证乌托邦的人们保持道德纯洁,必须让这个

---

① William T. Cotton, "Five-fold crisis in Utopia: A foreshadow of major modern Utopian narrative strategies," *Utopian Studies*. 14.2 (Spring 2003): p.41.
② Ibid.

## 第二章 新世界之旅与乌托邦想象

社会永远处在与外部世界隔绝的状态中。而乌托邦内部空间的类同性、相似性和无隐私性无疑更强化了这种自我封闭的完美性。完美的社会必然是没有差异的,因为一有差异即有比较,一有比较即会产生妒忌、私欲和贪婪,从而打破理想的完美状态。因此,乌托邦社会只能永远保持并满足于外部空间的与世隔绝性、内部空间的无差别性和时间上的无变化性。

或许莫尔本能地感到,一个完美、静止的社会是没有吸引力的,因而也是不可能存在的,因为按莫尔服膺的基督教思想,人本身是不完美的,只有上帝是完美的。但乌托邦不是属于天国的"上帝之城",而是属于尘世的人之城。既然是人就免不了有感情,有欲望,会产生私有观念,而这些观念又是与乌托邦的完美理念相悖的。如何解决这个悖论,如何在理想与现实、完美与不完美之间架设起一座桥梁,就成为作家不得不加以考虑的重要问题。按照克斯特的观点,第二卷描述的完美的静止状态需要一个不完美的处在行动中的社会作为增补或陪衬,才能消除它的抽象性和非现实性,成为人们追求的对象。[①] 于是,我们就有了第一卷。如果说,第二卷充满了想象的幻景、理想的激情、明智的建议和智慧的闪光,那么,第一卷的描述则真实、具体,充满了微妙的讽刺、尖锐的批评和猛烈的抨击,这里的人物是有名有姓、有血有肉的,他们在互相对话,争论,说服和辩解,表达自己的政治主张和社会理念。这样,第一卷与第二卷互为镜像,反映了行动与沉思、现实与理想、批判与建构之间的紧张关系。因此,正如科顿所说,"《乌托邦》的伟大……不在于它的和谐,而在于它的紧张,这种紧张来自于一种持续想象的幻景,正是对此幻景的体验紧紧地抓住了作者"。[②]

综上所述,《乌托邦》既是一个话语和文本的建构,也是一种空间的表征。在此建构和表征过程中,旅行文学发挥了不可替代的叙事功能,作家借助本人和虚拟的他者的旅行经验,通过隐喻和换喻的修辞策

---

[①] J. C. Davis, "Going nowhere: travelling to, through, and from Utopia," *Utopian Studies*. 19.1 (Winter 2008): p1.

[②] William T. Cotton, "Five-fold crisis in Utopia: A foreshadow of major modern Utopian narrative strategies," *Utopian Studies*. 14.2 (Spring 2003): p. 41.

略,在旧大陆与新大陆,现实的英国与理想的不列颠之间建立起微妙的对应关系;与此同时,他也通过"逆序性"的文本结构手法,为其本人所处的两难境地提供了虚拟的解决之道。

# 第三章　航海旅行文集与全球视野的塑造

莫尔写作并出版他的《乌托邦》(拉丁文版1516年;英文版1551年)的16世纪,英格兰民族尚未形成全球性的空间意识,到培根和哈林顿分别发表他们的《新大西岛》和《大洋国》的17世纪,英国已经完成了一场空间革命。按照德国学者C.施密特在《陆地与海洋》一文中的说法,英国人的航海事业来得相当晚近和迟缓。在他们之前,葡萄牙人已经在世界上航行了100多年,虽然大多是沿着海岸行驶。1492年后,伴随着对美洲的占领,西班牙人迎头赶上。法国航海家,胡格诺派分子以及英国人则紧随其后。然而,只是在1553年,随着穆斯科维公司(Muscovy Company)的建立,英国才开始其海外殖民的政策,并借此开始与其他殖民势力并驾齐驱。直至1570年以后,英国人才越过赤道以南。① 尽管如此,最终英国人还是超过了所有的国家,战胜了所有的对手,夺取了一个建立在海权基础之上的世界霸权。C.施密特指出,这里存在着一个独一无二的事件,其独特性和不可比拟性在于,英国在一个完全不同的历史时刻,且以完全不同的方式进行了一场根本的变革,即将自己的存在真正地从陆地转向了海洋这一元素。由此,它不仅赢得了许多海战和陆战的胜利,而且也赢得了其他完全不同的东西,甚至远不止这些,也就是说,还赢得了一场革命,一场宏大的革命,即一场行星的空间革命。② 正是这场革命,使得这个16世纪时还在牧羊的民族摇身一变,成了海的女儿。它成为了从陆地转向海洋这一根本变革的承担者和中枢,成为当时所有释放出来的海洋能量的继承人,把自己真正变成了人们所称的海岛。

---

① C.施密特:《陆地与海洋——古今之"法"变》,林国基、周敏译,上海:华东师范大学出版社2006年版,第49页。
② 同上书,第31页。

伊丽莎白时代后期和 17 世纪早期是英国对外旅行的时代,随着新世界的发现,人们的视野扩展了、欲望膨胀了。"卤莽且不怕冒险的实干家、勇敢的航海者以及海盗们促成了英国与海洋的联姻。新的能量从英国民众的力量中喷薄而出。他们贪婪地向海洋扑去。"[①]据现代牛津版《哈克路特航海文本选集》的编者简内特·汉普登(Janet Hampden)估算,在 16 世纪后半叶的任何时候,英国水手的数量都不下 2 万人,而当时英国的总人口大约是 4 百万人(也就是说,每 200 人中就有 1 人当了水手)。他们凭借着装备极差的船只在最遥远的海上冒险,在 50 年左右的时间里,建立了不列颠的海上霸权,将一种帝国的前途赋予了一个卑微的小国。[②] 1576—1578 年间,马丁·弗洛比歇(Martin Frobisher)三次出海航行寻找西北航道;1577—1580 年间,法兰西斯·德雷克(Francis Drake)作了首次环球航行;1578 年,汉弗莱·吉尔伯特(Humphry Gilbert)获得开发和定居北美的执照;1579 年,商业冒险获得英国官方批准;1583 年,吉尔伯特开始第二次远征纽芬兰;1584 年,英国船队首航维吉尼亚;之后,英国在北美和加勒比海地区开辟了殖民地。1588 年,英国皇家海军在英吉利海峡全歼西班牙无敌舰队,一跃成为海上霸主,之后,英国人在海上的冒险活动更加频繁,空间视野也更加开阔了。

在频繁展开航海探险活动的同时,许多英国航海家和冒险家也意识到,光有行动是不够的,他们还必须有表述自己行动的文本。在这方面,约翰·史密斯船长(Captain John Smith)可谓其中的一个典型。与伊丽莎白时代其他伟大的航海家一样,他始终有着十分清醒的主体意识和自我表述欲望,一面谋求扩展英国的霸权,一面又为后代提供了有关自己的冒险生涯的报告;正如他在自传中所说:"许多最杰出的勇

---

① C. 施密特:《陆地与海洋——古今之"法"变》,林国基、周敏译,上海:华东师范大学出版社 2006 年版,第 84 页。

② Richard Hakluyt, *Voyages and Documents*, selected with an introduction and a glossary by Janet Hampden, London, New York and Toronto: Oxford University Press, 1958, p. 22.

第三章 航海旅行文集与全球视野的塑造

士,既用剑创业,也用笔写作。"①激情的探索和自我表述的欲望相结合,在 16 世纪末促成了大量文献,尤其是记载各种航行的小册子的诞生。探险的商人及其合作伙伴们、莫斯科维公司的经济地理学家们,写出了大量正式出版和未出版的报告材料。1549 年,约翰·利兰德向他的同胞献上了他的"新年礼物",将建立在欧洲探险家艰辛努力基础上的新的实用地理学引进了英国;1576 年,汉弗莱·吉尔伯特发表了《关于新发现的通往契丹的航道的演讲》("Discourse of a Discoverie for a New Passage to Cataia");1588 年,托马斯·哈略特发表了《关于新发现的弗吉尼亚的简短而真实的报告》;1596 年,华尔特·罗利爵士发表了《关于宏大、富饶而美丽的圭亚那帝国的发现》。

尽管如此,由航海家、探险家乃至海盗本人撰写的海外探险或旅行的文本总体来说比较零散,无法为一个正在崛起的海上民族系统地建构起空间意识、文化身份和全球视野。这个任务或使命被一位从未有过出海探险经历的牛津大学牧师自觉意识到,并勇敢地承担下来了。

## 一、航海活动与文本表述

1589 年,理查德·哈克路特(Richard Hakluyt,1552? —1616)在收集了他的同胞自 1500 年来的 93 次航海记录的基础上,编辑出版了《英国民族重大的航海、航行、旅行与发现》以下简称《重大的航海》)一书,挑战了欧洲人认为英国人无所作为(inaction)的偏见;通过大量激动人心的第一手资料,显示了英国人是"充满活力、浪迹天涯、探索未知世界的男子汉",从而推动了一种新的创始精神(a new initiatives)。② 当代一些西方学者认为,哈克路特编辑《重大的航海》这个举动本身已经触及现代语言学称之为"表演性的语言行为"(performative speech act)。这部大型文献与其说是对辉煌的过去的一个记录,不如说是对

---

① Alan Wilde, "Chapter 1: The America of the Elizabethans," Captain John Smith. Everett H. Emerson. *Twayne's United States Authors Series 177*. New York: Twayne Publishers, 1993.
② Peter Hulme and Tim Youngs(eds.), *The Cambridge Companion to Travel Writing*, Cambridge UK: Cambridge University Press,2002,p.19.

未来成功的一种迫切要求;与其说描述了"英国民族"在以往事业中扮演的明显的主角,不如说显示了"书写民族"的话语议程在都铎王朝时代的历史学、编年史、法学、建筑和文学话语中发挥的作用。①

1589年12月17日,哈克路特在《重大的航海》首版前言(此前言是献给女王陛下的总管,弗兰西斯·华森汉姆爵士的)中,讲到了他编纂这部巨著的起因。他说他是在他的同名堂兄启发下走上研究地理学和宇宙志的道路的。少年时代他在堂兄的书房里不经意间看到几本附有世界地图的地理学著作,产生了强烈的好奇心。在堂兄的指点下,他得知世界有三大洲(欧洲、亚洲、非洲),有许多海洋、海湾、海峡、海角、河流、帝国、王国、公国,还有商业、贸易。堂兄还引导他阅读《圣经·旧约》中有关的段落和赞美诗中对"上帝的杰作和深海的奇观"的赞颂。② 哈克路特的当代传记作者彼得·迈克尔(Peter C. Mancall)将其传主生命中的这个转折时刻称为"启示"(revelation),正是在这个时刻,哈克路特"灵光一闪",发现了自己此生的使命,就是在上帝的佑助下探索有关宇宙的知识和文献;与此同时,这个时刻也是哈克路特"对他自己作出的一份承诺"(a promise to himself)——"有条不紊地收集如今已被散落不顾的我们自己同胞的航海记录,拂去尘埃,使其重见天日,使子孙后代仔细考虑他们已经失落了很久的祖先的记录,认识到他们享用着他们的父辈提供给他们的福泽,并最终激发起抓住赋予他们担当重要角色的机会"。③ 大卫·哈利斯·萨克斯(David Harris Sacks)进一步指出,实际上,哈克路特在他堂兄房间里暗暗立下的誓言(the pledge)不仅是对他自己的,也是对上帝的,作为一个牛津大学基督学院的学生,他已经知道要成为自己内心思想的无所不知的见证人。

---

① Clenn Hooper and Tim Youngs (eds.), *Perspectives of Travel Writing*, London: Ashage Publishing Limited, 2004, p. 27.
② Richard Hakluyt, *Voyages and Documents*, selected with an introduction and a glossary by Janet Hampden, London, New York and Toronto: Oxford University Press, 1958, pp. 1-2.
③ Peter C. Mancall, *Hakluyt's Promise, An Elizabethan's Obsession for an English America*, New Heaven & London: Yale University Press, 2007, p. 177.

第三章　航海旅行文集与全球视野的塑造

堂兄的教导使他从一个浑浑噩噩的男生转而听从生命的感召。①

之后,哈克路特进入牛津大学的基督学院,以宗教般的虔诚开始了地理学研究,系统地阅读用各种文字(包括希腊文、拉丁文、意大利文、西班牙文、葡萄牙文、法文和英文)写成或印刷的航海和探险文献,并开始在学院里开设有关地理学的讲座。随着时间的推移和眼界的开阔,他逐渐对"我们国家最主要的船长、最伟大的商人和最好的水手"的情况烂熟于心。之后他有机会到法国巴黎待了五年,了解了更多的有关欧洲地理、语言和文化方面的知识。结果他发现,许多欧洲人对英国存有偏见,认为英国人"懒散成性、贪图安逸",但几乎没有人对之作出回应,而且也没有看到有多少人关注英国人在海上艰辛的劳作和痛苦的旅行。于是,从法国返回后他马上决定,不管有多大困难,也要着手开始这项费力不讨好的工作,编纂一部反映英国民族重大的航海、航行、探索和发现活动的大型文献。在《重大的航海》序言中,他满怀激情地写道:

> ……说句我们这个民族受之无愧的公道话:不可否认,像以往时代一样,他们(按指英国水手——引者)一直生气勃勃,活跃在大海上,探索着世界最遥远的地区。因此,在最杰出的女王陛下领导的最著名的、无与伦比的政府的统治下,她的臣民在上帝的眷顾和佑护下,在探索世界最偏远的角落和处所,坦率地说,不止一次地测量着这个巨大的地球,已经超越了这个地球上所有的民族和人民。②

接着他列举了英国人到过的地域——波斯、君士坦丁堡、叙利亚、智利、秘鲁、新西班牙(即今墨西哥)、南海(即太平洋)、爪哇、中国等,骄傲地试问——"世界上有哪个国家像这个强盛的君主国的臣民已经做到的

---

① David Harris Sacks, "Cosmography's promise and Richard Hakluyt's world," *Early American Literature*, 44.1 (Winter 2009): p.161.

② Richard Hakluyt, *Voyages and Documents*, selected with an introduction and a glossary by Janet Hampden, London, New York and Toronto: Oxford University Press, 1958, p.4.

那样？"①

于此可见，哈克路特编纂《重大的航海》这部大型的旅行航海文献集成，源于三个交杂在一起的复杂动机，首先是少年时代萌生的好奇心；在堂兄的启迪下，这种好奇心发展为一种坚定的宗教信仰和使命感；最后，出国经历催生了他的民族身份意识的觉醒。

## 二、地理空间与身份认同

19世纪英国维多利亚时代的批评家J.A.弗劳德曾将《重大的航海》称为"英国民族的散文史诗"②，点出了此书对于英国民族身份建构的划时代意义。用文学术语来说，将《重大的航海》称为"史诗"，主要是因为它符合了历代文学批评家总结和概括的史诗标准：首先，它体现了"一个重大的主题"（正如其标题所显示和其内容所证明的）；其次，"它用许多瞬间发生的历史大事充实了其框架"；第三，从风格上说"它具有庄严感"，"讲述了一系列高贵的英雄般的人物的故事"③。

在首版《重大的航海》中，哈克路特收集了从传说中的亚瑟王和早期不列颠人的航海活动记录，一直到他本人所生活的那个年代最新的航海报告。全书类似一幅包罗万象的地图，按照发现和征服世界的地理区域组织起来，分为三个部分。第一部分包括单个英国人对东方的旅行。旅行记录的范围包括现在的中东和北非，直到印度。第二部分是北方的旅行记录，包括从斯堪的纳维亚半岛最北端的拉普兰（Lapland），直到俄罗斯和波斯。最后一部分包括从北纬75度线以南到麦

---

① Richard Hakluyt, *Voyages and Documents*, selected with an introduction and a glossary by Janet Hampden, London, New York and Toronto: Oxford University Press, 1958, p.4.
② Jeffrey Knapp, *An Empire Nowhere: England, America, and Literature from Utopia to The Tempest*, Berkeley, Los Angles, Oxford: University of California Press, 1992, p.1.
③ James P. Helfers, "An essay on Hakluyt's Principal Navigations," *Studies in Philology*. 94.2 (Spring 1997): pp.160-186.

第三章　航海旅行文集与全球视野的塑造

哲伦海峡"英勇的英国人试图在美洲新世界最遥远的角落的探索"。①这样一个广阔的空间,基本上囊括了当时欧洲人已知的、包括新大陆在内的世界上所有的大陆和海岛,形成一个跨文化的全球视野。正是在这个意义上,德国学者 C.施密特将 1589 年版《重大的航海》称为"第一份切实的可以证明英国开始建立其新的全球视野的文献"②。

《重大的航海》第二版的篇幅是其首版的两倍,规模也更为宏大,共分三卷。第一卷(1598 年出版)涉及北方和东北方的航海活动,包括了 109 个单独的航海叙事,从公元 517 年亚瑟王对挪威的探险活动,到"英明女王"统治时期著名的加的斯(Cadiz)探险。其中最重要的航海有:973 年艾德加在不列颠周边的航行;十字军骑士在耶路撒冷的活动;卡波特的航行;查斯勒对俄罗斯的航行;伊丽莎白女王派驻俄罗斯和波斯的外交官的报告;西班牙无敌舰队的灭亡,等等。第二卷(1599 年出版)包括 165 个单独的文本,涉及南方和东南方的航海活动,开始于公元 337 年海伦娜女王在耶路撒冷的逗留。主要的叙事有:忏悔者爱德华的外交官在君士坦丁堡的活动;英国武士在这个城市活动的历史;狮心王理查的旅行;1330 年安东尼·贝克前往鞑靼的航行;1400 年英国人在阿尔及尔和突尼斯的活动;苏莱曼一世对罗德岛的征服;福克斯叙述其被虏的经历;前往印度、中国、几内亚和加那利群岛的航行;黎凡特公司的报表;以及罗利爵士、福罗贝歇、格林威尔等人的旅行记。第三卷包括 243 个不同的叙述,以威尔士亲王默多克(Madoc, Prince of Wales)1179 年对西印度的惊人发现为开端,包括了哥伦布、卡波特及其儿子的航行;大卫、史密斯、福罗贝歇、德雷克和霍金斯的航行;罗利对圭亚那的航行;德雷克的伟大航行;在南美、中国、日本和所有西方国家的旅行;对黄金国(the Empire of El Dorado)的描述等等。这样,全书三卷加在一起,总共包括 517 个单独的航海叙事,时间跨度长达 1000 年,地域范围包括亚、非、欧、美四个大洲,在当时可谓是一部囊括全球

---

① Peter C. Mancall, *Hakluyt's Promise, An Elizabethan's Obsession for an English America*, New Heaven & London: Yale University Press,2007, p. 185.
② C.施密特:《陆地与海洋——古今之"法"变》,林国基、周敏译,上海:华东师范大学出版社 2006 年版,第 49 页。

时空的煌煌巨著。

其实,哈克路特既不是出版此类叙事文集的第一个英国人,也不是最包罗万象的一个。在他之前,理查德·艾登(Richard Eden)和理查德·威尔斯(Richard Wells)分别在1550年代和1577年出版过同类文集;在他死后,撒缪尔·帕切斯(Samuel Purchas)高价收购了他的未刊文章,自己又获得了更多资料,出版了四卷对开本的《哈克路特遗著,或帕切斯游记》(*Hakluytus Posthumus or Purchas, His Pilgrimes*)。尽管如此,哈克路特的名字已经成为出版和发表此类游记的通用名词。他的书籍被历史学家视为不可匹敌的有关英国商业和殖民扩张的原始资料,成为大卫·比厄斯·奎因描述的一种新的"实用、客观、清晰、令人激动"的散文的标志。①

个中原因何在?哈克路特的当代传记作家彼得·迈克尔认为,哈克路特不仅生活在他所收集的旅行记的故纸堆中,他还是一个"塑造了英国的世界想象的人物"②。从空间诗学角度考察,哈克路特以他的《重大的航海》,探索并定义了英国的"空间身份认同"③。他自觉意识到,他编辑的是"一个民族的航海"("Voyages of a Nation"),这个民族就是他经常提到的"英国民族"("the English Nation")。通过建构这种身份认同,他与同时代的莎士比亚、斯宾塞等一起,参与了"伊丽莎白时代人们对英格兰的书写"("Elizabethan Writing of England")④,从而在使英国从一个封建国家变成一个现代国家的过程中发挥了至关重要的、无可替代的作用。

但哈克路特的世界想象和全球视野又是与他的现实关怀,他的爱国主义和民族身份意识是紧密结合在一起的。把向外扩张和建立海外

---

① Mary C. Fuller, "Richard Hakluyt," *Sixteenth-Century British Nondramatic Writers*: Second Series. Ed. David A. Richardson. Dictionary of Literary Biography Vol. 136. Detroit: Gale Research, 1994.

② Peter C. Mancall, *Hakluyt's Promise, An Elizabethan's Obsession for an English America*, New Heaven & London: Yale University Press, 2007, p. 14.

③ Jean R. Brink, "Forms of Nationhood: The Elizabethan Writing of England," *ANQ*. 8.2 (Spring 1995): p. 52.

④ Ibid.

## 第三章 航海旅行文集与全球视野的塑造

殖民地视为解决国内经济问题和医治民族疾病(nation's ills)的一个必要手段,这是哈克路特编辑这部大型旅行文献的现实动机。哈克路特既是一个勤勉的编辑,也是一个执著的梦想家、未来帝国的策划者和殖民规划的设计师,他看到了一个新世界的展开,他给那些希望到这个世界去投资的人们提供健全的商业建议。在他看来,海外航行和定居将会带来许多实际的好处,不但能够提升英国在与其对手竞争中的地理位置,增加它在发现史上的光荣,而且也能创造新的经济机会,为国内的穷人找到工作,促进国民财富的增长。正如亚瑟·肯尼指出的,"实际上,将这位孜孜不倦的编纂家和梦想家的各个方面维系在一起的是他的不屈不挠的渴望,即在面对西班牙的扩张,尤其是在新世界扩张的时候,宏扬民族意识和民族自豪感;他的主要动机是爱国主义的骄傲,他希望把这种骄傲灌输到他的同时代人中。"① 在给菲力普·锡德尼爵士(Sir Philip Sidney)的献辞中,哈克路特写道,尽管美洲早在 90 年前就被发现了,但"如此多的征服和拓殖都是西班牙人和葡萄人作出的,英国人至今还没有在那些尚未被人占领的肥沃的、宜人的地方立足"。② 尽管如此,机会还有。据他对历史的理解,机会对所有人都是均等的。葡萄牙人现在过时了。更重要的是,"西班牙人赤裸裸的(贪婪),以及他们长期隐藏的秘密已经为人所知,所以他们想要欺骗世界已经很难"。③ 因此他希望,"既然时机已经成熟,我们英国就可以与西班牙和葡萄牙分享(如果我们自己想要)美洲的领地,以及其他尚未被发现的地方"。他说,这本书中的记述将证明英国人拥有这些土地的权利,"推进我们国家的光荣"。④

在哈克路特心目中,强烈的爱国主义感情与虔诚的宗教信念是相辅相成,互为因果的。在致菲力普·锡德尼的信中,哈克路特说,海外

---

① Arthur F. Kinney, "Richard Hakluyt: Overview," *Reference Guide to English Literature*. Ed. D. L. Kirkpatrick. 2nd ed. Chicago: St. James Press, 1991.
② See David Harris Sacks, "Cosmography's promise and Richard Hakluyt's world," *Early American Literature*, 44.1 (Winter 2009): p.161.
③ Ibid.
④ Ibid.

探险的首要目标是发现"上帝的荣光","敬神是伟大的财富","如果我们首先寻求上帝之国,其他东西自会给予我们"。① 对哈克路特来说,迄今为止,由于忘记了这个终极目标,英国已经失去了许多海外探险的成功机会。哈克路特相信他的民族的伟大命运在神恩的规划中,这种宗教情感加强了他的天真的爱国主义自信。在他心目中,英国几乎成了受上帝保护的特选子民,而北美的弗吉尼亚则可以与以色列的"应许之地"(the promised land)迦南相提并论。哈克路特说,上帝注定英国人将要获胜……如果上帝选定英格兰获胜,那么在他的指导下探险(尤其是海上的)的胜利也是肯定的。从这种心态出发,每一个成功的探险、海战、政治上的好处或利润的获得,只不过进一步证明了上帝的恩典和国家的光荣。这种认命的感觉只会激发起探险的热情。②

## 三、词语与修辞的力量

哈克路特本人并不是航海家或商人,只是一个学识渊博的牧师和宇宙志学者,他用以建构他的民族的空间身份和世界想象的材料也只是散乱的历史文本和航海实录。然而,他却远远超越了其同时代人的精神视野,影响了那个由朝廷官员、商业投资者和有才能的航海家组成的世界。这是因为"他相信词语的力量,无论是书写的还是口头的。他看到了问题所在和解决之道,其前提是,精英知识阶层应该把诊断问题和发现答案视为一种任务,甚至一种责任"。③ 对他本人来说,那就是通过编辑航海、旅行文集,借助修辞活动来表述自己的爱国主义、民族认同、帝国意识和殖民规划。

G. B. 柏克曾把《哈克路特遗著,或帕切斯游记》的编者帕切斯与哈

---

① See David Harris Sacks, "Cosmography's promise and Richard Hakluyt's world," *Early American Literature*, 44.1 (Winter 2009):p. 161.

② See James P. Helfers, "An essay on Hakluyt's Principal Navigations," *Studies in Philology*, 94.2 (Spring 1997): pp. 160-186.

③ Peter C. Mancall, *Hakluyt's Promise, An Elizabethan's Obsession for an English America*, New Heaven & London: Yale Unversity Press, 2007, p. 154.

## 第三章 航海旅行文集与全球视野的塑造

克路特相比,称前者"不过是一个在博物馆中工作的档案员",后者则"收集起一部历史的材料,并巧妙地对之处理,使它们既保持了原材料的面貌,又成为了一部历史"。他指出,尽管哈克路特编辑的文集,其主要的文学兴趣在于叙述,但作为整体的文集达到的美学效果不同于单一的叙述。① 这是很有见地的评价。叙事学的常识告诉我们,编辑的策略绝不仅仅是将散乱的资料纳入一个整体性框架,修辞的美学效果也绝不仅仅是让话说得更动听、更漂亮、更有说服力。在表面看来纯技术性的叙事策略背后,隐含着意识形态和权力关系的运作。正如乔纳森·P. A. 塞尔(Jonathan P. A. Sell)指出的,修辞远不仅仅是被动的卖嘴皮子的力量,而是主动地以其创造的范式,以其描述的诗学和经典的规划观念发挥了积极的作用,它也以其付出的本能般的唇缘服务(lip-service)植入了看待世界的各种方式范围。② 由于"新的世界要求新的认知技术和新的修辞策略",因此,哈克路特的使命就是"通过将英格兰零碎的海外记录编纂为一部持续进步的包罗万象的历史,推动英国宫廷走向一个帝国主义的未来"。③

不过,当1589年哈克路特编辑他的首版《重大的航海》时,英国离成为一个稳固的帝国,或明确具有一种帝国的政策,尚有一段很长的路要走。尽管之前已经有了近40年的跨文化探索和贸易,但与那些主宰了亚洲、非洲和美洲的国家,尤其是与西班牙和葡萄牙相比,它的努力就相形见绌了。④ 为了弥补这一缺憾,哈克路特不得不在修辞上做足文章。在《重大的航海》中,他首先将历史的甚至传说中的文本巧妙地编进文集中,为现实的海上扩张提供一个合法化的历史语境。例如,"通过小心翼翼地选择亚瑟王的资料,并将其与其他真实的历史文本

---

① See James P. Helfers, "An essay on Hakluyt's Principal Navigations," *Studies in Philology*, 94.2 (Spring 1997): pp. 160-186.

② Jonathan P. A. Sell, *Rhetoric and Wonder in English Travel Writing,1560-1613*, London: Ashgate Publishing Ltd,2006, p. 9.

③ Julia Schleck, "'Plain broad narratives of substantial facts': credibility, narrative, and Hakluyt's Principall Navigations," *Renaissance Quarterly*. 59.3 (Fall 2006):p. 768.

④ James P. Helfers, "An essay on Hakluyt's Principal Navigations," *Studies in Philology*. 94.2 (Spring 1997): pp. 160-186.

和个人旅行记并列在一起,为他宣称的这些资料的'可靠性'加上了新的砝码"。① 其次是通过简单的资料堆积法,以显示英国探险活动的宏伟广度。正如詹姆斯·赫尔福斯(James P. Helfers)敏锐地指出的,"他(哈克路特)将一个叙述堆在另一个叙述、一个文本堆在另一个文本上,给读者提供了英国人的生命力势不可挡的印象"。②

原貌呈现法是哈克路特宣示其编辑的文集客观、科学、公正的又一种修辞策略。他几乎剔除了所有学究气的、演绎性的、地理学的观点——任何干扰个性化描述的直接性的东西,尽量用主人公们自己的话语来呈现航海探险活动的原貌。他在首版序言中宣称:"我在任何权威作家中找到的证据都证明了我的观点,……我逐字逐句地将它们记录下来,包括作者的名字和出现的页码……为了达到下述目的,让那些艰辛的个人旅行家获得好的想法,得到他们应得的公正的推荐,以及人人都能够对他作出回应,证实他的报告,忍受他的所作所为,我不但提到了他个人完成的每一次航行,而且也提到了他写下的描述航行的文字。"③哈克路特的读者在《重大的航海》中可以读到种种不同的叙述者,各自以自己的风格讲着自己的故事。此外,他们还能读到比旅行故事更多的不同体裁的文本,包括地图、列表、对商人—探险家的指令,以及法律文书等等。这样,异质文本并存的结果使《重大的航海》变得包罗万象,成为英国文艺复兴大发现时代的编年史,一种新的文献集成。

有些当代学者认为,缺乏重点是哈克路特的特有的弱点。④ 殊不知,这正是哈克路特的"障眼法"(camouflage),通过这种叙事修辞策略,他突出了他所编辑的文集的包容性和多样性,给人以一种全面、客

---

① Matthew Day, "Imagining empire: Richard Hakluyt's The Principal Navigations (1598-1600) and the idea of a British Empire (1)," *Journeys*. 3.2 (Dec. 2002):p.1.

② James P. Helfers, "An essay on Hakluyt's Principal Navigations," *Studies in Philology*. 94.2 (Spring 1997): pp.160-186.

③ Mary C. Fuller, "Richard Hakluyt," *Sixteenth-Century British Nondramatic Writers*: Second Series. Ed. David A. Richardson. Dictionary of Literary Biography Vol. 136, Detroit: Gale Research, 1994.

④ James P. Helfers, "An essay on Hakluyt's Principal Navigations," *Studies in Philology*. 94.2 (Spring 1997): pp.160-186.

观、公正的印象。其实,正如一些当代西方历史学者指出的,哈克路特搜集的文献是有重点的,出于爱国主义动机,他抑制了外国批评家对英国海上活动的批评,不动声色地对编入其中的叙述作了仔细的修改。他把许多记录英国与西班牙海战的材料编入其中,其中有些与探险毫不相干,有些只与正规的贸易有关。其中最出名的便是对1588年英国击败西班牙无敌舰队的记录。哈克路特将大量的材料都编入其中,其爱国主义动机在此表露无遗。[①] 爱国主义的动机还包括对贵族的理想化描述。哈克路特的读者的动机多种多样。航海的赞助者、富有的商人,渴望他们的投资很快得到回报。但潜在的航海家,那些渴望推进宫廷的贵族关注的则是另外的方面。为了迎合第二个集团的渴求,哈克路特不是降低外在的艰辛,而是将参与探险活动的英国成员之间的关系理想化。W. A. 罗利曾将绅士冒险家称之为"捣蛋鬼",在面对黄金和荣誉时总是互不相让,这常常使探险受挫。但哈克路特的叙述很少讲到这种冲突。叙述关注的是面对战争和发现时的高贵人品。[②]

在上述所有这一切繁琐、复杂而又精细的编辑过程中,哈克路特始终将自己深深地埋藏在资料中,我们几乎看不到他本人的人格和个性化风格。但没有风格也是一种风格,一种客观、冷静、务实的风格,符合当时正在形成中的"科学的精神气质"[③]。

《重大的航海》中搜集的文本主要有两种类型,旅行日志和商业报告。旅行日志脱胎于航海日志,它严格按照时间顺序,通常是以匿名的复数(既可以是第一人称也可以是第三人称)来记录,从来不会超过几句话,哪怕描述重大事件也是如此。航海日志对每日的气候和人员的死亡同等对待,不作任何评论。因为这些记录的目的是为了鼓励更多的航行,为后来者提供帮助。商业报告是出海人员定期向公司汇报其活动的记录,包括其经过的国家、港口、当地的气候条件、物产和贸易

---

① James P. Helfers, "An essay on Hakluyt's Principal Navigations," *Studies in Philology*. 94.2 (Spring 1997): pp.160-186.
② Ibid.
③ 关于"科学的精神气质",参见罗伯特·金·默顿:《十七世纪英格兰的科学、技术与社会》,北京:商务印书馆2000年版。

等。这两种文本完全按照当初的原貌呈现在文集中,给人以完全客观、可靠、真实的印象。

与此同时,哈克路特也排除了文学性、隐喻性或象征性的叙述手法,许多叙述和辅助性的文件是用朴实的散文写成的,读者看到的大多数内容是直接的、具体的描述,以及基于不同境况而造成的叙述的冲突,诸如小船挣扎着漂浮在暴风雨的海面上,或处在北方浮冰的包围中;初次与土著接触时的本能的困难;寻找财富和奇迹时的莫名的兴奋;面临未知的和具有威胁性的情况时,探险队员之间经常产生的致命的紧张感。所有这些特征都为小说的简单性和直接性的现实主义传统指明了道路。[①]

无论在实践中还是在想象上,哈克路特的文集都对他的时代产生了影响。东印度公司在每次探险前,都会将《重大的航海》的复本放在舱房内。[②] 托马斯·史密斯爵士说,研究此书增进了水手的知识,使东印度公司增加了 2 万英磅的利润;弥尔顿在《失乐园》用了许多陌生的异域地名,证明他读过哈克路特的著作。最能说明哈克路特的影响的,或许是德莱顿的颂歌《弗吉尼亚的航行》,该诗写于 1606 年,正是英国冒险家出发前往詹姆斯顿殖民的那一年。颂歌开头写道:"你们以英雄般的心,/荣耀了祖国的名声,/光荣将持续/久远,并征服/那些待在国内游手好闲的/可耻的人们。"结尾这样写道:"你们的航行将伴随/那勤奋的哈克路特,/阅读他的作品将会激发/追求荣誉的人们。/后代会把更多的赞美/颂扬你的智慧。"[③]

17 世纪之后,随着英国从新发现的时代(the age of new discoveries)转到一个稳定地享受其成果的时代,哈克路特的名声渐渐暗淡;不过,这种兴趣在 19 世纪中叶又复活了,随着大英帝国达到它的全盛期,

---

① James P. Helfers, "An essay on Hakluyt's Principal Navigations," *Studies in Philology*. 94.2 (Spring 1997): pp.160-186.

② Richard Hakluyt, *Voyages and Documents*, selected with an introduction and a glossary by Janet Hampden, London, New York and Toronto: Oxford University Press, 1958, p.10.

③ Alan Wilde, "Chapter 1: The America of the Elizabethans," Captain John Smith. Everett H. Emerson, *Twayne's United States Authors Series* 177. New York: Twayne Publishers, 1993.

## 第三章 航海旅行文集与全球视野的塑造

学者和读者被帝国的起源和早期的历史所吸引。他们返回伊丽莎白时代,把它作为一个民族起源的时刻,确认哈克路特和莎士比亚一起,预告了一个强大的英国的诞生。1847年哈克路特学会(the Hakluyt Society)成立,重新出版他的文集和著作,其目的是为了证明,英国发现的海外市场具有历史的权利,而这种权利可以从早年出版的欧洲从事海外贸易的可靠材料中得到证明。①

近年来,随着学界对殖民主义、后殖民主义和全球化的历史兴趣日益增长,那些不太愿意赞美大英帝国建立者的成就的学者们通过挖掘哈克路特的写作来支持他们的批评。同时,"大西洋历史"("Atlantic history")的出现也激起更多了解哈克路特本人及其著作的渴望。② 可以毫不夸张地说,《重大的航海》既是英国民族的一份取之不尽的历史文化遗产,也已成为全球化语境下研究西方现代性起源的一份不可多得的"知识考古学"资料。

---

① Mary C. Fuller, "Richard Hakluyt," *Sixteenth-Century British Nondramatic Writers: Second Series*. Ed. David A. Richardson. Dictionary of Literary Biography Vol. 136.
② David Harris Sacks, "Cosmography's promise and Richard Hakluyt's world," *Early American Literature*, 44.1 (Winter 2009): p.161.

# 第四章　荒岛时空体与新世界话语

当哈克路特在牛津大学的书房内勤勉地编纂他的一系列探险旅行文集的时候，莎士比亚正在用他的生花妙笔为"环球剧场"的观众构思各种类型和风格的戏剧作品。像他的同时代人那样，这位天才的戏剧家也感受到了大航海时代的风潮。虽然莎翁本人从来没有扬帆出海、周游世界的经历，但他的视野却超越了英伦三岛，从东半球延伸到西半球，从地中海扩展到大西洋；他的戏剧作品的场景包括了南欧、北非和斯堪的纳维亚半岛，直至当时正在被开发和殖民中的"美丽新世界"（brave new world）。从旅行文学的角度考察莎士比亚的剧作，被称为"艾汶河上天鹅的绝唱"的《暴风雨》（*The Tempest*，1611）有着特别重要的意义。在这部传奇剧中，来自新世界的异国情调和源于旧大陆的罗曼司互相纠结，上层阶级的勾心斗角和下层阶级的谋反叛乱互为镜像；而欧洲殖民者与美洲原住民首次在戏剧舞台上的相遇，则是全剧的核心，它既激发了17世纪初伦敦观众的跨文化想象力，又吸引了历代莎学家的兴趣，成为西方莎学研究的焦点。本章从空间诗学出发，着重探讨荒岛时空体在《暴风雨》中发挥的文化叙事功能。

## 一、荒岛时空体

在展开本文的讨论之前，先对时空体（chronotope）这个概念作一解释。时空体一词由希腊语的"时间"（chrono）和"空间"（tope）两词拼合而成，源于爱因斯坦的相对论，强调时间与空间的不可分割（时间是空间的第四维）。在《小说的时间形式和时空体形式》一文中，巴赫金首次借用这个术语分析小说中的时空关系，把"文学中已经艺术地把握了的时间关系和空间关系相互间的重要联系"称为"时空体"；并着重指出，"对我们来说，重要的是这个术语表示着空间和时间的不可分

## 第四章 荒岛时空体与新世界话语

割。我们所理解的时空体,是形式兼内容的一个文学范畴"。① 在这个时空体中,"时间的标志要展现在空间里,空间则要通过时间来理解和衡量。这种不同系列的交叉和不同标志的融合,正是时空体的特征所在"。② 在同一篇文章的结语中,巴赫金特别分析了几种典型的时空体(如"道路""城堡""沙龙客厅""小省城""门坎""贵族宅邸"等)在组织情节、描绘事件、塑造形象等方面发挥的叙事功能。

笔者发现,将巴赫金的时空体概念移用于莎剧《暴风雨》的分析,既符合学理,又贴近文本。众所周知,戏剧是在一个相对封闭和浓缩的时空中再现生活的,而《暴风雨》又是公认的所有莎剧中最符合古典主义"三一律"的两个作品之一(另一个是《爱的徒劳》)。全剧的场景设置在一个远离大陆、荒无人烟的小岛上。虽然巴赫金并未将荒岛列入他的时空体分析,但细读剧本即可发现,荒岛具有时空体的一切特征,尤其与巴氏分析过的"道路"时空体有着诸多相似之处。像道路一样,荒岛"主要是偶然邂逅的场所,在这个时空相会体中,有许多各色人物的空间路途和时间进程交错相遇;这里有一切阶层、身份、信仰、民族、年龄的代表。在这里,通常被社会等级和遥远空间分隔的人,偶然相遇到一起;在这里,任何人物都能形成相反的对照,不同的命运会相互交织;在这里,人们命运和生活的空间系列和时间系列,带着复杂而具体的社会性隔阂,不同一般地结合起来;社会性隔阂这里得到了克服。这里是事件起始之点和事件结束之处"。③ 从主角普洛士帕罗的被放逐到他成为隐士、魔法师,从暴风雨的兴起到那不勒斯国王船队的沉没,从落难王子与荒岛"公主"爱情的萌发到婚礼的举行,从幻景的出现到罪人的忏悔等一系列戏剧情节,无不是在荒岛这个特殊的时空体中发生、发展、到达高潮并走向结局的。

更为重要的是,在西方现代性展开的进程中,岛屿作为时空体还承担着一种特殊的文化叙事功能。美国学者葛里格·德宁(Greg De-

---

① 钱中文主编:《巴赫金全集》第三卷,石家庄:河北教育出版社1998年版,第274页。
② 同上书,第275页。
③ 同上书,第445页。

ning)指出,岛屿与其说是物理的,不如说更是文化的:它是一个文化的世界,一种精神的建构,只能通过一片海滩,一种划分了此与彼、我们与他们、好与坏、熟悉与陌生的世界的文化界线,才能接近。在越过海滩的时候,每个航海者都带来了某种新的东西,并制造了某种新的东西。因此,海滩"既是开端也是终结"。德宁甚至认为,整个欧洲的扩张就是以岛屿和海滩为条件的,"欧洲人发现,世界只是一片大洋,其所有的大陆全是岛屿。所有的部分通过海峡和航道相连。它们包围了这个世界"。① 于是,岛屿就成为联结欧洲与美洲、地中海与大西洋、旧世界与新世界、主体与他者、殖民者与原住民的场所和空间。在《暴风雨》中,莎翁正是借助荒岛这个特殊的时空体,让来自不同文化和社会阶层的人们在此偶然相遇,展开对话,发生冲突,最后通过一种人为的、理想的方式解决之或淡化之。

要进一步理解荒岛在《暴风雨》中实际承担的文化叙事功能,首先得解决荒岛的空间定位问题。由于莎翁在剧中并未对荒岛所在位置作出明确的说明,结果在后世的莎学评论中形成了"大西洋—美洲说"和"地中海—北非说"两种主要的观点。"大西洋—美洲说"的主要依据是莎翁创作该剧时的历史背景。就在《暴风雨》上演的前两年即1609年,由九艘英国移民船编成的船队,满载着数百位怀着新世界发财梦的男女乘客,前往美洲殖民地弗吉尼亚。其中乔治·萨莫斯爵士(Sir George Somers)驾驶的海上探险号(Sea-Adventure)在经过百慕大海域时遇上飓风,触礁沉没。幸运的是,船上的乘客全都奇迹般生还,漂流到了一座荒岛上。他们在岛上待了近一年,修好了船只,逃离了百慕大水域,继续前往弗吉尼亚的行程。1610年7月,一位名叫斯特拉契的幸存者在一封致某女士的长信中详述了其落难经过,此事被披露后,成为伦敦街头巷尾的谈资。历来有不少莎评专家认为,莎翁创作的《暴风雨》就是以这起海难事件为依据的。② 除了历史背景的外证(external

---

① Martin Daunton and Rich Halpern(eds.), *Empire and Others: British Encounters with Indigenous Peoples, 1600-1850*, London: University College of London Press limited, 1999, p.55.

② Meredith Anne Skura, "Discourse and the Individual: The Case of Colonialism in *The Tempest*," *Shakespeare Quarterly*, Vol. 40, No. 1 (Spring, 1989): p.53.

## 第四章 荒岛时空体与新世界话语

evidence)外,剧本本身也为"大西洋—美洲说"提供了不少内证(internal evidence)。比如,莎翁为岛上的原住民起的名字卡力班(Caliban)似乎暗示了此人与加勒比地区的食人族(Carib /Cannibal)的联系;卡力班崇拜的塞蒂包(Setebos)是南美巴塔哥尼亚人崇拜的"大魔鬼";风暴是精灵爱丽尔从百慕大群岛采集来的露水酿成的,并以乔治·萨莫斯爵士对在这些岛屿附近发生海难的记载为依据,同一个记载中还讲到了这些岛屿上存在着精灵,百慕大是"魔鬼之岛"。① 如此看来,《暴风雨》中的荒岛应当座落在大西洋的某片水域中。

"地中海—北非说"的依据主要是戏剧文本本身。莎翁在剧中明确告诉我们,流落荒岛的欧洲人全来自意大利,似乎与英国毫不相干;那不勒斯国王一行的船队是在参加了公主克拉莉蓓的婚礼后,在回国途中突遇暴风雨而触礁沉没的,克拉莉蓓嫁的是突尼斯王子,突尼斯古称迦太基,位于北非,因此,这些海难余生者流落的荒岛应该是在地中海—北非一带。而这片水域也正是古罗马诗人维吉尔在《伊尼阿斯记》中讲到的特洛伊王子伊尼阿斯遭遇海难、迦太基女王狄多相救、双方萌生爱情的场所。这样,古典的史诗与近代的莎剧之间就隐含了一种互文性的对应关系。当代美国学者查尔斯·斯蒂芬斯(Charles Stephens)指出,从公元7世纪到近代,这片由奥德修斯、伊尼阿斯和圣保罗到过的海域被古罗马人称为"我们的海"(the mare nostrum of the Romans),一直是由基督徒和穆斯林平分的。因此,普洛士帕罗的荒岛座落在基督教所属的区域,只有这样,发生在这个地方的所有事情才能顺理成章,不然就说不通了。② 另一位持"地中海—北非说"的学者杰瑞·布洛顿(Jerry Brotton)进一步指出,在16、17世纪欧洲的政治和商业世界中,东地中海和北非沿岸发挥了特别重要的作用,在现代早期国际关系的记载中,这片区域(水域)是欧洲文明与非洲和其他文明的接触地带(contact zone),只是在后来的大西洋世界占居历史叙事的优势地

---

① John E. Hankins, "Caliban the Bestial Man," *PMLA*. 62.3 (Sept. 1947): pp.793-801.
② Charles Stephens, "Shakespeare," *Shakespeare's Island: Essays on Creativity*, Edinburgh: Polygon, 1994, pp.6-31.

位后,这种作用才不断地被低估,地中海和北非沿岸才成了"被遗忘的前沿"。① 除了那不勒斯国王船队的行进路线外,剧中还有不少细节可以为"地中海—北非说"提供佐证,比如,剧本告诉我们,卡力班的母亲来自东半球的阿尔及尔,卡力班的皮肤是黑色的,属于典型的非洲土著而不是美洲红种人的特征,等等。

"大西洋—美洲说"和"地中海—北非说"究竟孰是孰非,至今仍无定论。笔者认为,双方各有充分理由,无须定于一尊,不妨综合两说形成互补,或许更有利于全面理解莎翁该剧的主旨。从戏剧效果上考虑,将荒岛设置为一个介于"此"(欧洲)与"彼"(非洲/美洲)、旧世界与新大陆、熟悉的与陌生的、虚构的与现实的之间的时空体,让"时间在这里浓缩、凝聚,变成艺术上可见的东西;空间则趋向紧张,被卷入时间、情节、历史和运动之中"②,显然有助于更集中地反映时代矛盾和人性冲突;而将现实中英国移民船在百慕大水域遭遇的海难转化为舞台上那不勒斯国王的船队在地中海—北非的遇险和漂流,无疑拉开了艺术与现实的审美距离,使得剧作家能够借助戏剧的"间离效果",对当时国内面临的社会矛盾及其涉及的普遍人性问题提出自己的看法。

## 二、空间革命与新世界话语

从现代性出发考察《暴风雨》,可以认为,莎剧中出现的荒岛时空体与英格兰民族在16—17世纪之交完成的空间革命密切相关。(见前一章)在这场空间革命中,以航海日志、商业报告、虚构的或实录的旅行见闻等各种杂糅的形式出现的旅行文学在建构"新世界话语"(New World discourse)、拓展殖民空间的过程中发挥了极其重要的作用。如前所述,早在1515年,托马斯·莫尔就在《乌托邦》中,对当时发现不久的美洲新大陆作出了第一个文本式回应。在该书的第二卷中,他虚

---

① Jerry Brotton, "'This Tunis, sir, was Carthage': Contesting Colonialism in *The Tempest*," *Post-Colonial Shakespeares*, Ed. Ania Loomba and Martin Orkin, London: Routledge, 1998, pp. 23-42.

② 钱中文主编:《巴赫金全集》第三卷,石家庄:河北教育出版社1998年版,第275页。

## 第四章　荒岛时空体与新世界话语

构了一个完美的共和国,突出了新世界的理想方面,并借此对圈地运动后污浊卑下的英国社会现实展开了猛烈抨击。稍晚些时候,哈克路特在其撰写的《向西拓殖报告》和编纂的大型旅行文集《重大的航海》中,极力鼓吹向大西洋拓展,把国内的穷人遣送到美洲去开发殖民定居点,以缓解日益膨胀的人口压力和社会矛盾。1590 年,约翰·怀特在弗吉尼亚的罗阿诺克(Roanoke)建立殖民定居点。1607 年,英国人开始向詹姆斯顿(Jamestown)移民。

据当代西方莎学专家玛丽迪丝·安妮·斯库拉(Meredith Anne Skura)等人的观点,在莎士比亚创作《暴风雨》的 1611 年前后,似乎存在着大量出于不同的动机、观点和社会背景的"新世界话语"。官方的宣传强调了新世界的新奇、美丽和富饶,竭力鼓动和吸引民众到新世界去投资和移民。而一些从美洲殖民定居点归来的目击者则说,弗吉尼亚这个殖民项目(the colonial project)已经失败,定居在那儿的英国人退化堕落、贪婪成性,他们与当地原住民之间也经常发生冲突。[①] 因此,在 17 世纪初英国人的心目中,像弗吉尼亚和詹姆斯顿这样的美洲殖民定居点似乎就成了矛盾的时空结合体,它们既是《旧约》中耶和华上帝承诺给希伯来人的"应许之地",又是穷人聚居、道德堕落、法纪混乱的藏污纳垢之所。

在《暴风雨》中,莎翁让荒岛时空体承担了为 16 世纪以来形成的各种不同的新世界话语提供对话平台的文化叙事功能。按照约翰·亨尼迪(John F. Hennedy)的说法,文艺复兴时代的主要传统人文主义与当时流行的被海登·怀特命名为"反人文主义"(counter-Humanism)的各种思想观点之间的冲突,在《暴风雨》中得到了曲折的反映。其中最有影响的是基督教人文主义者、神秘主义信仰、蒙田式自然主义者、物质主义者或马基雅维利式的纵欲主义者。[②] 借助荒岛时空体这个远离大陆的封闭空间,莎翁让上述几种互相冲突的社会话语展开了平等的

---

[①]　Meredith Anne Skura, "Discourse and the Individual: The Case of Colonialism in *The Tempest*," *Shakespeare Quarterly*, Vol. 40, No. 1 (Spring, 1989), pp.53-54.
[②]　John F. Hennedy, "The Tempest and the Counter-Renaissance," *Studies in the Humanities*. 12.2 (Dec. 1985): pp.90-105.

对话,使全剧呈现出一种丰富的复调性。从人类学角度考察,我们可以说,《暴风雨》的荒岛时空体类似维克特·特纳提出的"阈限空间"(liminal space)①。在这个"反结构"空间中,所有来自欧洲的"文明人"都展现了某种"阈限性",因为他们都暂时被切断了日常的社会角色、身份或地位,进入了一个完全不同的社会环境,经历了一场从日常时空到非日常的、极端时空的运动;在身体经受空间位移的同时,又经历了精神的历炼或灵魂的悔罪;在与他者交往的同时,也与自我相遇了。

诺斯洛普·弗莱等人认为,贡扎罗发表的关于在荒岛上建立"共和国"的言谈,来自蒙田《食人族》一文中对"高贵的野蛮人"的赞扬,代表了一种自然主义的社会理想。②

> 在这个共和国,我实行的一切办法
> 可与众不同;什么经营买卖,
> 我一概禁止;用不着地方长官;
> 都不懂得学问;再不分贫富贵贱,
> 那主人、仆人;再没有契约、继承,
> 领域、地界,葡萄园、耕熟的土地;
> 那五金和五谷,酒和油,都不需要了;
> 再不用做事干活了,都闲着双手,
> 妇女们也这样,可是天真又纯洁;
> 没有君主——
> ……
> 凡人人需要的东西都应有尽有,
> 不用流血汗,费心力。什么叛逆、
> 烧杀抢劫,刀剑枪炮,一切武器,
> 我一律都不要;我只要大自然给我

---

① 关于"阈限空间",参见维克多·特纳:《仪式过程:结构与反结构》,黄剑波、柳博赟译,北京:中国人民大学出版社 2006 年版。

② Harold Bloom(ed.), *Caliban*, New York and Philadelphia: Chelsea House Publishers, 1992, p. 81.

>自愿地献上"丰饶"与"富庶",来供养
>我那些纯朴的老百姓。
>……
>我要把这岛国治理得十全十美,
>胜过那黄金时代。①

但上述这番言谈出自一位忠臣之口未免有点"越权",暗寓了无政府主义与集权统治的矛盾。而另两位来自欧洲的落难贵族安东尼和西巴斯显企图借王子失踪之机杀死国王、填补权力真空的举动,则属于典型的马基雅维利式的现实政治行为。另一方面,小丑特林鸠罗和司厨斯蒂番试图与当地土著合谋杀死普洛士帕罗、成为荒岛新主人的未遂叛乱,又代表了一种来自底层的、盲目的社会力量的骚动。通过来自欧洲的"文明人"在荒岛这个特殊时空体中的所思所欲和所作所为,莎翁突出了新世界话语的多极性,人性中的卑下与高贵、欲望与理想在蛮荒地带的大暴露和大冲撞,也隐晦地表达了对詹姆斯一世时代社会现实的担忧。

## 三、主体—他者的建构

在上述不同思想和社会话语交锋的过程中,来自欧洲的魔法师普洛士帕罗与荒岛原住民卡力班之间的相遇和交往特别引人注目,也成为历代莎学研究的一个焦点。

普洛士帕罗是莎翁的向壁虚构,还是实有其人?如果确有其人,那么原型是谁?有不少西方学者认为,普洛士帕罗的原型很有可能就是伊丽莎白时代一位博学多才的奇人,约翰·迪博士(Dr. John Dee, 1527—1608),他既是天文学家、数学家,又精通占星术、炼金术和犹太秘仪。他曾将欧几里得的几何学翻译为英文,并将其应用于制图学上。据说伊丽莎白女王曾亲自骑马登门拜访,请他为自己掐算并择定加冕

---

① 威廉·莎士比亚:《新莎士比亚全集》第三卷,方平译,石家庄:河北教育出版社2000年版,第548页。

典礼的吉日。更为重要的是,此人还是不列颠帝国的预言家(visionary),他发明了"大不列颠"(Britannia)一词,竭力鼓吹英国探险家去寻找并开通西北航道(Northwest Passage)①。他还为英国皇家海军的发展制定了战略规划,在1588年英国皇家海军与西班牙无敌舰队对阵时,据说他曾在英吉利海峡上施展魔法,为英国的最终取胜立下了汗马功劳。之后,他被伊丽莎白女王委派到北美,为英国对北美殖民的合法化奠定了基础。② 约翰·迪博士的这一系列带有传奇色彩的行为,与《暴风雨》中的魔法师普罗士帕罗确有诸多相似之处。

不过,莎翁的伟大之处在于,他总会将自己的情理哲思注入于其所本的原型中,使之具有了某种超越时空的普遍意义。普洛士帕罗的原型虽来自英国本土,但只有在新世界的荒岛时空体中,与来自异域的"他者"卡力班等互为镜像,才能最大限度地发挥其作为主体的文化叙事功能。那么,作为"他者"的荒岛畸人,卡力班这个原型又来自何方?

《暴风雨》第二幕第二景中,小丑特林鸠罗在第一次见到卡力班时说:"这是什么玩意儿?一个人还是一条鱼?……在英国,凭这么个怪物就可以让你做个阔人啦——在那个国家里呀,随便什么怪畜生都可以让你当上个阔人。要他们掏出一文钱来舍施给一个跛脚的叫化,那就别想了;可他们就是肯拿出十个铜子去看一看一个死了的印第安人。"③按照当代一些莎学专家的观点,这段台词与其说是小丑的夸张,不如说是当时实情的记录。在16世纪末和17世纪初,口头和书面的旅行文学对于居住在远方异域中的怪人和半人(semihuman)的描述非常丰富。当时伦敦大街上有不少游荡的土著。莎士比亚的庇护人,南桑普顿伯爵出于实用的兴趣,经常带些土著进来,让剧作家与这些陌生

---

① 自15世纪中期起,由于奥斯曼土耳其人征服中东、切断了欧洲通往东方的陆路,西方探险家一直试图在哥伦布发现的美洲大陆西北面开通一条商业航道。所谓西北航道(Northwest Passage)是指由格陵兰岛经加拿大北部北极群岛到阿拉斯加北岸的航道,这是大西洋和太平洋之间最短的航道。

② 参见约翰·迪学会网站:The John Dee Society,〈http://www.johndee.org/deesociety.html, access date〉2010-6-23。

③ 威廉·莎士比亚:《新莎士比亚全集》第三卷,方平译,石家庄:河北教育出版社2000年版,第560—561页。

## 第四章　荒岛时空体与新世界话语

人面对面交谈。而伊丽莎白时代的旅行文献又补充了莎士比亚的第一手观察。所有这些来自不同源头的知识凑在一起都发挥了作用。莎士比亚并不是唯一将印第安人带上舞台,或让他穿土著服装表演的戏剧家。当时的假面舞会上这种场面是很常见的,演员装扮成弗吉尼亚的酋长,戴上有羽毛的头饰和袍子,脸上挂满装饰品,手中拿着弓箭,口里衔着长如滑膛枪的烟袋。但莎士比亚的非同寻常之处在于,他能透过这些外在的特征,刻画出土著个性中的本质意义。①

但也有学者认为,不能完全将卡力班视为新世界的土著,因为从其出身来看,卡力班的母亲来自东半球的阿尔及尔,如果荒岛在西半球的百慕大群岛,那么,卡力班也只能算半个土著。从外形上看,他的皮肤是黑色的,这是非洲土著而不是美洲红种人的特征。② M. A. 斯库拉指出,尽管卡力班接近自然,非常天真,信奉鬼神,背信弃义(这是当时欧洲殖民者对印弟安人的刻板印象),但是,卡力班几乎缺乏所有有关新世界的报道中最具有决定性的外在特征,他没有超人的体力,没有赤身裸体或动物般的皮肤,没有装饰性的羽毛,没有弓箭,没有烟管,没有烟草,身上没有彩绘,还有,莎士比亚特别强调的一点是,卡力班不喜欢欧洲人带来的小饰物和垃圾玩艺儿。卡力班实际上更像斯特拉契在百慕大群岛期望发现(但没有发现)的魔鬼,而不像他在弗吉尼亚遇到的印第安人。③

不管怎么说,从其外貌特征来看,卡力班似乎是莎翁在综合了旅行文学中的相关记载和现实中观察到的土著形象的基础上,发挥自己的跨文化想象力,结合了东西两半球、新旧两大陆上原住民的体貌特征建构起来的"他者"。而普洛士帕罗与卡力班关系的变化,则象征性地再现了欧洲文化与美洲或非洲等异质文化相遇和交往的过程。

在论及欧洲殖民者对非欧洲(主要是非洲、美洲和澳洲)人的态度

---

① Harold Bloom(ed.), *Caliban*, New York and Philadelphia: Chelsea House Publishers, 1992. p. 20.
② Meredith Anne Skura, "Discourse and the Individual: The Case of Colonialism in *The Tempest*," *Shakespeare Quarterly*, Vol. 40, No. 1 (Spring, 1989), pp. 42-69.
③ Ibid.

时,美国新历史主义批评家斯蒂芬·格林布拉特(Stephan Greenblatt)曾利用"他者"(other)和"兄弟"(brother)这两个单词的相似性,发明了一个双关语。他指出,在欧洲殖民者眼中,这些他者(other)通常缺乏人性,只有通过欧洲人的恩赐,他们才能成为兄弟(brother)①,而这样一个转换的过程——熟悉化和陌生化、兄弟化和他者化的过程在《暴风雨》中表现得特别明显。综观全剧,普洛士帕罗与卡力班的交往经历了一个从兄弟化(brothering)到他者化(othering)的复杂过程。如所周知,普氏是在被他的兄弟夺去爵位后漂流到荒岛上的。由于自己的"兄弟"变成了"他者",所以,他不得不把他在荒岛上遇到的第一个"他者"视为自己的"兄弟"。卡力班回忆说:"你刚来的时候,拍拍我的背,待我可好呢;把浆果泡了水给我喝;教给我:白天升起的大亮光叫什么,黑夜升起的小亮光那又叫什么;我就此喜欢你了,把岛上那许多好地方都领你去看——清泉啊,盐坑啊,还有荒地啊,肥土啊;真该死,我指点你!"②(第一幕第二景)。而第二幕第二景卡力班说出的一段充满诗意的台词,表明这个荒岛畸人具有非常丰富而实用的"地方性知识"(local knowledge):

> 请让我带你到生野苹果的地方去吧;
> 我会用我这长指甲给你挖落花生;
> 领你去找青鸟的窝,教给你该怎样
> 捕捉那灵活的小猴子。我给你去采摘
> 一串串榛果,有时候我还会从岩石边
> 给你把幼小的海鸥捉来。③

一些莎剧专家认为,《暴风雨》中卡力班对普洛士帕罗及其他欧洲人提供的帮助,实际上折射出17世纪初刚到弗吉尼亚的英国移民与当地土

---

① See Pramod K. Nayar, *English Writing and India*, *1600-1920: Colonizing Aesthetics*, London and New York: Routledge, 2008, p.443.
② 威廉·莎士比亚:《新莎士比亚全集》第三卷,方平译,石家庄:河北教育出版社2000年版,第528页。
③ 同上书,第568页。

## 第四章　荒岛时空体与新世界话语

著阿尔冈纪人(Algonkians)之间的关系。① 正是在后者的帮助下,前者才捱过了初到新大陆、面对一个未知的陌生世界时的生存困境。

那么这种亲密的关系是如何破裂的呢？按照普洛士帕罗的说法,是由于卡力班想要进入他的洞穴,侵犯他的女儿蜜兰达的贞操,从此以后,他就不得不使用魔法,将卡力班时时刻刻置于自己的监控之下。但实际上,对此应负责任的恰恰是普氏自己。因为正是他的贪婪的土地占有欲,使卡力班丧失了荒岛的所有权("你把我囚禁在这狗窝般的山洞里,此外,整个的岛全给你占了去"),从而产生了仇恨心理和报复念头。细读剧本我们会发现,卡力班产生强暴蜜兰达的愿望,其深层动机似乎不只是为了满足性欲,而是想通过性的繁殖,象征性地收复原本属于他的领土——"让大大小小的卡力班住满这个岛屿"(O ho, O ho! would't had been done! /Thou didst prevent me; I had peopled else/This isle with Calibans.)这里,莎翁有意将名词 people 用作动词,暗示了这个荒岛原住民的真实心理。而卡力班对普洛士帕罗的诅咒("你教我语言,我得到的好处就是懂得了怎么样诅咒"),则说明这位荒岛野人已经朦胧意识到,他的主人在奴役他的身体的同时还试图奴役他的精神。于是,正如 M.A. 斯库拉所说,《暴风雨》以某种方式暗示了欧洲人与新世界居民的相遇,这是第一部这样做的文学作品。"莎士比亚首次显示了'我们'对一个土著的虐待,首次表现了土著的内心世界,首次让一个土著在舞台上说出了他的抱怨,首次让新世界的相遇成为一个足以引起当时关注的问题。"②

既然谈到了卡力班,就不得不说一下剧中的精灵爱丽尔。后者同样也经历了一个从"他者化"到"兄弟化"的过程。普洛士彼罗将他从被女巫作法的树干中解救出来,使他甘心情愿地成为了自己的仆人。与卡力班这个不肯服从、经常反抗和诅咒的奴隶相反,爱丽尔顺从、听话,甘愿为其救命恩人赴汤蹈火;与畸形、重浊、污秽的卡力班相比,这

---

① B. J. Sokol, "Text-in-history: The Tempest and new world cultural encounter," *George Herbert Journal*, 22.1-2 (Fall 1998): p.21.

② Meredith Anne Skura, "Discourse and the Individual: The Case of Colonialism in *The Tempest*," *Shakespeare Quarterly*, Vol. 40, No. 1 (Spring, 1989): p.58.

个新世界的"他者"空灵、轻快,如风一般捉摸不定,代表了欧洲人心目中理想化的"他者"形象。借助爱丽尔这个精灵,普洛士帕罗完满地实现了他的复仇计划,将昔日的仇人玩弄于自己的股掌之中。但更为重要的是,爱丽尔还在使普氏从魔法师向人文主义者转化的过程中发挥了积极的作用。

第五幕第一景洞府前,爱丽尔向普氏汇报了执行其命令(兴风作浪)的完成情况,"国王、他弟弟、你的弟弟,三个人都疯疯癫癫;其余几个人,都对着他们伤心,万分地难过、哀愁……你的法术够他们受用了,要是这会儿你看到了他们的光景,你的心会软下来。"

**普洛士帕罗** 你这么想,精灵?
**爱丽尔** 我心里会这样,主人,如果我是人。
**普洛士帕罗** 那我更不用说了。你不过是一阵风,
对他们的痛苦尚且有感触、抱同情,
我是他们的同类,跟他们一样
有喜怒哀乐,一样地知疼知痒,
难道能不比你更受感动吗?他们
罪孽深重,虽说叫我感到心痛;
但是我听从高贵的理性,压制了我胸中的怒
火。……

这里,普氏自称是听从高贵的理性,压制了胸中的怒火,但实际上,正如 B. J. 索科尔(B. J. Sokol)指出的,是爱丽尔引导普洛士帕罗去欣赏一种比温和的善或无论怎样勇敢的光荣的复仇更为高贵而痛苦的道德。尽管爱丽尔只是假定自己是人,但他却教化了一个高贵的魔法师。①

从根本上说,卡力班·爱丽尔是一体两面的形象,投射出 17 世纪欧洲人在与异民族交往时普遍的文化心理。妖魔化的卡力班外形来自非洲与美洲,而其性格及行为模式则源于欧洲中世纪以来的魔鬼系

---

① B. J. Sokol, "Text-in-history: The Tempest and New World Cultural Encounter," *George Herbert Journal*, 22.1-2 (Fall 1998): p. 21.

统①，投射出当时的英国公众对殖民定居点中未知的他者的担忧和恐惧。理想化的爱丽尔则来自蒙田关于"高贵的野蛮人"的臆断和幻想，投射出欧洲人的理想和愿望。但无论如何，这两者都不是真实的新世界原住民形象，而是欧洲主体出于自身的目的，借助旧世界的话语传统建构起来的"他者"。

剧本结尾，普洛士帕罗通过因荒岛而增势（empower）的巫术力量，重新界定并获得了他作为米兰公爵的身份和地位；而他的兄弟安东尼及其同谋那不勒斯国王则在魔法幻景下幡然悔悟，从一度的"他者"复归为"兄弟"身份。另一方面，一度被"兄弟化"的卡力班复归了其"他者"身份，继续留在荒岛上；而理想化的"兄弟—他者"爱丽尔则在圆满完成了其主人交待的任务后，化作一股轻风，融入新世界的大气中。于是，我们看到，《暴风雨》中不同文化的相遇和交往最终以迷失人性、流落荒岛的欧洲人复归人性，荒岛原住民失去土地和话语权、继续保持其野性或魔性而告终。荒岛时空体在完成了它建构新世界话语和建构主体—他者的双重文化叙事功能后，回归其原先与世隔绝、自我封闭的蛮荒状态。而它的创造者莎士比亚也如同他笔下的魔法师一样，抛弃了法衣和法杖，从艺术世界隐退到日常生活世界。于是，《暴风雨》就成为一个英国戏剧家借一位欧洲魔法师之手创造出来的"一场无影无踪的幻梦"。

---

① John E. Hankins, "Caliban the Bestial Man," *PMLA*. 62.3 (Sept. 1947): pp. 793-801.

# 第五章　异域意象的文化表征

　　大探险时代(the Age of Discovery)发现的"美丽新世界"既为莎士比亚戏剧提供了充满传奇性的异域背景,也为17世纪出现的玄学派诗人(the Metaphysical Poets)提供了丰富的异域意象,使他们得以展开跨文化的玄思奇想,"把最不同质的思想用暴力枷铐在一起"①。在安德鲁·玛弗尔(Andrew Marvell, 1621—1678)的《致他的羞怯的情人》一诗中,诗人想象自己与他的情人漫步在"印度的恒河边"、寻找着"红宝石",让自己的爱情像植物般渐渐生长,生长得"比帝国更为宽广,也更为缓慢"(My vegetable love should grow/Vaster than empires, and more slow)。显然,这种具有强烈东方色彩和帝国扩张的的意象,只有在地理大发现和帝国崛起的年代才有可能吸引诗人的注意力,并进入其抒情视野(lyric horizon)。正如萨义德在《世界·文本与批评家》一文中所说,作家无法脱离他的时代,这不是我们在传统的社会学意义上所说的"作者机械地受意识形态、阶级或经济史的制约",而是在深刻得多的意义上说,"作者们生活在他们的社会历史中,既在不同的程度上塑造那个历史和他们的社会经历,又被那个历史和经历所塑造"。② 因此,对玄学派诗人的评价,不能局限于纯诗艺领域,沉迷于对其巧智(wit)和奇喻(conceit)的分析,而应将学术视野扩展到更为广阔的历史文化语境中。

---

　　① 撒缪尔·约翰逊:《玄学派诗人》,转引自王佐良主编:《英国文学名篇选注》,北京:商务印书馆1983年版,第458页。
　　② 爱德华·萨义德:《萨义德自选集》,谢少波等译,北京:中国社会科学出版社1999年版,第57页。

# 第五章 异域意象的文化表征

## 一、地图、半球与圆规

从旅行文学的角度考察玄学派诗人,约翰·多恩(John Donne, 1572—1631)无疑是最值得我们关注的。多恩年轻时个性狂放,生活放荡不羁,进过牛津和剑桥大学,参加过远征冒险,当过掌玺大臣的秘书和议员,出任过皇室和法学院牧师,出使过德国和波希米亚,等等。多恩生平中与帝国扩张直接相关的经历至少有两次。1596 年,多恩在艾塞克斯伯爵第二(II Earl of Essex)率领下,加入了征讨西班牙南部港口加的斯(Cadiz)的舰队。次年 7 月至 10 月又参加了同是由艾塞克斯伯爵率领的"群岛航行号"(Islands Voyage)对亚速尔群岛(Azores)的征讨。多恩在这两次征讨中实际发挥的作用和能力不得而知,只给我们留下了两首有关当时海战的小诗①。1622 年,多恩作了《向弗吉尼亚种植园公司布道》的布道辞,在此布道中,他既希望弗吉尼亚是一片自由的土地,又希望公司移民,其中包括大批牧师,甚至主教,能去维护那里的和平和秩序,宣传基督教,广布教化。他虽未说明自己是否也参加了移民行列,但很可能有此愿望。②

冒险和征服时代的氛围在多恩的潜意识中留下了深深的印痕,也在他的诗歌创作中得到了不同程度的反映。多恩诗中繁复的巧智奇喻,具有将深刻的爱情体验、广博的地理学和宇宙学知识结合起来的倾向。圆规、地图、地球、半球等意象在他的诗中频频出现,反映了地理大发现时代的人们对冒险、猎奇和创新的普遍兴趣。《早安》一诗中,多恩在形容情人之间互相信任、真诚坦荡的心地时,运用了半球意象:

  Where can we find two better hemispheres
  Without sharp North, without declining West?
  哪儿能找到两个更好的半球啊,
  没有严酷的北,没有下沉的西?

---

① Marius Bewley, *Introduction to the Selected Poetry of Donne*, Washington: The New American Library Inc, 1979, p.27.
② 杨周翰:《十七世纪英国文学》,北京:北京大学出版社 1996 年版,第 125 页。

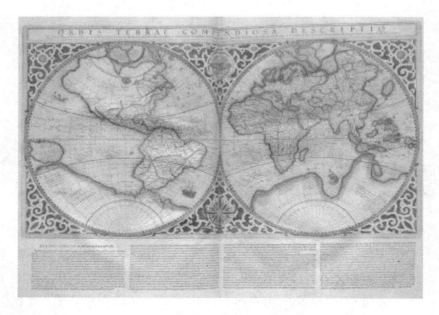

1587 年出版的世界地图

正如许多论者指出的那样,半球意象只有在地理大发现时代,形成全新的地理概念——地球分为南北两半——后,才有可能出现。按照苏珊·巴斯内特的说法,16 世纪末和 17 世纪初,制图学已经不再是一种艺术,而成为一门科学,地图成为霸权的工具,欧洲各国的地理学家和制图学家利用这种工具对世界进行测量、规划、管理、设计和标准化。准确性成为地图的先决条件,包括按一定比例对物质世界进行精确的定位和绘制。① 1587 年版的世界地图清晰地表现出地球分为两半球的观念。该图是以 1569 年版法兰德斯人墨卡托(Gerardus Mercator)绘制的世界地图为基本模式的。多恩本人虽然不是制图学家,但他所能看到的必定是当时流行的、按照同一空间模式制作出来的世界地图。

在《别离辞·节哀》一诗中,出现了著名的圆规意象。圆规意象并非多恩首创,早在 11 世纪就已出现在波斯诗人海亚姆、16 世纪意大利

---

① Susan Bassnett, *Comparative Literature: A Critical Introduction*, Oxford UK & Cambridge USA: Blackwell, 1993, pp. 95-96.

第五章 异域意象的文化表征

诗人瓜里尼以及多恩同时代的诗人约瑟夫·霍尔的笔下,但多恩的出新之处在于,他将圆规意象与大航海时代的旅行联系起来,以此来喻写情人们的复杂的关系。德·昆西(De Quincy)认为,很少有人比多恩更为奇特地显示了圆规的力量①。

> 即便是两个,也好比是
> 圆规的一双脚紧固相连;
> 你的灵魂,那定脚,坚定不移,
> 但另一脚移动,它也旋转。
>
> 虽然它居坐在中心,
> 但另一个在外远游时,
> 它便俯身倾听它的足音,
> 那一个回到家,它便把腰挺直。
>
> 你会对我如此,我必得
> 象另一只脚,环行奔走;
> 你的坚定使我的圆画得正确,
> 使我能回到起始之处。②

多恩在他的《拉丁布道文》中,也曾运用过圆规的意象,用它来解释复活的问题。他说,基督确立了复活的模式,复活构成了上帝的圆。上帝首先创造了亚当的肉体,因此人的肉体是上帝"圆规"的一只脚落在上面的起点,随后上帝把圆规转了一圈,又落在人的肉体上,在复活中使之荣耀。这些圆规意象的渊源都可追溯到基督教的《圣经》:"他立高天,我在那里。他在渊面的周围,放上圆规。"③不过,在基督教传

---

① James Winny, *A Preface to Donne Revised Edition*, London and New York: Longman Group Limited, 1981, p.51.
② 约翰·但恩:《艳情诗与神学诗》,傅浩译,北京:中国对外翻译出版公司1999年版,第77页。
③ 参见《圣经·旧约》,《箴言》8:27,香港:国际圣经协会1997年版。

统中,圆规只是神用来设计宇宙、完成其创世壮举的工具之一。但在地理大发现后,圆规和罗盘仪成为西方人征服未知世界的重要工具。圆规意象的含义遂从上帝对世界的规划,进一步引申为欧洲对遥远的、陌生的土地的探险和占有,其潜在的帝国情结和殖民意识表露无遗。

## 二、女性化与色情化的美洲

苏珊·巴斯内特指出,殖民化时代的话语扩展了性别隐喻使用的范围,已是一个不争的事实。"某些情况下,在色情描写和旅行写作之间可以划出一条非常清晰的线索来"①。经验主义哲学家洛克在《有关教育的思考》(1693)中,就曾用色情化的隐喻来描述旅行、探险。他提出,"要研究人性(Human Nature),一个旅行家就必须将他的旅程扩大到欧洲以外。他必须去北美,去好望角,趁她还赤身裸体,一丝不挂时把她抓住。然后他就可以仔细考察她是如何困难地穿上法律和习俗的束腰外衣,把自己套在其中,约束自己,扣上扣子,如同在中国和日本那样。或者,再扩展,将她的身材放大,用更宽松、飘逸的热情的袍子,像在阿拉伯人和萨拉森人中间那样。最后,她颤动在早已磨损的权谋和政府的暴怒中,差不多已经准备赤裸裸地返回荒野,像在非洲的地中海海岸那样"。② 这里,未知世界被形容成尚未被征服或认识的女性,而探索者和征服者则是一位欧洲的男性旅行家,其动作或想象性的动作中充满了性侵犯的暴力倾向。

洛克的这种思路,与多恩在《上床》("Go to Bed")一诗中的描述不谋而合,虽然两者写作的时间先后相差近 80 年。从创作年代上看,据多恩研究专家詹姆斯·温尼(James Winny)考证,《上床》这首诗写

---

① Susan Bassnett, *Comparative Literature: A Critical Introduction*, Oxford UK& Cambridge USA: Blackwell, 1993, p. 103.
② Elizabeth A. Bohls and Ian Duncan(eds.), *Oxford World's Classics*, *Travel Writing*, 1700-1830, *Anthology*, New York: Oxford University Press Inc., 2005, p. 18.

## 第五章 异域意象的文化表征

于1610年①,正值东印度公司建立和"五月花号"出发移民之间。从女性主义批评的角度来解读,非常明显,该诗完全是一个男权话语中心的文本,体现了一种赤裸裸的男权意识。诗题本身就含有粗鄙的征服欲望和暴力倾向。而整首诗的叙述过程本身,则可视为一个完整的、男人征服女人的性暴力(sexual violence)行为展开的过程。诗一开头,男主人公对女士发出了命令:

> Come, Madam, come, all rest my powers defy,
> Until I labor, I in labor lie.
> (来吧,女士,来,我的力量讨厌休闲,
> 我躺着等待分娩,直到临产。)

奇怪的是,明明是男的在命令女的上床,为什么诗人要用"分娩"(labor)和"临产"(in labor)这些描述女性行为的动词来描述自己?仅仅是为了炫耀其巧智和奇喻吗? 如果我们知道这两个词分别有"耕种"和"焦燥地期待"之义、具有明显的性暗示,上述问题就不难回答了。无疑,诗人运用双关语的目的是要从话语层面上把征服女性的行为,置换为对土地的耕种,为下文殖民话语的展开埋下一个伏笔。

接着,男主人公对这位"女士"发布了一系列命令,

> 解开这条腰带,像闪光的黄道带,
> 但它环绕的世界远比天庭要美。
> 松开闪光的护胸上的别针,你戴着
> 它们会吸引忙碌的傻瓜们的眼睛。
> 松开你自己,让那和谐的琴声
> 出自你口中,告诉我已到上床时分。
> 解开这幸运的胸衣,我妒忌
> 它至今还在,还贴你这么近。

---

① James Winny, *A Preface to Donne Revised edition*, London and New York: Longman Group Limited, 1981, p. 50.

>你的睡衣滑下,展现的国度如此美丽,
>就像芬芳的草地,逃脱了山的阴翳。
>脱下金属丝制作的冠状头饰,
>呈现你的秀发自然形成的王冠;
>现在脱下这双鞋子,然后安全地踏进
>这张柔软的床,爱情的神圣殿堂。①

这一连串的命令式动词——"松开"(off with)、"拆开"(unpin)、"解开"(unlace)、"脱掉"(going off)——连结一连串女性衣饰的名词——从腰带,到胸垫、头饰、睡衣、鞋子,带出一连串相应的女性身体的敏感部位,直至整个身体赤裸裸地展示在男主人公面前,毫无遮拦地任其观赏、抚摸、蹂躏、践踏,构成了一个完整的文本暴力行为。而这种施暴行为又是多方向、多角度、多部位的,

>给我滑动的手以合法权利,让它们
>在前、后、上、下、中间自由滑动

请注意,多恩在这儿用了一连串准确无误的方位词——前、后、上、下、中间,而这些词在英语中,基本上都是以不送气的双唇音 b 开头(before, behind, above, below, between),自动地形成了头韵体(alliteration),读来短促有力,朗朗上口,从中不难体会作为征服者的男主人公洋洋自得的心情。

与征服者这种话语滔滔涌流的情形相反,诗中的那位"女士"则始终处在一种无言的"失声"(mute)状态。她对此事有什么样的感觉、愿望和要求?她是否完全俯首贴耳,顺从了男主人公的要求,还是进行了某种程度的抗争?对此,我们一无所知。整个说来,她只不过是一个用以证实男性权力的客体,一个丧失了对自己身体的控制权和自己身体感觉的表达权的女性"他者"。

但问题并不仅止于此。从后殖民批评的立场出发进一步解读这首诗,我们还可以说,它表现了作者非常明显的殖民倾向和帝国意识。具

---

① 《上床》一诗为笔者试译,下同。

第五章　异域意象的文化表征

体说来,帝国意识在这首诗中表现为一种发现的惊奇(wonder),一种占有的满足,一种明确的法律意识,即将侵占的土地合法化的冲动。

如前所述,《上床》一诗前半部分写女人按照男人的命令——解开衣服、松掉头饰、脱掉鞋子,直到"安全地踏进/这张柔软的床,爱情的神圣殿堂"。

接下来,在诗的后半部分,一开头,我们便听到了男主人公的惊叹和欢呼:

> 我的美洲哟,我的新发现的土地,
> 我的王国,最安全的是一个人治理,
> 我的宝石矿,我的帝国,
> 我是多么幸福,能这样发现你!

至此,全诗发生了一个逆转。床上的女人被置换为"新发现的土地"——美洲,对女人的征服被置换为对美洲的征服,男权中心被置换为殖民意识,和全诗开头将性行为与耕种合为一体的双关语"分娩"和"临产"遥相呼应了。正是在这种被许多评论家称作"巧智"和"奇想"的修辞手段背后,我们发现了多恩心灵深处潜伏的帝国意识和殖民情结。

应当说,将女人比作土地或国家并不是多恩的独家发明。人类学家告诉我们,在把女人比作土地方面,许多民族早期的神话、史诗、歌谣文本有着惊人的相似性,这或许是因为原始的思维尚未有足够的能力将两种生产区分开来。土地的丰产性被置换为女人的生儿育女。相应地,男人对女人的性行为,被置换为对土地的耕种。英语中"丈夫"(husband)一词,用作动词意为"耕种、栽培",用作名词亦可解为"农夫"(husbandman,farmer),其与土地、耕种的语源关系一目了然。

但是,将女人比作新发现的美洲或已被殖民化的印度,视为自己的领土,并且还要在其上面盖上体现法律权威的封印,则是欧洲地理—政治—文化三位一体向非欧地区扩张的殖民时代才可能出现的现象,正如萨义德所说,某种东西被描述,只是因为它能够被描述,也就是说,描述它的条件,无论是物质的还是心理的,都已经具备了。中世纪佛罗伦萨的柏拉图主义哲学家马尔西路·费奇诺曾说过,"审视打量或者抚摸特定的肉体,并不能浇灭情人心中炽热的欲望之火,因为情人所渴望的并非这个或那个个别的肉体,他所渴望的是穿透肉体的天堂的光辉,正是这光辉使他的心中充满了好奇"。① 而在大航海时代的语境下,这个由女性肉体构成的"天堂"又可以转换为充满了黄金宝石的美洲大陆。最初来到美洲的英国殖民者把他们征服的第一块土地命名为弗吉尼亚(Virginia),表面看来是向为了民族国家利益而保持其处女之身的伊丽莎白女王表示敬意,但仔细分析则具有明显的性含义,暗示弗吉尼亚既是一位尚未有男性征服过的处女(virgin),也是一块尚未有男人开发过的处女地(virgin land)。

其实,非独《上床》一诗如此。用地理学名词来形容女性,表现占有意识,在多恩的其他诗歌中也时有所见。在《变化》("Change")一诗中,他说,当时的女性,已经"对所有探索者敞开,如果仍未被人知晓,就失去了价值"(open to all searchers, unpriz'd, if unknown),我们只要把诗中的女性置换为地理发现后的美洲新大陆,诗中内含的殖民倾向就昭然若揭了。在《日出》("The Sun Rising")中,多恩把他的情人形容为当时已成为英国殖民地的"盛产香料和金银的东西印度"(Both Indies of spice and mine)。同一首诗中又说:

> She is all states and all princes I,
> Nothing else is.
> 她是所有的国度,我是统治一切的君主;
> 其他别的什么都不是。

在《第二周年祭》("The Second Anniversary")一诗中,多恩在提到已故的女王(Old Queen)时说,"她本身就是一个国度"(she, who being to herself a state)。在《爱的战争》("Love's War")中,他将女人形容为一座允许任何人进入的"美丽、自由的城市"(fair free city)。在《爱的进展》("Loves Progress")中,他把航海冒险活动与性活动相提并论,再次

---

① 转引自 J. M. 库切:《异乡人的国度:文学评论集(1986—1999)》,汪洪章译,杭州:浙江文艺出版社2010年版,第38页。

第五章　异域意象的文化表征

将女性的身体地理化和地图化了。女性的身体部位被"与时俱进地"与地理学、航海学名词一一对应起来——鼻子"就像本初子午线",贯穿在两个太阳穴之间,使每一边形成一个玫瑰色半球(面颊);丰满的双唇中发出的是海妖塞壬的歌声;珍珠的港口居住着鲥鱼,"她那有粘着力的舌头";她的双乳形成:

> 塞斯托斯和阿比多斯之间的希勒斯彭海峡
> 连接着一片无边的海洋,但你的目光还会
> 远远发现一些岛屿似的黑痣散布在那里;
> 朝着她的印度航行,沿着那航路
> 将在她的美妙的大西洋脐眼停驻;①
> ……

男性对女性的性侵犯被置换为航海家进入陌生地域的探险,他对女性的征服则以一系列与航海探险相关的动词,如"绕路""翻越""抛锚""搁浅"等来表现。总之,在征服女性与航海探险这两种男性化的活动中,多恩找到了某种相似性,而连接一切的核心意象则是黄金——航海探险的最终目标。正如批评家马罗蒂(Marotti)所说,"这首诗中呈现的爱情的一个目的就是经济的目的。从一开始,被定义的性活动就与商业活动相关联"②。多恩认为,追寻爱的过程,就要和追寻黄金一样。首先,爱一个女人不是因为她有美德,向女人求爱是要得到女人的身体,正如喜爱黄金是因为黄金本身具有价值,并且具有流通手段的功能:

> ……但是如果我们
> 向女人求爱,那么美德并不是女人
> 一切美貌不是,财富也不是……"
> ……

---

① 约翰·但恩:《艳情诗与神学诗》,傅浩译,北京:中国对外翻译出版公司1999年版,第181页。
② Arthur F. Marotti, *John Donne*, *Coterie Poet*, Oregon USA: Wipf & Stock Publishers, 2008, p.50.

但如果说我喜爱它,那是因为它被我们
新的天性,习惯,造就成了贸易的灵魂。①

## 三、男性叙述者与殖民意识

上述几首艳情诗中,引人注目的是叙述者的声音。这是一个男性的欧洲白种人,正在征服新大陆的处女地或旧大陆的东方女性。男主人公的空间想象力与性幻想结合在一起,超越了现实的征服对象,驰骋在远方异域的陌生国度,大不列颠帝国开发的新领土上。我们可以说,当诗中的那位男性(或许就是多恩本人)将他那探索的手触到女人的胴体的时候,他的潜意识中,既有那种来自雄性灵长类动物征服雌性同类的"野性的呼唤",又有一种不列颠民族的"爱国主义情怀"得以满足的骄傲和快感,更有一种要将自己的征服行为(无论是对女性、黄金,还是对远方的陌生土地)合法化(盖上封印)的理性冲动。而在这三种互相交织的复杂情感的背后,我们看到的是他所属的那个大不列颠民族的集体无意识——将整个世界纳入大英帝国的版图,将全世界的所有女人都置于欧洲白种男人的股掌之中。

Then where my hand is set, my seal shall be.
于是我的手伸到哪里,哪里就盖上我的封印。

何等"伟大的"气魄,何等狂妄的野心!这一行诗显然已经预示了笛福在《鲁滨孙漂流记》中表现出来的帝国意识。

由此可见,在以《上床》《爱的进展》等为代表的艳情诗中,女性与美洲、帝国与话语四者之间形成一种权力结构关系,我们无法脱离这个权力结构来谈论其中的任何一方面。在隐喻的层面上,女人这个符号可以被土地、王国、城市、黄金所替代;男人这个符号则是双重的权力(物质的和话语的)的表征;因此,男人对女人的施暴可以置换为殖民主义者对被殖民者的征服,女人声音的缺席可以置换为被殖民者话语

---

① 约翰·但恩:《艳情诗与神学诗》,傅浩译,北京:中国对外翻译出版公司1999年版,第179页。

## 第五章 异域意象的文化表征

权的丧失。而且,我们还可以说,无论是多恩诗中那些无名的"女士",还是后来笛福小说中的土人"星期五",事实上都被征服了两次,第一次是作为现实中的男人女人,第二次则是作为文本中的虚构人物。他/她们在生活中受其主子压迫,又在文本中受到话语主人压迫,永远处在他者地位。主人之所以需要他们的双重的存在,仅仅是为了证实自己的双重的主体性,即无论在现实中或文本中,他都永远处在主动的、君临一切的地位。

如果我们联系整个西方诗歌—文化史中女性地位的递降变化,对此问题可以有一个更为深入的认识。

在中世纪西方的文学/诗歌文本中,无论是在骑士罗曼司还是在但丁的抒情诗中,女性都是以遥远的、可望而不可即的女神(Goddess)的形象出现的。她象征了美、真理和启示,任何男子对其肉体作非分之想,都被认为是一种亵渎和侮辱。

从文艺复兴开始,在彼特拉克、薄伽丘或莎士比亚的爱情诗中,女性渐渐丧失了女神的地位,从天庭飘落到地面,降格为现实中有血有肉的女人,用莎士比亚《十四行诗·第76首》中的一句诗来形容就是:

> I grant I never saw a goddess go,
> My mistress, when she walks, treads on the ground.
> 我承认我从未见女神走过,
> 我的情人走路时,脚踩在土地上。

相应地,当时的诗人对女性的赞美带上了许多欲念的、色情的成分也就不足为奇了。

到了多恩这位17世纪玄学派诗人笔下,现实中的女人更进一步降格,在男人的近距离"凝视"中,暴露出她的许多缺点。据说,在英语诗歌中,是多恩首次用了 lunatic 这个词来形容女人像月亮那样任性、多变的性格[1]。另外,他还用过"女谋杀者"(murderess)、"假正经"(feigned vestal)等不敬之词。显然,对这样的女人进行肉体上的占有

---

[1] James Winny, *A Preface to Donne Revised Edition*, London and New York: Longman Group Limited, 1981, p.126.

不会再有什么亵渎之感了。

如果我们把上述西方诗歌史上出现的三种主要女性形象,与当时东方在西方人心目中的形象并置起来,就不难发现,两者之间正好形成一种奇妙的对应,换言之,女人在男人心目中的形象可以被置换为东方在西方人心目中的形象。按照萨义德在《东方学》的说法,作为地理上欧洲之东的东方,在西方人心目中,"自古以来就代表着罗曼司、异国情调、美丽的风景、难忘的回忆、非凡的经历"。[①] 它是一个遥远的、神秘的国度,是《圣经》中的伊甸园,是他们梦魂牵绕的所在。但随着地理大发现以及随之而来的探险、传教、征服的浪潮,东方的神秘性渐渐消失了。正像女人从虚无缥缈的天庭飘落到坚实的地面、并显露出许多缺点一样(从男人的角度看),西方人发现,东方不但没有他们想象的那么美好,而且还处在野蛮的未开化状态,需要处在文明发展更高层次的西方人去占领、征服、开发、统治与管理。这里,很显然,西方诗歌史尤其是英国诗歌史上女人地位的渐次递降,与东方在西方文化史上的地位渐次递降形成一种隐喻的互换关系。在这些诗中,被色情化了的东方成了满足欧洲男性性幻想和性冒险的对象。多恩诗中对女人施加的暴力和在法律上占有的欲望,实际上自觉或不自觉地为西方殖民主义者在美洲、东方等其他非欧地区进行的如火如荼的征服行为作了一个文本上的呼应和合法化的解释。

明乎此,我们将多恩创作的玄学派艳情诗归入大不列颠帝国"文化表征"(cultural representation)之一部分就不应被认为是牵强附会的举动了。按照艾勒克·博埃默在《殖民与后殖民文学》一书中的说法,"对一块领土或一个国家的控制,不仅是个行使政治或经济的权力问题;它还是一个掌握想象的领导权的问题"。[②] 帝国主义是通过无以数计的文化形式,通过文化象征层面上的炫耀和展示,才得到肯定、认可和合法化的。在这"帝国主义的文本化"过程中,殖民文学为树立殖民

---

[①] 爱德华·萨义德:《东方学》,王宇根译,北京:生活·读书·新知三联书店1999年版,第1页。
[②] 艾勒克·博埃默:《殖民与后殖民文学》,盛宁等译,辽宁教育出版社、牛津大学出版社1998年版,第6页。

形象、建构想象的空间提供了渠道。在我看来，多恩，这位以其诗歌的奇思妙想而著称的17世纪英国玄学派大师，有意无意地参与了殖民主义建构"他者"，并将其女性化、色情化的过程。

# 第六章　罗曼司与民族志的杂糅

　　如果说,大航海时代的旅行文学及其相关的新世界话语为莎士比亚提供了展开戏剧冲突的异域场景,为多恩引入了展示其奇思玄想的丰富意象,那么它给散文叙事带来的则是一种新的叙事框架和修辞策略。

　　如所周知,中世纪以来直到近代流行于欧洲的两种主导叙事(master narrative),一为朝圣文学,二为罗曼司或传奇(romance)。但是,新的世界要求新的认知技术和新的修辞策略。乔纳森·塞尔(Jonathan Sell)认为,从16世纪起英国旅行者—作家已经能够从事修辞性的写作,因为修辞已经作为组织经验和观念、进行智力交流的最佳系统建立起来了。当时已经存在一系列为旅行者—作家所遵循的叙事模式。对于准确的、实事求是的和有组织的"发现"和旅行记录的要求,促使旅行家承担起一个负责的观察者的角色,为知识本身而追求知识,而不同于那些不负责任的追求"愉悦"的观察者。负责任的旅行家不但探索或观察,而且也将新的事物纳入合适的类别和叙事结构中,以便英国的读者能够从游记中同时发现愉悦和知识。[①]

　　1625年,弗兰西斯·培根发表了《关于旅行》一文,列出了旅行家在远方异域时必须观看和观察的事物(The things to be seen and observed)的名目:

　　　　……在旅行一地时,要注意观察下列事物:政治与外交,法律与实施情况,宗教、教堂与寺庙,城堡、港口与交通,文物与古迹,文化设施如图书馆,学校、会议、演说(如果碰上的话),船舶与舰队,雄伟的建筑与优美的公园,军事设施与兵工厂,经济设施,体育,甚

---

　　① Jonathan P. A. Sell, *Rhetoric and Wonder in English Travel Writing,1560-1613*, London: Ashgate,2006,pp.7-15.

## 第六章 罗曼司与民族志的杂糅

至骑术、剑术、体操,等等,以及剧院,艺术品和工艺品之类。总之,留心观察一切值得长久记忆的事物,并且访问一切能在这些方面给你以新知识的老师或人们。①

1633 年,艾塞克斯伯爵、费力普·锡德尼(Philip Sidney)和国务大臣威廉·戴维逊(William Davidson)在他们的《有益的建议》②中提供了同样的框架。1665—1666 年,英国皇家学会发表了著名的《指导目录》(*Catalogue of Directions*),为旅行家提供了标准的操作规程。这些指导意见不仅在各种航海文集中不断再版,而且被斯威夫特在《格列佛游记》的每一部分中加以讽刺性模仿。许多大科学家本人也在旅行中写下了日志,为组织起由培根构想普世的科学共和国(the universal Republic of Science)作出了贡献。③ 公众对旅行尤其是去东方旅行的兴趣也反映在当时出版的一些期刊中,如《每月评论》(*Monthly Review*)、《批评评论》(*Critical Review*)、《绅士杂志》(*Gentleman's Magazine*)、《哲学学报》(*Philosophical Transactions*)等。或许所有这些因素加在一起决定了旅行写作的形式、语言和意识形态。诸如此类的目录和调查将一切事物,从风土人情到土壤的肥沃性等统统记录入册。这个时期编辑的大量的自然史资料,也为这些游记提供了叙事模式。这些历史,犹如地图,将未知的和不可知的、荒野的土地纳入更有秩序和更能理解的范畴中。④ 简言之,16—17 世纪地理学和民族志的描述为旅行文学的发展提供了丰富的资料,反过来,旅行文学也促进了地理学研究和民族志观察的深入。

---

① 弗兰西斯·培根:《培根散文选》,何新译,天津:天津人民出版社 2007 年版,第 25 页。
② 该书英文原名为:*Profitable Instructions*:describing what speciall obseruations are to be taken by trauellers in all nations, states and countries;pleasant and profitable;By the three much admired, Robert, late Earle of Essex;Sir Philip Sidney;And, Secretary Davison.
③ Percy G. Adams, *Travel Literature and the Evolution of the Novel*, Lexington:The University Press of Kentucky,1983,p. 78.
④ Pramod K. Nayar, *English Writing and India*, *1600-1920:Colonizing Aesthetics*, London and New York:Routledge, 2008,p. 8.

## 一、空间诗学与叙事模式

本章要讨论的 17 世纪英国女作家阿芙拉·贝恩(Aphra Behn, 1640—1689),正处在新兴的民族志式描述和传统的罗曼司叙事模式相交、冲突和互补的时代。在她的代表作《奥鲁诺克,或王奴:一段信史》(*Oronooko: or the Royal Slave, A True History*, 1688)①中,这位女性旅行作家将漫谈式的风格、女性叙述者的权威、发生在新大陆的故事、英属殖民地苏里南的奴隶起义等诸多新异的要素熔于一炉,涉及了西方现代性的展开、帝国地理空间的扩张、不同民族和文化间的交往,以及文明/野蛮、自我/他者、"高贵的野蛮人"的建构等一系列相关的问题。

按照萨义德在《文化与帝国主义》中提出的观点,小说的兴起与发展与"帝国的叙事"和"参照结构"紧密相关。② 从空间关系上来定义,帝国就是一个跨越了自然的血缘—地缘关系,将其势力扩展到母国之外的地理空间,并对后者实行有效统治的一个或紧密或松散的政治实体。而帝国的叙事框架就是或隐或显地出现在文本中,为人物的活动和事件的展开设置背景、提供意义和价值的时空体(topology)。当代美国批评家约瑟夫·奥梯斯(Joseph M. Ortiz)指出,"毫不夸张地说,贝恩的叙述者必须在一个帝国的框架内才能讲述奥鲁诺克的故事,在这个意义上可以说,没有帝国就没有小说"。③

贝恩有意将《奥鲁诺克》前半部分故事的背景设置在一个邻近欧洲的非洲小王国柯拉曼廷(Coramantien)。这是一个具有特殊文化意义的接触地带(contact zone)。按照玛丽·路易斯·普拉特(Mary Louise Pratt)的解释,接触地带是指殖民相遇(colonial encounter)的空间,在这个空间中,由于地理和历史的原因而互相隔绝的民族发生了接触,

---

① 该小说目前尚无中译本,本书中引用的该小说片断均为笔者试译。
② 萨义德:《文化与帝国主义》,北京:生活·读书·新知三联书店 2003 年版,第 102 页。
③ Joseph M. Ortiz, "Arms and the woman: narrative, imperialism, and Virgilian memoria in Aphra Behn's Oroonoko," *Studies in the Novel*. 34.2 (Summer 2002): p.119.

## 第六章 罗曼司与民族志的杂糅

建立了持续的联系,通常涉及强制性的、绝对不平等的关系,以及无法处理的冲突。①

女作家在小说中告诉我们,柯拉曼廷虽然不是欧洲的殖民地,却是欧洲奴隶贸易"最有利可图"的一个地区。"因为这个族群非常好战和勇敢;他们与邻近的其他王国总是处在敌对状态,他们有机会抓获大量俘虏,把这些战俘统统卖为奴隶……"②英国奴隶贩子来到这里,从奴隶主手中买得战俘—奴隶后,再把他们转运到南美殖民地,卖给当地的白人种植园主。在此交易过程中,这个非洲小王国就成了一个介于中心与边缘、内层与外层、帝国与殖民地之间的"阈限空间",来自欧洲的文化和文明观念逐渐渗透了生活在这个特殊的文化—地理空间中的人们,尤其是上层的贵族阶级。正如艾伯特·J.里韦罗(Albert J. Rivero)指出的,"几乎无可争辩的是,在描述柯拉曼廷的皇家宫廷时,贝恩赋予它法国罗曼司的礼仪和情调,这是将她对皇室的同情文本化的另一种方式"。③

正是在这个特殊的文化地理空间中,从小受到欧式教育的非洲王子奥鲁诺克与其祖父—国王宠爱的女子伊梦茵达之间发生了一场法国式的浪漫爱情,打破了原有的贵族身份等级制。事发后伊梦茵达被卖身为奴,而王子则英勇地击败了前来围剿他的国王的军队。不料,凯旋的王子却被一个白人"朋友"骗上了奴隶贸易船,与其他黑人一起被卖到了南美。这样,小说的后半部分,叙事空间就从"接触地带"转到了边缘空间——英国在南美的殖民地苏里南。在这里奥鲁诺克与被国王逐出宫廷、卖身为奴的伊梦茵达异地重逢,共享了一段短暂的甜蜜时光。之后,在得知女友怀孕后,为了不让自己的后代沦为奴隶,他领导苏里南的非洲奴隶掀起了一场反抗英国殖民者的起义,起义失败后他

---

① Mary Louise Pratt, *Imperial Eyes: Travel Writing and Transculturation*, London and New York: Routledge, 2008, p.6.
② Aphra Behn, *Oroonoko: or the Royal Slave, A True History* with an introduction to the Norton Library Edition by Lore Metzger, New York, London: W. W. Norton & Company, 1973, p.137.
③ Albert J. Rivero, Aphra Behn's Oroonoko and the "Blank Spaces" of Colonial Fictions, *Studies in English Literature, 1500-1900*. 39.3 (Summer 1999): p.443.

逃亡到丛林中,杀死了怀孕的女友,自己也自残致伤,结果被殖民者抓获,肢解处死,结束了悲剧性的一生。

从上述情节不难看出,小说主人公的悲剧与空间的转换密切相关,而空间的转换又与帝国的势力紧密相连。因此,在上述两个显性的地理空间(非洲、南美)之外,还有一个隐性的地理空间,这就是欧洲。没有欧洲文化的介入,奥鲁诺克的爱情悲剧或许不会发生,或至多只是一个发生在非洲宫廷内的普通爱情故事,不可能具有跨文化的意义。正是由于欧洲殖民者奴隶贸易活动的猖獗,才使得奥鲁诺克从一个非洲王国的王子沦落为一个英国殖民地的奴隶,成为一个"王奴"。而他与前女友在苏里南的重逢,则使两人的爱情进入了帝国的叙事框架,成为涉及一系列具有现代性意义(不同文化之间的交往,殖民者与被殖民者的冲突,主人公的身份危机等)的悲剧。也正是由于欧洲帝国主义势力的扩张,才使得小说作者—叙述者有可能进入非洲和南美旅行,成为主人公悲剧的目击者和某种程度上的参与者。

这样,当读者跟随叙述者穿越不同的时空场景时,也就体验了两种不同的文化,即"接触地带"中的非洲宫廷文化和边缘空间中的美洲印弟安土著文化。而这两种文化又都是通过欧洲的主导叙事模式呈现出来的。贝恩用法国的罗曼司模式叙述奥鲁诺克的爱情悲剧,用英国的民族志模式描述南美殖民地的土著生活,"借助奇异的和熟悉的融为一体的叙述,不可能发生的偶然事件和栩栩如生的描述,道德主题被纳入了奥鲁诺克的'生活'中"。①

## 二、"阈限人物"与文化身份危机

无疑,小说的中心是黑人"王奴"奥鲁诺克。贝恩在致理查德·梅特兰勋爵(Richard, Lord Maitland)的献词中说,"我希望,我的文名足

---

① Aphra Behn, *Oroonoko: or the Royal Slave*, *A True History* with an introduction to the Norton Library Edition by Lore Metzger, New York, London: W. W. Norton & Company, 1973, p.11.

## 第六章 罗曼司与民族志的杂糅

以使他的英名彪炳千秋"①。一个英国女作家为何要为一个非洲黑人王子写"信史"(a true history)？这就引起了当时的和后世的批评家的猜测。劳尔·梅茨格(Lore Metzger)在为《奥鲁诺克》现代版写的导言中认为,奥鲁诺克很可能实有其人,或许就是女作家游历南美时结识的一位非洲情人。通过写这部小说,她在追忆自己失去的青春岁月和异族恋情。② 笔者认为,从文化研究的角度考察,重要的不在于贝恩是否有过这么一位异性朋友或异族情人,而在于她为何能以其惊人的前瞻性,创造出英国乃至欧洲文学史上"第一个高贵的野蛮人(the noble savage)的文学形象"③,并进而提出跨文化交往中的多重文化身份问题。

贝恩在塑造奥鲁诺克这个形象时,有意采用了罗曼司的叙事模式,突出了主人公对爱情和荣誉的执著追求,而这种追求又与他与生俱来的非洲贵族血统和他后天受的欧式教育密切相关。女作家告诉我们,这位非洲王子从小是在一位法国家庭教师的熏陶下成长起来的,他能流利地说法语、英语和西班牙语,具备与白人殖民者进行跨语言—文化交流的能力。于是,他与其祖父—国王宠爱的女人发生法国式的浪漫关系就显得顺理成章了。此外,他在早年也参与过奴隶贩卖,将自己捕获的战俘卖给白人为奴。因此,在白人眼中,他是一个可以打交道的"文明化的野蛮人",而在因战败被捕而成为奴隶的黑人眼中,他又是他们的主子和战神。总之,奥鲁诺克从外在形象到内在气质,无论在非洲宫廷中,还是在南美殖民地,都显出是一个既不同于白人殖民者,又有别于其他非洲黑奴和印第安土著的另类奴隶——"王奴"。他皮肤漆黑,但鼻子却高高隆起,"不是扁平的,非洲人式的";他既具有高傲的贵族血统,又始终保持着蛮野的活力和顽强的生存能力,他能独自深入虎穴徒手搏击虎仔,又能孤身潜入水下捕捉可怕的电鳗;他在南美殖

---

① J M. Ortiz, "Arms and the Woman: Narrative, Imperialism, and Virgilian memoria in Aphra Behn's Oroonoko," *Studies in the Novel*, 34.2 (Summer 2002) pp.119-129.

② Aphra Behn, *Oroonoko: or the Royal Slave, A True History* with an introduction to the Norton Library Edition by Lore Metzger, New York, London: W.W. Norton & Company, 1973, p.10.

③ Ibid.

民地捕杀了一头已经被当地土著神化或妖魔化的猛虎,当他剖开这头猛虎的胸膛时,发现它的心脏中竟留有 7 粒欧洲人的铅弹。

贝恩在给小说定下标题"王奴"(the Royal Slave)的同时,也对主人公的身份作出了定位。在这个称呼中,既有一种强烈的反差和矛盾,又有某种程度上的反讽。高贵的"王者"和卑贱的"奴隶"两个能指统一在同一个所指/肉身上,无疑是种族界线和阶级界线交混的表征。"王"是由血统而来的高贵性,"奴"是因阶级而来的卑贱性;前者来自自然,后者来自社会和文化。由于建立在个人主义和商业主义基础上的欧洲殖民势力的入侵,昔日的高贵者("王")成了今日的卑贱者("奴"),而昔日的卑贱者(欧洲的平民和刑事犯)则成了今日的高贵者(种植园主人)。对此,奥鲁诺克这个天生的高贵者自然是不服的。他在苏里南发动奴隶起义前作的一番演讲,义正辞严,充满了自由的激情和高贵的尊严,也透露了他发动起义的最深刻的个人动机:

> 难道他们是在战争中高傲地打败我们的吗?难道他们是在光荣的战斗中赢得我们的吗?……不,但我们像猿猴一样被买进卖出,成为女人、傻瓜和懦夫的玩物,成为那些因抢劫、谋杀、偷盗和恶行而抛弃自己国家的恶棍和亡命之徒的帮手……难道我们该服从这样一个堕落的种族,没有一丝人类道德使其高出于最下流的造物,你们愿意忍受来自这样的双手的鞭笞吗?①

女作家借奥鲁诺克之口发表的对主—奴关系的看法,在某种程度上透露出她的政治态度。有学者指出,"贝恩是复辟的斯图亚特王朝的拥护者",她的作品"是典型的王政复辟时代的文化产物"。② 显然,在贝恩心目中,真正意义上的主—奴关系应该是通过证明人的高贵性的战争建立起来的,而不应该是在卑劣的商业欺骗和交易过程中形成的。这个观点与黑格尔在《精神现象学》中提出的有关主—奴关系的思想不谋而合。按照黑格尔的看法,主—奴关系的形成是两个相互对抗的

---

① Aphra Behn, *Oroonoko: or the Royal Slave, A True History* with an introduction to the Norton Library Edition by Lore Metzger, New York, London: W. W. Norton & Company, 1973, p. 61.
② Ibid., pp. 22-23.

## 第六章　罗曼司与民族志的杂糅

欲望冲突的结果。每个欲望都谋求首先被对方承认。斗争的结果是，那个宁死以求对方承认的欲望得到了另一个不敢冒死以求的欲望的承认，人类社会中主—奴关系由此形成。①

如果说"王奴"这个称呼背后更多体现了主人公内心深处存在的一种与阶级相关的身份危机，那么，"奥鲁诺克-凯撒"（Oroonoko-Caesar）这个称呼，则表征了这位黑人王子面临的另一个身份危机——文化身份危机。

奥鲁诺克在被卖到英属殖民地苏里南后，他的种植园主人给他起了一个纯欧化的名字——"凯撒"，这里，他的非洲"本名"和欧化的"叫名"之间形成了一种反差和矛盾。从欧洲殖民者的角度看，"奥鲁诺克"这个名字是野蛮的、卑贱的，"凯撒"则是文明的、高贵的，而他们之所以不吝将那位战无不胜的罗马皇帝的姓氏赐予这个黑人，是因为他们已经成功地将这个非洲王子转化为自己的奴隶。但与此同时，他们也不得不承认，奥鲁诺克身上有着某种凯撒式的高贵，因此"奥鲁诺克-凯撒"这个名字，就成为一个反映了欧洲殖民者对被征服民族的复杂情感的症候性符号。换言之，为了消解被殖民者的文化记忆和民族身份认同意识，殖民者必须在被征服者的名字上刻下欧洲的印记。但吊诡的是，这个欧洲的印记本身又成为被征服民族高贵性的一种表征。

不难看出，在上述命名行为中（正如笛福笔下的鲁滨孙对星期五的命名那样），欧洲帝国对非洲和美洲的征服既是物质性的，又是话语性的。反过来，被殖民者的反抗，也就在物质和符号两个层面同时展开。从奥鲁诺克的角度看，在他拥有"奥鲁诺克"这个名字时，他还是一个高贵的非洲王子；而当他被唤为"凯撒"时，他已经成了欧洲人的奴隶。为了表明和恢复他的文化身份，他必须首先在话语层面上恢复他的本名。这里，帝国的叙事内部隐含了一个反帝国的话语。正如约瑟夫·M.奥梯斯指出的，文本中交替出现的不同名字给我们提供了理解王子与奴隶之间关系的一条线索。奥梯斯特别注意到，小说在描述奥鲁诺克-凯撒与伊梦茵达-克莱明尼重逢的细节中，名字是遵循下

---

① 亚力山大·科耶夫：《黑格尔导读》，姜志辉译，南京：译林出版社2005年版，第8页。

列顺序重复出现的:凯撒、伊梦茵达、奥鲁诺克、奥鲁诺克、克莱明妮、凯撒:一头一尾两个"凯撒"像赫勒克勒斯之柱那样凸现出来,正如帝国主义的话语包围了小说的结构,给叙事提供了一个框架。而隐藏在这个话语背后的,是通过奥鲁诺克的非洲名字两次重现而提供的一个完整的、反帝国的叙事。①

种族身份与阶级身份的交混、王者血统和奴隶地位的冲突,使奥鲁诺克成为一个既文明又野蛮、既高贵又卑贱、既被理想化又被妖魔化的欧洲的"他者"。这种矛盾的身份困境在他的情人伊梦茵达怀孕后变得更加不可调和。正如奥梯斯指出的,"伊梦茵达的怀孕使她成为奥鲁诺克和不列颠帝国两者宣称其权威的场所。正是在这个场所中——孕育了他的未出生的孩子的子宫——奥鲁诺克发现了最令他不安的他自己的形象已经被帝国主义污染了"。② 奥鲁诺克试图让他的后代成为一个自由人,而帝国则试图让他的后代成为奴隶,从而永远维持自己的统治。于是,奥鲁诺克从发动奴隶起义到最后杀死自己的怀孕的妻子等一系列举动就具有了深刻的象征意义,成为一种仪式化的表演。他想通过这个行动表明自己的态度,这就是,"不自由,毋宁死"。宁可自己没有后代,也不愿让自己的后代成为奴隶。这也正是奥鲁诺克这个"高贵的野蛮人",以野性的方式展现自己的高贵性的一种方式。但另一方面,奥鲁诺克残忍地杀死自己情人的举动又悖论性地证明了非洲人身上存在的野性,以及相对于欧洲人的低劣性。正如艾伯特·J.里韦罗指出的,迄今为止一直以其文明的举止备受赞扬,最后却沦为杀死自己妻子的"丛林恶魔"的这个(转变)过程,类似于本土的印第安人首先被人性化地比作亚当、夏娃,然后又被比作丧失人性的恶魔。③ 奥鲁诺克就这样变形为一个处在文明与野蛮间的阈限人物。

美国新历史主义批评家斯蒂芬·格林布拉特在论及欧洲殖民者对

---

① J. M. Ortiz, "Arms and theWoman: Narrative, Imperialism, and Virgilian memoria in Aphra Behn's Oroonoko," *Studies in the Novel*, 34.2 (Summer 2002), p.119.

② Ibid., p.126.

③ Albert J. Rivero, "Aphra Behn's 'Oroonoko' and the 'Blank Spaces' of Colonial Fictions," *Studies in English Literature, 1500-1900*, 39.3 (Summer 1999), p.443.

第六章　罗曼司与民族志的杂糅

非欧洲（主要是非洲、美洲和澳洲）人的态度时，利用"他者"（other）和"兄弟"（brother）这两个单词拼写和读音之间的相似性，发明了一个双关语。他指出，在欧洲殖民者眼中，这些他者（other）通常缺乏人性，只有通过欧洲人的恩赐，他们才能成为兄弟（brother）①。艾伯特·J. 里韦罗认为，"这样一个转换的过程，熟悉化和陌生化，兄弟化和他者化的过程，在《奥鲁诺克》中表现得特别明显"。② 笔者在此想进一步指出的是，在《奥鲁诺克》中，他者化和兄弟化的过程不是直线式的，而是回环式的。从小说的情节来看，奥鲁诺克的性格经历了一个从欧洲的"他者"（other）变为"兄弟"（brother），之后再恢复其"他者性"（otherness），被欧洲殖民者处以极刑——"肢解"（dismember）——的过程，通过这种肢解，殖民者从肉体和精神上彻底摧毁了这个"他者"。之后，叙述者通过自己个人化的追忆（remember），在文本中重构了这个在现实中被毁灭的"他者"形象，以纪念自己在异国他乡度过的青春岁月和刻骨铭心的异族之恋。在笔者看来，女作家将两个高贵者的名字合在同一个"他者"身上的举动，表明她力图调和白人与黑人、种族与阶级、帝国与殖民地之间的冲突，尽管这种调和最后以主人公的被肢解而告终。

## 三、"新异"的美学与凝视的权力

作为第一部英国女性旅行小说，贝恩不仅以罗曼司模式塑造了奥鲁诺克这位欧洲文学史上第一个"高贵的野蛮人"的文学形象，而且还通过一系列民族志式的生动描述，首次提出了跨文化交往中主体与客体、自我与他者互相转化、互为对象的问题。

如前所述，小说后半部分的主要场景设置在英属殖民地苏里南，按照艾米莉·霍奇森·安德森的说法，作为"新世界"的一部分，这是一

---

① Stephen Greenblatt, *Marvelous Possessions: The Wonder of the New World*, Chicago: University of Chicago Press, 1991, p. 138.
② Albert J. Rivero, "Aphra Behn's 'Oroonoko' and the Blank Spaces of Colonial Fictions," *Studies in English Literature, 1500-1900*, 39.3 (Summer 1999), p. 448.

个具有悖论性的、既旧又新的场景,对于印第安原住民来说,它是旧的,而对于殖民者和冒险家来说,它又是新的,定居点和殖民者同时成为凝视的来源和对象。苏里南的印第安土著和动植物在外国观察者的眼中是"罕见的"和"奇怪的",反过来,印第安土著也以惊讶和奇怪的态度打量着他们的英国来访者。① 于是,出现了近代旅行文学中特有的一种"惊奇"和"新异"的美学。

当代西方一些学者在论及近代欧洲旅行文学时,提出以"好奇"(curiosity)或"惊异"(wonder)来概括其美学思想传统。按照福塞尔(P. Fussell)的说法,curiosity 这个词出现于 16 世纪末。② 尼格尔·利斯克(Nigel Leask)认为,17—18 世纪通常从正面的意义使用"好奇"一词,意为"小心地"、精确地展开经验性的调查研究(实际上从词源学上说,"好奇"一词源出拉丁语 cura,意为 attention)。③ 帕拉姆·K.纳亚尔(Pramod K. Nayar)在论及英国殖民者对印度的"殖民美学"时指出,"好奇(curious)这个词在所有的游记中频频出现,意味着某种态度。一个好奇的人兴趣广泛,为求知而求知,对于来自感官的经验始终持有一种怀疑。……好奇的和观察的旅行者追求新的知识领域,记录所见所闻,将其纳入一定的叙事框架中。"④格林布拉特则将惊奇的经验视为"欧洲对新世界的反应的主要特征,在绝对差异的情况下决定性的智力和情感经验"⑤。

与"好奇性"相关的另一个词汇是"新异"(novel),该词在《奥鲁诺克》中频频出现,词义基本与"好奇"相同。小说开头不久,贝恩就借叙

---

① E. H. Anderson, "Novelty in Novels: A Look at What's New in Aphra Behn's Oroonoko," *Studies in the Novel*. 39.1 (Spring 2007), p.1.

② P. Fussell (ed.), *The Norton Book of Travel with Introduction*, New York and London: W. W. Norton & Company, 1987, p.25.

③ Nigel Leask, *Curiosity and the aesthetics of travel writing, 1770-1840: from an antique land*, Oxford New York: Oxford University Press, 2002, P.28.

④ P. K. Nayar, *English Wring and India, 1600-1920: Colonizing Aesthetics*, London and New York: Routledge, 2008, p19.

⑤ Stephen Greenblatt, *Marvelous Possessions: The Wonder of the New World*, Chicago: University of Chicago Press, 1991, p.14.

## 第六章 罗曼司与民族志的杂糅

述者之口强调指出,"没有新异的地方,就不可能有好奇心"。① 可见,在她心目中,新异是激发好奇心的必要条件。同时我们知道,在贝恩生活和创作的那个年代里,"novel"一词也指当时新出现而尚未定型的一种介于罗曼司与民族志之间,集"新异性"与"传奇性"于一体的文体。这样,一种新异的美学观与一种新兴的文体就纠结在一起了。

《奥鲁诺克》正是体现这种"惊奇—新异"美学—文体的一个典型范例,小说花费在地理细节和美洲土著的诸多笔墨,不仅体现了作者个人的某种癖好,也迎合了当时读者的猎奇和求异心态。叙述者观察并记录了跨文化交往过程中,因主体与对象、自我与他者、凝视与被凝视关系的转换而形成的"新异"的美学体验。

小说一开头就花了整整 3 页篇幅描写了女叙述者与苏里南人相遇、做买卖的情景,给读者提供了一连串欧洲及英国读者闻所未闻的动物、植物和奇珍异宝的名字,包括:一种"像小猫那样大、形状类似狮子的小兽"Cousherie,"像英国的橡树那么大的大树构成"的森林,"像我的拳头那么大的苍蝇","巨大的蟒蛇皮",还有"数以千计的令人赞叹和惊讶的不同形态、形状和色彩的鸟类和兽类"。在这个原始的"伊甸园"背景中,叙述者突出了印第安土著的无知、质朴和天真,她强调指出,"这些人给我展示了人类在不知犯罪之前、一种天真的初始状态的绝对理想:最清晰和明显的就是,质朴的大自然是最无恶意的、最仁慈的和最道德的女主人(Mistress)。只要她允许的,就是对世界的最好的教导,比人类发明的所有教导都更加美好:这里,宗教只会摧毁他们因无知而享有的安宁;法律只会教会他们犯罪,幸好现在他们对此还一无所知。"②

上述贝恩的民族志式描述,无疑"弥漫着她对一个失落的世界的怀旧的欲望"③,但显然,作者是带着欧洲文明人的优越感和惊异感来

---

① Aphra Behn, *Oroonoko: or the Royal Slave, A True History* with an introduction to the Norton Library Edition by Lore Metzger, New York, London: W. W. Norton & Company, 1973, p.1-2.
② Ibid., p.3.
③ Albert J. Rivero, "Aphra Behn's 'Oroonoko' and the 'Blank Spaces' of Colonial Fictions," *Studies in English Literature,1500-1900*, 39.3 (Summer 1999), p.447.

观察和描述印第安土著的生存状态的。小说后半部分讲道,女叙述者和她的伙伴在奥鲁诺克的带领下,深入莽林、溯流而上,进入新大陆腹地,前去探访一座印第安土著生活的小镇。出于好奇心,她突发奇想,要求奥鲁诺克和另一位懂当地土语的渔夫先藏匿在丛林中,让他们三人独自前往,观察土著看到"白人"后的反应如何。于是,这次拜访就成为一个集发现、惊奇和新异于一身,类似现代人类学家和民族志学者的"田野考察"(field work):

> 我们进了镇子,它沿河而建。在房子或茅屋不远处,我们看到有些人在跳舞,还有些人在河里取水。他们一发现我们,就大声喊叫起来,开始这让我们觉得非常害怕,以为他们要杀了我们,但其实这只是奇怪和吃惊而已。他们全都赤身裸体,而我们则穿着衣服……我自己剪了个短发,戴了一顶太妃帽(Taffaty),头上装饰着黑色的羽毛;我弟弟则穿了一身正规套装,缀有银环和银扣,还缠着许多绿色的丝带,这就是不断使他们惊奇的东西;因为我们看到他们站在那儿一动不动,等我们过去,我们大着胆子接近了他们,然后把双手伸给他们,他们握了我们的手,从头到脚打量着我们,呼唤更多的同伴前来。更多的人蜂涌而来,还喊着 tepeeme,把他们的头发握在手中,向那些听到喊声而涌来的人们散开,好像在说(的确是这个意思)"数不清的奇迹",比他们头上的头发还多,都数不过来了。"①

这里,旅行者—殖民者—凝视者(traveler-colonialist-gazer)三位一体,通过对土著的裸体的凝视,表述了对"我们"与"他们",即文明与野蛮的看法。"他们"是裸体的,因而是野蛮的,"我们"是着装的,因而是文明的。"他们"是当地人(travelee),"我们"是旅行者(traveler);"他们"是被凝视者,"我们"是凝视者。女叙述者的文化优越感在此暴露无遗。

随着文化交往的深入,主体与对象、自我与他者、凝视和被凝视的

---

① Aphra Behn, *Oroonoko*: *or the Royal Slave*, *A True History* with an introduction to the Norton Library Edition by Lore Metzger, New York, London: W. W. Norton & Company, 1973, p.55.

## 第六章　罗曼司与民族志的杂糅

关系转换了,白人成了被凝视的对象:"他们的胆子渐渐大起来了,先是从头到脚盯着我们,然后触摸我们;他们把手放在我们的脸上,摸摸我们的前胸和手臂,提起一个人的裙子,然后好奇地看另一个的;他们赞叹我们送给他们的鞋子、袜子,更赞赏吊袜带;他们把银带子系在脚上;因为他们非常尊敬闪闪发光的东西;最后,我们忍受了他们随心所欲地打量我们,我们觉得他们从来没有羡慕过我们。"[1](着重号为引者所加)

　　这里,虽然主体和对象的位置互换了,但文化交往的性质还是没有变。叙述者有意设置的"接触场景"(contact scene):裸体的土著对着装的叙述者及其同伴的赞叹、触摸和打量,反映了自然对文明的膜拜和文明对自然的征服。在这个被他者凝视、触摸和赞叹的过程中,主体意识从来就没有离开过叙述者。当藏匿在丛林中的奥鲁诺克和本土"导游"看到叙述者与土著接触的场景后,生怕出事,离开丛林、进入镇子时,土著们开始向奥鲁诺克这位懂印第安语、并与他们有过交往的黑人提出了一连串有趣的问题。

　　　　于是,(他们)走近他(奥鲁诺克),有些人向他伸出了双手,并喊道 Amora Tiguamy,意思就是,"你好吗,朋友";所有的人喧闹起来,开始急促而不清楚地问他,我们是否有感觉和智慧?我们是否会谈论生命和战争?我们是否会打猎,游泳,是否会做他们做的成千上万的事情?他回答他们,我们会的。[2](着重号为引者所加)

在这个场景的描述中,值得我们注意的是人称代词的用法。从语法上讲,既然整篇文字均是从"他们"即土著的视角展开的,那么被"他们"提到的"我们"就应该用第三人称复数来表述。但在这段文字中,凡是应该用"他们"的地方都用了"我们"。在这里,我们——现代的读者——看到的是女性叙述者的叙事焦虑,她不希望自己成为印第安土著的"他者",成为被后者议论、谈论、触摸、凝视的对象,一直顽固地坚

---

[1] Aphra Behn, *Oroonoko: or the Royal Slave, A True History* with an introduction to the Norton Library Edition by Lore Metzger, New York, London: W. W. Norton & Company, 1973, p.55.
[2] Ibid., p.56.

守着自己的主体地位和"优势视野"。但文化交往从来就不是单向的、单边的,总是双向的、互动的,在这种情况下,叙述者试图通过修辞上的精心安排,来弥补这个因文化接触和交往而带来的主体地位的失落感,但也正是这种叙事修辞上的精心安排,不经意中暴露出叙述者的内心焦虑。

按照艾伯特·J.里韦罗的说法,上述场景远不只是预演了某种帝国—殖民叙事的普遍模式和成规,也投射出贝恩这位女性作家的个人欲望。"在她的叙述中,作家第一次绘制了自己的图像,用文字在苏里南建构起自己的存在,一个可以被赞赏、被欲求、着装的和不着装的、被触摸的,可触摸的,可感知的、有吸引力的、年轻的,有着几乎像'土著'的头饰一样的时髦的短发、有胸脯、有臂膀、有双脚,能够被感知和被崇拜的身体。因此,在这个殖民小说的有力的空白的空间中,贝恩将自己建立为我们的性关注的中心,不仅明显地提醒我们,这个故事是一个女性写的,而且又在她的文本中重新创造了这个她一度曾经是的、可欲的年轻女子。"①

总的说来,《奥鲁诺克》作为 17 世纪产生的第一部由女性创作的英国旅行小说,其风格和文体是杂糅的,叙事框架和意识形态是断裂的,叙述者在罗曼司叙事模式与民族志描述模式之间徘徊不定。贝恩在赞美"野蛮人"的高贵的同时,也批评了其身上残存的野性;在鼓吹欧洲文明先进性的同时,揭露了其贪婪的商业性和动物性掠夺;在表现"爱国主义"或帝国主义意识形态的同时,不断加入具有作家特权的"自我主义"(egotism)和媚俗性、愉悦性描述。所有这些都使《奥鲁诺克》成为一个内容庞杂、形式不定的作品,但也正是这些与"流动的现代性"(鲍曼语)相对应的特征使得它成为一个症候式文本,反映了现代性启动之初帝国的空间是如何进入文本叙事框架的;自我与他者、文明与野性、主人与奴隶的观念是如何在文本中被建构起来的;欧洲的集体无意识是如何与个人欲望相结合,并通过个性化的文本呈现出来。

---

① Albert J. Rivero, "Aphra Behn's 'Oroonoko' and the 'Blank Spaces' of Colonial Fictions," *Studies in English Literature,1500-1900*, 39.3 (Summer 1999), p.443.

## 第六章　罗曼司与民族志的杂糅

贝恩也许不能算是一个伟大的女性作家,但肯定是最富原创力、最值得不断重读和重估的作家之一。她根据自己的异域旅行经历创作的小说文本,及其所提出的一些前瞻性思想,在我们这个跨文化交往时代,无疑有着持续研究的价值和意义。

# 第二部分 殖民空间的拓展与主体意识的建构(1719—1824)

阿芙拉·贝恩发表《奥鲁诺克》后两年,约翰·丹顿(John Dundon)出版了《环球航行记》(*A Voyage Round the World*,1691)。在这部虚构的航海游记开头的诗篇中,这位小说家兼出版商精辟地概括了英国冒险旅行的精神,并展望了大英帝国未来的前景:

> 面前是飞旋的未知的土地,
> 身后是崇拜我们的野蛮人。
> 在如同特纳里夫一样高的冰山上
> 越冬,我们停泊我们残破的小船……
> 在那儿发现航道,通过它们贸易…
> 然后漫游着,一圈一圈又一圈,
> 像德雷克那样,直到再次回到家园。①

丹顿的展望在18世纪变成了现实。"在整个18世纪,不列颠的舰船游弋在地球表面,创造着,发展着,并稳固着海外的帝国;获得并失去领地,探索着并作战着,携带着商品和人民——士兵、官员、新娘、旅行家、契约劳工和囚犯。"②推动他们的动机多种多样:科学的好奇、探索、殖民、贸易、外交,以及方兴未艾的旅游。③ 1740—1744年,英国皇家舰队在海军准将乔治·安逊(George Anson)的指挥下进行了环球航行。1768—1880年间,詹姆斯·库克船长(Captain James Cook)在英国皇家学会和皇家海军的资助下,率领他的船队进行了三次太平洋冒险之旅。1770年,他率领他的船队在澳洲东海岸登陆,将其命名为新南威尔士(New South Wales)。1788年,"第一舰队"(First Fleet)抵达澳洲,在植物湾(Botany Bay)和杰克逊港(Port Jackson)建立了流放犯殖民地。同一年,皇家学会会长约瑟夫·班克斯爵士(Sir Joseph Banks)发起建立了旨在对非洲内陆进行殖民开发和统治的"非洲学会"(Association for

---

① Peter Hulme and Tim Youngs(eds.), *The Cambrdge Companion to Travel Writing*, Cambridge UK: Cambridge University Press, 2002, p. 33.

② Phillip Edwards, *The Story of the Voyage: Sea-Narratives in Eighteenth-Century England*, New York: Cambridge University Press, 1994, p. 2.

③ Elizabeth A. Bohls and Ian Duncan(eds.), *Oxford World's Classics, Travel Writing, 1700-1830: Anthology*, New York: Oxford University Press Inc., 2005, p. xv.

Promoting the Discovery of the Interior Districts of Africa）。1793 年，威廉·麦肯齐（William Mackenzie）抵达加拿大的太平洋沿岸。同一年，马嘎尔尼勋爵（Lord Gerorge Macartney）率领英国政府使团出访了乾隆皇帝统治下的中华帝国，两个自以为地球上最强大的帝国之间展开了一场"聋子的对话"①。1797 年，伦敦传教会（London Missinary Society）派出的传教团抵达南太平洋的塔希提岛，开始向当地原住民传播基督的福音。

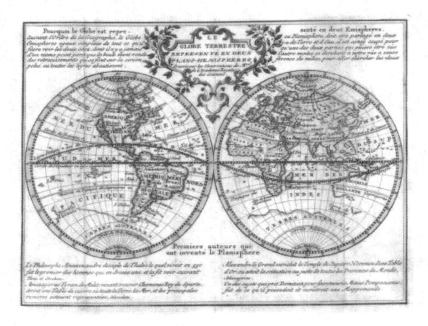

1740 年版的世界地图表明了欧洲殖民势力的扩张，
欧洲、非洲和美洲之间已经形成了奴隶贸易的三角通道。

在航海家、探险家、外交家和传教士频频展开对未知世界的探险、殖民和传教的同时，专业的作家们则借助自己的旅行或想象中的旅行，构思着有关远方异域的故事。当时几乎所有重要的作家，包括丹尼

---

① 参见阿兰·佩雷菲特：《停滞的帝国——两个世界的撞击》，王国卿、毛凤支等译，北京：生活·读书·新知三联书店 1993 年版。

尔·笛福、约瑟夫·爱迪生、亨利·菲尔丁、托比亚斯·斯摩莱特、撒缪尔·约翰逊、詹姆斯·鲍斯威尔、劳伦斯·斯特恩、玛丽·沃尔斯通克拉夫,都推出了不止一本旅行著作。他们中的大多数人都有欧洲大陆或国内的旅行经验,能同时展开虚构的和纪实的旅行写作。比如,约翰逊博士既写了阿比尼西亚王子的故事《拉塞莱斯》(*Rasselas*),又写了《苏格兰西部群岛的旅行》;斯特恩既发表了《项狄传》,又写了《感伤旅行》;斯摩莱特同时是《法兰西和意大利游记》和《汉弗莱·克林克》(*Humphry Clinker*)的作者。①

除了专业作家和记者以外,被遣送的囚犯、契约劳工、水手、士兵、外交官、传教士等,都迷恋上了旅行写作,由此,形成了一个庞大的旅行文本堆积。据当代学者菲力普·爱德华兹(Phillip Edwards)的"合理估算",18 世纪出版了大约 2000 本航海叙事作品。国王乔治三世手边经常放着这类著作的漂亮复本。标尺的另一端,像普茨茅斯、白赫文或纽卡斯尔等海港城市的大众图书馆拥有纸质低劣、印制粗糙的航海叙事故事的版本,订购者是本地的商人,还有一些当地水手写的历险故事,是写作者本人挨家挨户兜售的。② 除了帝国海外殖民地的扩张之外,启蒙时代识字人口的增长无疑也是促进旅行文学畅销的一个重要原因。据有关研究,中世纪英国人口中仅有 10% 的男性及 1% 的女性识字;到 17 世纪,这个比率已分别达到 30% 和 11%;到 18 世纪中,更是攀升至(大约)60% 和 40%。③ 18 世纪末图书馆的流通和预订机制又进一步推动了这种文化渗透,它使得大量带插图的四开本或对开本旅行文本进入大众读者层。④ 旅行类书籍在相对有限的伊丽莎白和斯图亚特时代的图书市场中已经成为畅销书,在整个 18 世纪随着识字人

---

① Jean Vivies, *English Travel Narratives in the Eighteenth Century*, Ashgate Publishing Company, 2002, p. 25.

② Phillip Edwards, *The Story of the Voyage: Sea-Narratives in Eighteenth-Century England*, New York: Cambridge University Press, 1994, p. 1.

③ 参见黄梅:《推敲"自我":小说在 18 世纪的英国》著,北京:生活·读书·新知三联书店 2003 年版,第 125 页注。

④ Nigel Leask, *Curiosity and the Aesthetics of Travel Writing, 1770-1840: From an Antique Land*, New York: Oxford University Press, 2002, pp. 12-13.

口的增加和作者著作权的萌芽继续独占鳌头。印刷市场的扩张永远改变了文学史,带来了一种新的大众化的虚构形式——小说,同时也带来了一大群新的作者,包括许多女性和中产阶级的男性。①

如此频繁的航海活动,如此庞大的文本堆积,如此广泛的作者群和读者群,使得旅行文学成为塑造大英帝国臣民的全球意识(the global consciousness)的最有影响力的文类。一些西方旅行文学专家指出,如果说现代早期旅行写作的氛围和语言经历了一个"从骑士式冒险到冒险资本主义"(from chivalric adventure to venture capitalism)的转变,那么18世纪则目睹了帝国扩张过程中商业资本主义的成熟与民族利益的啮合。② 那些在国内被狼吞虎咽般阅读的旅行文学,为好奇的英国人提供了他们的国家在海外活动的实录。在加勒比和北美已经建立起来的帝国,正在向印度和非洲扩张,并在太平洋上建立了新的前哨站。读者也喜欢那些更靠近家园的旅行报告:欧洲大陆和英伦诸岛的旅行,其美丽的景点激发了浏览"崇高的"和"如画的"风景的热潮。旅行写作激起了读者对冒险和异国情调的欲望,加强了他们对本民族取得的成就的自豪感。它提出了一系列的科学问题,并给哲学家提供了思想资源。政治上的争论围绕旅行书籍展开,包括奴隶制问题和法国革命的辩论。③

总之,"旅行者在对广阔的世界进行描述的同时,也揭示了自己对世界的理解"④;在对异域人群进行他者化的过程中,也建构了自己的主体性。正如丹尼尔·笛福所言,这个世界的历史主体是欧洲的、男性的、世俗的、有教养的;他的星球意识(planetary consciousness)是他与纸面上的文化接触的结果,比活生生的有经验的水手要完整得多。⑤ 而精明的笛福本人也正是借助当时的旅行文学热,在虚构与写实的相交

---

① Elizabeth A. Bohls and Ian Duncan(eds.), *Oxford World's Classics, Travel Writing,1700-1830:Anthology*, New York:Oxford University press Inc., 2005,p. xv.

② Ibid., p. xvii-xviii.

③ Ibid., p. xv.

④ Ibid., p. xv.

⑤ Mary Louise Pratt, *Imperial Eyes:Travel Writing and Transculturation*, London and New York:Routledge,2008,p.28.

地带找到了最适合自己发挥想象力的叙事空间,写出了一个介于游记与小说之间的文本——《鲁滨孙漂流记》。不过,令笛福始料不及的是,他用生花妙笔塑造的落难水手鲁滨孙,居然成为西方文化中具有高度象征意义的原型现代人,一个既有别于《神曲》中的但丁、斯宾塞的亚瑟王和班扬的朝圣者,但又可以与他们比肩而立的"新世界……自己的代表人物",一个"在天涯海角以一己之力成功地与自然对抗的茕茕孑立的经济人"。①

---

① 伊恩·P·瓦特:《小说的兴起》,高原、董红钧译,北京:生活·读书·新知三联书店1992年版,第89页。

# 第七章　空间的生产与主体意识的建构

在《小说的兴起》一书中,伊安·瓦特把《鲁滨孙漂流记》与《浮士德》《堂·璜》和《堂吉诃德》并称为"西方文化中的伟大神话"①,可谓抓住了这部小说的精髓。的确,无论从何种意义上说,《鲁滨孙漂流记》都可被看作是一部开创了近代英国乃至欧洲小说纪元的作品。自传体的叙事方式、现实主义的逼真描写、惊心动魄的冒险生活、新大陆的蛮荒景观,以及新教工作伦理的现身说法,将18世纪的西方读者引入一个迷人的新世界,为他们提供了一个展开异域想象的新空间。不同的读者从自己的价值立场出发,都能从这个融合了各种文本的文本中找到自己的阅读兴奋点和能量释放口。在《鲁滨孙漂流记》中,信徒能找到上帝荣耀的证据,投资者能找到投资的方向,好奇的读者找的是异域景观,青春期的少年找的是冒险刺激,教会人士则把它作为励志教科书推荐给青少年等等,总之,三教九流各取所需。难怪该书出版后不胫而走,马上成为一部畅销书,"连粗通文化的厨娘也人手一册"②,而且不断再版,不断修订,几乎成了一部近代不列颠民族的史诗。1919年,在《鲁滨孙漂流记》出版200周年之际,弗吉尼亚·伍尔夫专门为它写了一篇文章回忆自己童年的阅读经验,说"这本书更像是人类的佚名作,而不像某个才子的杰作",因为一般英国人对笛福及其故事的看法就像希腊人对荷马一样,"我们从未想过有笛福这么一个人……好像丹尼尔·笛福的名字无权出现在《鲁滨孙漂流记》的封面上"③。

---

① 伊恩·P.瓦特:《小说的兴起》,高原、董红钧译,北京:生活·读书·新知三联书店1992年版,第89页。
② 丹尼尔·笛福:《译者前言》,《鲁滨孙飘流记》,郭建中译,南京:译林出版社1996年版,第1页。
③ 弗吉尼亚·伍尔夫:《伍尔夫随笔全集》,石云龙、刘炳善、黄梅等译,北京:中国社会科学出版社2001年版,第85页。

从空间诗学和空间政治的角度看,这部小说更为我们提供了一部西方现代性展开的"初始场景"(initiative scene)。尽管彼得·休姆和彼埃尔·麦克雷等人已对笛福的故事与殖民意识的关系作了深刻的揭示,并提到了岛屿的环境在"显示,联系和定制意识形态对象"[①]上所起的作用,然而,对于小说中的空间叙事或空间诗学在建构现代主体性方面所发挥的功能语焉不详。而这个问题,在笔者看来,恰恰是小说的关键所在,对它的分析,将会有助于我们更进一步深刻理解旅行文学与西方现代性的展开相关的一些理论问题。

## 一、空间的构建与主体的形成

现代文化批评理论认为,"空间并不是人类活动发生于其中的某种固定的背景,因为它并非先于那占居空间的个体及其运动而存在,却实际上为它们所建构"[②]。那么,鲁滨孙从何时开始有了构建个人空间的想法,又是如何开始他的空间构建的?

小说开始不久,主人公就告诉我们,他是一个中产阶级子弟,生活丰裕而稳定,他所有的一切都是由父亲提供给他的,如果他遵从父亲的意愿,继承父亲的事业,将会一生衣食无忧,过上幸福富足的生活。然而,他没有这样做,而是离家出走,开始了自己的冒险生涯。从此以后,鲁滨孙就经历了一个大幅度的空间移位和空间转换。这是一个从旧世界到新世界,从熟悉的世界到陌生的世界,从自我的世界到"他者"的世界的转换,更为重要的是,这是一个从现成的、既定的、由父辈塑造的空间,向一个不确定的、完全陌生的、有待于自我构建的空间的转换。而这个空间的转换和构建过程,也正是他的现代主体性的自我塑造(self-fashion)过程,两者同时并进,互补互动。

生物体的生存需要和自我保护本能使鲁滨孙从漂落荒岛的第一天

---

① J. Michael Dash, *The Other America: Caribbean Literature in A New World Context*, Charlottesville and London: University Press of Virginia, 1998, p.31.
② 丹尼·卡瓦拉罗:《文化理论关键词》,张卫东等译,南京:江苏人民出版社2006年版,第187页。

## 第七章 空间的生产与主体意识的建构

起就不得不考虑为自己构建一个空间的问题。但是,"空间总是社会性的空间"。① 鲁滨孙既然是一个来自旧世界的已经"文明化"的个体,那么,他的空间感知、空间意识,以及他在新世界的空间构建,必定是以他在旧世界中形成的"文化代码和惯例形成的对于世界的感知"②为基本出发点的。简言之,他的体验空间、形成空间概念的方式,均是以欧洲为中心和模式展开的,正是这种模式最终塑造了他的自我,以及他与新世界的"他者"的关系。

我们看到,鲁滨孙的空间构建从谋划开始,他首先在脑海中确定他需要构建的空间的条件(比如,要卫生,要有淡水;要能避荫;能避开猛兽或人类的突然袭击;要能看到大海,以便向路过的船只求救等),之后,便开始了空间选择和空间定位。在找到了合适的地点后,他开始了一个非常重要的活动——划界:

> ……
> 搭帐篷前,我先在石壁前面划了一个半圆形,半径约十码,直径有二十码。
> 沿这个半圆形,我插了两排结实的木桩;木桩打入泥土,仿佛像木橛子,大头朝下,高约五尺半,顶上都削得尖尖的。两排木桩之间的距离不到六英寸。然后,我用从船上截下来的那些缆索,沿着半圆形,一层一层地堆放在两排木桩之间,一直堆到顶上,再用一些两英尺半高的木桩插进去支撑住缆索,仿佛柱子上的横条。这个篱笆十分结实牢固,不管是人还是野兽,都无法冲进来或攀越篱笆爬进来。③ ……

划界是现代性谋划的一个标志性行为。通过划界,流变中的自然物被纳入人的规范,消除了它的不稳定性,混乱的世界有了秩序和理性,现代性就此产生。正如齐格蒙特·鲍曼指出的,"只要存在是通过设计、

---

① 丹尼·卡瓦拉罗:《文化理论关键词》,张卫东等译,南京:江苏人民出版社2006年版,第180页。
② 同上书,第183页。
③ 丹尼尔·笛福:《鲁滨孙漂流记》,郭建中译,南京:译林出版社1996年版,第48页。

操纵、管理、建造而成并因此而持续,它便具有了现代性"。① 通过划界,鲁滨孙为自己构建了一个以自我为中心的空间,将它与荒野区分开来。界线之内,代表着安全、秩序、文明和理性;界线之外,则是危险的、混乱的、野蛮的、他者出没的自然,于是,现代性的空间秩序就如此被构建和生产出来了。

在空间被谋划、勘测、构建的同时,主体性也被生产出来了。鲁滨孙在谋划生存、改变自然物的存在形态时,也在持续不断地改造着自身,从一个不信上帝,不事劳动的自然人,变成一个以新教工作伦理(the Protestant work ethic)约束自己,勤奋节俭,符合资本主义体制要求的"经济人"(homo economicus)。孤身一人的荒岛生活使他养成了每日祈祷,写日记,读《圣经》的习惯,通过持续不断的阅读而得到内心的滋养,印证了每个信徒都是自己的教父(the priesthood of every believer)的新教观念。他在自己构建的空间中思索着个人与上帝、劳动与救赎的关系。劳动不再是上帝对亚当的咀咒(sweat of your brow),而成为一种自我拯救的精神疗法。

但是,从根本上看,鲁滨孙自我构建的主体性不同于笛卡尔通过抽象思辨形成的"我思"(cogito)。通过构建自己的生存空间,他已经发展出一种更为实在的、可触可摸的主体性意识,即拥有某物的意识,正是这种所有权意识定义了自我和主体性,将抽象的"我思"落实到具体的肉身活动上。综观整个小说,我们看到,鲁滨孙几乎一刻不停地规划着,探测着,扩充着自己的生存空间;同时也一刻不停地观察着,沉思着,发展着自己的主体性。他以自己居住的山洞为中心,将探索的触角从荒岛腹地延伸到沿海边缘。"未知之物激发了心灵的想象,而且发现得越多,就越能激起进一步探索的想象。"②但是,必须看到,这种探索不是出于非功利的、纯智性的兴趣,而完全是一种功利性的、物质性的攫取活动。整个小说中,我们几乎看不到主人公对岛屿美景有任何

---

① 齐格蒙特·鲍曼:《现代性与矛盾性》,邵迎生译,北京:商务印书馆2003年版,第12页。

② 丹尼·卡瓦拉罗:《文化理论关键词》,张卫东等译,南京:江苏人民出版社2006年版,第182页。

# 第七章 空间的生产与主体意识的建构

抒情性的描写。荒岛上生长着、活动着的一切自然物,在他眼中都一一转化为有利可图的潜在物品。不能转化为财产的自然景观从来就没有进入过他的视野。树木之所以引起他的注意,只是因为可以用来做独木舟;野山羊之所以没有被杀死而被驯养起来,只是因为可以给他源源不断地提供奶与肉类;山洞之所以引起他的注目,只是因为可以用来贮存谷物和火药;土人之所以被救下来,只是因为可以被用来做自己的仆人,并有可能帮助他重返家园。鲁滨孙日记中唯一非功利性的、稍稍有点抒情性的话是——"十一月十三日 今天下雨,令人精神为之一爽。天气也凉快多了",但接下来马上就是实用性的描述:"但大雨伴随着闪电雷鸣,吓得我半死,因为我担心火药被雷电击中而炸毁。因此,雷电一停,我就着手把火药做成许多许多小包,以免不测。"①正如丹尼·卡瓦拉罗指出的,资本主义的意识形态将人们潜在的对感官生活的无限丰富的可能性追求简化为一种单一的欲望,即渴望占有。"所有身体的和精神上的感觉都被那种简单的表面化的拥有感所取代。"②笛福通过鲁滨孙的冒险故事建构起来的空间叙事诗学表述的正是这样一种现代性主体意识。在荒岛生活二十七年后,鲁滨孙终于能够自豪地说:"……我不禁觉得自己犹如一个国王。每想到这里,心里有一种说不出的喜悦。首先,整个小岛都是我个人的财产,因此,我对所属的领土拥有一种毫无异议的主权;其次,我的百姓对我都绝对臣服,我是他们的全权统治者和立法者。"③殖民主义者的征服欲、权力欲和占有欲在此表露无遗。

## 二、空间的生产与文化的定位

在《文化的定位》(*The Location of Culture*,1994)一书开头,霍米·巴巴(Homi K. Bhabha)引用了海德格尔的一句名言,"界线不是某物终

---

① 丹尼尔·笛福:《鲁滨孙漂流记》,郭建中译,南京:译林出版社1996年版,第59页。
② 丹尼·卡瓦拉罗:《文化理论关键词》,张卫东等译,南京:江苏人民出版社2006年版,第84页。
③ 丹尼尔·笛福:《鲁滨孙漂流记》,郭建中译,南京:译林出版社1996年版,第198页。

止的标志,相反,按照希腊人的说法,界线正是某物开启其存在的标志。"① 此话用在鲁滨孙身上再恰当不过了。正是通过划界和构建,鲁滨孙生产出了三个不同层次的空间,开启了自己的此在世界;与此同时,他也开启、建构并定位了自我与他者、中心与边缘、文明与野蛮的关系。

这个空间模式的中心,首先是一个被鲁滨孙称为"城堡"的山洞,这是一个被两道围墙(内墙是一道用木桩和缆索编织起来再用土夯实的围墙、外墙是一道密密栽植的杨柳树篱)护卫起来的空间,围墙没有出入口,拒绝任何外物(无论是人或兽)进入,鲁滨孙自己则通过两道梯子出入。显然,这是一个以欧洲中世纪的城堡为模式,结合了近代资本主义私密化意识的个人生活空间。"城堡"内存放的物品均是从来自旧世界的沉船中打捞上来的物品,除了一些基本的生活必需品外,还包括枪支、火药、望远镜、地图、帐篷、船帆布等带有明确的西方印记和殖民意识的人工制品。鲁滨孙生活于其间,可谓如鱼得水,具有一种强烈的文化认同感,他在城堡内生活、沉思、祈祷,并以此为中心不断向周边地带探索着、测量着、扩展着自己的活动范围和生存空间。

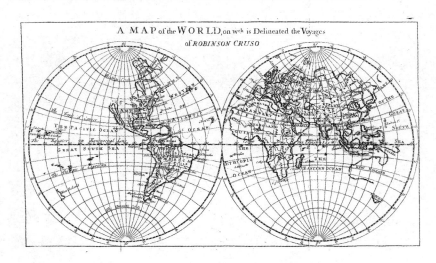

鲁滨孙漂流的年代,1719 年的世界地图

---

① Homi K. Bhabha, *The Location of Culture*, London and New York:Routledge,1994,p.1.

第七章　空间的生产与主体意识的建构

中心之外的二度空间,是一个可称为前沿或边陲(frontier)的缓冲地带,或"夹缝"(in-between)空间,位于上述两道围墙之间。鲁滨孙说,"在杨柳树林与围墙之间,我特地留出一条很宽的空地。这样,如有敌人袭击,一下子就能发现。因为他们无法在外墙和小树间掩蔽自己……就算他能越过树林,也只是在我的外墙边而进不了外墙"。① 这个空间也是鲁滨孙让后来成为他的仆人的"野人"星期五首次进入的空间。我们注意到,笛福对星期五的空间安置颇费心思,他既不愿让后者进入中心,也不愿让他放逐于荒野中(因为那样做无异于又树了一个敌人)。在没有弄清他的身份和为人之前,鲁滨孙给他精心安排在这个介于中心与边缘的夹缝中,让他待在这个"内墙之外,外墙之内"的地方:

  回到家(按即山洞)里第二天,我就考虑怎样安置星期五的问题,我又要让他住得好,又要保证自己绝对安全。为此,我在两道围墙之间的空地上,给他搭了一个小小的帐篷,也就是说,这小帐篷搭在内墙之外,外墙之内。在内墙上本来就有一个入口通进山洞。因此,我在入口处做了个门柜和一扇木板门。门是从里面开的。一到晚上,我就把门从里面闩上,同时把梯子也收了进来。②

这段话中,显然,"要让他住得好"是一句谎言,"要保证自己绝对安全"才是大实话。因为,对于鲁滨孙来说,此时的星期五还是一个身份未定的、介于敌人和朋友之间的"异乡人"。按照西美尔(Georg Simmel)的说法,"异乡人有着物理上的邻近性,同时又保持了精神上的疏远性。……代表了一种令人不一致的、因而令人憎恶的'相邻性和疏远性的综合'"。③ 鲍曼也指出,"没有一种反常现象比异乡人更加反常。他处在朋友和敌人、秩序与混乱、内与外之间。他代表了朋友的不可信任性,代表了敌人伪装的狡猾性,代表了秩序的不可靠性,代表了内心

---

① 丹尼尔·笛福:《鲁滨孙漂流记》,郭建中译,南京:译林出版社1996年版,第131页。
② 同上书,第169页。
③ 转引自齐格蒙特·鲍曼:《现代性与矛盾性》,邵迎生译,北京:商务印书馆2003年版,第90页。

的易受伤害性"。① 鲁滨孙将这个"异乡人"安置在"夹缝"空间中可谓适得其所。

上述这种空间结构中隐含的权力关系和意识形态是不言而喻的。殖民者生产出了被殖民者的空间,并将它赐予了后者。这个举动给人的印象是,在殖民者来到新大陆之前,被殖民者是完全赤身裸体地处在荒野中、毫无遮蔽之处的,正是由于殖民者的"仁慈",才使得他免于被其同类相食,并在殖民空间与荒野之间有了一席藏身之地,所以,被殖民者对"主人"的感激涕零、俯首称臣和誓死效忠就是合情合理的了。通过这种空间叙事,殖民者与被殖民者之间不平等的权力—支配关系就被合法化了。

鲁滨孙构建的三度空间,是围墙之外、无限延伸的荒岛和海岸,也即他想象中的食人部落可能出没的地方。借用鲍曼的术语,这个空间也可称为"秩序的他者"活动的场所——"'秩序的他者',乃是纯粹的否定性。它是秩序力图达到的对一切的否定。秩序的肯定性正是为了反对这一否定性而建构的。但是,混乱的否定性却是秩序自身构成的产物:是它的副产品、它的废弃物。而且还是它的(反身的)可能性的绝对必要条件(sine que non)。没有混乱的否定性,便没有秩序的肯定性;没有混乱,便没有秩序"②。无疑,处于自然状态的、不信神的野蛮的食人族,正是鲁滨孙要建构的秩序的"他者"。没有这个"他者",就无法映衬出"自我"——西方征服者——的文明、理性和仁慈,同时也无法为后者对前者的杀戮提供正当理由。

通过空间的生产,笛福不仅让鲁滨孙定位了不同文化在空间分布上的权力结构关系,也预示了19世纪"文化传播主义"的理论和信仰。按照这种理论,世界被划分为两个层次。"内层"是富有创造力的、理性、智慧、科学、进步的,而"外层"则是没有创造力、没有理性、感情冲动、本能、自发、停滞不前的。"内层"是世界的核心——欧洲,外层是

---

① 齐格蒙特·鲍曼:《现代性与矛盾性》,邵迎生译,北京:商务印书馆2003年版,第92页。
② 同上书,第11页。

第七章　空间的生产与主体意识的建构

世界的边缘——欧洲以外的地区；具有创造力的思想、人员和商品是从"内层"向"外层"逐渐传播开来的。① 在《鲁滨孙漂流记》中，我们看到，主人公首先从欧洲中心出发来到边缘，带来了来自西方文明的成果（他从沉船中打捞上来的物品），然后，他以先进的技术手段和相应的观念为依托，在荒岛上构建起一个以自我为中心的"内层"空间，之后，再将西方文明的成果，从语言、技术到宗教——传播给来自"外层"空间的星期五，教他学会了说英语、种庄稼、烘面包、使用火枪、建造独木舟；更为重要的是，他让这个吃惯人肉的野人，抛弃了野蛮的习俗，逐渐有了对上帝的信仰，终于成为一名基督徒；最后，带他一起从"外层"返回"内层"，从边缘返回中心。显而易见，鲁滨孙构建的正是一个以欧洲为中心的文化传播主义的微缩空间模型，体现了帝国政治的"空间精英主义"②思想。

## 三、食人族传说的诗学—政治功能

关于食人族和星期五的故事，还得多说两句，因为它涉及文本与现实、诗学功能与政治功能的转换问题。

资料表明，近代欧洲有关食人部落的传说源于首位西方冒险家哥伦布的日记和书信。1493年，哥伦布在其首次新大陆之旅的返航途中，给时任西班牙女王伊莎贝拉总管的路易斯·德·桑塔戈尔（Luis De Santangel）写了一封信，信中提到了"一个名叫加勒比（Carib）的岛屿……，该岛是进入印度的第二个入口，居住在该岛上的居民被所有别的岛屿视为十分残忍的民族；他们以人肉为食；他们有很多独木舟，出入于印度的所有岛屿，将他们能够到手的东西房掠一空……"③

从这封信中可以看出，哥伦布本人实际上并未发现或遇见过他所

---

① J. M. 布劳特：《殖民者的世界模式：地理传播主义和欧洲中心主义史观》，谭荣根译，北京：社会科学文献出版社2002年版，第12—49页。
② 同上书，第14页。
③ See Arnold, A. James et al. (eds.), *A History of Literature in the Caribbean*, Volume3. Amsterdam/Philadelphia: John Benjamins Publishing Company, 2001, p. 3.

谓的"食人族/加勒比人",只是听当地土人说起过有这么一个部落。然而,Cannibal/Carib 这一对词语一旦被他"发明"[1]出来,并进入欧洲语言后,就作为一种未加思考的、不言自明的"前见"进入了西方人的意识之中,影响了欧洲读者对新世界的感知、欧洲各国对新世界的政策,进而影响了欧洲殖民者在那里的行为——既然加勒比是个住着野蛮的"食人生番"的岛屿,那么对它的征服就是符合神的旨意的正义行为。

在英国文学史上,首次提到食人部落的是莎士比亚。如前所述,1611 年,莎士比亚以新世界为背景写出了他的最后一部戏剧《暴风雨》。据考证,该剧的主要情节是以 1609 年 6 月在百慕大触礁沉没的英国移民船"海上冒险号"的海难事件为基础的。[2] 剧中令人印象深刻的人物是一位名叫卡列班的野人,这或许是西方文学制造的第一个有关加勒比人的文学形象。这个居住在荒岛上的原住民身材畸形,未脱野性,说话口齿不清,后来在一个因暴风雨而流落荒岛的文明人米兰公爵普洛士帕罗的调教下,才学会了说话,成为文明人或半文明人。一些学者认为,"卡列班"(Caliban)一词即是"食人生番"(cannibal)一词的反拼[3],隐含了剧作家的种族主义倾向。

笛福发表《鲁滨孙漂流记》(1719)之时,差不多在《暴风雨》上演之后整整一个世纪,有关食人族的传说已经深入人心,成为欧洲人深信不疑的事实。无疑,正是出于吸引读者兴趣,满足其异域想象力的目的,笛福将这些实际上并不存在的食人部落安置在了鲁滨孙构建的殖民空间体系中。小说中的一个情节耐人寻味。鲁滨孙在遇见星期五之前,先做了一个梦,这个梦准确地预示了他与野人相遇的全过程,并且给了他一个"启示"——"我若想摆脱孤岛生活,唯一的办法就是尽可

---

[1] Ted Motohashi, The Discourse of Cannibalism in Early Modern Travel Writing, *Travel Writing and Empire: Postcolonial Theory in Transit*. Ed. Steve Clark, London & New York: Zed Books, 1999, pp. 81-89.

[2] 威廉·莎士比亚:《新莎士比亚全集》第三卷,方平译,石家庄:河北教育出版社 2000 年版,第 633 页。

[3] Arnold, A. James et al (eds.), *A History of Literature in the Caribbean*, Volume 3. Amsterdam/Philadelphia: John Benjamins Publishing Company, 2001, p. 24.

## 第七章　空间的生产与主体意识的建构

能弄到一个野人;而且,如果可能的话,最好是一个被其他野人带来准备吃掉的俘虏"①。后来发生的事情完全印证了这个梦的真实性。从文化叙事的角度考察,这个梦境实际上给我们提供了另一个启示,透露出了笛福的荒岛野人故事的全部虚假性。它表明,对鲁滨孙这个西方殖民者来说,梦先于现实,文本先于经验;对他者的想象先于与他者的实际接触。小说中写到的食人部落其实并不存在于现实中,只是存在于作家的梦境、想象和"前见"中。

　　细读小说,我们会发现,笛福安排他笔下的主人公与食人部落相遇的时间似乎很不合理。作家告诉我们,鲁滨孙上岛后四年左右,从纬度上判断出自己所在的地方离食人族居住的加勒比海岸不远;但直到上岛十五年后,他才发现沙滩上出现了一个人的脚印;然而此后,那个令他十分恐惧的脚印所代表的食人部落一直没有出现。直到八年后,即上岛的第二十三个年头,他才从"城堡"里远远见到食人部落吃人的场面;之后又过了两年,他才与野人发生近距离的接触,他杀死了两个野人,并救下了后来成为他的仆人的星期五。而这时,离他离开荒岛回国只有两年了(这两年时间显然是用来驯服和调教星期五的)。我们不禁要问,这个神秘的食人部落为何不早不晚,非要等到鲁滨孙快离开荒岛的时候才出现?在我看来,这个不合常理的时间表正是作家的精心安排。食人部落在小说临近结束时出现适得其时,因为此时鲁滨孙的空间构建已经完毕,他的现代性主体自我塑造也接近完成,该让它们发挥作用和威力了。小说以鲁滨孙对食人部落的杀戮和对星期五的驯服完成了这个欧洲人在新大陆的冒险故事,然后让他带着自己生产的产品、自己驯服的奴隶、自我塑造成形的现代性主体,返回旧世界,成家立业,结婚生子,至此,殖民主义的空间叙事最终实现了它的诗学—政治功能的转换。

---

① 丹尼尔·笛福:《鲁滨孙漂流记》,郭建中译,南京:译林出版社1996年版,第161页。

# 第八章 旅行文学与他者化过程

鲁滨孙的空间实践表明,空间既是一种"产物",又是一种"力量",现代资本主义是通过一种特定的"空间的生产"而出现的,现代西方的主体性也是通过一种地理和空间的规划,通过对其栖居其中的环境的持续分解和重组建构起来的。① 在空间规划和生产的过程中,世界被划分为不同的结构和层次,人类被划分为不同的种族和类别,人与环境的天然联系受到了全面的质疑和反思,自然的世界逐渐消失在秩序和权力结构中;"秩序的他者",即处在自然状态下的人受到了全面的约束、规训和惩罚,而那些自诩有能力自我设计、自我谋划、自我约束的人则得到了支配空间、资源和他者的权力,成为世界的主人,这里,殖民主义的空间叙事与帝国政治携手并进,为其施加于世界的暴力行为提供了合法化论证。

正是以《鲁滨孙漂流记》为原型模式,近代英国文学生产出了一系列以异域想象和探险为题材的叙事作品,成功地配合了不列颠帝国的殖民事业。通过这些作品,帝国作家们塑造了近代中产阶级的主体意识、异域想象力和文化认同/差异观念,与此同时,后者又通过自己的殖民行为,在现实中构建、生产出了更多的殖民空间和秩序,于是,整个世界,无论是文本的还是现实的,统统被纳入了帝国主义的世界体系之中。

## 一、在"帝国的眼睛"的凝视下

按照当代美国学者玛丽·路易斯·普拉特在《帝国的眼睛:旅行

---

① 齐格蒙特·鲍曼:《现代性与矛盾性》,邵迎生译,北京:商务印书馆2003年版,第137页。

第八章 旅行文学与他者化过程

写作与文化嫁接》(*Imperial Eyes*: *Travel Writing and Transculturation*, 2008)一书中的说法,1735 年欧洲发生了两件新的、影响深远的大事。其一是瑞典自然科学家卡尔·林奈(Carl von Linne)出版了他的《自然体系》(*The System of Nature*),为这个星球上所有欧洲人已知或未知的各种植物,提出了一个分类体系;其二是欧洲启动了第一次国际性的科学考察活动,其目的是为了一劳永逸地测定地球表面的形状。这两件大事,以及它们在时间上的巧合,说明欧洲精英们在理解自身及其与世界其他部分的关系上发生了重大的变化。① 这就是欧洲"星球意识"(planetary consciousness)的形成。

普拉特认为,在林奈之后,旅行和旅行写作再也不同于以往了。到 18 世纪后半叶,不管考察的动机最初是否是科学的,或旅行者是否是一个科学家,自然史都在其中发挥了作用。收集标本,建立档案,命名新的物种,确认已知的物种,成为旅行和旅行写作的标准主题。沿着边陲,水手、征服者、囚犯、外交官等人物开始频频登场,他们随身带着标本袋、日记本、某个物种的瓶子,与各种各样的昆虫和花朵待上几个小时。各种各样的旅行叙事开始发展出悠闲的绅士般"自然化"的态度。另一方面,随着全球分类项目的建立,对自然的观察和分类本身就成为可叙述的了。它可以构成一个连续的事件,甚至创造一个情节。它可以构成全部记录的故事的主干。从某个角度看,这里讲述的是一个追寻的故事,处在城市化、工业化进程中的欧洲对尚未被开发过的自然的关系的追寻,尽管他们正在以自己的权力中心摧毁这种关系。②

事实上,早在林奈之前,或差不多与其同步,英国的一些自然科学家已经在从事类似的工作,试图对这个星球上的造物进行一番系统的构建,以便通过文本从整体上把握它。引人注意的是,生活在不同纬度、不同地域中的土著或原住民也被纳入了这个自然体系之中,成为可以被观察、分类、描述、管理和统治的对象。

---

① Mary Louise Pratt, *Imperial Eyes*: *Travel Writing and Transculturation*, London and New York: Routledge, 2008, p.14.
② Ibid., p.26.

1687年,汉斯·斯隆(Hans Sloane,1660—1753)来到西印度,担任新上任的牙买加总督的私人医生。此时的他已经是皇家学会会员,40年后将接替牛顿成为该会会长。斯隆对自然史的兴趣促使他对加勒比地区的物种进行了描述和分类,之后他将收集的标本带回英国,使之成为大英博物馆的核心收藏。1707和1725年,斯隆在牙买加出版了他的旅行记兼自然史著作。他的自然史概念不仅包括了动植物,也包括了当地的居民。在他的分类系统中,黑人(尼格罗人)被分成了不同的种类:

> ……来自几内亚不同地区的做奴隶最好(best),来自东印度或马达加斯加的足够好(good enough),就是太挑食,他们习惯于在他们自己的国家吃肉类等,不适应这里的食物,经常死亡。出生于本岛的、或被西班牙人带来的克里奥尔混血种,比别的更有价值,因为他们已经习惯了这里的气候。①

在接下来的一段描述中,斯隆又从东方主义话语传统出发,突出强调了黑人天性喜欢"纵欲"(venery),无论他们工作有多辛苦,一到晚上或节日期间,他们就聚集在一起跳舞、唱歌,他们的歌声淫荡下流,等等,因此,殖民者应该对之严加防范。

从这些描述中不难看出,作者完全是从有用性和工具性的角度来看待黑人,将其视为殖民者的赚钱工具,但由于用的是客观、冷静和中性的笔调,整个描述披上了一层科学的外衣。借用雪莉·福斯特(Shirley Foster)的说法,这里,斯隆实际上采取了一种"拉开距离的叙述策略"(Distance Strategy),为的是"避免旅行者将美洲原住民作为真正的人类来看待"②。我们可以将这种文化修辞视为欧洲对异域人群实行"他者化"的第一种策略。借助这个策略,主体与他者即使并无实际的接触,只要通过已有的种族话语或东方主义的文本传统,即可建构

---

① Elizabeth A. Bohls and Ian Duncan, *Oxford Classic Travel Writing*, *1700-1830*, Oxford UK: Oxford University Press, p. 259.
② Clenn Hooper and Tim Youngs, *Perspectives of Travel Writing*, London: Ashage Publishing Limited, 2004, p. 47.

## 第八章 旅行文学与他者化过程

起一种"文本式相遇"(textual encounter),将异域的人群纳入"他者化过程",进而将其对象化和非人化。

类似斯隆的民族志描述,几乎在18世纪所有的航海日志、旅行故事和回忆录等相关的旅行文本中都可以看到。在貌似客观、中性的描述背后,隐含的是一双"帝国的眼睛"(imperial eyes)。这双眼睛无处不在,从各个方面凝视、打量和描述着异域的他者,将其纳入已有的分类系统中,体现了现代性对理性的追求和对"秩序的他者"的莫名的恐惧。

随着欧洲殖民空间的持续展开,早期的"文本式相遇"显然已经无法满足公众对真实性的要求,于是,实际的殖民经验进入各种形式的旅行文本,成为吸引读者眼球的卖点。对于18世纪的欧洲人来说,与传说中未曾谋面的异域空间的他者发生实实在在的接触,其兴奋无异于当代人想象自己与外星人在外层空间中的相遇。而在殖民经验中,到达场景(arrival scenes)无疑是最引人注目且最激动人心的。到达场景是一个既不在此、也不在彼,或既在此、又在彼的特殊空间,在这个特殊空间中,两个素未谋面的人群或个体相遇,接触,发生了文化冲突或文化交融。按照普拉特的说法,"到达场景几乎是所有旅行文学中都有的一种常规,主要是为构建接触关系和安排表述词语提供有力的场所"。[①] 那么,在具体的文本描述中,这个场景究竟是如何被表现的,它与他者化过程又有怎样的联系,其所运用的修辞策略又是如何安排表述词语的呢?在此,我们分别以一个实录的航海日志和一个虚构的航海故事来进一步说明之。

1768年,英国皇家海军为了确定南太平洋中究竟是否还存在着尚未发现的大陆,秘密委派詹姆斯·库克船长率领他的船队闯入了南极圈。之后,库克船长又分别于1772—1774年和1776—1780年在该区域进行了两次探险。库克的成功航行对18世纪后期的英国来说是一个极其重要的成功。七年战争后奄奄一息、又由于北美战争的爆发和

---

[①] Mary Louise Pratt, *Imperial Eyes: Travel Writing and Transculturation*, London and New York: Routledge, 2008, p.77.

发展而进一步动摇的民族自信心,得到了库克出版的航海日志的支撑,它们讲述了大胆的冒险活动进入了欧洲探险家以前尚未发现的水域和海岸。

对于喜欢旅行文学的 18 世纪读者来说,这三次航行中最有意义的产物是丰富多样的日志、文本和绘画。1793 年,当年随同库克船长前往东方探险的画家威廉·霍奇斯(William Hodges)发表了他在旅途中完成的素描和旅行记《印度旅行》(*Travels in India*,1793),其中有一个段落生动地描写了东西方文化相遇的那一刻情景:

> 船进入锚地的时候,坐在小船上的该国的生意人都挤上甲板,向她(船)发出欢呼。正是在这个时刻,一个欧洲人感到了亚洲与他自己国家的巨大差异。精致的亚麻布瑟瑟的抖动声,不同寻常的喻喻的说话声,他一时竟以为面前出现的是一群妇女。当他登上甲板的时候,又被那些长长的穆斯林袍子和戴着非常大的金耳环、缠着白头巾的黑脸所震惊。他接受了来自这些陌生人的第一阵欢呼,他们接连三次弯下身体,将手背和额头触在甲板上。①

与前述汉斯·斯隆对牙买加黑人进行"科学"分类的那种"拉开距离"的叙述策略不同,霍奇斯的这段描述既生动形象又细致具体,完全来自叙述者的现场观察,而不是"文本式相遇"的传统,尽管如此,我们还是能够感觉到一个西方主体在文本中建构东方他者时隐秘而复杂的心理动机。正如哈里特·葛斯特(Harriet Guest)指出的,上述描写将女性特征赋予了马德拉斯码头上的印度人,强调了直接的令人震惊的"第一印象",这种印象预先排除了深刻分析和历史深度的可能性。② 不仅如此,霍奇斯旅行记中对印度的生意人,以及后来对马德拉斯当地人的"性别化建构"说明,他们与欧洲人的关系是被动的、殷勤的、回应性的,它允许这位观察者不用考虑或掩饰这个问题,即他们的回应是什么,欧洲人的行为需要他们持续关注的东西是什么。在前引的这个段

---

① Harriet Guest, *Empire, Barbarism, and Civilisation, James Cook, William Hodges, and the Return to the Pacific*, New York:Cambridge University Press,2007, p. 28.
② Ibid., p.29.

## 第八章 旅行文学与他者化过程

落中,从对这些商人的感知,到对他们鞠躬的描述,是通过对他们奇怪的女性化的描述而顺利转换的,这个令人震惊的概念使得没有必要承认英国在马德拉斯的军事和商业力量起的作用。① 简言之,大英帝国借助其武力对印度的入侵和殖民统治,在这段描述中被叙述者有意无意地"屏蔽"了,代替它的是女性化的印度人的自愿臣服。

颇有意思的是,差不多百年之后,在约瑟夫·康拉德的航海罗曼司《青春》中,我们看到了类似的将东方他者女性化的过程。《青春》是一曲青春的哀歌与帝国的葬礼。作者带着复杂的帝国情结与怀旧心理,描述了主人公马洛第一次出海经历的一系列事故——"犹太号"漏水,回港,受嘲笑;修好后再次出海,半途船舱着火;随后是不得已的弃船,全体船员坐在小艇中,眼睁睁地看着它燃烧、沉没,为它举行了最后的葬礼。之后,马洛和他的伙伴举起手中的木桨,依靠自己的膂力,继续向东方航行;经过连续几天几夜的奋力拼搏后,终于在某个清晨,到达了梦想中的东方:

> 远远地,在陆地的幽暗处燃烧着一点红光。黑夜又柔和又温暖。我们抬起酸痛的臂膀,挥动木桨。在这静夜里,忽然间吹来一阵微风,一股轻悠悠、暖烘烘的气息,带着花木的异香——东方第一次在我面前叹了口气。我一辈子也忘不了这个。这种境界可难以捉摸,又真迷人,就像一种魔力,就像有人悄声允许给你一种精神的欢乐。②

接着,叙述者看见了东方的人们,"他们正对着我。沿着整个码头全都是人。我看到了一张张褐色的、黄色的脸,一对对黑色的眼睛——东方民族的光彩和色调。——一切都纹丝不动。棕榈树对着天空,静静地伸出它们的叶子。沿岸的树林中不见有一根枝儿摇动;被遮没的房屋的棕色屋顶从绿荫中露出来,从阔大的树叶隙缝里露出来,那些阔大的

---

① Harriet Guest, *Empire, Barbarism, and Civilisation, James Cook, William Hodges, and the Return to the Pacific*, New York: Cambridge University Press, 2007, p.30.
② 约瑟夫·康拉德:《青春》,《黑暗深处》,黄雨石、方平等译,杭州:浙江文艺出版社 2001 年版,第 28 页。

树叶挂在枝头,闪闪发亮,一无动静,简直像是用重金属打成的。这就是古代航海家的东方——这么古老、这么神秘、灿烂而又阴森,生机旺盛,而又一成不变,充满了危险和希望"①。

康拉德的笔调抒情、迷人,充满怀旧的感伤情调,他笔下的东方虽然没有被刻意地女性化,但也明显经历了一个性别化建构和他者化过程。作家突出了东方的神秘性,它没有历史,没有活力,寂静无为,"像花一样芬芳,死一样沉静,坟墓一样黑暗"。②

上述两个到达场景,均运用了非常巧妙、隐晦的文化修辞,在霍奇斯提供的航海日志中,我们看到的是一个被女性化、自我殖民化的印度形象,而在康拉德的到达场景中,我们看到的则是一个寂静、无声的东方,这两者都运用了符合西方想象、加强西方自信的文化修辞和叙述策略。显然,库克船长的英雄主义需要一个柔弱的女性化的东方作为对照,才能显示出其殖民化的男性气质;康拉德笔下的冒险家则需要一个沉默的东方他者来配合,才能奏响大英帝国海上搏击的喧嚣凯歌。

## 二、"他者化过程"中的自我反思

不过,需要特别指出的一点是,他者化过程是复杂的,在一些航海日志把异域他者非人化和女性化的同时,也有一些探险家对殖民相遇中的自我和他者的关系进行了道德反思,尽管这种反思远不能算是深刻的,但它至少打破了殖民话语的一统天下,使我们看到了人性的闪光。

1772 年,年仅 18 岁的乔治·福斯特(George Foster,1754—1794)随同其父,著名的自然科学家约翰尼·雷因霍德·福斯特,参加了库克船长的第二次南太平洋探险。五年后,他发表了自己在旅途中写下的航海日志,详细地记录了整个探险经过。其中引起我们注意的是他对

---

① 约瑟夫·康拉德:《青春》,《黑暗深处》,黄雨石、方平等译,杭州:浙江文艺出版社 2001 年版,第 31 页。

② 同上书,第 28—29 页。

第八章　旅行文学与他者化过程

一次殖民相遇的描述。福斯特在日志说，1773年5月29日，当他们的船队到达新西兰时，与当地土著发生了正面接触。大约有30名土著分坐几条独木舟围住了他们，带来一些他们的工具和武器出卖。与这些土著一起前来的还有不少土著妇女。接着，日志对这些土著妇女作了详细的民族志式的描述：

> 她们的嘴唇用刺青刺出了深蓝色；她们的脸用一种红泥和油的混杂物涂抹成了鲜红色。像暗湾（Dusky Bay）的土著那样，她们普遍都很苗条，腿有点外翻，估计这是她们长期在独木舟上盘腿而坐造成的。她们的肤色是纯净的褐色，介于橄榄色和赤褐色之间。她们的头发乌黑发亮，脸很圆，鼻子和嘴唇与其说是厚，不如说是平。她们的黑色眼睛时而生动活泼，时而没有表情。上半身过大，明显地与全身不协调，整体容貌看起来绝对令人难以亲近。①

这段描述客观中性，观察细致具体，完全合乎民族志的标准。引人注意的段落是在后面。日志中讲到，由于长期没有接触女性，水手们向土著女性提出了用铁器和衣物与之进行性交易的要求，而这种侮辱性的行为居然得到了土著男性的默许。于是一场肮脏的性交易就在异域空间中发生了。结果，"受到这种有利可图的不名誉的交易的鼓励，新西兰岛上的岛民全都围上了舰船，将自己的女儿和姐妹送到了每个（水手）的怀中，以交换我们铁制的工具，因为他们知道不借助这种最便宜的买卖，他们就无法得到铁器"。②

出于某种谨慎的节制，福斯特没有遣责这种行为，只是用"可耻的交易"（disgraceful exchange）等字眼对欧洲殖民者的行为进行了委婉的批评，但细读文本可以看出，这个年轻人的道德感情还是非常纯洁的，在观察并记录土著女性用自己的身体向欧洲人交换铁器和衣物时，他真实地反映了原住民的道德习俗如何在欧洲人的影响下堕落的事实。在他看来，那些无知、冷酷、放荡的欧洲水手才是真正的野蛮人。

---

① Elizabeth A. Bohls and Ian Duncan, *Oxford Classic Travel Writing 1700-1830: Anthology*, Oxford UK: Oxford University 2005, p. 455.

② Ibid.

不仅如此,福斯特在日志中还试图努力去理解他一直怀疑的习俗背后的文化逻辑。在这场肮脏的性交易开始时,他仅仅凭表面印象,觉得看起来这里的贞操似乎并未严格得到遵守,性方面的约束远不是那么坚定。但是,随着观察的深入,他发现,这些女性其实并不是出于自己的意愿与陌生人发生性关系的,而是受到了她们的主人、男人的默许和鼓励。进而,作者对文明与野蛮人、道德与堕落之间的关系作出了更深层的反思:

> 不幸的是,我们所有的航海发现总会不可避免地导致许多天真的生活状态的丧失;但是,对那些欧洲人到访过的未开化社会来说,这种损害还是微不足道的,更为严重的是因他们的道德腐化而造成的无法挽救的伤害。如果说这些罪恶在某种程度上由于在这些国家引进新的实在的利益,或由于在这些土著居民中废除了某些不道德的习俗而得到了补偿,那么,我们至少可以聊以自慰的是,他们在这方面的丢失,在另一方面得到了补偿;但是我担心的是,我们的交往对南太平洋的那些民族来说全是不利的;而且,那些总是对我们敬而远之的社会受到的伤害还是最少的……①

应该说,到达场景中的文化相遇和交往还是浅层次的,深层的交往更多发生在殖民定居者或传教士与当地土著面对面的接触中,在这种情况下,文化、宗教和价值观的碰撞更加激烈,更为突出,也更具有跨越时空的启示意义。

1796年,一艘由跨教派的伦敦传教会(the non-denominational London Missionary Society)授权的船只扬帆起航,驶向南太平洋诸岛,于1797年5月抵达塔西提岛(Tahiti)。一开头,传教团经受了很多困难,卷入了当地的内战,这场战争迫使他们随同他们支持的波梅尔二世国王二世(King Pomare II)一起撤到了澳洲东海岸,即新南威尔士。1812年,波梅尔二世皈依了基督教,1815年他返回塔西提重新执政,从而保证了一种新的宗教在这些岛屿社会的立足。

---

① Elizabeth A. Bohls and Ian Duncan, *Oxford Classic Travel Writing 1700-1830: Anthology*, Oxford UK: Oxford University Press, p.456.

# 第八章 旅行文学与他者化过程

伦敦传教会的成员之一，威廉·威尔逊（William Wilson）在他的航海日志《南太平洋的传教之旅》（*A Missionary Voyage to the Southern Pacific Ocean*，1799）中，生动地记录了基督教与当地本土宗教发生文化碰撞时的场面。

据他的日志记载，船队抵达塔西提的时间是 1797 年 3 月 5 日，星期日。那天天气很好，吹来一阵微风。他们在清晨 7 时到达 Atahooroo 地区时，发现有一些独木舟被推下了水，快速划过来。他们数了一下，大约有 74 只独木舟围了上来，其中有许多是两只联在一起的，每只独木舟上大约有 20 个人。一看有这么多人，传教士们显然有点慌神了，竭力不让他们靠上船舷；但一切无济于事，不一会，大约有一百多人跳起了舞蹈，发疯般地在甲板旁欢呼雀跃起来，用当地话喊着"Tayo! Tayo!"（朋友！朋友！）不时还夹杂着一些破碎的英语句子。尽管这些土著手中没有拿任何武器或类似武器的东西，为了给他们造成威慑，船长还是下令从底舱推出了几门大炮。但土著对于欧洲人的动机一无所知，反而前来帮助将大炮推上滑架。在这段客观的记录中，土著的天真无邪和欧洲人的老谋深算形成了鲜明的对照。

接下来，叙述者写道，在最初的欢迎仪式结束后，"我们"开始用探索的目光（an eye of inquiry）打量"我们的新朋友"——

> 他们的举止狂乱无序，在展示那些性放纵的小花招时，身上散发出强烈的可可油的气味，使我们减少了原先对他们形成的好感；他们的妇女中，我们也找不到任何优雅和美丽的成分……这似乎马上就贬低了对我们的同类的评价；但是这些人群快乐善良的天性，以及他们的慷慨大方马上就消除了瞬时的偏见。①

但是，对于土著带来的大量的野猪、家禽和水果，欧洲人的反应则很冷淡，说今天是 Eatooa 神的日子，不做生意。但他们的妇女拒绝退出，表现得非常惊讶，依然逗留在船舷边，直到她们的欢快渐渐平息。许多人自动离开了，还有些人被他们的祭司赶走了。留下来大约还有 40 人，

---

① Elizabeth A. Bohls and Ian Duncan, *Oxford World's Classics, Travel Writing, 1700-1830: Anthology*, New York: Oxford University Press Inc., 2005, p.489.

主要是来自 Ulietea 的 arreoies,被带到后甲板,接受了一场基督教的仪式。由柯弗(Mr. Cover)先生主持,他或许是第一个在这些可怜的异教徒面前,以令人敬畏的方式,提到基督的名字的人。随后是选唱了几首圣歌。整个仪式大约持续了一小时零一刻。叙述者写道,

> 在布道和祷告期间,这些土著安静地沉思着;但一当圣歌响起,他们似乎被吸引了,充满了惊叹之感;有时他们会说话并发出笑声,但只要对他们一点下头,他们马上就恢复了秩序。整体来说,他们的不倦和安静是令人惊讶的;的确,看得出,那天凡是在听柯弗先生布道的人,都特别庄重和完美。①

这段描写无疑有许多理想化的一厢情愿的成分在内,意在说明基督信仰的普世性价值,即便在如此遥远的"未开化"人群中,也能看到信仰的闪光。事实上,在基督教传播的过程中,也有不少反面的例子。在另一位传教士威廉·艾利斯(William Ellis)的航海日志中,我们就看到了基督教与当地宗教的碰撞的记录。

1816 年,艾利斯加入了传教团的第二波传教。目的地是波利尼西亚(中太平洋的群岛)。1829 年,他出版了他的旅行记《夏威夷之旅,包括对三明治岛居民的历史、传统、习俗和语言的评论》(*Narrative of a Tour through Hawaii, or owhhhee; With Remarks on the History, Traditions, Manners, Customs, and Language of the Inhabitants of the Sandwich Island*)中,记录了基督教在这些异域传播的过程,其中有一段描述了他与当地 Waiakea 一位夏威夷女祭司之间的宗教争论。

艾利斯很懂得叙述策略和修辞技巧。在文章的一开头,他没有直接描述这场宗教争论,而是仿佛漫不经心地描写了争论发生当天的气候——

> Waiakea 的浓雾和大雨越来越频繁,Hiro 的雨雾比这个岛屿的其他地方下得更多,整个地区全被笼罩起来了。因此在 10 日清

---

① Elizabeth A. Bohls and Ian Duncan, *Oxford World's Classics*, *Travel Writing*, *1700-1830*: *Anthology*, New York: Oxford University Press Inc., 2005, p.490.

第八章 旅行文学与他者化过程

晨,当我们看到沿海的地区全都笼罩在浓雾中时一点也不感到惊讶,上半天经常下阵雨。但是,9点到10点左右,雾散去了,阳光把大地照耀得闪闪发光。

这段天气描写有着戏剧性的变化。由雨雾到天晴的过程似乎隐含了此后基督教与本土宗教争论的结局。

争论发生在传教士们的住处。当地酋长带领土著参加了传教团的布道。像往常那样,许多人都安静地听着,直到布道结束。当大家正要起身时,整个布道过程中一直坐在布道者旁边、听得非常专注的一个老妇人,突然大叫起来,"夏威夷万能的诸神,伟大的贝利(Pele),夏威夷的女神,将会来拯救Maaro(当时生病的酋长)"。另一位妇人则开始唱起了称颂贝利的赞歌。在场的人们都听到了,有人开始笑起来。传教士们以为她喝醉了,因此没有加以理会,离开了屋子。这时有人告诉他们说,她们不是喝醉了,而是受到了火山女神akua的感应;其中有一位就是以女祭司的面目现身的贝利女神本人。接着,叙述者与这位女祭司展开了一场关于宗教的对话:

我问她是否参加了刚刚举行的布道仪式?她回答说她听到了,而且听明白了。于是我问她是否认为耶和华是好的,奉他为神的人都会感到快乐?她回答说,"他是你们的好神(或最好的神),你们崇拜他当然是对的;但是贝利是我的神,是夏威夷的大女神,她住在Kirauea中。Ohiaotelani(火山的北峰)是她的宫殿的一角。她来自天涯海角,遥远的年代"。然后她唱起了刚刚唱过的歌,讲述了一连串贝利的功绩和荣耀。她唱得又快又响,同时伴随着激烈的手势,只能不时听懂一两个单词。事实上,到她唱完的时候,她似乎已经完全不能控制自己了。之后,我告诉她,她错以为火山中存在着什么超自然物;贝利完全是她们自己发明出来的,只存在于她的kahu,崇拜者的想象中。接着又告诉她,火山以及其他的有关现象全在耶和华的掌控中,他不是自造物,却是天地以及她所见的万物的创造者和维持者。她回答说不是这样的,耶和华是一个神,但不是唯一的神。贝利是女神,居于她心中,通过她来医治刚刚得病的酋长。等等。①

　　从这段对话中我们可以明显感到,那位本土的女祭司比西方的叙述者有着更为宽广的包容一切宗教的胸怀,在她心目中,所有宗教都是平等的,不同的民族可以选择不同的宗教,但不能将自己的宗教强加于人。之后,这位自称是贝利附体的妇女又对西方传教士展开了抨击,认为人间的病害都是外国人的朗姆酒带来的,被他们的疾病和朗姆酒毁灭的人比被火山爆发毁灭的人还要多。对此,叙述者无言以对,只能对他们与外国人的交往引来的疾病表示遗憾,但同时也希望引入基督教教义和文明能给他们带来好处,等等。这场争论结束后,叙述者从旁观者的表情看出,他们对此讨论并不全是无动于衷的,以后还会以更加热切的对话继续下去。而叙述者在坚守自己信仰的同时,也有意无意地承认了本土宗教的地位,显示了多元文化价值存在的必要性。

　　从上述真实的或虚构的探险—传教—旅行文本中,我们可以看到,18世纪以来西方的"他者"是如何在欧洲人类学、民族志和旅行文学的话语中逐渐被建构起来的。历时地考察,殖民相遇经历了三个阶段。首先是远距离的观察、凝视,用客观中性的民族志式文本记录和描述之;接着是近距离的接触,相遇,对观察对象有了更全面、细致和深入的理解;最后,在殖民定居阶段,在深入了解、同情的基础上,让他者开口说话;与此同时,开始对本族中心和自我中心展开反思。总的来说,在他者化过程中,空间的移位和主体的反思是同时发生的,客观的描述与主观的偏见往往互相并存,"文本式态度"与实地性考察常常互相纠结甚至发生冲突,显示了现代性展开过程中主体建构的复杂性。

## 三、现代性制造的本国"他者"

　　现代性的展开和殖民空间的扩张不但在异域建构了"他者",也在本国制造出"他者"。按照海登·怀特(Hayden White)的说法:"在西

---

① Elizabeth A. Bohls and Ian Duncan, *Oxford Classic Travel Writing 1700-1830:Anthology*, Oxford University Press,2005,p.492.

第八章　旅行文学与他者化过程

方人的想象中,人性中被压抑、被剥夺、被异化,或被约束的部分以野人、鬼魅及恶魔的形象不断再现,纠缠着诱惑着他。有时这个被压抑的或被约束的人性作为一种威胁或恶梦出现,有时又作为目标和梦想出现……但作为一种心灵中和平与安全的批评,社会中某个人群总是以造成他者的痛苦为代价而获得的。"[1]帝国具有的一个便利条件是,海外殖民地为它提供了一个可以将那些国内的他者,妨害现代性秩序的扰乱分子扔进去的垃圾场。其实这并不是18世纪才有的理念,在伊丽莎白时代的殖民化宣传(如哈克路特编辑的一系列航海—旅行文集)中,就已经突出了这样的观点,即殖民地能够解决一个过分拥挤的国家的社会问题,为流浪儿童和无业人员找到工作。将国内的罪犯遣送到海外殖民地去,显然也出于同样的考虑。按照汉娜·阿伦特在《极权主义的起源》一书中提出的观点,资本主义的发展不仅产生了剩余资本,而且还产生了剩余人口。就是说,每当资本主义发生经济恐慌的时候,就会产生大批的"被迫脱离生产者行列,陷入永久性失业状态"的人们,即"被废弃的人"。他们与过剩资本的所有者一样,"对社会来说,是多余的存在"。于是,帝国主义把这些剩余的人和剩余的资本,即过剩的劳动力和过剩的资本结合起来,在海外寻求它们的输出地和市场。[2] 而这两者的输出,再加上保护它们的权力的输出,则宣告了帝国主义的开始。

　　进入18世纪后,在大量由民间组织的海外殖民和投资公司进入北美、加勒比海和南太平洋地区的同时,英国政府开始考虑将伦敦郊外"老牢"中的刑事犯放逐到北美殖民地,以缓解人口和空间压力。据瓦特的估算,在1717年和1775年之间,大约有1万名大城市的罪犯从"老牢"被遣送到北美殖民地;他们中的许多人,像摩尔·弗兰德斯和

---

[1] See Clenn Hooper and Tim Youngs, *Perspectives of Travel Writing*, London: Ashage Publishing Limited, 2004, p.71.

[2] 转引自川琦秀:《阿伦特:公共性的复权》,斯日译,石家庄:河北教育出版社2002年版,第62—63页。

杰克上校,能在那里找到使他们在国内犯罪的冲动合法化的表现形式。① 而据菲力普·爱德华兹的统计,同一时间段中流放北美的实际人数要比瓦特估算的要多出3到5倍,即3—5万。②

但是,随着美洲殖民地的独立,流放遣送系统中有好多年出现了令人担忧的空隙,当局担心,他们已经找不到足够的空间来安置那些其罪责尚未严重到上绞架的罪犯。建造监狱的计划被通过了,但是计划并不那么受人欢迎,最后,约瑟夫·班克斯(Joseph Banks)等人建议,应该将库克船长首航抵达的澳洲东南角开发成殖民地,用于安置罪犯,这个方案被通过了。1787年5月13日,在亚瑟·菲力普(Arthur Phillip)船长的指挥下,"第一舰队"(First Fleet)扬帆起航了。"第一舰队"由11艘帆船组成,共载客1487人,包括778名刑事犯(其中192名女性、586名男性)。经过225天漫长而又艰难的旅程,舰队于1788年1月18—20日之间,抵达澳洲的植物湾(Botany Bay)。此后的80年中,英国共向澳大利亚输送了约16万名囚犯,使这里成为英国罪犯重要的监禁地。随着羊毛工业和淘金热的兴起,自由移民的人数大大超过了囚犯,最终使这个地方成为具有经济价值的新殖民地。

越界移民的成果是显著的。《菲力普总督的植物湾之航行》(1789)的作者,就在书中坦承:

> ……殖民地从(运送的罪犯)中获得了它所急需的人手;而宗主国则缓解了人口压力,过度的人口在国内不但无用而且有害。③

但是,有一个问题恐怕是当局没有考虑,也不想考虑的:当满载移民的船只驶离大陆时,对移民来说发生了什么?当一个个活的个体被囚禁在一个半封闭的空间中,凭借海水和命运将他们带到某个未知的异域空间时,他们的精神世界中又发生了什么?

---

① 伊恩·P. 瓦特:《小说的兴起》,高原、董红钧译,北京:生活·读书·新知三联书店1992年版,第104页。

② Phillip Edwards, *The Story of the Voyage, Sea-Narratives in Eighteenth-Century England*, Cambridge UK: Cambridge University Press, 1994, p. 210.

③ Ibid., p. 209.

## 第八章 旅行文学与他者化过程

福柯曾提到,殖民者开发美洲大陆时乘坐的海船也是一种"异托邦",它像是一个可以移动的"房子"漂浮在空间中,海船所处的位置,是一个没有位置的位置,它自给自足,自我封闭,但它同时航行在无边的大海中,把自己提供给无限,从一个港口到另一个港口,从一条海岸到另一条海岸,直到殖民者上岸开拓他们新的家园。"于是",福柯说,"你们可以理解为什么对我们的文明来说,海船从16世纪至今一直不仅是我们经济发展最伟大的工具,而且它也储存着最伟大的想象力。海船尤其是一种'异托邦',在没有海船的文明中,梦是干涸的,密探取代了冒险,警察取代了海盗"。①

换个角度看,漂洋过海的移民船又是一个临时的"乌托邦"。因为它似乎实现了平等和公平,并承诺了某种美好的未来,即通过漫长而艰难的旅程,或许能够到达某个应许之地,获得物质和精神上的双重复活。按照凯特·黛安娜-史密斯(Kate Darian-Smith)等学者的说法,移民们成了一个孤立的社团,他们开始领悟到什么叫"同舟共济"(in the same boat)。他们的生活中出现了一条新的绝对的界线——可见的甲板扶栏——但许多旧的界线开始崩溃了。随着那种想在甲板上保持阶级和性别差异的努力显得荒唐可笑,船上生活的磨难对于那些三等舱上的乘客更加苦不堪言,以澳洲为目的地的海上生活条件绝对平等。所有的移民乘客都共同面对了新的陌生事物:他们有着相同的目的地、类似的体力消耗和自由空间的缺乏,他们知道他们的命运全都掌握在别人手中,而且,更为重要的是,作为移民,他们的心理和身体状况也是一样的。他们成了名副其实的阈限人群(liminal entities),处在既不在此也不在彼的夹缝中;介于由法律、习俗、惯例和仪式指派和安排的不同的社会地位之间。②

对于识字者来说,日志写作(journal writing)成了漫长的旅程中唯一的安慰,甚至写作行为本身也成为一种重要的日常仪式。许多移民

---

① Michel Foucault, *Ditset ecrits 1954-1988*, Gallimard, 1994, p.762.
② Kate Darian-Smith, Liz Gunner and Sarah Nuttall(eds.), *Text, Theory, Space: Land, Literature and History in South Africa and Australia*, London and New York: Routledge, 1996, p.56.

的日记是在令人感叹的状态下写成的:在黑暗中,在下雨天,在甲板倾斜 45 度时,在几次晕船之间,有时是在这些情况同时出现时写成的。威廉·金斯敦(William Kingston)在 1850 年的《海上移民手册》(The Emigrant Voyager's Manual)中写道:"我特别希望给你这种印象,坚持每天记录当天所发生的事情是很有意义同时又是很有趣的。如果天气非常糟糕,而你的墨水又用光了,那么就用铅笔来写。"①

据凯特·黛安娜-史密斯等人的分析,移民的日志写作通常有两个阶段的表述:开头是宣称无法用语言来形容,接着转向用神圣的话语,用赞美诗、圣歌、圣经比喻、圣经句法和诸如此类的形式恳求全能者。每当妇女有孩子死去时,总会用上帝的意志来解释。芬妮·戴维斯(Fanny Davis)曾这样描述雷电,"我不知道它是如何形成的,我压根儿一点都不怕,但我感觉到有一个神会平息这场暴风雨,仿佛有人在低语道:'不要怕,我与你们同在;不要惊恐,因为我是你们的神"。一位名叫安娜·库克(Anna Cook)的妇女描写了她在海上看到的落日:"深沉的金色展开在整个天际,带上了明亮的金红。似乎只有《金色的耶路撒冷》这首圣歌才能描写它,说出一点感觉。"翌年,1884 年,莎拉·哈里森(Sarah Harrison)在 5 月 4 日的日记中说,"今天大海像一个闪光的大湖……它使我想起上帝宝座下流动的银河,我经常坐在一边,凝视着大海,唱着这首圣歌"。② 两个不同的妇女,面对她们从甲板上看到的东西时,用了几乎相同的话语策略来描述。

不过,早期被遣送到植物湾和杰克逊港(Port Jackson)的囚犯的航海实录,大多都不是自己本人写的。18 世纪初,著名的"街头恶霸罗伯"(the noted Street-Robber)詹姆斯·达尔顿(James Dalton)被判处流放到美洲。他的叙述:《来自新门监狱牢房的詹姆斯·达尔顿的生平》(The Life and Actions of James Dalton, As Taken from his cell at Newgate, 1734)似乎并不怎么为人所知,也从未正式出版过。一般人认为所谓

---

① Kate Darian-Smith, Liz Gunner and Sarah Nuttall(eds.), Text, Theory, Space: Land, Literature and History in South Africa and Australia, London and New York: Routledge, 1996, p. 56.
② Ibid., p. 58.

的来自达尔顿的所述,全是谎言,完全出于编写者的润色,不过讲述得非常棒。达尔顿的叙述属于一种挑战性的流氓文学类型(a genre of defiant rogue-literature),其中没有一丝忏悔或悔恨的气味。相反的极端是一部题为《威廉·格林七年流放的苦难生涯》(*The Sufferings of William Green, being a Sorrowful Account of His Seven Years Transportation. Written by W. Green, the Unhappy Sufferer*),全书没有落款日期,估计可能写于1775年。类似的记述流放囚犯的旅行书还有《可怜的不幸的弗龙在美洲弗吉尼亚14年的流放生涯》(*The Poor Unhappy Transported Felon's Sorrowful Account of his Fourteen Years Transportation at Virginia in America. By James Revel, the Unhappy Surrerer*)重复了忏悔的主题和词语。两本书中均写到了他们被出售时的情况,格林写道:"他们像国内牲口市场上的贩子对待牲口那样对待我们,看我们的牙齿,瞧我们的四肢,看看是否强壮,适应他们的劳动。"雷弗尔(Revel)甚至用韵文体写道:

> Some view'd our limbs turning us around,
> Examining like horses if we were sound.
> 有人转动我们的四肢上下打量,
> 看看我们是否像马匹一般强壮。

留存下来的移民文本属于旅行文学中的边缘写作。它们虽然数量不多,表述文字粗糙,大多是即时即刻的情绪纪录,但其存在本身即足以说明,近现代英国旅行文本中的他者化过程并不是铁板一块,全都充满种族中心主义的偏见,而是十分多样和复杂的。他者化过程不光发生在海外殖民地,也在本国实实在在地进行着,因为从根本上说,在无序的社会空间中制造出"秩序的他者",是现代性追求的"净化原则"的主要议程。而制造他者即意味着,主体根据自己的需要,将他者对象化、非人化和类型化,突出普遍性,抹杀差异性。唯其如此,它才能高歌猛进,以科学和理性的名义宣称自己的合理性、合法性和历史必然性。

# 第九章　旅行叙事与小说话语的分化

　　18世纪启蒙时代的英国旅行文学不但提出了自我与他者、中心与边缘、帝国与殖民地的关系问题，也提出了文本与表述、真实与虚构，以及作者话语权与编辑话语权等一系列与现代性主体的建构和表征相关的理论问题。这方面，《鲁滨孙漂流记》和《格列佛游记》形成了鲜明的对照。两部小说出版于同一年（1719），均受到当时方兴未艾的旅行文学的影响，但其主旨和风格却大相径庭。从主题角度论，正如中国学者黄梅所指出的，如果借用逻辑三段式来描述，可以说《鲁滨孙漂流记》虽然包含内在的矛盾和质疑，毕竟是有关现代"个人"的有力的正面陈述，是其"正题"，而《格列佛游记》，则是驳斥那种建立在原始积累时代资产者经验基础上的个人主义自我观的一个语气尖锐的"反题"。① 笔者认为，从叙事形式和策略来看，《格列佛游记》也是笛福式早期小说的"反题"。它将一个讽刺的框架套在游记的结构上，用戏仿的手法重复了游记文学的故事，从而代表了一种清醒的自反意识（consciousness of self-reflectivity）。而这种自反意识，正是虚构的小说话语逐渐从写实的旅行文学中分化出来，独立发展并成熟的一个显著标志。

　　那么，斯威夫特究竟是如何吸收旅行文学的成果制造逼真性效果，用于自己的小说创作中，又是如何利用反讽和戏仿发展出小说艺术的自反意识的？要回答这个问题，我们须先了解一下当时的人们对小说与新闻，事实与虚构的看法。

## 一、小说与新闻；事实与虚构

　　在现代人看来，旅行话语与小说话语最大的区别似乎在于，前者是

---

　　① 黄梅：《推敲"自我"：小说在18世纪的英国》，北京：生活·读书·新知三联书店2003年版，第109页。

## 第九章 旅行叙事与小说话语的分化

真情实况的记录,后者是想象或虚构的产物。但是,在近代早期欧洲人心目中,事实与虚构,游记与小说,甚至新闻与文学之间的界限均是难以确定的。对于虔诚的基督教徒来说,"眼见"不一定"为实","心想"倒可以"事成";《圣经》中描述的种种奇迹就是真理的表征,远涉重洋的探险不过是为了证明上帝作品的伟大和神秘。当代美国学者列纳德·J. 戴维斯(Lennard J. Davis)在其撰写的一部有关英国小说起源的专著中指出,在有关小说起源或兴起的讨论中,"首要的和突出的观念是关于开端(threshold)的概念。这就是说,在什么历史起点上,叙述成了我们可以称之为小说的东西?在考察这样一种开端的概念时,我们实际上是在询问小说话语的界限是什么,并且试图看出其建立的历史时刻中的那些界限。换言之,我们是在询问什么是小说的基本构成因素,以及读者如何能够把某种特殊的写作行为确认为小说,而不是其他别的形式,如罗曼司、历史或故事之类"[①]。

从共时的话语结构出发考察小说的兴起,可以认为,小说只是编织在人类话语结构中的一种元素,是一系列杂糅的文本集合体,这些话语——文本在现代早期被统称为文学(literature)或话语(discourse),其中不仅包括我们现在称之为小说与文学批评的话语,还包括一系列其他的非文学性文本,如国会法令、报纸、广告、印刷记录、传单、信件等,其中最为重要的是旅行故事、传奇(罗曼司)、宗教布道文和新闻写作等。[②]

---

[①] Lennard J. Davis, *Factual Fictions: The Origins of the English Novel*, New York: Columbia University Press, 1983, p.2.

[②] 伊格尔顿指出:"在十八世纪的英国,文学的概念并非像今天这样常常局限于'创造性的'或'想象性的'写作,而是表示社会上有价值的写作的总和:哲学、历史、杂文、书信以及诗歌等等。一篇文字是否可以称为'文学',并不在于它是不是虚构的——十八世纪对于新出现的小说这一形式是否可以算是文学,是非常怀疑的——而是在于它是否符合某种'纯文学'标准。换句话说,是否能够称之为文学,其标准非常明确,完全是思想意识方面的:体现某一特定社会阶级的价值准则和'口味'的写作方可称为文学,而街头小调、通俗传奇乃至戏剧,则没有资格称为文学。""然而,在十八世纪,文学又不仅仅是'体现'某种社会价值准则;它同时又是进一步巩固和传播这些价值准则的重要工具。……鉴于有必要使日益壮大但又是相当粗俗的中产阶级与统治地位的贵族阶级和谐一致,传播文雅的社会风气、'正确的'鉴赏习惯和统一的文化标准,文学获得了新的重要意义。文学包括一整套意识形态方面的事物:杂志、咖啡馆、社会和美学方面的论述、宗教说教、经典著作的翻译、指导礼仪和道德的手册等等。"(伊格尔顿:《文学原理引论》,北京:文化艺术出版社1987年版,第21—22页)

在上述几种主要的叙事话语中,有一个共同的要素是不可忽视的,这就是旅行。所谓旅行,最简单的定义是指人类的身体在空间中的移动,这种移动可以出于各种不同的目的或动机(宗教的、世俗的、经济的、战争的或纯粹愉悦的)。在大多数情况下,这些动机是互相交织在一起,难分彼此的。譬如传奇,既是宗教性的(传播基督教),又是战争性的(十字军圣战);宗教布道文则往往借用旅行的叙事模式,暗示或隐喻人类必须经过长途跋涉,历经一番艰苦的考验和抉择,最终才能进入神秘的幸福境界。而所谓的新闻也是如此。在交通不便、信息不畅的时代,只有那些有足够的财力和能力、经常出门旅行、见多识广的人才有可能将远方异域发生的事情记述下来,让自己的同胞或老乡分享。按照伊丽莎白·波尔(Elizabeth A. Bohls)和伊兰·邓肯(Ian Duncan)的说法,旅行写作与小说在许多方面有重叠之处。旅行写作的流行在小说之前。两种文体共有的一个特征是主题(thematic):早期的小说像旅行写作一样,是对不同社会和人性的多样性进行严肃的文化思考的结果。从形式上看,小说和旅行书籍都具有很大的灵活性(flexibility),两者"结构都比较松散,具有几乎无限扩展的能力,对于各种不同的方向和速度具有敏感性"。① 这样,旅行就成为把所有这些涉及了小说与新闻,事实与虚构等复杂的话语类型联系起来的一个纽带。分析这些话语内部相互缠绕和纠结的语义演变,将使我们更清楚地看出旅行文学与小说话语之间复杂的互动关系。

如所周知,英语中的"小说"(novel)一词来自西班牙语 novela,它既可指新闻中谈到的实事(journalistic referent),也可指故事(tale)或短篇小说(short story)。据牛津英语词典,"novel"一词的后一层意思是1566年进入英国的②。当时"News"一词的涵盖范围极为广泛。"小说"与"新闻"(news)的词义基本对等,两者之间只有细微的区别。作为形容词,novel 和 new 也是可以互换的,只不过 novel 及其派生词 nov-

---

① Elizabeth A. Bohls and Ian Duncan(eds.), *Oxford World's Classics*, *Travel Writing*, *1700-1830*: *Anthology*, New York: Oxford University Press Inc., 2005, p. xxi.

② Lennard J. Davis, *Factual Fictions*: *The Origins of the English Novel*, New York: Columbia University Press, 1983. p. 51.

## 第九章 旅行叙事与小说话语的分化

elity 更多强调了带有惊奇感(marvellous)的"新"(或可翻译为"新奇")。作为名词,novel 一般指来自远方异域的消息,而 news 则往往指本地发生的即时消息;有时也被用于描述涉及国外的战争和重大事件的书籍,如《安特卫普新闻》就是一本从 1580 年开始创办的新闻书(newsbook)。与 novel 相关的还有一个法文词,即 novella(中篇小说)。伦纳德·戴维斯强调指出,重要的是,近代早期的新闻/小说(news/novel)话语似乎与我们所谓的事实(fact)和虚构(fiction)之间没有什么区别。也就是说,虚构的故事似乎很容易被认为是新闻,例如海上战斗或国外战争之类的记录。①

按照贝克席德(Paula R. Backscheider)和英格拉西娅(Catherine Ingrassia)等人的说法,直到 18 世纪中叶,"小说"甚至还不是一种被认可的正式文类(a recognized and codified genre)。"小说"这个概念并不仅限于英国文化,其范围和影响始终是欧洲性的,通常是全球性的。18 世纪初,广泛存在于同时代话语中的是诸如"原创"(original)故事、间谍故事,或"第三人称"叙述("it"narrative),以及新奇的虚构。这种文类开始起步时是不稳定的,偶然的,就像一位批评家所说,它是"一种完美的杂交"(a perfect Creole)②。克莱夫·普洛宾(Clive Probyn)在他的有关小说起源的专著中开章名义,称其为"不稳定的文类"(the unstable genre);并注意到,事实上小说形式的历史与其笔下的主人公形成一种奇妙的对应。

> 作为一个社会事件,我们可以说,小说,正如其笔下的男女主人公那样,是以弃儿的身份开始其生活的,它从一个杂种,变成一个被抛弃的局外人,之后成为一个暴发户,直到我们这个时代才最终取代了所有其他的文学类型。③

---

① Lennard J. Davis, *Factual Fictions*: *The Origins of the English Novel*, New York: Columbia University Press, 1983, p. 51.

② Paula R. Backscheider and Catherine Ingrassia, *A Companion to the Eighteenth-Century English Novel and Culture*, Malden USA, Oxford UK: Blackwell Publishing House, 2005, p. 1.

③ Peter Hulme and Tim Youngs(eds.), *The Cambridge Companion to Travel Writing*, Cambridge UK: Cambridge University Press, 2002, p. 30.

彼得·休姆认为,很难找到比这个更简明的对旅行叙事的描述了。①由此,小说与流浪汉或弃儿的冒险、旅行就联系起来了。

  与"小说/新闻"相关的另一对重要概念是"事实/虚构"。据朱莉亚·施莱克(Julia Schleck)考证,现代认识论意义上的"事实"概念在近代早期尚不存在,"事实"这个词语在16—17世纪的文本中的确经常出现,但只是引起研究该时期的学术著作普遍误解的一个事件。"事实"一词来自 faict,是中古法语动词 faire(意为"做"或"干")的过去分词,在哈克路特的时代,一个"事实"就是一件已经完成的东西,一个已经完成的动作,一种已经实现的行为。这个词语最初是通过司法系统进入英语的,自从诺曼人入侵以来,这个系统的专用术语是法语。在17世纪之交,"事实"是法庭传唤的证人的普通习语,被传唤者用来澄清过去行为的细节或事实——在这种情况下是指犯罪行为,因此,陪审团可以根据涉及的真实发生的事实作出推断,即确凿无疑的事实(the facts of the matter)。因此,近代早期的"事实",是指一种引起高度争议的行为,在这个行为中,第一目击者的证词是该事件的最可信的证据,其次才是第二或第三者的证词,最后才是有文字记录的证据。②

  在虚构的文学尚未取得其合法地位之前,早期的小说家不得不就范于传统的话语模式,将自己的虚构之作假冒为实录文本。许多小说家在小说正文开始之前,总会先写上一段序言,强调其创作的真实性与权威性。比如,前面讲到过的英国旅行文学史上第一位女性旅行小说家阿芙拉·贝恩,在其《奥鲁诺克》开头就如此写道:

    在给你们提供这个王奴的历史时,我不想用杜撰的英雄冒险故事来取悦读者,诗人或许会乐于让幻想来安排他的生活和命运;也不想用任何偶然事件来装扮它,只想如其本然地描述落在他头上的事情;真相自会现身于世,凭借其本身就具有合适的价值和自

---

① Peter Hulme and Tim Youngs(eds.), *The Cambridge Companion to Travel Writing*, Cambridge UK: Cambridge University Press, 2002, p.30.
② Julia Schleck, "'Plain broad narratives of substantial facts': credibility, narrative, and Hakluyt's Principall Navigations", *Renaissance Quarterly*. 59.3 (Fall 2006): p.768.

## 第九章　旅行叙事与小说话语的分化

然的兴趣而受人欢迎；现实足以支持它，给它提供消遣，而无须添油加醋。①

这番"夫子自道"式的序言给我们透露了几点信息。第一，女作家竭力表明自己的创作不同于英雄冒险故事即罗曼司，可见这种叙事模式已经式微，传奇与小说的区别正在逐渐明确起来。当时的一位批评家威廉·康格瑞夫（William Congreve）在 1692 年出版的《匿名者》（*Incognita*）中，直接在封面上标明这是一部"小说"，并对小说和传奇这两种话语类型作了大致区分，并提出"传奇一般是描写贵族或英雄人物的坚贞的爱情和无比的勇气，运用高雅语言、奇妙故事和难以置信的行动来予以表现……小说则描写与常人较接近的人物，向我们表现生活中的争斗暗算，用新奇的故事取悦读者，但这些故事并非异常或罕见……传奇让我们多感惊异，小说则给我们更多快乐"。②

第二，传奇是允许虚构的，而贝恩则声称自己的作品是实录。而且，从小说细节判断，她似乎去过南美殖民地苏里南。书中提供了不少非亲临现场者无法提供的第一手资料，包括对当地的自然环境、动植物分布、珍禽异兽，以及风土人情的描述。尽管如此，在当代小说史家的心目中，《奥鲁诺克》是一部早期小说而不是旅行记。由此说明，在近代早期，虚构的话语还没有取得地位，小说作者只能借助于真实性，或打着真实性的旗号才能生存。

不仅如此，贝恩还给这部小说起了个副标题，"一段信史"或"一段真实的历史"（a true history），强调了它的非虚构性。上述情况不是偶然的个案，而是相当普遍的现象，据当代美国小说史家 G. 亚当斯（G. Adams）的考察，近代早期出现的小说标题大都冠以如下名称，"关于某某的历史"（the history of...），"关于某某的生平"（the life of...），"关于某某的传奇"（the romance of...），"关于某某的史诗"（the epic

---

① Aphra Behn, *Oroonoko*: *or the Royal Slave*, *A True History* with an introduction to the Norton Library Edition by Lore Metzger, New York & London: W. W. Norton & Company, 1973, p. 1.

② 转引自申丹、韩加明、王丽亚：《英美小说叙事理论研究》，北京：北京大学出版社 2005 年版，第 13—14 页。

of...)等等。① 在这些词语中,我们看到,早期的小说创作者都竭力突出其话语的真实性,以符合读者的期待。因为,哪怕是虚构的真实性(fictional facts)也比真实的虚构性(factual fiction)更具有权威性,而权威性即是话语能否被读者接受,发挥其最大作用的关键。在虚构话语尚未建立其权威性的时候,小说家不得不暂时"韬光养晦",躲藏在旅行话语或新闻话语的背后来掩盖自己的真正创作动机,于是,实录的旅行文学就进入虚构的小说话语,成为它的"前结构"。

## 二、前结构:制造/打破逼真的幻觉

"前结构"(prestructure)这个术语是列纳德·J. 戴维斯在《真实的虚构:英国小说的起源》(*Factual Fictions*: *The Origins of the English Novel*,1983)一书中提出的,主要用来指表述的语境。在他看来,实际上,表述的语境就像情节、人物、发展等等一样,是作品的组成部分。而表述语境中最根本的是阅读期待。戴维斯认为,在阅读小说时,读者的阅读期待非常重要,阅读期待即他们认为叙述应该是什么样的,在这种叙述中他们想得到什么等等。在一本书出现时,这种期待,这种完整性决定了一个作品的结构。我们可以把这种期待理解为一种概念上的灵氛(aura),一种表述的语境,这种语境围绕着书本,形成作品的"前结构"。② 为了说明这一点,戴维斯比较了两位近代欧洲小说的创始人——塞万提斯与笛福——各自与其文本联系的方式。塞万提斯公开宣称他的作品纯粹是他头脑的产物,与之相反,笛福则竭力否认他的作品的虚构性。为了给读者造成逼真性印象,笛福在他的小说开头或中间插话中,会一再宣称自己只是偶然偷听到或发现了故事,把它记录下来;有时他承认是别人提供了现成的故事,而自己只不过是个编者而已。对此,戴维斯指出,实际上笛福是通过否认自己与作品的联系,让

---

① Percy G. Adams, *Travel Literature and the Evolution of the Novel*, Lexington: The University Press of Kentucky, 1983, pp. 111-112.

② Lennard J. Davis, *Factual Fictions*: *The Origins of the English Novel*, New York: Columbia University Press, 1983, p. 12.

# 第九章　旅行叙事与小说话语的分化

自己"退出了中心的、创造性的地位。这种否认行为将叙述的重心转到主人公,转到文本的权威性,转到逼真的人类生活本身。这样一种转向,以及由于作者退出而产生的距离感,正是小说的独特性所在,而塞万提斯的方法更多属于传统的故事讲述经典"。①

借用黑格尔的术语,如果我们把以塞万提斯为代表的故事讲述传统称为"正题",那么笛福的更具现代性的叙事艺术就是"反题",可是,"合题"在那儿呢? 换言之,是谁把这两种不同的叙事艺术结合起来,既造成一种虚假的真实性,又指出这种真实性的虚假;既不断在读者心目中建立起逼真的幻觉,又不断打破这种阅读期待? 笔者认为,在这方面,斯威夫特的《格列佛游记》起到了"合题"的作用。而这种作用又是借助当时方兴未艾的旅行文学得以实现的。

究其实质,笛福之所以竭力否认自己与作品的联系,是因为这个袜商出身的精明作家完全知道他的读者需要什么,期待什么。按照卡伦·R.布鲁姆(Karen R. Bloom)的说法,18 世纪的公众阅读关于陌生的土地(如非洲、印度和中东,以及南北美洲)的游记,其兴奋程度犹如20 世纪的公众打探名人逸事一般。② 这一阅读期待背后,实际上反映了公众对逼真性的要求。因为人们相信,旅行文学是逼真的,是亲历者的叙述,而不是虚构捏造的产物。正是出于迎合文化市场需求、以卖出更多复本的商业性目的,笛福给他的小说起了一个长长的标题:

> The Life and Strange Surprizing Adventures of Robinson Crusoe, of York. Mariner: Who lived Eight and Twenty Years, all alone in an uninhabited Island on the Coast of America, near the Mouth of the Great River of Oroonoque; Having been cast on Shore by Shipwreck, wherein all the Men perished but himself. With An Account how he was at last as strangely deliver'd by Pyrates. Written by Himself.

---

① Lennard J. Davis, *Factual Fictions: The Origins of the English Novel*, New York: Columbia University Press, 1983, p.16.

② Karen R. Bloom, "An overview of Gulliver's Travels." *Literature Resource Center*. Detroit: Gale, Literature Resource Center. 〈http://go.galegroup.com/ps/start.do? p = LitRC&u = jiang〉. 2009-11-7.

（约克水手鲁滨孙·克鲁梭奇异的冒险故事，记述他如何在海难中幸存下来，孤身一人漂流到美洲海岸，在靠近奥鲁诺克河口一个无人居住的荒岛上生活了28年，最后如何不可思议地被海盗所拯救。由他本人书写。）

这个标题基本概括了全书的主要内容，而其关键词或卖点是"由他本人书写"（Written by Himself），此人有名有姓，有出生地和职业，足以吸引读者的眼球。这也是自文艺复兴以来旅行文学通行的做法。据亚当斯（Percy G. Adams）考证，当时出版的旅行文学标题往往很长，经常被现代的编辑和评论者所缩简，但在他看来，它们"不仅反映了全书的实际内容，也反映了作者希望吸引预期中的读者的注意力，同时让自己的书进入流行传统的欲望"。① 通过这个标题，笛福实际上已经为他的小说建立起一种戴维斯所说的逼真的幻觉、概念上的灵氛和表述的语境，这种语境围绕着书本，形成作品的"前结构"，迎合了公众的需求和期待。②

无疑，与笛福同时代的斯威夫特同样深谙读者的阅读期待，不过，他比他的同行看得更为透彻。在写作《格列佛游记》之前，他以严肃的态度研读了有关这方面的大量书籍，而不是道听途说的某个冒险家的海上传奇。据亚当斯考证，斯威夫特的恩主和导师坦布尔爵士（Sir William Temple）有一个很大的个人图书馆，收藏了大量真正的航海文献，他熟悉并赞美这些书本，从中引发出道德和政治教训。1697—1698年间，斯威夫特在坦布尔爵士的图书馆中曾编过一份他阅读过的清单，包括6本旅行书。在1722年与瓦内萨（Vanessa）的谈话中，他提到他愉快地阅读旅行文学作品；他自己的图书室里虽然只有两张地图，却收藏着大量的航海类著作。在《格列佛游记》中，他可以戏弄那个子虚乌有的"表兄辛浦生"，却阅读了大量的航海类书籍，包括著名的海盗丹

---

① Percy G. Adams, *Travel Literature and the Evolution of the Novel*, Lexington: The University Press of Kentucky, 1983, p.144.

② Lennard J. Davis, *Factual Fictions: The Origins of the English Novel*, New York: Columbia University Press, 1983, p.12.

## 第九章 旅行叙事与小说话语的分化

皮尔、托马斯·赫伯特或列昂尼尔·沃弗写的冒险故事,脑海中积累了大量具有地方色彩的事实和形象,以用之于小说创作。[①]

在《格列佛游记》中,斯威夫特充分利用了旅行文学对读者造成的阅读期待,虚构出一种子虚乌有的表述语境,把它作为小说的前结构,制造出一种"逼真"的幻觉。

首先,他在首版扉页上用了一个庄重的标题:

> Travels into Several Remote Nations of the World, in Four Parts. By Lemuel Gulliver, First a Surgeon, and then a Captain of several Ships
>
> (进入世界若干遥远国度的旅行,共分四部分,由莱缪尔·格列佛讲述,他起先是一个医生,后来在好几艘船上当过船长)

这个标题与《鲁滨孙漂流记》的标题如出一辙,试图以虚构的传记(Fictional biography)制造出逼真的幻觉,宣称并且承诺了某种亲历性和逼真性。但比笛福更加高明的地方是,斯威夫特在小说正文开始之前,又特意附上了两封与小说正文内容无关的信。在第一封信中,作者以格列佛船长的口气写信给他的子虚乌有的亲戚、出版商辛浦生,声称自己是在后者的说服下才同意出版这部游记的,但结果发现书稿的编排和印刷质量都非常糟糕,他发了一通牢骚后,随信附上一张勘误表。而在第二封信中,作者又以出版者理查·辛浦生的名义向读者介绍了他与格列佛船长的亲密关系(既是知心老友,又是母亲方的亲戚),从而确保了书稿作者品格的忠实性;并通过对书稿的所谓"删节",悖论性地证明了书稿的真实性和可靠性。

在小说正文开始后,为了造成旅行的真实性假象,作家在每卷开头均提供一幅假地图,并详细标明了出航的时间、地点、风向、纬度、海岸线等。不仅如此,他还不时在书中穿插一些题外话,对当时泛滥的虚构的游记展开了猛烈抨击:

---

[①] Percy G. Adams, *Travel Literature and the Evolution of the Novel*, Lexington: The University Press of Kentucky, 1983, p. 144.

> 我认为我们的游记已经出版得太多了,没有什么特别的内容就不可能有任何成就。所以我经常怀疑有些作家为了贪图名利,或者为了博得无知读者的欢心,会把真实性丢在脑后。我的游记却不会像大多数游记那样,充满关于奇怪的草、木、鸟、兽,或者未开化的民族的野蛮风俗、偶像崇拜等华而不实的描写。我只写一般事实,而不记别的事情。①

最后,在小说的结尾(第4卷第12章),作家又跳出情节,直接对读者发了一段议论,再次强调了他的讲述的可靠性和真实性:

> 敬爱的读者,我已经把十六年又七个多月以来的旅行经历老老实实地讲给你听了。我着重叙述的是事实,并不十分讲究文采。我也许也可以像别人一样述说一些荒诞不经的故事使你吃惊,但我宁愿用最简单朴素的文笔把平凡的事实叙述出来,因为我写这本书主要是向你报导而不是供你消遣。②

通过上述一系列叙述技巧和修辞策略制造的逼真幻觉,斯威夫特成功地把读者引入了旅行文学的前结构框架中。他的"造假术"的成功,可用一个事实来说明。1726年11月8日阿布特诺博士(Dr. Arbuthnot)在写给斯威夫特的一封信中说,他把此书(《格列佛游记》)借给一位乡绅,这位老先生立即打开自己家里的地图查询小人国所在的方位。③当然,现代版《格列佛游记》的编辑会在这部小说中发现诸多明显的地理知识错误,比如,第三卷写到,格列佛离开大人国后,被一艘路过的船救起,当时纬度是东经143°、北纬44°,他被告知,他离开任何陆地起码都有100里格。可以推测,那只老鹰是在纬度50°左右的地方把他从大人国南端向南带走的。根据这个纬度,地球到北极的距离每一经度

---

① 斯威夫特:《格列佛游记》,张健译,北京:人民文学出版社1979年版,第131页。
② 同上书,第268页。
③ Moore, J. R. "The Geography of Gulliver's Travels," *Twentieth Century Interpretations of 'Gulliver's Travels': A Collection of Critical Essays*. Ed. Frank Brady Prentice-Hall, Inc., 1968, p. 102.

## 第九章 旅行叙事与小说话语的分化

就要缩减 45 英里。① 诸如此类的错误似乎不能归咎于出版商、排字工或制图员的疏忽,只能说明斯威夫特是有意对航海叙事作夸张性的戏仿。因为,他写作此书的目的正在于先制造一种逼真的幻觉,进而再打破这种幻觉,通过在事实与虚构、小说与游记、故事与插话间的不断往返游移,来凸现小说话语的建构性或虚构性特征。

这种叙述策略在叙述者与主角的关系中也体现出来了。我们看到,在《鲁滨孙漂流记》中,冒险过程和讲述过程是完全合一的。而在《格列佛游记》中,叙述者和亲历者分离开来了,叙述者是在事后回忆他的冒险历程。叙述和事件分离的结果是逼真幻觉的打破,出现了双重主人公和双重视角,正是这种新的观察世界的视角和方法,使这个文本成为了真正意义上的小说。② 卡伦·布鲁姆敏锐地注意到,斯威夫特让格列佛的故事同时发生在两个时间点和两个意义层上。首先,这是一个回忆:格列佛是在历险结束后讲述他的一连串冒险故事的。格列佛坐在家里写下的旅行故事是"叙事框架",是一个关于故事的故事,就像一个画框一样,它使格列佛的性格以及他记述的事件得以成形。其次,除了叙事框架以外所有的事件都是在过去发生的。③ 这两个时间层次使得斯威夫特能够创造出一部具有双重意义的作品:直接的格列佛游历的故事;间接的对斯威夫特的世界的讽刺。但是,在让格列佛返回他的生活并解释它时,斯威夫特也允许读者觉得格列佛不可靠,必须质疑他的观点。④ 所以,现在读者读到的不仅仅是一个游历故事,而且还是一个关于这个故事的故事。借用戴维·F.罗蒂诺(David F. Venturo)的略显拗口的话来说就是——"斯威夫特这个作者写了关

---

① See Moore, J. R. "The Geography of Gulliver's Travels," *Twentieth Century Interpretations of 'Gulliver's Travels': A Collection of Critical Essays*. Ed. Frank Brady Prentice-Hall, Inc., 1968, pp. 102-104.
② 瓦特曾精辟地指出:"小说的现实主义并不在于它表现的是什么生活,而在于它用什么方法来表现生活。"(《小说的兴起》,北京:生活·读书·新知三联书店1992年版,第3页)遗憾的是,他没有将斯威夫特纳入他的研究视野。
③ Karen R. Bloom, "An overview of Gulliver's Travels." Detroit: Literature Resource Center, Gale. 〈http://go.galegroup.com/ps/start.do? p = LitRC&u = jiang〉. 2009-11-7.
④ Ibid.

于格列佛这个作者写作格列佛这个角色的故事。"("Swift the author writes the story of Gulliver the author writing the story of Gulliver the character.")①这样,正如保罗·亨特(J. Paul Hunter)指出的,《格列佛游记》完全超越了它所唤出的旅行文学,而是参与了当时方兴未艾的整个小说传统,斯威夫特看出这种新的写作形式正开始为一种"现代的"、有意义的、新的理解世界的方式实行编码(codify)。② 相比之下,"笛福的作品似乎还明显带有新闻/小说话语紧密联系的印记。它们没有足够的'艺术性',没有令人目眩的情节,没有太多的构思方法,只有一种对于堆砌细节的固执的关注,把故事记录下来"。③ 而斯威夫特的作品则越来越倾向于分离这两种次话语(subdiscourses)。

## 三、视角主义与相对主义

借助航海时代以来流行的旅行文学热,《格列佛游记》不但成功地制造/打破了读者对逼真性的阅读期待,从而在事实/新闻、虚构/小说这两类不同的话语作了明确的划分,体现了一种清醒的自反意识;而且还在跨文化旅行和交往的基础上形成了视角主义(perspectivism)的哲学方法和相对主义的价值立场。

在《格列佛游记》第二卷中,格列佛说,"毫无疑问,还是哲学家们说得对,他们说:没有比较,就分不出大小来"。④ 据凯瑟琳·斯肯(Catherine Skeen)分析,格列佛所说的"哲学家们"并非空穴来风,而是实有所指,暗示了贝克莱(George Berkeley)的哲学思想对他的影响。

---

① Venturo, David F. "Gulliver's Travels: Overview," *Reference Guide to English Literature*, Ed. D. L. Kirkpatrick. 2nd ed. Chicago: St. James Press, 1991. Detroit: Literature Resource Center, Gale. ⟨http://go.galegroup.com/ps/start.do? p = LitRC&u = jiang⟩. 2009-11-7.

② Hunter, J. Paul. "Gulliver's Travels and the Novel," *The Genres of Gulliver's Travels*. Ed. Frederik N. Smith University of Delaware Press, 1990, pp. 56-74.

③ Lennard J. Davis, *Factual Fictions*: *The Origins of the English Novel*, New York: Columbia University Press, 1983, p. 155.

④ 斯威夫特:《格列佛游记》,张健译,北京:人民文学出版社1979年版,第71页。

## 第九章　旅行叙事与小说话语的分化

贝克莱认为,"存在就是被感知"①。一切知识都是正在经验着或知觉着的人的一种机能。物理对象只不过是我们经验到的各种感觉的累积,是我们心中的联想将这些感觉结合为一个整体的。因此,经验世界就是我们的感觉的复合。事物只有通过感知才能变成实在;事物的实在性并不先于感知而存在。在《视觉新论》(1709)中他提出:

(1) 我们不能直接看到对象的大小(参见 sect.2)。
(2) 我们据以判断大小的东西一定是被知觉到的(参见 sect. 10-12)。
(3) 但我们并未知觉到被投射的线或角。
(4) 因此我们不能根据自然的几何学来判断大小。②

凯瑟琳·斯肯指出,将贝克莱哲学与《格列佛游记》放在一起阅读就会明白斯威夫特在小说中运用的策略,尤其是他对感知、想象和经验在形成其对现实的视觉上的探索。③ 例如,在描述小人与大人、人与物的比例关系时,一概按1与12之比缩小或放大。小人国里的小人比格列佛小12倍;大人国的大人又比格列佛大12倍。格列佛的一块区区手帕,可以给小人国皇宫当地毯;大人国农妇的那块手帕,盖在格列佛身上,就变成一床被单了。在描述飞岛的运行、宫殿的建筑、城镇的结构时,作者还有意运用了数学、物理学、化学、天文学、医药学诸方面的知识与数据。这样,就使人物局部细节的真实、和谐与匀称,转化为整个画面及场景的真实、和谐与统一,极大地增强了作品的真实感和感染力。

> 读者也许会注意到,在让我恢复自由的最后一条中,皇帝规定每天供给我足以维持一千七百二十八个利立浦特人的肉食与饮料。不久以后,我问宫廷的一位朋友,他们如何得出了这样一个明

---

① 转引自斯图亚特·布朗:《英国哲学和启蒙时代》,北京:中国人民大学出版社2009年版,第150页。
② 同上书,第146页。
③ Catherine Skeen, "Projecting fictions: Gulliver's Travels, Jack Connor, and John Buncle. (Early prose fiction: edges and limits of the novel)," *Modern Philology*, 100.3 (Feb. 2003): p. 330.

确的数目。他告诉我说,皇帝手下的数学家们借助四分仪测定了我的身高。我身高超过他们,比例为十二比一,由于他们的身体大致相同,因此得出结论:我的身体至少可抵得上一千七百二十八个利立浦特人,这样也就需要可维持这么多人生活的相应数量的食物了。读者由此可以想象得到,这个民族是多么的足智多谋,这位伟大的君王的经济原则是多么的精明而精确。①

凯瑟琳·斯肯推测,小人国和大人国是按照6英寸到6英尺的比例缩小和放大的,这也得之于贝克莱。贝克莱为了说明标准是根据我们对大小的估计而使用的,曾写道,"比如,我们说,一个物体看上去有6英寸长,或6英尺长"。斯威夫特的灵感可能就来自于这句话中的"或"字;或者,斯威夫特和贝克莱都受到他们作为新教徒和规划者的经验的影响,与无权无势的天主教徒(以及更无权的不从国教者)相比,他们是"大"人,而在英国人眼中,他们又成了"小"人?②

不过,当斯威夫特熟练地运用比较和对比作为他的修辞目标时,他想讲述的不仅仅是关于大人国和小人国的故事,也不仅仅是为了证明贝克莱有关哲学理论的正确性,而是以比例上的变化探索了跨文化交往中视角主义的重要性。正如斯蒂芬·柯亨(Steven Cohan)所说,通过将格列佛塑造成一个流浪的旅行者,斯威夫特显示了"他的许多不同类型的经验,建立起一个对比的系统,作为全书的组织原则"。③借助航海叙述和冒险旅行,作家把熟悉的英国转化为陌生的远方异域;把平常的事物转化为陌生的新异事物;把英国议会中托利党和辉格党之争转化为小人国中"高跟党"和"矮跟党"之别;将平常的视角转换为平视、仰视或俯视,从而使得游记中的每一部分都形成了对前一部分的逆转。他所游历的国家包括从简单到复杂,从科学的到自然的各种形态;

---

① 斯威夫特:《格列佛游记》,张健译,北京:人民文学出版社1979年版,第28页。
② Catherine Skeen, "Projecting fictions: Gulliver's Travels, Jack Connor, and John Buncle. (Early prose fiction: edges and limits of the novel)," *Modern Philology*, 100.3 (Feb. 2003): p. 330.
③ Percy G. Adams, *Travel Literature and the Evolution of the Novel*, Lexington: The University Press of Kentucky, 1983, p. 144.

## 第九章 旅行叙事与小说话语的分化

而政府的形式(与英国相比)也包括从坏到好,或从更坏到更好的一系列变化。

通过上述一系列视角的转换,斯威夫特不但将被观察对象置于一种相对主义的立场中,动摇了绝对论意义上的价值观,也让主体—观察者对自身有了一种全新的理解和认识。格列佛的身材和智力虽然是固定不变的,但在他与之交往的不同国度中的人们眼中,却呈现出不同的面貌,他的身体时而变小,时而变大;他对事物的感知时而敏感,时而麻木;他的头脑时而聪明伶俐,时而盲目无知。他时而处在优势地位,居高临下地观察、审视和批评着他者;时而处在弱势地位,成为他者把玩、细察和嘲弄的对象。格列佛看待小人国时的邪恶和肆无忌惮,与大人国的国王看待欧洲的态度一模一样。格列佛觉得勒皮他的人不合情理,而慧骃国的主人同样认为格列佛不合人性。

通过《格列佛游记》,作者想告诉读者的是,所有的价值都是相对的,换个说法,即所有的现实都是相对的,是随着观察角度和话语秩序的变化而变化的。小说中无处不在的戏仿、反讽手法和清醒的自反意识,正是在这种相当具有现代性的观念的支配下形成的。通过不断变换的视角和不断变化的经验,斯威夫特不但打破了那种以本土的、已知的、熟悉的对象(A)来描述或表述外来的、未知的、相异的对象(B)的殖民主义认知方式[①],而且也戏仿和讽刺了主体性的、第一人称叙事,显示了一种清醒的自反意识或"自居作用"(identification)。而"自居作用",正如瓦特在《小说的兴起》中所说,"在某种程度上,……无疑是一切文学的必要条件,正如它也是生活的必要条件一样。人是一种'接受角色的动物';他之变成一个人并发展他的个性,乃是无数次地走出自我、进入别人的思想和情感之中的结果。一切文学显然都依靠进入别人内心及他们的情境之中的能力"。[②] 在《格列佛游记》中,主人公正是在一次又一次的历险,一次又一次的跨文化交往过程中,走出自

---

[①] Jonathan P. A. Sell, *Rhetoric and Wonder In English Travel Writing*,1560-1613, London: Ashgate,2006,p.10.

[②] 伊恩·P·瓦特:《小说的兴起》,高原、董红钧译,北京:生活·读书·新知三联书店1992年版,第225页。

我中心和本族中心主义,进入他者的思想和情感,进而抛弃绝对主义思维模式,学会用相对主义和视角主义哲学来看待世界、看待自我、看待他者。而即将成为一种新的文类(genre)的小说话语,也正是在一次又一次地模仿、戏仿和调侃其他话语的过程中,将自己与写实的新闻、游记等区别开来,逐步形成明确的自反意识和自居作用的。"18 世纪后半期,随着印刷市场的扩展,英国旅行写作中渐渐出现了趋向更大的主体性的运动。"①在理查逊、菲尔丁、斯摩莱特和斯特恩等人的共同努力下,小说话语终于挣脱了其他话语的牵缠,最终发展成为一门独立的叙事艺术。

---

① Elizabeth A. Bohls and Ian Duncan(eds.), *Oxford World's Classics*, *Travel Writing*, *1700-1830*: *Anthology*, New York: Oxford University Press Inc., 2005, p. xxiv.

# 第十章　旅行文学与"情感结构"的形成

现在,我们把话题转到另一个方面,着重探讨一下旅行文学对近代英国社会"情感结构"形成的影响。那么,何谓"情感结构"?

"情感结构"这个术语,是当代英国马克思文化理论家雷蒙·威廉斯(Raymond Williams)提出的。在《马克思主义与文学》(Marxism and Literature,1977)一书中,他对传统的西方文化研究模式提出了质疑和批评,并指出,在大多数描述和分析模式中,文化与社会是在一种"习惯的过去时态"(habitual past tense)中得到表现的,许多关系、体制和结构被这种模式转换成一个已经成形的总体,而不是正在形成和发展的过程。于是分析就集中于这些已经完成的产品(finished products),而活生生的当下按其定义则隐退到了幕后[1]。为了克服这种重结果而不重过程、重整体而不重局部、重社会而不重个人的弊病,威廉斯提出了一种补救措施,那就是以流动的"情感结构"(structures of feeling)来取代明确而抽象、但很可能是僵死的"世界观"或"意识形态"之类固定的术语和分析模式。威廉斯将"情感结构"定义为变动不居的社会经验(social experiences in solution)[2],有别于其他已经被沉淀,而且更明显和更直接的现成的社会语义结构。隐匿在"情感结构"中的是活生生的、紧张不安的、尚未成形、尚未露面的"感受中的思想""思想中的情感"。唯其如此,我们不能用"习惯的过去时态"将其简化为一个已经形成的整体,而应该描述那些"正在被体验和感受的、与正规的或系统的信仰之间存在着不确定关系的意义与价值"[3]的东西,才有可能还原真实的历史。

---

[1]　Raymond Williams, *Marxism and Literature*, New York: Oxford University Press Inc, 1977, p.129.

[2]　Ibid., p.133.

[3]　Ibid., p.131.

威廉斯的"情感结构"说对我们深入理解18世纪英国旅行文学与社会文化的互动关系特别具有借鉴意义。18世纪的英国处在贵族精英与中产阶级同时并存,海外冒险与殖民开拓齐头并进,大陆旅行与国内旅游互相促进的年代。产生于这个时期的旅行文学不但忠实记录了一个新兴的世界帝国与异域的"他者"交往的过程,而且也积极参与了启蒙时代的"情感结构"及其相关的美学观念的建构。本章着重通过对大陆旅行的研究,分析空间的转换和体验对近代英国社会"情感结构"形成的影响。

## 一、大陆旅行与崇高体验

据西方学者考证,欧洲大陆的旅行(the Grand Tour of Europe)作为年轻的贵族子弟完成其教育的一项措施,起源于都铎王朝时代(the Tudors,1485—1603)。早在亨利八世执政期间,当时的外交官托马斯·怀亚特(Thomas Wyatt)就从他的意大利之旅中带回一件新奇的纪念品,一种令人兴奋的新诗体,即十四行诗(sonnet)。1642年,詹姆斯·豪威尔(James Howell)出版了首部《外国旅行指南》(*Instructions for Forreine Travel*),被应用了好几年。① 1670年,理查德·拉塞尔斯(Richard Lassels)在其《意大利航行》(*The Voyage of Italy*)一书中发明了"大陆旅行"(Grand Tour,亦可译为"大旅行")一词,用于指称英国人在法国、意大利及欧洲其他地区的旅行。② 从英国贵族设定的目标看,大陆旅行是为了让本阶级中的年轻人融入欧洲上流社会,吸收古典传统文化的精华和营养,确认自己的文化精英身份。因此,它实际上是一种社会性的成人仪式,为这些年轻人在国内承担起命定的领导责任而预作准备。③ 正如《大陆旅行》(1749)一书的作者托马斯·纽简特

---

① Elizabeth A. Bohls and Ian Duncan (eds.), *Oxford World's Classics, Ttravel Writing, 1700-1830:Anthology*, New York: Oxford University press Inc., 2005, p. xx.
② Ibid., p. 3.
③ Peter Hulme and Tim Youngs (eds.), *The Cambridge Companion to Travel Writing*, Cambridge UK: Cambridge University Press, 2002, p. 38-39.

# 第十章 旅行文学与"情感结构"的形成

(Thomas Nugent)所说,大陆旅行旨在"以知识丰富心灵,矫正判断力,驱除教育的偏见,造成优雅的举止,一言以蔽之,造就一个完美的绅士"。①

1780年威廉·贝克福特绘制的大陆旅行图,显示了
从伦敦坐船到根特,穿过荷兰和德国顺莱茵河下游到曼海姆的路线。

但是,在实际的旅行中,旅行者的动机、目标和兴趣都发生了悄然的变化。到18世纪,大陆旅行中隐含的脆弱的"寓教于乐"(pleasurable instruction)的承诺开始解体,变成了"乐逾于教"(pleasurable overwhelmed the demand for instruction)②。年轻的贵族子弟踏上欧陆之旅,不光可以暂时脱离古板的家庭教师的束缚、享受自由自在的游荡之乐,还可以欣赏意大利歌剧和法国时装,结交社会名流,拜访豪门显贵;并在寻访黝暗的修道院和废弃的古堡的同时,观赏到阿尔卑斯山壮丽的自然风光。1716年,约瑟夫·艾迪生(Joseph Addison)曾撰文讽刺热衷于大陆旅行的保守党人福克斯亨特(Tory Foxhunter),说"他不知道旅行的好处在哪儿,只知道教人骑高头大马,说含糊不清的法语,谈论

---

① Peter Hulme and Tim Youngs(eds.), *The Cambridge Companion to Travel Writing*, Cambridge UK:Cambridge University Press,2002,p.41.
② James Duncan and Derek Gregory(ed.), *Writes of Passage:Reading Travel Writing*, London and New York:Routledge,1999,p.8.

如何消极的服从……"①

尽管如此,"旅行被认为是比大学更具有教育意义,能够更快地获得社会技能"的一条捷径②。随着中产阶级的兴起,大陆旅行也从贵族精英的文化特权,演变为整个社会的潮流。法国式时髦通过大陆旅行影响了非都市的英国贵族(the nobility),这个集团定期造访伦敦,并在出国旅游中寻找快乐。③ 到18世纪的最后三十年,大陆旅行的参与者无论在种类和数量上都有了稳步的发展。大陆旅行不再限于"贵族阶层中的男性继承人",开始扩展到"社会地位不那么高,所受教育不那么好的人们"中,包括妇女和儿童也与他们的家人一起旅行了。④ 这样一来,大陆旅行就在已经成形的贵族社会体制、精英意识形态和古典美学理念中引入了一种新的"情感结构",而崇高(sublime)和感伤(sentemental)无疑是其中两个最主要的构成因素。

如所周知,作为美学概念的"崇高"一词出自公元1世纪古罗马作家朗吉努斯(Longinus)的美学著作《论崇高》(On the Sublime)。这部著作后来被人遗忘,直到1712年才被翻译成英语。古老的"崇高"概念之所以引起18世纪英国人的浓厚兴趣,主要在于当时的社会文化为它提供了合适的土壤。方兴未艾的旅行热及相应的旅行文学的流行大大扩展了人们的地理—文化视野,丰富的情感体验急欲打破狭隘的古典美学理念,为自己找到新的、合适的语义形象。对于"崇高"这一美学概念,虽然各家各派的分析不尽相同,但是其达到的共识却是相当一致的。那就是把一系列毫无相关的景致,依据它们雄壮、空旷或险峻的特征,归纳成同一类,并指出这些景致能引起共鸣,让人产生一种美好而善良的感受。景观的价值不再单纯依赖于古典的审美准则(如颜色是否协调、线条是否匀称),或经济和实用的考量,而在于它是否能引发崇高的感觉。在这个赋意的模式中,荒野、废墟和古堡是核心意象,

---

① Jeremy Black, *France and the Grand Tour*, New York: Palgrave, Macmillan, 2003, p.186.
② Ibid., p.137.
③ Ibid., p.186.
④ Peter Hulme and Tim Youngs(eds.), *The Cambridge Companion to Travel Writing*, Cambridge UK: Cambridge University Press, 2002, p.42.

## 第十章 旅行文学与"情感结构"的形成

为想象力的驰骋提供了空间。①

1756年,年轻的英国哲学家博克(Edmund Burke)发表了他的美学著作《论崇高与美》(*Philosophical Enquiry into the Origin of Our Ideas of the Sublime and the Beautiful*),提出了一系列重要的现代美学观念,挑战了古典美学体验的理性主义观点,突出了美与崇高这两种对立的经验,认为它们是潜藏于理性之下的互补形式。美学经验不是智力的判断(例如比例或平衡),而是人类的本能。伯克在美中发现,优雅的曲线、柔和的轮廓诉诸男性的性欲,正是这种欲望推动着种族繁衍后代;而崇高则引发了"适度的恐惧"(agreeable of horror),满足了我们自我保存的冲动,并向我们提供了从安全的位置思索恐怖事物的颤栗感(frisson)。②

事实上,博克崇高美学中的许多核心观念,如惊奇(the marvellous)、怪异(the monstrous)、崇高(the sublime)、如画性(the picturesque)和丰富性(the luxuriant)等,首先是在旅行文学中出现的。早在18世纪初,约瑟夫·艾迪生就在《论想象的愉悦》(*Essay on the Pleasures of the Imagination*)一文中写道,他站在"一片广阔郊野、荒芜的大沙漠、悬崖峭壁和浩瀚江河前面",总会感觉到一种"美好的宁静和诧异"③。希尔德布兰·雅各布(Hildebrand Jacob)在《崇高之观如何提升心灵》(*How the Mind is raised by the Sublime*)一文中,列出能够引发这种奇妙感受的景致,包括平静无浪或汹涌澎湃的海洋、落日、悬崖、洞窟和瑞士的高山。④ 在此文的影响下,旅人纷纷前去欧洲大陆探秘。

---

① Pramod K. Nayar, *English Writing and India , 1600-1920:Colonizing Aesthetics*, London and New York:Routledge, 2008. p.71.

② Edmund Burke, "Philosophical Enquiry into the Origin of Our Ideas of the Sublime and the Beautiful," *The Sublime: A Reader in British Eighteenth-Century Aesthetic Theory*, Eds. Andrew Ashfield and Peter De Bolla, Cambridge UK: Cambridge University Press,1996, pp.131-142.

③ Joseph Addison, "The Spectators," *The Sublime: A Reader in British Eighteenth-Century Aesthetic Theory*, Eds. Andrew Ashfield and Peter De Bolla, Cambridge UK: Cambridge University Press,1996,pp.62-70.

④ Hildebrand Jacob, "How the Mind is Raised by the Sublime," *The Sublime: A Reader in British Eighteenth-Century Aesthetic Theory*, Eds. Andrew Ashfield and Peter De Bolla, Cambridge UK: Cambridge University Press,1996,pp.53-55.

墓园派诗人托马斯·格雷（Thomas Gray）是当时几个有意识追求崇高景致的先锋之一。1739年，他到阿尔卑斯山远足，为它写下了许多诗句，赞美其提升心灵的魔力。在给他的朋友理查德·威斯特（Richard West）的信中，他这样写道，在登上大卡尔特修道院（Grand Chartreuse）的短途上，无需走上十步，就有令人感到叹为观止的地方，"这里没有悬崖峭壁、没有惊涛骇浪，却处处孕育着神圣而充满诗意的气息。某些景致会使无神论者因敬畏而产生信仰，而无须别的论证"。[1] 同一年，著名的哥特小说家贺拉斯·沃尔普（Horace Walpole）对阿尔卑斯山西侧旅游胜地沙瓦（Savoy）作了描述，此外，还有约翰·布朗（John Brown）对昆布兰湖区的凯斯维克（Keswick）的描述，以及撒缪尔·约翰逊博士（Dr. Samuel Johnson）对霍克斯顿（Hawkestone）的描述，所有这些描述都堪称18世纪文学中描述崇高地形景观的典范，其描述风景的形象和比喻在当时已经流行，可现成地适用于新的地域。从某种意义上说，没有上述这些旅行作家的旅行写作，就没有博克的论崇高与美的著作。因为，生活在现代城市中的文明人是无法体验到崇高之美的，只有那些经常在异域空间中旅行的冒险家才有着更多的机会与新异事物打交道，他们的解释和记录往往提供了崇高体验的第一手目击资料，成为形成新的"情感结构"的基本要素。

18世纪英国旅行文学中与"崇高"相关的另一个重要的美学词汇是Picturesque（如画的、独特的）。据考证，Picturesque一词最早出现在文艺复兴时期的意大利，意大利语为pittoresco，意为"以画家的方式"（after the manner of painters）。到18世纪，克劳德·洛兰（Claude Lorrain）和萨尔瓦多·罗莎（Salvator Rossa）将此风格进一步发展为"理想化"的意大利古典风景画。他们分别代表了古典风景画中"崇高的"和"优美的"两种风格。18世纪后半叶，随着风景水彩画的兴起，英国知识界开始用Picturesque一词作为这两个对立概念之间的调停者，将相对柔和的英国风景推向阿尔卑斯山风景中令人心悸的瀑布和峭壁，使

---

[1] Paul Fussell（ed.），*The Norton Book of Travel*, New York: W. W. Norton &Company, London, 1987, p. 275.

## 第十章 旅行文学与"情感结构"的形成

其具有了"诗情画意""风景如画""多姿多彩""多样化"等含义。① 大陆旅行也在很大程度上影响了英国上流社会和精英阶级特有的"品味"。按照温迪·J.达比的说法,品味(乃至英国风格本身)的一个准绳就是风景。② 18世纪的英国有产者和政治贵族们在国内重新设计乡村别墅的周边环境时,喜欢参照克劳德和普桑的意大利古典风景绘画风格,将自己的意大利旅行经历转换成实有风景。③

18世纪末,由于法国大革命的爆发和拿破仑战争的扩展,大陆旅行一度中断,"欧洲变得不可进入、不可理解,充满仇恨,而过时的大陆旅行(the old fashioned Grand Tour)则成为这个变化的牺牲品。旅游继续进行,但遵循了不同的方向"。④ 英国人不得不将旅行的热情转向本国较少受到文明"污染"的地区。处在大不列颠边缘的凯尔特(Celts)和苏格兰高地(Scottish Highlands),因其浪漫、粗犷、孤寂的自然之美,以及众多的中世纪遗迹而成为旅行者的首选。但更吸引旅行者的是那些还说着古老的盖尔语的高地居民,他们天性高贵、热爱自由,千百年来一直过着与其祖先一样淳朴的生活,使现代社会中的文明居民对这些"自然之子"油然而生崇敬之情与怀旧之感。1760年,年轻的诗人麦克菲森(Macpherson)借助方兴未艾的高地旅行热,伪造了一部据说收集于苏格兰高地,翻译自盖尔语或欧斯语的古代诗歌碎片《莪相民谣》(Osian Ballads)。尽管这是一个模仿—造假之作,但它复活了久被遗忘的中古行吟诗人莪相(Osian)的精神风貌,在出版后很长一段时间里,他的诗歌吸引了无数居住在非高地的英格兰读者,给他们提供了以新的方式看待和表述苏格兰风景的途径。利亚·利纳曼(Leah Leneman)曾指出它所带来的三重效果:首先,莪相的诗歌提供了一种看待荒野和孤独的景观的新方式;其次,旅行者开始将风景与莪相的诗歌直

---

① Peter Hulme and Tim Youngs(eds.),*The Cambridge Companion to Travel Writing*,Cambridge UK:Cambridge Univeisity Press,2002.p.45.
② 温迪·J.达比:《风景与认同:英国民族与阶级地理》,张箭飞、赵红英译,南京:译林出版社2011年版,第43页。
③ 同上书,第49页。
④ Benjamin Colbert,*Shelley's Eye:Travel Writing and Aesthetic Vision*,London:Ashgate Publishing Limited,2005,p.13.

接联系起来,涌进这个盲人行吟歌手以其想象力创造了无数英雄的地方;其三,这些诗歌哺育了启蒙主义关于"原始的"社会"高贵性"的观念,影响了法国大革命以后的一代高地人,使得他们能够被接受和欣赏:围绕着他们生活的环境被说成对莪相时代的英雄具有深刻的影响,这些环境几个世纪来没有发生重大的变化,因此18世纪的高地人还具有他们高贵的祖先同样的品质。① 18世纪末和19世纪初的英国旅游者将这些诗篇看作是历史和地理意义上可验证的事实。当他们在高地旅行时,他们追寻着诗篇中描写过的景致。同时,他们自己带着对莪相诗中的人物和业绩的想象涌进这个地方,以真正的莪相般的热情对风景作出了反应。② 于是,从粗犷的自然景观和中古民间文学中散发出来的崇高气息渐渐渗入了贵族精英古典的"情感结构"中。

除了欧洲大陆、凯尔特边区和苏格兰高地的旅行热,大量来自东方(尤其是印度)殖民地的探险家和殖民者的描述也是形成并深化崇高美学理念的一个重要资料来源。最初与印度接触的英国人面对的是一种浩大、丰富、繁茂且无法归类的风景,殖民者普遍的情感体验是惊奇、敬畏、恐惧和嫌恶。按照普拉蒙·纳亚尔(Pramod K. Nayar)的分析,英国的旅行者在与这个具有威胁性的、崇高的荒凉景观打交道时,经历了三个阶段:首先是面对这种景观时的自我保存阶段;其次是肯定阶段,旅行者试图在这种过度的空旷或荒凉上刻写某种意义,以减轻威胁;最后,旅行者通过自我肯定的行为,从孤独转向社会,从受威胁转到安全,进入"欣赏"阶段,恢复了旅行者与风景之间的平衡。最终,旅行者处在相对安全的状态或舒适的景观中③。在这个体验过程中,"帝国的崇高"(imperial sublime)发挥了积极的作用,它将殖民者面对无法控制的东方景观而产生的负面情绪,转化为一种"殖民的美学"(colonial-aes-

---

① Clenn Hooper and Tim Youngs (eds). *Perspectives of Travel Writing*, Ashage Publishing Limited, 2004, p. 50.
② Ibid.
③ P. K. Nayar, *English Writing and India, 1600-1920: Colonizing Aesthetics*, London&New York: Routledge, 2008, p. 65.

thetics）①，在满足了殖民者自我保存冲动的同时，向他们提供了从安全的位置思索恐怖事物的颤栗感。

## 二、感伤主义与移情能力

对崇高美的体验，对中古民风的怀旧式向往，以及对东方景观的殖民化体验，表明近代英国人的"情感结构"已经发生了微妙的变化，从贵族精英式的典雅、平衡、对称的古典美学理念逐渐演变为更具现代意义的，强调崇高、粗犷和原始的美学观念，这种新兴的美学观念说明现代性主体试图将自己内心中黑暗、负面的力量投射到相应的自然客体中去，进而释放自己的本能欲望和紧张情绪。18世纪后期，现代性主体逐渐将这种移情能力从自然客体转向了主体自身和同类，于是，社会文化中出现了感伤主义（sentimentalism）倾向。

据雷蒙·威廉斯在《关键词：文化与社会的词汇》中对"感伤的"（Sentimental）溯源，与该词最接近的词源是中古拉丁文 sentimentum，可追溯的最早词源为拉丁文 sentire——意指感觉（to feel）。按照他的考证，sentiment 在14世纪指的是身体的感觉，在17世纪指的是意见与情感。在18世纪中叶，sentimental 是一个普遍通用的词："这个在上流社会广为流行的词'sentimental'（多情的；情感上的）……从这个词可以了解到任何愉快、巧妙的事情。当我听到下列的话，我经常会感到惊讶：这是一个 sentimental 的人；我们是一伙 sentimental 的人；我做了一个 sentimental 的散步。"此处 sentimental 的意涵与 sensibility 的意涵关系密切，指的是情感上率真的感受，同时也指有意识的情感发泄。后者的意涵使得 sentimental 这个词备受批评，并且在19世纪被随意地使用："那一种粉红色的烟雾，里面包含多愁善感（sentimentalism）、博爱与道德上的趣事。"（卡莱尔，1837）许多道德或激进的意涵（与意图及效果有关）亦被用来描述情感（sentimental）的自我表现。在骚塞的保

---

① P. K. Nayar, *English Writing and India*, *1600-1920*: *Colonizing Aesthetics*, London&New York: Routledge, 2008, p. 4.

守阶段,他将 sensibility 与 sentimental 结合在一起:"这些感情用事的阶级(sentimental classes)指的是具有热烈的或病态情感的人。"(1832)这个怨言是针对情感"过剩"(too much),以及"放纵情感"(indulge their emotions)的人。这个论点使 sentimental 变成一个固定的贬义词,并且完全决定了 sentimentality 之意涵。①

按照一些国内学者的观点,感伤主义或善感性倾向的出现"是更长期更全面的社会转型的一个方面"②。从社会学的角度看,敏锐的感觉和细腻的情感原本是闲暇中的贵族上流社会人士的特权,迫于生计的平民百姓自然无意于浪漫的爱情,开口眼泪闭口羞红。"18世纪初,上层中产阶级进入了统治阶级行列并与贵族联起手来。这些大商人和金融巨头多半是克伦威尔清教共和国公民的后代。他们在获取了巨大财富之后开始追求过去只有贵族阶级垄断的典雅文化,接受了古典文学的价值观,同贵族汇成一体并逐渐也变得保守起来。"③随着中产阶级社会地位的上升和阶级意识的形成,情感主义美德成为"阶级权力再分配中的一种自觉的文化武器,是某些社会群体和个人谋求更高社会地位、争取更大社会影响的方式"④。不论在虚构作品中还是在当时的实际生活中,展示自身的"善感性"都明显是一种自我关注、自我赞美、自我提升的行为,而且很有成效。对个人感情的强调和尊重甚至导致了家庭形态的调整,使家长制大家庭渐渐向核心家庭过渡,女性的位置也日渐凸出⑤。

同时,情感主义又是18世纪的英国人对强调理性至上的现代文明社会有意识作出的一种回应、批评或矫正。情感主义思潮可溯源到复辟时代的国教会派宽容派(latitudinarian)和剑桥柏拉图学派。⑥ 影响

---

① 雷蒙·威廉斯:《关键词:文化与社会的词汇》,刘建基译,北京:生活·读书·新知三联书店2005年版,第430—431页。
② 黄梅:《推敲"自我":小说在18世纪的英国》,北京:生活·读书·新知三联书店2003年版,第313页。
③ 吴景荣、刘意青:《十八世纪英国文学史》,北京:外语教学与研究出版社2000年版,第8页。
④ 黄梅:《推敲"自我":小说在18世纪的英国》,北京:生活·读书·新知三联书店2003年版,第317页。
⑤ 同上书,第318页。
⑥ 同上书,第314页。

## 第十章 旅行文学与"情感结构"的形成

深远的"苏格兰学派"的思想中也包含显著的情感主义成分。休谟的《人性论》(1739)问世的时间与理查逊的小说《帕梅拉》相差无几,其副标题为"把实验性推理方法导入道德话题的尝试"。休谟认为人的道德感情不是导源于理性,而是导源于情感,因此"道德性(morality)更恰当地说是感受出来,而不是判断出来的"①。他主张基于一种"感受"(feeling)或"情感"(sentiment)来"标明"德性(virtue)和"恶行"(vice)之间的"差异"。②

从1760年代起,感伤和敏感开始在旅行文学中宣告自己的存在。1766年,著名作家托比安·斯摩莱特(Tobias Smollett)以自己的实地旅行为本,写下一部经典的旅行记《法国与意大利游记》(*A Journey through France and Italy*),记述了他对当地人物性格、风土人情、宗教、政府和商业的观察。此书催生了劳伦斯·斯特恩(Lawrence Sterne)于两年后写下一部戏仿性的旅行记《感伤旅行》(*A Sentimental Journey through France and Italy*,一译《多情客游记》)。虽然此书因作家的早逝而未完成,但学术界普遍认为,这是一本新型的旅行文学书,作者在书中集中关注了旅行对他本人的影响。③ 按照当代美国小说史家亚当斯的说法,"斯特恩的《感伤旅行》如今被看作小说,而在18世纪它只是一部旅行书,受到了当时许多感伤的旅行记录的启发,包括在英国出版的德国的、法国的、西班牙的旅行文本"。④ 但结果,它比所有它所借鉴过的旅行书更为出名,对后世文学的影响也更大。个中原因何在?

从"情感结构"角度出发考察《感伤旅行》,斯特恩的功绩在于将旅行中个人情感的发展和微妙变化作为推动小说叙事的内驱力。在这部旅行小说中,情感不仅成为经验的基本单位,而且取代了历险,成为叙述的基本单位。除了每章作为篇名的地点(如"加莱""蒙特吕尔""凡

---

① 转引自斯图亚特·布朗:《英国哲学和启蒙时代》,北京:中国人民大学出版社2009年版,第212页。

② 同上书,第214页。

③ Alba Amola and Bettina L. Knapp, *Multicultural Writers from Antiquity to 1954*, Westport, Connecticut London: Greenwood Press, 2002, p.10.

④ Percy G. Adams, *Travel Literature and the Evolution of the Novel*, Lexington: The University Press of Kentucky, 1983, p.197.

尔赛"等)提醒读者这是一部旅行书之外,整个小说几乎没有涉及一般的旅行书必备的对旅行目的地的自然景观、风土人情等外在事实的描述,而将关注的重点集中在主体情感的微妙变化上。弗吉尼亚·伍尔夫在为这部作品所作的优雅的序言中赞叹说:"似乎没有一部作品能那样准确地恰好流进个人的大脑的皱折,既表述它不断变化的情绪,又回应它最轻微的一时的奇思异想和一时冲动……他的确是在法国旅行,但那道路常常经过他自己的头脑,他主要的历险,不是碰上盗匪,攀登悬崖,而是他内心的情感的历险。"[1]斯特恩这种"旧瓶装新酒"的做法符合威廉斯对"情感结构"的定义,说明这部旅行小说尚处在"已有的语义结构的边界上,具有许多前—结构(pre-formation)的特征,直到在物质的实践中找到明确的表述,即新的语义形象"。[2]

小叙事的建构是《感伤旅行》最本质的特征。对尤利克这个感伤的叙述者—旅行者来说,除非激荡起他心灵的反应,外界发生的事件很难进入他的视野。相反,最微妙的内心颤动都能成为一件值得叙述的大事("脉动")。文本通过经验的小型化(miniaturization)而发挥功能,提升和强化了敏感性。而我们知道,注意"小"事,"对微小刺激作出精致反应"正是所谓 sensibility 即"善感性"的本质特征。[3] 在《感伤旅行》中,所有那些以前的旅行文本所关注的对象(大教堂、战争、演说)消失了,作者关注的是小的、琐碎的事物,转瞬即逝的姿势、话语或片段。定语已经说明了一切,尤利克的旅行是"感伤的"。理解这个文本的关键无疑在于理解这个词语。在斯特恩眼中,小东西常常显得比大东西还大。他从一个德国游客与一头死驴的喃喃对话中,看到了人间的真情和仁慈;从一个理发师提到假发的发鬈的谈话中,而不是从法国政治家的夸夸其谈中,了解了法国人的性格;以几枚硬币作比方,就对

---

[1] 弗吉尼亚·伍尔夫:《感伤旅行》1935 年版序言,见劳伦斯·斯特恩:《多情客游记》,石永礼译,北京:人民文学出版社 1990 年版,第 174—175 页。
[2] Raymond Williams, *Marxism and Literature*, Oxford UK: Oxford University, 1977, pp. 133-134.
[3] 黄梅:《推敲"自我":小说在 18 世纪的英国》,北京:生活·读书·新知三联书店 2003 年版,第 302 页。

英法两国民族性的差异作出了精辟的概括和比较。一只手套、一个鼻烟壶,都能引发他对人性的思考和自我情感的体验。在法国一家小客店里,主人公听到一个哀婉动人的声音,以为那是一个孩子的声音,结果抬头一看,"……原来是小笼子里的一只欧椋鸟被吊在那里。——'我出不去!——我出不去!'欧椋鸟说道"。①

这种对小事物的关注和对微妙情感变化的记录也能在当时的哲学中找到对应的例子,说明启蒙时代"情感结构"的形成和变化是全方位、多向度的。哲学家约翰·洛克曾观察到,人具有比最精微的显微镜强大千百倍的视觉,生活在一个不同于别人的世界中:

> 如果我们的五官中最有教益的视觉,比如今最好的显微镜要精妙千百倍……那么他就能更切近地发现物质的最微妙的构成和运动……不过,这样一来他就拥有一个不同于他人的世界;对他来说没有什么东西是一样的,别人也是如此。②

移情能力和善感主义是现代性主体"情感结构"形成的标志。正如彼德·伯克指出的,"新型的男人或女人的特征是具有高度的移情能力(即他们的各种替代性经历导致的结果),乐于接受变化,乐意从一地迁移到另一地,乐意对社会发表自己的观点。这个特征,一言以蔽之,就是'现代性'"③。

## 三、现代性主体的"情感结构"

无论是崇高观念的出现,还是感伤主义的流行,都说明了一点,在旅行文学的影响下,18 世纪英国社会文化中的"情感结构"正在发生一种更具有现代意义的变化。而这种"情感结构"反过来又促进了 18 世

---

① 劳伦斯·斯特恩:《多情客游记》,石永礼译,北京:人民文学出版社 1990 年版,第 95 页。

② See Jean Vivies, *English Travel Narratives in the Eighteenth Century*, London: Ashgate Publishing Company, 2002, p.74.

③ 彼得·伯克:《欧洲近代早期的大众文化》,杨豫、王海良等译,上海:上海人民出版社 2005 年版,第 310 页。

纪末和19世纪初旅行文学中崇高美学和感伤情调的进一步发展。当代美国学者玛丽·路易斯·普拉特在《帝国的眼睛：旅行写作与文化嫁接》一书中指出，感伤的旅行写作引出了一种古老的、可称之为幸存文学的传统，由第一人称叙述的有关海难、幸存者、哗变、抛弃和（特别的岛屿版本）被俘的故事。① 作者分析了18世纪苏格兰探险家蒙戈·帕克（Mungo Park，1771—1806）的《非洲内陆地区旅行记》（*Travels in the Interior Districts of Africa: Performed in the Years 1795, 1796, and 1797*），指出在帕克的旅行记中，有一段写的是他陷入最深的危机的时刻，在充满敌意的国度，一群强盗抢劫了他，他奄奄一息待在荒野，发现自己"赤身裸体，孤独无援，周围全是野兽和更野蛮的野人"。帕克承认，"我的灵魂开始背弃我"，是博物学家的幻象拯救了他。

> 正当我痛苦思索的时候，一小片奇特美丽的苔藓突然出现在我眼前。我提到这个是为了说明，心灵有时在微不足道的小事上也能得到安慰；尽管这植物整个算起来不及我的一个指尖大，但我不得不怀着赞叹的心情，思索它的根、叶、荚膜的构造之精巧。我想，那个造物主尚且会在这个世界看不见的地方，给如此卑微的小生命栽培、浇水，并使之完美，难道他会对那些按照他自己的形象创造出来的存在物遭受的痛苦无动于衷吗？肯定不会。②

在这段旅行记中，感伤主义的倾向是显而易见的，正如普拉特所分析的，一个敏感的人，在他需要的时间里，通过科学的语言，发现了另类的精神理解，将自然视为神性的形象。由结果实的苔藓带来的灵光一闪（epiphany）是一个超验的时刻，不是因为帕克幸存下来了，而是因为他最终失去了一切。他不再由欧洲商业社会来定义。他已经成了他的读者们可能一直来就渴望相信的具有生存能力和权威性的生物，一个赤

---

① Mary Louise Pratt, *Imperial Eyes: Travel Writing and Transculturation*, London and New York: Routledge, 2008, p. 84.
② See Mary Louise Pratt, *Imperial Eyes: Travel Writing and Transculturation*, London and New York: Routledge, 2008, p. 77.

第十章　旅行文学与"情感结构"的形成

裸的、本真的、具有内在力量的白种人。①

差不多在蒙戈·帕克的非洲游记出版的同时,哥特体小说家安妮·雷德克利夫(Ann Radcliffe,1764—1823)写下了她的《1794 年夏荷兰和德国西部边界游记》(*A Journey made in the summer of 1794, through Holland and the Western Frontier of Germany, with a Return down the Rhine*,1795)。这部文学性极强的游记中,有如下一段写景文字:

> 从(莱茵)河远眺,科隆(Cologne)似乎显得更加古老庄严。码头沿岸伸展,高耸的堡垒,掩映在古老的栗树丛中,在无数长满苔藓的塔楼的簇拥下,显出岁月的沧桑;古老的城门面对莱茵河开放,无数的尖塔超拔于万物之上,给它带来一种庄严如画的品质。尽管如今整个城市已经熙熙攘攘,但河岸之外还是一片沉寂,几乎被人遗弃;卫兵们把守着城门,从城堡内注视着外面,城楼下有几个妇女,踽踽而行,她们裹着修女头巾,看上去是那么的忧郁,仿佛全被科隆的岁月磨损了,她们几乎是唯一能够看到的人影。②

在上引不长的文字中,女作家大量运用了诸如"古老的威严"(ancient majesty)、"庄严的"(venerable)、"如画的"(picturesque)、"沉寂"(silent)、"被遗弃的"(deserted)、"忧郁"(melancholy)等词汇,试图将崇高、感伤、怀旧和沉思融于一体。

上述两段旅行记分别出自一位自然科学家和一位职业作家之手,但其风格却有着惊人的相似性,这就是轻物质重心灵、轻理性重情感、轻群体感受重个体感觉,他/她们都试图最大限度地通过敏锐的观察和感伤的抒写,将自己在旅行中被激发的情感投射到自然客体上,以引发那些乐于体验崇高、欣赏感伤情调的同时代人的共鸣。

种种迹象表明,历经近一个世纪的发展,18 世纪英国人的"情感结构"在旅行文学的影响下,已经发生了微妙的、深刻的、具有决定性意

---

① Mary Louise Pratt, *Imperial Eyes: Travel Writing and Transculturation*, London and New York: Routledge, 2008, p.79.
② Elizabeth A. Bohls and Ian Duncan(eds.), *Oxford World's Classics, Travel Writing, 1700-1830: Anthology*, New York: Oxford University Press Inc., 2005, p.59.

义的变化:从注重平衡对称的古典美学理念转而强调崇高和宏伟的情感体验,从理性至上的态度转而注重感伤主义和情感主义。表面看来,崇高与感伤似乎是美学体验的两极,前者关注宏伟的客体,后者专注微小的事物。但从"情感结构"的形成来看,它们是一体之两面。因为无论是对崇高的自然景观的观赏,还是对微妙的内心情感的体验,都要求主体全身心地沉浸在自我之中,区别只在于,前者是将客体作为自我的感光板,从对象中捕捉自我投射的影子;后者是将主体作为客体,即另一个自我,作为观察、描述和分析的对象。无论如何,这两者都有赖于旅行为中介。持续不断的旅行刺激了文化感受力的复苏,激发了旅行主体的移情能力;借助移情能力而获得的"替代性经历",使现代性的旅行主体更加深刻地认识了自己。通过时空的转换,旅行主体在持续不断地躲避着固定的身份和定义,持续不断地发现自我和确认自我。"情感结构"中出现的这种重心灵、重情感、重自我的倾向,在此后的浪漫主义思潮中获得了进一步发展。

# 第十一章　写实的旅行记与诗性的想象力

旅行文学的发展不但给 18 世纪的英国人引入了新的"情感结构"，也激发了 19 世纪英国浪漫主义诗人的跨文化想象力。从早期的湖畔派、中期的恶魔派，直到维多利亚时代的新浪漫派，无不表现出对漫游的迷恋和对旅行的癖好。实地的考察和虚构的旅行，无奈的流放与主动的移居几乎成了这些诗人的生存状态和生命意识的表征。跨越地理、民族和文化界限的旅行既激发了他们的灵感，又永久地扩展了英国诗歌的想象空间，改变了它的语言风格和话语方式。

在湖畔派诗人柯勒律治的诗歌创作中，异域空间的想象占据了非常重要的地位。而柯氏的异域想象又与他对旅行文学的爱好密不可分。《忽必列汗》(Kubla Khan)是对当时处在蒙古汗国统治下元朝中国(契丹)的想象，该诗的创作动因来自他做的一个梦，而这个梦境的来源，则起因于他阅读帕切斯主编的《哈克路特遗著，或帕切斯游记》。而《老水手行》(The Rime of the Ancient Mariner, 1798)的创作灵感，主要来自于诗人对库克船长的航海日志的阅读。本章想通过对该诗的细读，集中关注并探讨以下几个与诗歌创作相关的问题：写实的航海日志中的人物和事件是如何进入浪漫主义诗歌，转化为其中的意象结构的？在此转化过程中，诗性想象力发挥了何种作用，使现实中的人物和事件逐渐获得丰富复杂的象征意义和叙事—结构功能？诗人是如何从这些意象结构形式中"抽取出相应的道德思考并将这种思考返还于形式，使外在的内化，内在的外化，使自然成为思想，思想成为自然"[①]的？

如所周知，《老水手行》在柯氏的创作生涯中占有十分重要的地位，它是诗人一生中创作的唯一一部以完成形态呈现的长诗，也是一部

---

[①] 雷纳·韦勒克：《近代文学批评史》第二卷，杨自伍译，上海：上海译文出版社1997年版，第21页。

最能反映其创作特色和诗学理念的作品。全诗以优美的音律、狂放的想象、奇诡的意象和玄奥的象征,讲述了一个罪与罚的故事,给后人留下无限丰富的阐释空间。一位老水手在航行南极途中无意间射杀了一只信天翁,结果造成全船水手神秘死亡,只有他一人活下来独自漂流在海上,承受着痛苦的天谴和自责;直到他看到一群水蛇游来,产生了爱心后,神秘的惩罚才被解除,他才得以返回岸上;之后,他将自己的经历讲给一位前去参加婚礼的客人听,告诫人们要关爱上帝创造的一切生物。

  柯勒律治本人不是航海探险家,没有亲历过艰辛的海上生活,也没看见过奇异的极地景观。那么,诗人为何要选择这么一个自己并不熟悉的题材,又是如何熟练地驾驭它,并使之服务于自己的创作目标和诗学理念的?要回答这个问题,先须回顾一下柯勒律治写作此诗的大背景。如前所述,旅行文学在18世纪的英国已成为被广泛阅读的文学类型,仅次于小说和罗曼司。P. J. 马赛尔(P. J. Marshall)和 G. 威廉姆斯(Glyndwr Williams)以"潮水般涌来之势"(reaching flood-tide proportions)形容18世纪旅行类书籍出版的现状(不管是公开出版或再版的航海日志,还是从国外出版物中翻译、编纂或摘要的)。法国、西班牙、意大利和德国的旅行书籍很快被翻译成英语,并得到英国的期刊的评论,这是一个欧洲与美洲互动的过程。①

  柯勒律治准确地把握住了时代的脉搏和大众的阅读时尚②。在《老水手行》中,诗人一方面将航海叙事与异域想象纳入自己的抒情视野,迎合了帝国时代"流行的好奇心"(popular curiosity)③;一方面又

---

  ① Nigel Leask, *Curiosity and the Aesthetics of Travel Writing, 1770-1840: From An Antique Land*, Oxford New York: Oxford University Press, 2002, p. 11.
  ② 据说,《老水手行》首版的购买者主要是水手。See Louise Pound, "*The Ancient Mariner.*" Coleridge's "*The Rime of the Ancient Mariner*" *and Other Poems*, Philadelphia: J. B. Lippincott Company, 1920, pp. 9-30.
  ③ Nigel Leask, *Curiosity and the Aesthetics of Travel Writing, 1770-1840: From An Antique Land*, Oxford New York: Oxford University Press, 2002, p. 5.

第十一章　写实的旅行记与诗性的想象力

"以充满隐喻和玄学的旅行代替了启蒙时代对未知的外部世界的迷恋"①,力图达到他梦寐以求的莎士比亚悲剧般的境界——"在我们对外在客体的注视和我们对内在思想的沉思之间应有一种平衡的道德必然性——实在世界与想象世界应有的平衡"②。

## 一、航海日志与想象之旅

按照一些西方批评家的说法,激发柯勒律治创作《老水手行》的灵感的主要是17—18世纪末欧洲航海—探险史上的两件大事及其相关的旅行记录,一是托马斯·詹姆斯(Thomas James)的北极之旅,二是库克船长(James Cook)的南极之行。

1631年5月2日,托马斯·詹姆斯的船队从英国西南部的港口布里斯托启程,经过近一个月的航行后,于同年6月4日到达格陵兰岛,再经过近半个月在冰海中的艰难跋涉后,于20日抵达该岛的南端,这里风向转西,把他们的船吹向岸边,詹姆斯发现他的船队陷入了冰山的包围中,船的前后左右都是冰,他们被涡流带到岩礁之端(the points of rocks)附近,然后又被带回原地。一会儿靠近冰山,一会儿靠近碎冰块,再这样下去,眼看船就要粉身碎骨了。在这危急关头,他命令升上更多的帆,强行通过水深只有14—15英尺的碎冰区。詹姆斯在其航海日志对冰山作了简略、直观和具体的描写——"我们看到我们的下方和两边全是陡峭的冰山。只有15英尺的水深。在通道两边,也有冰山驱赶着我们……"③有批评家认为,诗人是在詹姆斯航海日志的激发下

---

① Nigel Leask, *Curiosity and the Aesthetics of Travel Writing*, 1770-1840: *From An Antique Land*, Oxford New York: Oxford University Press, 2002, p.5.

② 雷纳·韦勒克:《近代文学批评史》第二卷,杨自伍译,上海:上海译文出版社1997年版,第221页。

③ The dangerous voyage of Capt. Thomas James, in his intended discovery of a north west passage into the South Sea: ... To which is added, a map for sailing in those seas: also divers tables ... With an appendix concerning the longitude, by Master Gellibrand, ..., London, 1740. Eighteenth Century Collections Online. 〈http://find.galegroup.com/ecco/infomark.do?&contentSet=ECCOArticles&type=multipage&tabID=T001&prodId=ECCO&docId=CW.3303028938&source=gale&userGroupName=jiang&version=1.0&docLevel=FASCIMILE〉

萌生创作《老水手行》的念头的,并且还利用了其中的一些材料。①

不过,对柯勒律治的诗歌创作影响更大的,是 18 世纪库克船长的南极探险及相关的航海日志。1768 年,英国政府为了确定南太平洋中是否还存在着尚未发现的大陆,秘密委派詹姆斯·库克率领他的船队闯入南极圈。之后,库克与他的船队又分别于 1772—1774 和 1776—1780 年三次进入南寒带的冰山区,又三次进入热带赤道区,可谓尝够了"冰火两重天"的滋味。尽管如此,库克还是严格遵守皇家学会(Royal Society)早在 17 世纪就对航海日志写作作出的规定,尽可能以科学、客观的态度记录极地景观,把个人的感情消解到最低限度。日志中对冰山的描述相当简略和概括。库克从科学的角度推测了冰山(他称之为"冰岛"[Ice Island])的起源,他不同意它们是由大河口中流泻出来的水结冰形成的,或是由大瀑布积累而成、因受不了自身的重量而崩塌形成的传统说法,而认为是"持续不断的降雪积累在这些峭壁上,然后从山上漂移下来,直到承受不了自身的重量而崩塌,形成我们称之为冰山的大碎块"。②

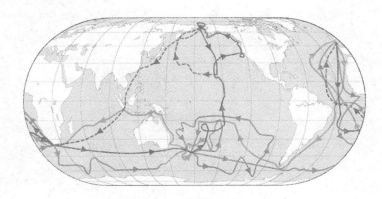

库克船长的三次航行路线,分别以黑、灰和虚线表示

---

① Louise Pound, "*The Ancient Mariner*", *Coleridge's "The Rime of the Ancient Mariner" and Other Poems*, Philadelphia: J. B. Lippincott Company, 1920, pp. 9-30.

② J.C. Beaglehole, ed., *The Journals of Captain James Cook on His Voyages of Discovery, The Voyage of the Resolution and Adventure,1772-1775*,Cambridge published for Hakluyt Society at the University Press,1961, p. cvii.

## 第十一章　写实的旅行记与诗性的想象力

　　库克船长对于天气的描写也相当简略甚至有点儿枯燥。他第一次看到冰山是在 1772 年 1 月 27 日，当天起了轻雾。第二天刮起了强风，带来一个晴朗的好天气，"海面上点缀了大大小小的冰山"。之后，他的船队陷入了一个巨大的冰山群的包围中，海面上点缀着大量的稀疏冰(loose ice)。随着天气的恶化，冰山变得越来越厚，接着又下起了小雨和冰雹。库克只得折回向西。但由于没有风，探险船很难避开数量众多的冰山。直到 30 日，船还在同一经度上徘徊，只向北移动了 30 英里。同一天，库克记录说远处发现了更大的冰山，但没法提供相关的准确数据。①

　　在 1774 年的航海日志中，库克对冰山有了更为详细的描述，"在我们待的地方，地平线正南被来自高处的光线照耀得闪闪发亮。在这一个范围内，可以明显地看到有 97 座冰山，此外，在这些冰山外围还有许多非常高大的冰山，看上去像是一座座连绵不断的山脉，直到消失在云端……这些冰山，我相信，在格陵兰海域从来没有出现过；至少我从来没有听说过，因此，我们无法对这里和那里的冰山作出比较"②。

　　据当代美国学者卢克·斯特朗曼(Luke Strongman)的考证，柯勒律治肯定读过库克的航海日志，至少读过其中的某些片断。再加上诗人的家庭教师威廉·威尔士(William Wales)曾参加过 1772—1774 年的第二次南极探险，并担任了库克旗舰"决心号"(HMS Resolution)上的天文学家和气象学家。因此可以推测，学童时代的柯勒律治必定听他的老师谈到过这次探险经历，且受其深刻影响。③ 随着年岁的增长，少年时代的印象在诗人心灵中逐渐积淀为深邃的无意识"冰体"，为日后浮出海面的"冰山"——《老水手行》——提供了坚实的基座。

　　这里我们不妨将上述两部航海日志中有关南、北极冰山的描写与

---

①　J. C. Beaglehole, ed., *The Journals of Captain James Cook on His Voyages of Discovery*, *The Voyage of the Resolution and Adventure*, *1772-1775*, Cambridge published for Hakluyt Society at the University Press, 1961, p. ciii.

②　Ibid., pp. exl-exli.

③　Luke Strongman, "Captain Cook's voyages and Coleridge's The Rime of the Ancient Mariner," *Junctures: The Journal for Thematic Dialogue*, 12 (June 2009): p. 69.

《老水手行》中的相关段落作个对比。

...
And now there came both mist and snow,
And it grew wondrous cold:
And ice, mast-high, came floating by,
As green as emerald.

And through the drifts the snowy clifts
Did send a dismal sheen:
Nor shapes of men nor beasts we ken -
The ice was all between.

The ice was here, the ice was there,
The ice was all around:
It cracked and growled, and roared and howled,
Like noises in a swound!
...
起了大雾,又下了大雪,
天色变,冷不可支;
漂来的浮冰高如桅顶。
绿莹莹却似宝石。

雪雾弥漫,积雪的冰山
明亮却阴冷凄清;
人也无踪,兽也绝种,
四下里只见寒冰。

这边是冰,那边是冰,
把我们围困在中央;
冰又崩又爆,又哼又嚎,

闹得人晕头转向。①
……

　　细读这些诗句不难看出,尽管柯勒律治没有詹姆斯和库克船长那样的惊心动魄的航海探险经历,但他利用现成的旅行实录材料,充分发挥了自己的诗性想象力,调动了包括视觉("高如桅顶""绿莹莹""明亮"……)、听觉("又崩又爆,又哼又嚎")、触觉("冷不可支""阴冷凄清")和动觉([被冰]"围困""晕头转向")等在内的一切感官因素,突出了主体性感受,竭力给读者造成一种身临其境的印象,弥补了航海日志因过于追求科学性和客观性而造成的枯燥乏味。此外,在诗歌技艺上,柯氏还运用了包括复沓、头韵和谐音等在内的一切诗律学手段,突出了人在大自然面前的渺小、无助、孤独和绝望感。正如路易斯·庞德(Louise Pound)指出的,"出现在柯勒律治诗中的是真实的海洋,有其变化无常的脾气,有其清新的平静的海风,有其耀眼的冰山、铜色的苍穹以及闪烁的磷光;但是它也具有梦境中的海洋的荒凉和奇迹"②。借用诗人自己在《杂录》中的一段话来评价:"你承认它与自然全然不同,但作品的每一笔触都予人以接近真实的快乐。"③

## 二、"忧郁的信天翁"与"基督的灵魂"

　　极地景观只是为《老水手行》整个故事的展开提供了一个背景或框架。全诗的核心是一只忧郁的信天翁,正是由于它的出现和消失(被射杀),改变了包括老水手在内的所有水手的命运。因此,解开这只神秘的信天翁之谜,无疑是解开整个诗歌文本玄奥的象征意义的关键。

---

　　① 本文所引柯勒律治《老水手行》诗句均用杨德豫译本,见飞白主编:《世界诗库·英国卷》,广州:花城出版社1994年版,第316—338页。后文出自同一作品的引文,不再另行做注。
　　② Louise Pound, "The Ancient Mariner," *Coleridge's "The Rime of the Ancient Mariner" and Other Poems*, Philadelphia: J. B. Lippincott Company, 1920, pp.9-30.
　　③ 柯勒律治:《论韵文或艺术》,1818年,选自《杂录》,1885年,见拉曼·塞尔登编:《文学批评理论——从柏拉图到现在》,刘象愚等译,北京:北京大学出版社2000年版,第20页。

考察一下《老水手行》的创作过程就不难发现,信天翁这个意象与极地景观一样,也是旅行文学之赐,而并非柯勒律治的原创。关于这一点,柯氏的诗友、同为湖畔派诗人的华兹华斯曾对《老水手行》的创作过程作过如下的说明:"说到这首诗,我在这里将提到我和柯勒律治先生的诗歌创作生涯中最值得注意的一个事实,在1798年春天,他与我的妹妹和我本人,在一个美好的下午,从阿尔福克顿出发,去寻访林顿及附近的斯托恩山谷。当时由于大家手头都有点儿紧,于是我们约定给出版商费力普斯创办、约翰·艾金编辑的《新月刊杂志》(*New Monthly Magazine*)写一首诗,来支持这次旅行的开销。于是,我们沿着托克丘陵出发,走向沃克特,旅途中,我们计划以柯勒律治先生的朋友,克鲁克欣科先生做的一个梦为基础,写一首关于'老水手'的诗歌。这首诗的大部分内容是柯勒律治先生创作的;但是我本人对某些部分提出了建议,例如,应该让犯下这桩罪的老水手(像柯勒律治先生后来喜欢称他的那样)受到某种特殊的惩罚,并让他四处流浪。这一两天来我一直在读谢尔沃克的航海日志,其中讲到当他们加速通过合恩角(Cape Horn)时,他们经常在这个纬度上看到信天翁,这种最大的海鸟其翼展可达12—15英尺。我说'假如你让他在进入南太平洋时杀死这些鸟中的一只,这个地区的守护神就会前来为他们报仇'。这个插曲被认为符合创作目标,因而被采用了。"①

由此可见,将信天翁写入《老水手行》,并非柯氏自己的独创性构思,而是华兹华斯出的主意。那么华兹华斯为什么会想到写信天翁这个主意呢,如上所引,在之前的一两天里,他"一直在阅读谢尔沃克的航海日志"。谢尔沃克(George Shelvocke)也是18世纪一位著名的英国航海家,他的航海日志《环球航行记》(*Voyage Round the World*)出版于1726年,书中有关信天翁的段落描述的是他驾驶"疾速号"(the Speedwell)试图穿越梅尔海峡(the Straits of Le Maire,大西洋进入太平洋的通道),绕过合恩角时发生的真实事情。日志中讲到,"尽管季节

---

① William Keach(ed.), *The Complete Poems/Samuel Taylor Coleridge*, Penguin, 1997, p. 498.

## 第十一章 写实的旅行记与诗性的想象力

是在夏天,日子很长,但接连不断地刮起暴风、雨、雪,天上布满阴郁的乌云,将我们全都笼罩起来了。没有生物能够适应这种严酷的气候。的确,我们全体都观察到了,当我们从南部进入梅尔海峡时,没有看到一条鱼,也没有看到一只海鸟;只有一只忧郁的黑色信天翁,它伴随了我们好几天,在我们头顶盘旋着,好像是迷路了,直到哈特勒(我的二副),在一阵忧郁症的发作后,观察到这只鸟总是在我们头顶盘旋,从它的颜色推断,这似乎是个不祥之兆。我想,可能是由于自从出海以来,我们遇上连续不断的狂风暴雨促使他越来越迷信。他尝试了好多次来射杀这只信天翁,但都没有成功,最后终于把它给射杀了。无疑(或许),从此以后我们应该顺风顺水了。我必须承认,这次航行实在郁闷,而对我们来说更加如此,因为我们一直没有伙伴,有了伙伴就能使我们在这天涯海角不再胡思乱想,我们远离于其他人类,在这危险的风暴出没的地方挣扎着,这里远离港口,无法提供补给,随时会发生折桅断帆之类的事故;也没有机会获得其他过路船只的帮助"。①

从上述记录可以看出,谢尔沃克手下的船员确实射杀过一只信天翁,之后,他似乎也并没有受到过什么神秘的"报应"。但通过华兹华斯的转述,这只忧郁的信天翁进入了柯勒律治的脑海,之后又在诗性想象力的作用下经历了三重变化。

首先是外形的虚化。诗人没有详细描述信天翁的外形,包括它的颜色、翼展长度和飞翔形态等,因为这些外在的信息,谢沃尔克的航海日志已经记得非常详细了,无须一个没有航海经历的诗人在此多费笔墨。柯勒律治曾经说过:"如果艺术家仅只摹写自然,那将是非常乏味的。如果艺术家仅只从既有的形式出发并且以这种形式为美,那么,他的作品将是非常空洞和不真实的,与西普利亚尼的绘画没有什么两

---

① George Shelvocke, A voyage round the world by the way of the great South Sea, perform'd in the years 1719, 20, 21, 22, in the Speedwell of London, ⋯. London, 1726. Eighteenth Century Collections Online. 〈http://find.galegroup.com/ecco/infomark.do?&contentSet=ECCOArticles&type=multipage&tabID=T001&prodId=ECCO&docId=CW3302563527&source=gale&userGroupName=jiang&version=1.0&docLevel=FASCIMILE〉.

样!"①理想的诗人孜孜不倦追求的应该是"掌握本质,掌握自然的本身,在一种更高的意义上设想自然和人的灵魂之间的关系"。②

为了达到这个目的,诗人借助其奔放的想象力,大大增加和丰富了信天翁的象征涵义。我们看到,在谢尔沃克的日志中,信天翁只是因为迷路才偶然落到船上,成为一个"不祥之兆"(an omen)。但在柯勒律治的长诗中,它却成了"一个基督的灵魂"(a Christian soul)。诗人突出了它的神性和非凡的能力。它的降临如基督般神秘,是突如其来的("冰海上空,一只信天翁/穿云破雾飞过来"),给绝望中的水手们带来了惊喜;它绕来绕去的行为和在桅杆上九天九夜的栖息,更显示了某种超自然的神秘性;之后,便是奇迹的发生——"一声霹雳,冰山解体,/我们冲出了重围!"

最后,也是最重要的,是信天翁被射杀过程的历史化。对比谢沃尔克的航海日志和《老水手行》中的相关段落即可发现:在谢尔沃克的记述中,水手(二副)是尝试了好多次才将信天翁射杀的,但所用的是何种武器或工具,日志中没有说,只用了一个动词"射杀"(shot)。而在柯勒律治的诗中,老水手射杀信天翁似乎是一举成功的,而且他用的武器是弓弩(cross-bow)。众所周知,弓弩是人类在中石器时代发明的武器,距今已有15000多年历史。随着火药的发明和火枪的应用,它老早就在近代欧洲绝迹了。18世纪的水手怎么还会将这种古老的武器带上远洋探险船,用它来射杀信天翁呢?

笔者认为,诗人让老水手用这种古老的武器射杀信天翁,并非信手写来,而是有其深意在焉。他是想让自己的诗歌跳出纪实性航海日志的局限,从18世纪航海活动中一桩普通的"鸟类谋杀案",一直追溯到人类从远古以来对自己的同类和自然犯下的罪行(从俄底浦斯的弑父、该隐的杀兄到基督的上十字架),进而对人性中的恶本能进行深层次的探索。早在1795年,即写作《老水手行》的三年前,柯勒律治在布

---

① 拉曼·塞尔登编:《文学批评理论——从柏拉图到现在》,刘象愚等译,北京:北京大学出版社2000年版,第20—21页。
② 同上书,第21页。

里斯托所作的系列宗教讲座中就开始关注邪恶与罪恶的性质与起源问题,提出痛苦或许是某种"道德之恶造成的结果"。他还试图回答困扰他的与恶有关的问题——"为何人在被创造的时候就被赋予了作恶的能力?"他在1795年作出的回答是,"人必须通过邪恶与损害之路才能体验到他的道德和幸福,获得永恒和安全"。① 但这种回答似乎并不能使他本人满意。1798年3月,他又写道,"我坚定地相信原罪;它来自于我们母亲的子宫,我们的理解是黑暗的,我们的组织是腐败的"。②

我们看到,在《老水手行》中,老水手射杀信天翁的行为没有任何预谋的迹象,是突然爆发的,其所作所为完全根源于人类无意识深层的原罪。正如玛丽·简·卢普顿(Mary Jane Lupton)指出的,"这种罪行来自于他体内的原始因素——来自于原始本能、阈下意识的激情和被压抑的情感构成的'腐烂的海'"。③ 而诗人有意安排老水手用古老的弓弩作为射杀信天翁的武器,既淡化了谢沃尔克航海日志中记述的具体时间,又利用了英语"cross-bow"一词具有的语义联想("十字架"),触及了基督教传统的救赎主题,于是,老水手在射杀信天翁后所受到的天谴和惩罚,就象征性地重演了基督的受难历程。而这个将射杀信天翁的罪行历史化的思路与诗人有意采用古老的歌行体来写作,并且有意选用更带有历史意味的 ancient 而不是用 old 来形容老水手之"老"的做法是一致的。这样,全诗从背景、情节到主题就都具有了明显的"原始性"。

## 三、孤独的老水手与仪式化过程

从忧郁的信天翁转入孤独的老水手,还要考虑到当时的人们对水

---

① R. A. Foakes, "Coleridge, Violence and The Rime of the Ancient Mariner," *Romanticism*, 7.1 (2001): pp.41-57.
② Earl Leslie Griggs(ed.), *Collected Letters of Samuel Taylor Coleridge*, Oxford and New York: Oxford University Press, 1956, p.396.
③ Mary Jane Lupton, "The Rime of the Ancient Mariner: The Agony of Thirst," *American Imago*, 27.2 (Summer 1970): pp.140-159.

手这个特殊行业或特殊人群的看法。18世纪是欧洲航海活动急剧发展的时代,无数的船舶驶向大洋,探寻新的未发现的陆地。人们被带到了一起,世界变小了。但海上的交流在把人们联结起来的同时,也使得水手成了"从每个必死之民族中分离出来的特殊人种"。N. A. M. 罗杰(N. A. M. Rodger)说,"水手总是居住在定居社会的边缘","希腊人不知道该把他们算作活人还是死人"。①

柯勒律治笔下的老水手正是这个"特殊人种"中的一员,他在海上经历了一番"生中之死"和"死中之生"后才得以返回岸上世界。而全诗开头那位前去赴婚宴的客人对待老水手的态度,则明显代表了大多数陆地居民对水手的普遍看法,即既不知道老水手是来自地狱还是来自人间,也不知该把老水手算作活人还是幽灵。在这个意义上,我们可以借用人类学家维克多·特纳(Victor Turner)的阈限理论,将老水手定位为一个阈限人物。

在《仪式过程:结构与反结构》(*The Ritual Process*:*Structure and Anti-Structure*,1969)一书中,特纳对阈限性(liminality)和共同体(communitas)这两个相关的人类学概念,作了如下定义:

> 阈限或阈限人格(liminal personae)(门槛人群,threshold people)必定是含混的,因为这种状况和这些人群逃避或滑过了文化空间中正常划分社会地位和身份的分类网络。……阈限人群(liminal entities)既不在此也不在彼;他们处在夹缝中,介于由法律、习俗、惯例和仪式指派和安排的不同的社会地位之间。阈限人群,诸如过渡仪式或青春期仪式中的新入会者,可以被表述为一无所有……他们仿佛被贬为或沦落为一种处在均等状态的存在物,有待被重塑成形或被赋予外在的力量,使得他们能够适应新的生活状态……阈限现象之所以令人感兴趣……在于其提供了卑下性和神圣性,均等性和友谊性的混合。我们处在一种"既在时间之内又出于时间之外",既在世俗的社会结构之中又出于其外的时

---

① Martin Daunton and Rich Halpern, *Empire and Others*: *British Encounters with Indigenous Peoples*, *1600-1850*, London: UCL Press limited, 1999, p.59.

第十一章 写实的旅行记与诗性的想象力

刻,它揭示了对某种普遍化的社会纽带的承认。①

用特纳的这个概念来理解老水手的形象,我们对全诗就有了一个全新的认识。老水手与他的同伴正属于那种"既不在此也不在彼"的阈限人群。他们处在一种虚拟的被囚禁状态,被迫接受平等地被剥夺的命运。他们在海上的生活状态类似于某种入会仪式(rites of initiation),被悬在一连串明显而又虚幻的二元对立状态中,徘徊于漂流与定居、海上与陆地、已知与未知、旧生命与新生命之间,经历着一种仪式性的转化过程。一些西方学者认为,阈限状态能够"导向自我测试和自我反思"②。无疑,老水手正是通过艰难的航行完成其"过渡仪式"(the rite of passage)的阈限人物。他在射杀信天翁的行为中,感悟到了"极地精灵"的存在;在孤独而痛苦的海上漂流中,体会到了神恩的伟大;在长期的独身生活中,渴望着婚姻生活的圆满;在与大自然无情的生存竞争中,向往着与同类一起进教堂祈祷的幸福。

不过,这里有一个问题颇令人困惑:为何射杀信天翁的老水手活了下来,而那些没有参与这个行为的其他水手却统统死去了呢?对此,玛丽·简·勒普顿的解释颇有新意。在她看来,在射杀信天翁的时候,老水手和他的同伴不经意间犯下了弑父的罪行,从心理学层面来看,他们的行为重演了弗洛伊德在《摩西与一神教》中描述的社会历史发展的第二个决定性的阶段。"被父亲驱逐的兄弟们生活在一起,互相协作,推翻了父亲,并且,根据那个时代的习俗,分食了他的身体。"从这个意义上说,老水手与他的伙伴实际上是"共同犯罪"。③

不过,细读文本,我们发现"共同犯罪论"似乎难以自圆其说。实际上,水手们并无一以贯之的信念和动机。对于老水手射杀信天翁的这个行为,他们开头表示谴责——"你怎敢放肆,将神鸟射死,是它引

---

① See Kate Darian-Smith, Liz Gunner and Sarah Nuttall(eds.), *Text, Theory, Space: Land, Literature and History in South Africa and Australia*, London and New York: Routledge, 1996, p.56.

② Kate Darian-Smith, Liz Gunner and Sarah Nuttall(eds.), *Text, Theory, Space: Land, Literature and History in South Africa and Australia*, London and New York: Routledge, 1996, p.56.

③ Mary Jane Lupton, "The Rime of the Ancient Mariner: The Agony of Thirst", *American Imago*, 27.2 (Summer 1970): pp.140-159.

来了南风"。之后,当太阳升起、云雾消散后,他们又称赞老水手——"你干得真好,射死了妖鸟,是它惹来了烟雾"。可见,在这些水手的心目中,对同一只信天翁的定性,完全没有准则,全凭现实利益和条件(气候、风向)而转移。从这个意义上,我们可以借用汉娜·阿伦特发明的术语,说这些水手犯下了一种没有思想、没有灵魂的"平庸之恶"(banality evil)。他们"既不阴险奸诈,也不凶横,而且也不像理查德三世那样决心'摆出一种恶人的相道来'。……如果用通俗的话来表达的话,他(们)完全不明白自己所做的事是什么样的事情。还因为他(们)缺少这种想象力。……他(们)并不愚蠢,却完全没有思想——这绝不等同于愚蠢,却是他(们)成为那个时代最大犯罪者之一的因素。这就是平庸……这种脱离现实与无思想,即可发挥潜伏在人类中所有的恶的本能,表现出其巨大的能量……"①

而船员们在危难之中,把所有的罪责都推到老水手身上的做法,也正是不敢负责、不肯承当的"平庸之恶"的表现;他们将标志罪行的死鸟挂在他的脖子上,希望通过这种象征性的惩罚,来表示自己的清白。在这一点上,他们又类似于把耶稣送上十字架的犹太人,而老水手则成了他们的替罪羊,也就是弗雷泽在《金枝》中定义的,成为整个社会转嫁罪行的工具。相反,老水手虽然无意中犯下了射杀信天翁之罪,却敢于承当罪责,接受痛苦的磨难和良心的拷问,在精神上要远远高出他的同伴,因此,"极地精灵"要让他活下来,并返回陆上世界,向世人现身说法,讲述自己亲历的罪与罚。

从全诗谋篇布局来看,诗人有意为老水手安排了一个从陆地进入海洋,又从海洋返回陆地;从中心移动到边缘,又从边缘返回中心的仪式化过程。诗篇开头,是从和谐、热闹的陆上生活转向孤寂冷清的海上生活,这可以看作是过渡仪式的开始阶段。仪式的中间阶段,即是老水手射杀信天翁后遭受的一连串生理的和心理的,肉体的和灵魂的痛苦磨难。诗人有意把这个阶段安排在老水手的船从南极进入赤道无风带

---

① 汉娜·阿伦特等:《耶鲁撒冷的艾希曼:伦理的现代困境》,孙传钊译,长春:吉林人民出版社2003年版,第54页。

## 第十一章　写实的旅行记与诗性的想象力

(the equatorial Pacific doldrums)之后。这里,天变成了"紫铜色",风停了,帆落了,船不动了,连海也腐烂了,老水手及其伙伴口渴难忍,连舌头也连根枯萎了。在英语中,"赤道无风带"(doldrums)一词,既指一个特定的地理区域,也指一种特殊的心理状态(忧郁或郁闷),而后者是多次出海的探险家经常体会到的。这样,忧郁的信天翁、忧郁的心态与郁闷的赤道无风带三位一体,为老水手的灵魂涤净提供了一个奇特的背景。他的灵魂就在自然和超自然力量的作用下,渐渐涤净,获得了新生。诗篇最后,是与开头相反的一种"逆过程",可以视为过渡仪式的最后完成阶段。仪式的参与者经过一番艰苦的生理和心理的磨难,终于获得了一种启示,进入人生的一个新境界。

在这个出发—磨难—回归的环形叙事结构中,两种人类生活或两个人类世界的对比是显而易见的。陆上生活是正常的,海上生活是非正常的;前者是生产性的,后者是消耗性的;前者生育(以婚礼为象征),后者死亡(以信天翁及船员之死为象征);前者是安定的、平和的、保守的和有序的,后者则充满了奇迹、危险、灾难和死亡。正如理查德·哈文(Richard Haven)指出的,《老水手行》中有"两个对立的世界,一个表达了'融合'与'和谐或统一',另一个则是'没有怜悯的世界'"。① 但是这两者之间又有着一种对比,一种转化,一种和谐与统一,这就是宇宙的奥秘,"死中之生"(Life-in-Death)或"生中之死"(Death-in-Life);出海的水手终究要回归,迷失信仰的人终究要回到教堂。最后我们看到的是一个独来独往的老水手融入了社群,通过不断向人讲述自己的经历,不断地告诫迷失的世人,这个射杀信天翁的罪人终于获得了灵魂的新生。

柯勒律治曾对诗的性质作过如下论断,"诗人的天才以良知为躯体,幻想为服饰,运动为生命,想象力为灵魂,而它是无往不在,存于万

---

① Russell M. Hillier, Coleridge's dilemma and the method of "sacred sympathy": atonement as problem and solution in The Rime of the Ancient Mariner, *Papers on Language & Literature*, 45.1, (Winter 2009) p. 8.

物的,并把一切构成一个秀美而具灵性的整体"①。他说:"如果艺术家仅只以痛苦的摹写开始,他就只能制造一些面具,不可能产生活生生的形式。他必须依据严格的理性法则,独出心裁地创造形式,这样才能使自由和法则、服从和驾驭并行不悖,使自己融于自然并理解自然。"②

这段话为我们理解写实的航海日志与想象的诗歌之间的关系作了很好的理论上的说明。显然,在柯勒律治心目中,无论是库克、詹姆斯还是谢尔沃克的航海日志,它们表面上看来是真实的,但并没有深入到事物的内在本质,只是一些客观的、中性的"摹写"和"面具",唯有诗人才能在可见的自然背后窥见超自然的神秘因素,这是因为,"诗人具有一种非他莫属或者至少唯有其他创造者才能分享的特殊能力。这种能力就是想象力,即统一事物、同时成为万物的力量"。按照韦勒克的阐释,"柯勒律治把德语普通名词'Einbildungskraft'(想象力)曲解为是指'In-eins-Bil-dung'(在一个形象中),然后将其译成希腊语,意为'esmplastic'(化零为整的或'coadunating'聚合为一的能力)。想象力是具体体现自身的能力,像多变的海神那样自我变形的天才能力。'变为万物而又保持本色,使无常的上帝在江河、狮子和火焰之中都能被人感觉到——这才是,这才是真正的想象力。'但在诗人心智的能力范围之内,想象力还具有这种统一的功能,它介于理性和知性之间。如同理性,它不受时空支配,所以给与诗人以处理时间和空间的能力。想象力也是变可能为实在的这样一种力量,'变潜在的为现实的','变本质为存在'。"③

在《老水手行》中,柯勒律治充分发挥了这种诗性的想象力,在写实的航海日志和浪漫的抒情诗中找到了平衡的支点和内在的统一性。诗篇自由翱翔于内在与外在、历史与现实、陆地与海洋、忧郁与梦想、罪

---

① 转引自雷纳·韦勒克:《近代文学批评史》第二卷,杨自伍译,上海:上海译文出版社 1997 年版,第 226 页。
② 拉曼·塞尔登编:《文学批评理论——从柏拉图到现在》,刘象愚等译,北京:北京大学出版社 2000 年版,第 21 页。
③ 雷纳·韦勒克:《近代文学批评史》第二卷,杨自伍译,上海:上海译文出版社 1997 年版,第 198—99 页。

第十一章　写实的旅行记与诗性的想象力

责与忏悔、神恩与天谴之间。他在信天翁中发现了事物的内在本质和"自然精神";从老水手的射杀行为中,追溯到人类远古的历史和罪行;在婚礼与独身的两极中发现了人类最深层的欲望与梦想,从而使最微妙的思想和感情得到最生动的表现,并使它们借助这种表现获得了新的尊严和新的力量。全诗完满地体现了柯勒律治的带有神秘主义色彩的诗学观点,达到了诗人一直孜孜以求的"诗歌的两个基点,借助一种对自然真理的信念激发读者的同情心的力量,以及借助修正想象的色泽引发新奇的兴趣的力量"。①

---

① Henry Marvin Belden, "Coleridge's Poems: 'The Ancient Mariner'," *The Ancient Mariner and Select Poems by Samuel Taylor Coleridge*, New York: Charles Scribner's Sons, 1908, pp. xxx-xlv.

# 第十二章　沉重的雕像与轻灵的十四行

英国浪漫主义的第二代诗人拜伦、雪莱和济慈继承了第一代的传统,阅读并吸收了华兹华斯、柯勒律治诗歌和理论中提出的一些观念,并赋予其新的形式,创造了新的浪漫主义神话。与其前辈不同的是,这些年轻的诗人都在不同程度上经历了自我放逐或流放,他们的特立独行既给自己的诗篇打上了独特的印记,也给19世纪初的英国旅行文学带来了新的面貌。

与柯勒律治等其他英国浪漫派诗人一样,雪莱也喜爱长途旅行,并深深地着迷于各种各样的旅行文学和游记作品。他的诗歌作品是他的这种喜好的记录和见证。本杰明·考伯特认为,"雪莱的生平和创作突出地反映了后拿破仑时代大陆旅行、现代旅行与大众文化之间的张力"①。雪莱的父亲是一位富有的、亲身参加过大陆旅行的苏塞克斯(Sussex)绅士,他给雪莱提供了从牛津大学被开除后去希腊旅行的机会。但是雪莱只广泛地游历了英国、特别是威尔士,与一些徒步旅行者结下了终身友谊,包括托马斯·霍格(Thomas F. Hogg)、托马斯·皮科克(Thomas Love Peacock)和华尔特·库尔森(Walter Coulson)。雪莱、玛丽·雪莱,与克莱尔·克莱尔蒙特也是在拿破仑第一次下野与他从厄巴岛返回期间游历欧洲大陆的第一批旅行者。他们年轻、贫困、反宗教,被摆脱专制的自由前景所推动,回应了喀宁汉对大众旅游的负面描写。雪莱一行两次返回大陆,紧紧追随着尔后的大众旅游热潮,于1816年访问了瑞士,之后又穿越阿尔卑斯山,于1818年到意大利。这样,在十年多一点的时间内,雪莱已经漫游了英格兰、苏格兰、威尔士、爱尔兰、法国、瑞士和德国。他的旅行散文包括旅行日记(1817)、与人

---

① Benjamin Colbert, *Shelley's Eye: Travel Writing and Aesthetic Vision*, London: Ashgate Publishing Limited. 2005, p. 5.

## 第十二章 沉重的雕像与轻灵的十四行

合作的《六周旅行记》(1817)、断片"关于罗马和佛罗伦萨雕塑的笔记"(1819),以及一批漂亮的很少被人引用的旅行信件(1816,1818—1822,特别是 1818—1819)。他的诗歌突出了旅行的主人公,他的主角们完全被外国的环境和风光吸引住了。①

在雪莱创作的众多的十四行诗中,《奥西曼底亚斯》(*Ozymandias*)被认为是"英语文学中最伟大和最著名的诗篇之一"②,同时也是最为中国读者所熟知的英语诗歌之一。不同的翻译家对该诗的翻译有所差异,但对它的评论几乎是众口一辞:其一,诗中写到的雕像"奥西曼底亚斯"的真正主人,指的是生活于公元前 1279—1212 年的埃及法老拉姆斯西斯二世(Ramesis II);其二,该诗反映了诗人对专制暴君的抨击,表现了"时间改变一切"的主题③。但是,近年来,随着考古学的进展和文化批评理论的兴起,批评家们对上述说法提出了质疑,认为雪莱的这首诗并不是根据其对雕像的观察写成的,而是在阅读相关的旅行文献的基础上,加上天才的想象力构思出来的。于是,对该诗的批评和研究就从单纯的文本层面契入了文化语境,涉及想象的诗歌与写实的旅行记、文学创作与文物考证、美学理念与帝国政治之间复杂的互动性。因此,就有必要对该诗来一番"语境还原"(contextual restoration)。

### 一、语境还原与文本相遇

在展开文本解析之前,先让我们重读一下这首十四行诗。

**奥西曼底亚斯**

我遇见一位来自古国的旅人,
他说:"沙漠中踞立两段石雕巨腿
脱离了躯干。近旁的沙砾中

---

① Benjamin Colbert, *Shelley's Eye: Travel Writing and Aesthetic Vision*, London: Ashgate Publishing Limited. 2005, p. 5.
② John Rodenbeck, "Travelers from an Antique Land: Shelley's Inspiration for *Ozymandias*," *Journal of Comparative Poetics*, 24 (Annual 2004): p. 121.
③ 飞白编:《诗海》(传统卷),桂林:漓江出版社 1989 年版,第 384 页。

半埋一个残破石像的脸,它皱眉,
瘪嘴,露出冷笑,令人可畏,
足见雕匠对此类感情早已熟稔,
让它超越了雕匠的手和主人的心
在无生命之物上刻下其印记,
底座上隐约可见这样的铭文:
'朕乃奥西曼底亚斯,万王之王,
面对朕的功业,盖世英杰也绝望!'
此外一无所有。唯见庞大的残躯
四周,辽阔无际,赤裸平坦,
茫茫黄沙向着远方不断延展。"①

这首诗虽然篇幅不长,但其抒情—叙事方式有点特别,可谓"一波三折"。全诗除第一句外,全由引文构成,而且是引文中再加引文。诗人首先引述了一位来自古国(antique land)的游客对沙漠中残存雕像的描述,之后在这段描述中又引用了雕像主人要求工匠刻下的铭文,最后又引述了叙述者—游客对巨像周围环境的描写。诗歌到此戛然而止,令人回味不已。

从修辞策略来看,在这首十四行诗中,诗人有意让自己的诗性人格(poetic persona)隐藏在"他者"(旅人)背后,让主体性话语淹没在"他者"的引语中,由于这个"他者"的存在,诗人与其描述对象(奥西曼底亚斯)的距离被拉远了,情感被"间离"了。诗不再是放纵情感,而是收敛情感,不再是直抒胸臆,而是借助客观"关连物"(旅人及其话语)来抒情叙事,于是,全诗最终获得了某种反讽效果。

与雪莱创作的其他抒情诗相比,这首十四行诗的风格似乎与一个浪漫主义诗人的身份很不相称。我们不禁要问,为何在其他诗篇中,诗人可以直抒胸臆,任凭自己主体人格和狂放的想象力驰骋于星空与大洋间,写西风,写落叶,写印度小夜曲,而在涉及古埃及遗物时却变得那么谨小慎微了呢?

---

① 本文引诗为笔者自译。

## 第十二章　沉重的雕像与轻灵的十四行

或许可以这样解释,由于雪莱没有到过埃及,所以他只能采用客观、间接的手法描述他从未见过的埃及古迹。但这种解释似是而非。因为,并没有人会要求诗人当一个考古学家呀,诗人为何要给自己戴上"他者"的面具呢?

据柯尔文·埃弗瑞斯特(Kelvin Everest)的考证,其实在该诗原稿中,雪莱起初并没有写到"一位旅人",旅人形象是在修改时才被引入的。① 为什么要引入这位旅人呢,按尼格尔·利斯克(Nigel Leask)的解释,诗人是为了强调他与之相遇的这位到过埃及的游客是现代人,而不是如狄奥多罗斯(Diodorus Siculus)或斯特拉波(Strabo)之类的古代旅行家。② 这种解释强调了诗人对现实的关注,但还是无法圆满回答前面提出的问题。这就需要我们稍稍离开一下诗歌文本,考察一下诗人创作时的具体语境。

如所周知,雪莱的这首诗不是单独创作的,而是与一位诗友同时创作的同题诗,此人名叫贺拉斯·史密斯(Horace Smith,1779—1849),是一位金融家和业余诗人,很受雪莱看重。两人于1817年12月27日在聊天时谈到了埃及古物(Egyptian antiquity)以及古希腊旅行家狄奥多罗斯等浪漫主义时代的热门话题,之后,两人决定就以狄奥多罗斯笔下的"万王之王,奥西曼底亚斯"为主题各写一首十四诗。雪莱的诗作《奥西曼底亚斯》就是在这样一种轻松的背景下写成的。

《奥西曼底亚斯》写完后大约两个星期,雪莱的朋友亨特即于1818年1月11日将它发表于他自己主持的《观察家》(*The Examiner*, No. 524)杂志上。亨特的做法极端聪明,因为差不多与此同时,伦敦《评论季刊》(*the Quarterly Review*)预告,"迄今发现的最出色的古埃及雕像"③,经长途跋涉后即将抵达伦敦大英博物馆,从而给当时沉迷于"东

---

① See Nigel Leask, *Curiosity and the Aesthetics of Travel Writing, 1770-1840: From An Antique Land*, Oxford and New York: Oxford University Press, 2002, p. 113.

② Nigel Leask., *Curiosity and the Aesthetics of Travel Writing, 1770-1840: From An Antique Land*, Oxford and New York: Oxford University Press, 2002, p. 113.

③ John Rodenbeck, "Travelers from an Antique Land: Shelley's Inspiration for *Ozymandias*," *Journal of Comparative Poetics*, 24 (Annual 2004): p. 122.

方主义"和"恋古主义"的英国公众带来了兴奋的期待。

　　由于亨特的巧妙操作,批评家们就在这两件本不相干的事情(一首十四行诗的诞生和一个雕像的抵达)中建立起因果关系,认为雪莱的创作灵感来自于雕像,这种观点甚至一直持续到今天,几乎已经成为一种学术常识。理查德·霍尔姆(Richard Holmes)似是而非地推断,雪莱是在去大英博物馆看了雕像之后得到灵感,才构思他的这首十四诗的,诗中的主角奥西曼底亚斯无疑就是刚刚入住大英博物馆的那座花岗岩雕像。① 但是众多证据表明,诗人从来就没有见过这座被认为赋予了其灵感的埃及雕像。因为,直到雪莱开始创作该诗的1817年12月,雕像还安静地躺在一艘停泊在马耳他港口的皇家海军的军需船上,等待入境检疫;而在雪莱发表该诗的至少两个月后,即1818年3月,运送雕像的船只才进入英国港口;雕像运抵伦敦后又在仓库中滞留了几个月,因为大英博物馆直到1818年5月9日尚未通知其下属的委员会决定如何公开展出,而这时雪莱与其夫人和妻妹克莱尔早已到了意大利,正奔波于各个城市间,寻找一处优雅的永久性住处呢。②

　　不仅如此,那种认为雪莱是从雕像得到创作灵感的假设还存在更大的问题:雪莱笔下的奥西曼底亚斯露出一丝"令人可畏的冷笑"(sneer of cold command),而全权策划并负责雕像运送工程的意大利考古学家贝尔佐尼(Giovanni Belzoni)则描述说,当他要运送雕像出发时,"雕像对我露出了微笑,仿佛它很乐意被带到英国去"。③ 而当年去大英博物馆看过雕像的人们(最有名的是批评家德·昆西)对其表情的描述也是"微笑"(smile)④。因此,尼格尔·利斯克认为,大英博物馆中的那个雕像的原型,并不是其希腊名为"奥西曼底亚斯"的埃及法老拉姆西斯二世,而是更古老得多的埃及神话中的"年轻的曼农"(Young

---

① John Rodenbeck, "Travelers from an Antique Land: Shelley's Inspiration for *Ozymandias*," *Journal of Comparative Poetics*, 24 (Annual 2004): p. 122.

② Ibid., p. 123.

③ Nigel Leask, *Curiosity and the Aesthetics of Travel Writing, 1770-1840: From An Antique Land*, Oxford and New York: Oxford University Press, 2002, p. 104.

④ Ibid.

## 第十二章 沉重的雕像与轻灵的十四行

Memnon)①,即传说中当太阳光线照射到它身上时会发出音乐的那个雕像。而从雪莱诗作的标题以及引述的雕像基座上的铭言来看,雕像的主人公无疑是"奥西曼底亚斯",而不是"年轻的曼农"。简而言之,雪莱既没有观赏过大英博物馆中的"年轻的曼农",也无从得见远在埃及荒漠中的奥西曼底亚斯。那么,他是从何处得到创作《奥西曼底亚斯》的灵感的呢?

据尼格尔·利斯克的看法,雪莱十四行诗中对奥西曼底亚斯的描述,的确如该诗第一句所言,是得自一位"来自古国的旅人",此人名叫康斯坦丁·沃尔内(Constantin Volney),是一位法国东方学者、哲学家和历史学家,他到过埃及,并写下了他的游记:《废墟:对各大帝国革命的考察》(Les Ruines, ou méditations sur les révolutions des empires)。此书法文版于1791年出版,次年又出了英文版,更名为《帝国废墟》,一时风行欧洲。书中记录了作者在埃及和叙利亚旅行时的震惊:"触目所见,皆是盗窃、破坏、专制和悲惨,我的心被痛苦和愤慨压倒了……我经常见到古老的遗迹;倾圮的神庙、宫殿、城堡;廊柱、水道、坟墓。"接着沃尔内从18世纪的废墟隐喻转到更坚定的理性必胜的信念:"既然社会的罪恶来自无知和无节制的欲望,人类一旦变得理性和聪明,就不会再蒙受苦难了。"②

利斯克认为,沃尔内对埃及古物的解读预示了雪莱《奥西曼底亚斯》一诗中的政治批评,理性主义者沃尔内(而不是雪莱想象的"雕刻家")以社会进步的名义,揭开了埃及"古老政体"的专制暴行。③ 另一位当代学者约翰·罗登贝克(John Rodenbeck)也持相同观点,认为雪莱在写作《奥西曼底亚斯》之前早已读过沃尔内的《帝国废墟》一书,并将其思想融合进自己的智力中,这在诗人写于1815年的长诗《阿拉斯

---

① Nigel Leask, *Curiosity and the Aesthetics of Travel Writing, 1770-1840: From An Antique Land*, Oxford and New York: Oxford University Press, 2002, p.111.

② John Rodenbeck. "Travelers from an Antique Land: Shelley's Inspiration for *Ozymandias*," *Journal of Comparative Poetics*, 24 (Annual 2004): p.125.

③ Nigel Leask, *Curiosity and the Aesthetics of Travel Writing, 1770-1840: From An Antique Land*, Oxford and New York: Oxford University Press, 2002, p.112.

特》(*Alastor*)中有所表现。① 这样看来,沃尔内似乎就成了雪莱诗中的那位"来自古国的旅人"的当然"候选人"。

上述两位学者的说法为解开奥西曼底亚斯之谜开辟了新的视角,令人耳目一新。但对文学(诗歌)作品作如此详细的考证意义何在?这种考证如果不与某种对当时的人们来说更深刻更重要的问题联系起来,又有何意义?

在今天看来,一位英国诗人引用同时代一位法国学者的著作并不希奇,但在雪莱写诗的那个年代,却是一个关乎民族主义感情的大问题。19世纪初叶,英法作为欧洲率先进入现代化的两大强国,正在争夺欧洲和世界的霸权,对东方古国(主要是埃及和印度)的殖民地的争夺也在如火如荼地进行中,并开始从军事、经济和社会层面深入到文化领域。因此,雪莱虽然在政治思想上是一个共和主义者,服膺法国大革命提出的"自由、平等、博爱"的理想,但当问题涉及民族情感(类似当今西方社会的"政治正确性")时,诗人的爱国主义情怀与普世的共和主义理想之间就产生了难以调和的矛盾,于是,雪莱不得不把一个有名有姓的法国旅行家改写为一个泛指的"来自古国的旅人"(a traveler from antique land),似乎在有意向读者强调,诗人与这位旅人并不相识,他们是在不经意间相遇的。但事实上,如前所述,这并不是实际的相遇,只不过是一种"文本的相遇"(textual encounter)。

## 二、美学理念与帝国利益

上文实际上已经涉及了诗歌与政治的关系,这里我们再进一步,把视野延伸到美学领域。如所周知,雪莱是一位新柏拉图主义者,他服膺的美学理想是希腊式的优雅,而不是埃及式的崇高。雪莱本人虽然酷爱旅游,但他的足迹所到之处除了英伦三岛外,基本上限于欧洲大陆,从来没有去过埃及和其他东方国家。雪莱夫人在1817年的日记中告

---

① John Rodenbeck, "Travelers from an Antique Land: Shelley's Inspiration for *Ozymandias*," *Journal of Comparative Poetics*, 24 (Annual 2004): p.125.

## 第十二章 沉重的雕像与轻灵的十四行

诉我们,雪莱在这一年中读的主要是古希腊作家作品,包括《伊利亚特》、埃斯库罗斯、索福克勒斯、荷马式的赞歌、柏拉图等。[①]

那么,诗人为何要在这首十四行诗(及其他一些作品)中引述他并不熟悉且并不喜欢的埃及艺术呢?这就把问题引向了另一个方面,即当时整个欧洲,尤其是英法两国对埃及艺术的普遍态度。

尽管康德等人一再声称审美判断力的非功利性,但在19世纪这个"帝国主义的年代"(Imperialist Age)里,美学和政治之间一直有着微妙的共谋关系,帝国之间的利益竞争往往也反映在美学理念的差异上。首先说英国,按照利斯克的说法,尽管埃及艺术和雕刻的美学价值被认为要低于希腊,但摄政时期的英国,已经表露了对埃及美学的尊敬。这一方面是由于18世纪的旅行家如波可斯(Pococks)、诺登(Norden)和布鲁斯(Bruce)等人对埃及的探索激发了公众的兴趣,但另一方面新的刺激是由于法国1798—1801年对埃及的入侵受挫,加剧了拿破仑的法国和英国在对埃及及其古物进行殖民掠夺方面的竞争[②]。

与英国相比,法国对埃及艺术的态度更多了几分帝国的"霸气"。我们知道,自17世纪以来,法国上流社会一直崇尚的是希腊罗马的古典艺术,但到了拿破仑执政时期,这种强调和谐、平衡、对称的古典主义美学理想逐渐被一种更具帝国霸权和浪漫色彩的"恋古主义"和"东方主义"所取代,对埃及、印度等文明古国实行殖民征服和文化掠夺成了帝国事业的重要议程之一。按照利斯克的说法,法国旅行家对埃及实施的殖民工程主要表现于两个方面:一是自封为拯救者,将现代埃及人从马穆鲁克[③]的专制下拯救出来;二是自封为古埃及遗迹和法律的继承者。拿破仑在1798年远征埃及时,模仿亚历山大大帝的作法,随军带去150名专家学者,组成一个"开罗研究所"(Institute de Caire),试图在军事征服的同时,对埃及的社会、经济和文化展开全方位的调查研

---

① John Rodenbeck,"Travelers from an Antique Land: Shelley's Inspiration for *Ozymandias*," *Journal of Comparative Poetics*, 24 (Annual 2004): p.124.

② Nigel Leask, *Curiosity and the Aesthetics of Travel Writing, 1770-1840: From An Antique Land*, Oxford and New York: Oxford University Press, 2002, p.107.

③ 马穆鲁克(Mameluke),中世纪埃及的一个军事统治阶层的成员。

究。从美学上考虑,使古老的埃及"与时俱进"(temporalization)有助于对抗希腊—罗马的美学理想的霸权地位。这种"埃及美学"(Egyptian aesthetics)反映了新生的法国试图将不朽性和理性合为一体的梦想。然而这个梦想在埃及人民的奋勇抵抗和大英帝国与奥斯曼帝国海军的联手进攻下化为泡影,1801年,法军被迫撤离埃及。

就在同一年,第一位跟随法国军队远征埃及的旅行家维凡·德农(Vivant Denon)出版了他撰写的游记《上下埃及游记:在波拿巴将军作战期间》(*Voyage dans la basse et la haute Egypt, pendant les campagns du general Bonaparte*)。在这部游记(及他的其他著作)中,维凡·德农详细记述了他在埃及底比斯城的观感。

> 突然,整支军队步调一致,站在散落的废墟遗址前,全都惊呆了,然后高兴地鼓起掌来,似乎通过占有这古老都市的辉煌遗存,他们英勇奋战的目的和对象,对埃及的完全征服就此实现了……①

这里明显可以看出,法国对埃及的征服,不光是地理上和军事上的,更是文化上和美学上的。按照帝国主义的文化逻辑,只有将代表某种文化的象征性文物据为己有,才算是完成了对一个民族的完全征服。于是,将象征古埃及文明的狮身人面像运回巴黎,就成了拿破仑征服埃及的题中应有之义。

据考证,底比斯城共有三个狮身人面像,奥西曼底亚斯位居中间,是最庞大的一个,左右分别是他的母亲和儿子(Tommy and Dummy)。德农在《游记》中曾对它作过如下一番描述:

> 在这个平原上,我们的注意力被两座巨大的座像所吸引,这两座巨像之间,正如希罗多德和斯特拉波及其他人所描述的,矗立着著名的奥西曼底亚斯,它是所有雕像最庞大的。……奥斯曼底亚斯为这个大胆构想的实施而无比自豪,他让人在雕像的底座上刻

---

① Nigel Leask, *Curiosity and the Aesthetics of Travel Writing, 1770-1840: From An Antique Land*, Oxford and New York: Oxford University Press, 2002, p. 118.

## 第十二章 沉重的雕像与轻灵的十四行

上一行铭文,在这个铭文中他藐视了摧毁这座雕像和他的陵墓的人类力量,如今这种华而不实的描写已化为一种荒诞的梦想。其他两座雕像依然矗立着,无疑是这位国王的母亲和儿子,如同希罗多德提到的;而国王本人的雕像则已荡然无存,时间之手和妒忌之齿似乎已经毁灭了它,除了形体不辨的花岗岩之外一无所有。(all that remains is a shapeless lump of granite)①

利斯克认为,上面这段文字似乎为雪莱的《奥西曼底亚斯》提供了出处,文章中最后一句(中译文用斜体字表示——引者),与雪莱十四行诗中的第 12 行"此外一无所有"(Nothing beside remains)形成了一种词语上的应和。不仅如此,在同一游记中,德农还描述了他开始描画这些庞大的石像(包括那个形体不辨的花岗岩,它是奥斯曼底亚斯唯一的留存)时的情景和感想:"……忽然我发现只有一个人面对这些巨大的遗物。我震惊自己处在这种一无遮拦的状态,赶紧离开去与我的团队会合。"② 这里,他的孤独感和脆弱感也在雪莱十四行诗中的最后两行中得到了回应,当"旅人"面对矗立在茫茫沙漠中残破的雕像时,"但见庞大的残躯/四周,辽阔无际,赤裸平坦,/茫茫黄沙向着远方不断延展"。

从德农的上述描写中可以看出,奥西曼底亚斯虽然存在,处在其他两个雕像之间,但已被岁月侵蚀得不成样子。法国人看中的是另一个保存较为完好的狮身人面像,即"年轻的曼农"。但不知由于什么原因,拿破仑手下的古物专家、工程师和士兵费尽心机(包括用炸药在这个重达 7 吨的雕像右胸炸开一个洞)试图将它拉回巴黎,但直至法军撤离埃及还是没有成功。之后,在两位亲英的欧洲文物专家,意大利人贝尔佐尼和瑞士人布克哈特(Burckhard)的策划和努力下,"年轻的曼农"终于脱离其原生的环境,进入大英博物馆,成为大英帝国在殖民美学上战胜法兰西第一帝国的一种象征。

---

① Nigel Leask, *Curiosity and the Aesthetics of Travel Writing, 1770-1840: From An Antique Land*, Oxford and New York: Oxford University Press, 2002, p.123.
② Ibid.

## 三、脱语境化与再语境化

如此看来，雪莱诗中写到的"来自古国的旅人"不是一位（沃尔内），而应该是多位（至少得包括古希腊的狄奥多罗斯、法国的德农，或许还得加上贝尔佐尼和布克哈特这两位考古学家）；至于雪莱笔下的奥西曼底亚斯，则应该是那个至今仍旧踞立在荒漠之中、残破不全、面目不清的狮身人面像，而不是已进入大英博物馆的"年轻的曼农"。不过，从利斯克的描述来看，两位法国旅行家笔下的奥西曼底亚斯与雪莱诗中的同名雕像，虽然名称一致，其差异却是明显的；前者在"时间之手和妒忌之齿"的噬咬下早已变得面目不清，而后者的面貌则完整可辨，且仍保留着一丝"令人可畏的冷笑"，而正是这一丝不起眼的冷笑体现了诗人天才的想象力对写实的旅行记的超越，同时也引出了一个重要的理论问题，即艺术品的"脱语境化"和"再语境化"。

所谓"脱语境化"（decontextualization）是指古老的艺术品被剥离其原生的语境（洞窟、沙漠、庙宇等），而"再语境化"（recontexualization）则是指该艺术品被重新置于新的语境（如博物馆、展览馆等）中，成为可以被现代人占有、凝视、命名和表述的对象。在此过程中，古物经历了两个重要的转变，先是非神圣化和被抽空意义，然后是意义的"重建"。这整个过程，与现代性先对主体实行"脱域"，进而使之"重新嵌入"的进程是互相呼应、互相关联的。它既是近代西方对待古代的东方艺术的普遍态度，也是现代化进程最显著的特征之一。

如前所述，拿破仑对"年轻的曼农"实行"脱语境化"的尝试以失败而告终，而英国人则在成功地对其实施"脱语境化"后，又成功地实施了"再语境化"，使其成为大英博物馆埃及馆中的镇馆之宝。尽管如此，当"年轻的曼农"脱离了底比斯城这个原生环境之后，就失去了本雅明所说的"灵氛"（aura），丧失了艺术品与观赏者凝视的目光进行对话的"回眸能力"。与此相反，雪莱的十四行诗则利用了法国东方学者和旅行家的旅行文本，对雕像实行了反向的"再语境化"，把它从大英博物馆重新转移到埃及的茫茫荒漠中，强调了专制帝国对永恒性追求

## 第十二章　沉重的雕像与轻灵的十四行

的虚无和荒诞。从诗中的描述来看,雪莱笔下的雕像同时兼具了"年轻的曼农"和奥西曼底亚斯的特征,诗人将前者的微笑给予了后者,又将后者的威严给予了前者,既使"年轻的曼农"的微笑变成了"威严的冷笑",又使残破不堪、面目不清的奥西曼底亚斯具有了丰富的表情(皱眉、瘪嘴、冷笑等)。经过这样一番诗学—美学上的转换,一个处在写实与虚构、坚硬的花岗岩与轻灵的十四行诗、封闭的博物馆与空旷的沙漠之间的东方暴君形象就被塑造出来了。

不仅如此,通过这个形象,雪莱还对拿破仑的"殖民事业"以及法国旅行家对埃及的殖民表述作了微妙的反讽。这就涉及德农主编的另一部与埃及相关的著作《埃及记述》(*Description de l'Egypte*, 1809—1822)了。全书煌煌22卷,用大对开本印制,包括885幅图版、一张3连页的地图,以及47幅埃及地形图,堪称纪念碑式的巨著。按照利斯克的观点,此书的出版,是对法国征服埃及的命运的一种反思和预示——德农在标题上特意标明它是献给拿破仑的。在雪莱看来,这个举动就像奥西曼底亚斯命令雕匠在基座上刻上"华而不实的铭文"一样可笑,因为它表明法国对埃及的殖民事业本身已经成为一个"荒诞的梦想"。就像征服一切的拉姆斯二世的巨像一样,拿破仑对埃及的强权已经在"时间之手和妒忌之齿"的咬噬下消失殆尽,唯一留存的只有一部御用旅行家撰写的纪念碑式的巨著,作为对失去的法国殖民地的补偿。① 这里,对古代东方专制暴君的批判转化为对现代西方专制暴君的反讽,民族主义情感和共和主义理想又一次得到了微妙的平衡。

通过上述这番"语境还原",再回过头来看《奥西曼底亚斯》,诗人采用以引述为主的修辞策略,其意图就不难理解了。显然,雪莱在此用的是"以子之矛攻子之盾"的手法,即用一位法国旅行家对东方专制社会的批判来隐射另一位法国旅行家对西方专制独裁者的颂扬;以一度庄严可畏而今残破不堪的奥西曼底亚斯雕像来影射拿破仑本人及其手下文人撰写的"巨著"的命运。如此,天才的想象力借助写实的游记飞

---

① Nigel Leask, *Curiosity and the Aesthetics of Travel Writing, 1770-1840—From An Antique Land*, Oxford and New York: Oxford University Press, 2002, p. 123.

越了时空的限制,民族主义情感在"他者"的面具下得到了释放,共和主义理想在对东西方两位暴君的批评中得到了颂扬。一首小小的十四行诗承载起一种流行的文化恋古癖、两座沉重的花岗岩雕像、三部写实的游记、两个帝国的命运和两种不同的美学理念,重申并实践了雪莱在《诗辩》中提出的著名论断:"诗人是未经公认的世界立法者。"①

---

① 盖纳·韦勒克:《近代文学批评史》第二卷,杨自伍译,上海:上海译文出版社1997年版,第154页。

# 第十三章　诗性的游记与诗人的成长

现在,让我们转到一位更具典型意义的浪漫主义诗人—旅行家,乔治·戈登·拜伦。如所周知,这位激进的流亡诗人短暂的一生基本上是由两次东方之旅构成的。斯达尔夫人有言:"抓住东方,这是作诗的唯一正确道路。"①这句话简直可以作为拜伦一生创作的缩影。东方既为他提供了逃离闭塞的岛国的广阔空间,也成了他最终成就其事业的福地。正是因为1809—1811年的南欧和近东之旅,才有了1812年《恰罗德·哈洛尔德游记》(以下简称《游记》)前两章的出版,使得他"一夜醒来,发现自己已经成名了"。② 接着,在1813—1815年间,拜伦又写出了一组"东方叙事诗",使自己作为一位旅行诗人的名声达到了顶点。之后,便是从荣誉的顶峰急剧下降:结婚和婚变,谣诼和流言。1816年4月25日,拜伦在多佛海滩乘船下海,踏上了永久性的流亡之途,最终将自己的生命献给了意大利和希腊的民族解放事业;与此同时,他也为自己早年创作的《游记》续写了更为成熟的篇章。

在《游记》第四章出版前夕,拜伦在致他称之为"久经考验而从不抛弃他的朋友"约翰·霍布奇斯先生的信中说:"……这部诗是我所有作品中篇幅最长、包含的思想最多和内容最广泛的一部。"③迈克·盖恩教授(Professor McGann)认为,在某种意义上,《游记》"是拜伦最重要的作品:没有别的诗歌包含了那么多的关于他自己和他的思想的信息,甚至《堂璜》也没有"。④ 那么,旅行—写作究竟是如何塑造拜伦的

---

① 叶利斯特拉托娃:《拜伦传》,周其勋译,上海:上海译文出版社1985年版,第91页。
② 鹤见祐辅:《拜伦传》,陈秋帆译,长沙:湖南人民出版社1981年版,第78页。
③ 乔治·戈登·拜伦:《恰尔德·哈洛尔德游记》,杨熙龄译,上海:上海译文出版社1990年版,第194页。
④ Paul G. Trueblood, Byron in Italy: Childe Harold IV, Twayne's English Authors Series 78, 1977,〈http://go.galegroup.com/ps/i.do? &id = GALE% 7CH1472000322&v = 2.1&u = jiang&it = r&p = LitRC&sw = w〉2010-10-22.

人格,使其从一个感伤、忧郁、自怨自艾的英国贵族青年成长为一个具有全球视野和政治意识的诗人—行动者的?

按照特鲁波拉特(Paul G. Trueblood)的说法,拜伦的全部创造性的生活就是一次追寻自我实现的朝圣之旅。他的艺术发展不仅记录了变动不居的影响力和对诗歌形式实验的追寻;而且还记录了一个人格的发展。从某种意义上说,他的发展就是一个对潜伏于内心中的自我的发现,这是一种自我创造:"他首先创造了他自己。"("He had first of all to creat himself.")①但这个创造过程绝不是一个诗意的冥想或沉思的过程,而是通过旅行—写作这种独特的身体—话语实践,在空间的展开和时间的绵延中不断行动和怀疑,在自我发现和自我建构中不断挣扎、分裂和自我修复的过程。

## 一、分裂的自我:诗人与朝圣者

苏珊·桑塔格在论及本雅明的一篇论文中,曾将这位德国思想家视作一位具有土星气质的现代文化英雄。在她看来,"土星气质的标志是与自身之间存在的有自我意识的、不宽容的关系,自我是需要重视的。自我是文本——它需要译解。(所以,对于知识分子来讲,土星气质是一种合适的气质。)自我又是一个工程,需要建设。(所以,土星气质又是适合艺术家和殉难者的气质……)"②虽然我们不知道拜伦是否也像本雅明那样,生活"在土星的光环下",但从精神气质上看,这位浪漫派诗人显然兼具了"艺术家和殉难者的气质",一直在努力通过自我放逐式的旅行—写作活动,不断地观照自我,译解自我,建构或重构自我。但这个以自我为中心建构的文本又不同于自传。因为"自传必

---

① Paul G. Trueblood, Byron in Italy: Childe Harold IV, Twayne's English Authors Series 78, 1977,〈http://go.galegroup.com/ps/i.do? &id = GALE%7CH1472000322&v = 2.1&u = jiang&it = r&p = LitRC&sw = w〉2010-10-22.

② 苏珊·桑塔格:《在土星的标志下》,姚君伟译,上海:上海译文出版社 2006 年版,第 117 页。

## 第十三章 诗性的游记与诗人的成长

须考虑时间,考虑前后连贯,考虑构成生命之流的连续性因素"①,而身兼旅人—诗人于一体的拜伦面对的主要是空间的转换,是一个个片断和非连续性场景。借助诗性的游记这种独特的形式,他成功地将连续性的时间意识和片断性的空间感知融为一体,把早年的东方想象变成了实实在在的身体—话语实践,将一次贵族式的大陆旅游(Grand Tour)变成了一次真正意义上的自我追寻和精神朝圣(Pilgrimage)之旅。②

如所周知,《游记》从叙事形式上看有两个中心人物,一个是以第三人称出面的旅行者—朝圣者哈洛尔德,另一个是以第一人称出面抒情—叙事的诗人本身,但实际上,《游记》原先的标题为"Childe Biroun' Pilgrimage",Biroun 即 Byron 姓氏的古代拼法,可见,在拜伦最初的构思中,旅行者—朝圣者与他本人完全是合一的,只是在正式发表时才分裂为两个具有不同身份和功能的角色。尽管如此,正如许多学者指出的,这两个人物都是拜伦自我形象的投射和放大。前者勾画出"拜伦经常发作的情感,忧郁、沮丧、厌倦、孤独和幻灭感";后者则反映了"更有特点和更有吸引力的人格。所有拜伦的密友都知道他性格中这些矛盾的方面"。③ 问题在于,拜伦为何要选择这种自我分裂式的抒情—叙事策略,既然他那么热衷于追寻自我,表现自我,为何不直接了当地以第一人物出面,而非要让哈洛尔德这样"一个虚构人物"④横亘在他本人和他所描述的景观之间,既给自己造成了不必要的麻烦,也给一般的读者留下猜测和误读的空间?

安德鲁·卢瑟福(Andrew Rutherford)在他的富于洞察力和持久影

---

① 苏珊·桑塔格:《在土星的标志下》,姚君伟译,上海:上海译文出版社 2006 年版,第 115 页。

② 《恰罗德·哈洛尔德游记》按其英文原名( Childe Harold's Pilgrimage )也可译为《恰罗德·哈洛尔德朝圣记》,关于译名问题,可参见中译者杨熙龄在译本后记(第 320—321 页)中所作的说明。

③ Paul G. Trueblood, Chapter 4: 1812-1815 Childe Harold I-II and Sudden Fame, *Twayne's English Authors Series*, 78, 1977, 〈 http://go. galegroup. com/ps/i. do? &id = GALE% 7CH1472000322&v = 2.1&u = jiang&it = r&p = LitRC&sw = w〉2010-10-22.

④ 乔治·戈登·拜伦:《恰尔德·哈洛尔德游记》,杨熙龄译,上海:上海译文出版社 1990 年版,第 1 页。

响的论文中分析了拜伦的作品,确认了自始至终贯穿于拜伦诗歌中的上述重要的二分法(dichotomy)的存在。他告诉我们,拜伦很早就力图在两个分离的实体,即虚构的主角和叙述者之间建立起一种戏剧性的张力,以便完整地表现自己复杂的性格,但没有成功,因为当时他还没有意识到这两个人物潜在的重要性。他无法"在两者之间建立起任何有意义的联系。因此,他们虽然并存着,互相之间却并不发生作用。其中的一个并不对另一个进行观察和评论"。[1] 随着旅行空间的持续展开,两个分离的主体逐渐走向融合,到第三、四章时,新的主人公不再是一个忧郁的流浪者,或被放逐的英雄,而成为一个"饱受冤屈和痛苦的浪漫主义天才"。[2]

这个观点虽然在一定程度上解释了《游记》中出现双重主人公的原因,但由于脱离了诗性的游记这种独特的文体形式来讨论,因而还浮于表面。笔者认为,《游记》主体的自我分裂,主要是诗歌和游记这两种不同文(诗)体各自的要求所造成的,但其背后也折射出了现代性自我表征的深刻危机。拜伦所处的19世纪初正是各种写实的游记(包括大陆旅行、东方朝圣和殖民地游记)极度繁荣的年代,又是充满浪漫情怀的个人抒情诗方兴未艾的时代。游记类文体要求作者客观描述所游历之地的风土人情和异国情调,将自我深深地埋藏在文本中,而浪漫主义的个人抒情诗则主张诗人无限地张扬自我、放纵自我,将诗歌视为主体心灵的投射和镜像。作为一个刚刚遭受了《爱丁堡评论》讽刺性打击的年轻诗人,拜伦急欲找到合适的诗歌题材和形式,以证明自己的诗歌天才,反击不公正的评论对它的否定。正如约瑟夫(Joseph)指出的,拜伦内心中有两大冲动,"他需要想象性地再创造经验和讽刺性地对这些经验进行评论,这两个需要一直从不同的方向推动着他,直至这

---

[1] Paul G. Trueblood, "Chapter 4: 1812-1815 Childe Harold I-II and Sudden Fame," *Twayne's English Authors Series*, 78, 1977, 〈http://go.galegroup.com/ps/i.do? &id = GALE%7CH1472000322&v = 2.1&u = jiang&it = r&p = LitRC&sw = w〉2010-10-22.

[2] Ibid.

## 第十三章　诗性的游记与诗人的成长

两种力量在艺术性的调和中融为一体"。① 通过旅行—写作这种身体—话语实践,他终于发现,可以通过创造诗性的游记(poetic travelogue)这样一种独特的诗体(文类),将客观的叙事和主观的抒情融为一体,一面热情地张扬自我,感知自我,一面又冷静地观察自我,抒写自我;将日神精神和酒神精神融于一身,从而最大限度地凸现诗人的主体意识和独特个性。

从文体角度出发,重新审视拜伦本人在全诗开头和临近结束时对《游记》为何要设置双重主人公所作的说明,问题就看得更为清楚了。在第一章开头,诗人郑重声明哈洛尔德是"一个虚构人物",并对有人怀疑他写的是某个真人"干脆地加以否定"②。时隔八年后,拜伦在出版《游记》第四章之前致霍布豪斯的一封信中,再次谈到了朝圣—旅行者与抒情主人公的关系,强调指出"关于最后一章的处理,可以看出,在这里,关于那旅人,说得比以前任何一章都少,而说到的一点儿,如果说,跟那用自己的口吻说话的作者有多大区别的话,那区别也是极细微的。事实上,我早已不耐烦继续把那似乎谁也不会注意的区别保持下去……"③这两段自我表白明显自相矛盾,说明拜伦的诗歌风格和叙事形式在旅行—写作的过程已经发生某种偏移和变化,这种变化是连创作者本人也无法预料和控制的。另一方面,它也说明,在"流动的现代性"状况下(旅行—写作是其最典型的表征),传统意义上统一而不可分的完整自我已经不复存在。诗人必须通过自己的身体—话语实践,通过空间的转换不断重构自己的主体性。旅行中展现的世界是一个被摧毁了所有意义的空间。它既不能给人提供任何安慰,也不会承诺什么永恒的价值,唯一有价值的意义空间是主体通过自己的意识活动投射出来的镜像世界。诗人不停息地在他自己创造

---

① Paul G. Trueblood, "Chapter 7: 1816-1817 Byron in Italy: Childe Harold IV," *Twayne's English Authors Series* 78, 1977, 〈http://go.galegroup.com/ps/i.do?&id=GALE%7CH1472000322&v=2.1&u=jiang&it=r&p=LitRC&sw=w〉2010-10-22.

② 乔治·戈登·拜伦:《恰尔德·哈洛尔德游记》,杨熙龄译,上海:上海译文出版社 1990 年版,第 1 页。

③ 同上书,第 195 页。

的这个无限的内心世界里漫游,外部世界(无论是历史遗迹还是自然景观)无非给他提供了建构自我—文本的感觉材料。如《游记》第二章第28节所云:

> 上马,上马吧! 他要离去,永远离去,
> 虽然这恬静的所在也给了他安慰;
> 他又唤醒自己,摆脱那忧郁的情绪,
> 然而他已不会再去找女色和酒杯。
> 他骑马向前赶他的旅程,快得像飞,
> 虽然没有决定到哪儿终止他的行程;
> 除非跋涉的劳苦减少他旅行的趣味,
> 除非求获得智慧,或者胸怀得到宁静,
> 他还须不停地奔波,去浏览各式各样的风景。[1]

这里,我们看到了一种典型的自我分裂的现代性主体,一个浮士德般永不安分的灵魂。它无所事事、无所着落,没有根基,没有目标,永远在旅途中,永远在自虐式的自我放逐中。这就对应了桑塔格对浪漫主义自我下的定义。"浪漫主义者认为从根本上说自我就是一个旅行者——一个不断追寻、无家可归的自我,他归属于一个根本就不存在、或已经不复存在的地方;那是一个理想化的世界,与现实世界形成鲜明的反差。他们认为这种追寻是没有止境的,因此目的地是不确定的。旅行从此成为现代意识和现代世界观的先决条件——是对心中的渴望和绝望的宣泄。从这个意义上说,每个人都是潜在意义上的旅行者。"[2]而"在对旅行的感受中——异国他乡不是被说成世外桃源,就是说成蛮荒之国——希望与幻灭总是交替出现"。[3]

---

[1] 乔治·戈登·拜伦:《恰尔德·哈洛尔德游记》,杨熙龄译,上海:上海译文出版社1990年版,第20页。
[2] 苏珊·桑塔格:《重点所在》,陶洁、黄灿然译,上海:上海译文出版社2004年版,第329页。
[3] 同上。

## 二、身份的困境：帝国的臣民与独立的个体

1809年8月11日，拜伦在抵达直布罗陀不久，就兴奋地给母亲写了一封信，信中不无骄傲地提到"作为一个身穿英国制服的英国贵族，目前在西班牙是非常受人尊敬的人物"。① 因为当时西班牙是英国的盟国，双方正在协力抵抗拿破仑法国的扩张。在同一封信中，拜伦又戏谑地承诺，"我如果结婚，就要带一个苏丹妻子回来，以几座城市作为嫁妆，使您和一个土耳其人媳妇和睦相处，还有大量不比驼鸟蛋大或比胡桃小的珍珠。"②这番话既反映了诗人的民族主义情结，更折射出他的东方主义想象。像当时的大多数英国人一样，在拜伦心目中，踏上东方朝圣之旅意味着摆脱平庸、沉闷、闭塞的岛国，进入一个充满刺激和幻想的异域空间，尽情地浏览蛮荒的自然景观和圣地遗迹，搜寻黑发的东方美女和遍地的珍奇珠宝。

的确，从1809年夏到1811年夏，两年的东方之旅为拜伦这个来自英国的敏感的贵族公子提供了新的视野、兴趣和情感。按照特鲁波拉特的说法，黎凡特地区的陌生世界，尤其是阿尔巴尼亚的蛮荒景观，为他提供了他生命中最生动的经验。座落在Tepelene、犹如《一千零一夜》般富丽堂皇的阿里·帕夏的宫廷，连同对司各特的韵文罗曼司的生动回忆，成了推动《游记》创作的直接动力。③

值得注意的是，对于东方景观和风土人情，同一位作者在诗性的游记和写实的书信中的描述并不完全一致，有时甚至可以说是自相矛盾的。1809年11月12日，拜伦在抵达普雷维扎后不久即给母亲写了一封信，信中详细地描述了他与奥斯曼帝国总督阿里·帕夏会见的整个经过。

---

① 乔治·戈登·拜伦：《拜伦书信选》，王昕若译，天津：百花文艺出版社1992年版，第40页。
② 同上书，第44页。
③ Paul G. Trueblood, "Chapter 4: 1812-1815 Childe Harold I-II and Sudden Fame", *Twayne's English Authors Series* 78, 1977, 〈http://go.galegroup.com/ps/i.do? &id=GALE%7CH1472000322&v=2.1&u=jiang&it=r&p=LitRC&sw=w〉2010-10-22.

次日我被介绍给阿里·帕夏。我穿了一身正规军服,佩了一把非常漂亮的佩剑,诸如此类。——这位高官(the Vizier)在一间铺有大理石的大厅里接见了我。大厅中央有一个喷泉,四周簇拥着穿猩红色的土耳其人。他让我站着接待了我,这是一个穆斯林给予的很高的礼遇,然后他让我坐在他的右手边。——我自己有一个希腊语翻译,但这次会见是由阿里家的一位名叫弗莫拉里奥的懂拉丁语的医生担任翻译的。他问的第一个问题是,我为何这么年轻便离开了自己的祖国?(土耳其人不懂得旅游之乐)。……他说他可以肯定我出身高贵,因为我的耳朵小巧,头发卷曲,双手白皙,并表示对我的外貌和装束很满意。——他要我在土耳其期间视他为父,并说他也要视我如子。——他确实把我当孩子看待,一天给我送十几次杏仁、加糖的果汁饮料、水果和蜜饯。①

看来,拜伦和帕夏尽管有着年龄上的差异,但是共同的高贵出身将他们联系在了一起,因此,他们之间的会见是愉快的,拜伦的心情是得意的。在同一封信中他还提到,帕夏将自己的坐骑借给他用,还派了一名阿尔巴尼亚卫兵照料他的生活起居。在他离开阿尔巴尼亚到希腊去的时候,帕夏还专门为他配备了一个50人的护卫队,等等。

但是,对于一个如此热情友好、如父亲般地款待他的东方贵族统治者,拜伦却在《游记》第二章第62—63节中作出了完全不同的描述,使其完完全全成了一个"好战而凶狠"的东方暴君的典型:

> 在那大理石铺成的敞厅中心,
> 有一道活跃的泉水喷射水珠颗颗,
> 珠玑四射,散发的气息凉爽而清新,
> 软绵绵的长榻勾引人去躺卧;
> 阿里斜靠着,这好战而凶狠的家伙;
> 可是从他苍老而可敬的脸容上,

---

① 乔治·戈登·拜伦:《拜伦书信选》,王昕若译,天津:百花文艺出版社1992年版,第46—47页。此处引用译文笔者据英文原文有所改动,See Paul Fussell (ed.), *The Norton Book of Travel*, W. W. Norton & Company, New York. London, 1987, p.287.

## 第十三章　诗性的游记与诗人的成长

　　　　只见得他是宽厚、仁慈而且温和，
　　　　光凭其人的仪表，你决不敢猜想，
　　　　他老人家实际上干过许多可耻之极的勾当。
　　　　……

不仅如此，诗人还在诗中对他作了愤怒的诅咒和预言（"血债以血偿还；谁如果靠流血起家，／到头来，须在更凄惨的血泊里结束他的生涯"①）。

　　如何解释这种明显自相矛盾，甚至可以说"忘恩负义"的现象？无疑，书信和诗歌这两种不同类型的文体的要求是主要原因。在私密化的书信中，写作者面对的是自己的亲人、家人，可以讲真话、讲大实话，描述也可以更加自如放松一些。但在公开发表的游记中，诗人不得不迎合读者的阅读期待，对亲历之事做一定程度的修改。而近代以来直到19世纪初，英国公众对游记类作品的阅读期待恰恰是建立在东方主义话语基础上的。按照萨义德的说法，自1806年奥斯曼帝国与大不列颠之间签定恰那克条约（Treaty of Chanak）以来，"东方问题"一直是困扰欧洲的主要问题之一。"英国对东方的兴趣比法国更实在"，而"英国作家的东方朝圣也比法国作家有着更为明确和更为清醒的意识。……即使像拜伦和司各特这样的浪漫主义作家也对近东获得了一种政治性的视野，对如何处理东方与欧洲的关系有着一种极为好斗的意识"。② 由此出发，我们就不难理解尚未出名的年轻诗人为何要将自己亲眼目睹之形象作如此大的改动，给他的同胞呈现一个符合其东方想象的东方暴君形象了。这里，拜伦本人鲜活的东方见闻与英国公众建立在殖民主义兴趣上的阅读期待之间形成了强烈的反差，而作为奥斯曼帝国盟友的英国贵族公子与作为独立个体的浪漫诗人之间也产生了身份认同困境。正如特鲁波拉特指出的，拜伦的旅行方式与当时那

---

　　① 乔治·戈登·拜伦：《恰尔德·哈洛尔德游记》，杨熙龄译，上海：上海译文出版社1990年版，第97页。
　　② 爱德华·萨义德：《东方学》，王宇根译，北京：生活·读书·新知三联书店1999年版，第247—248页。

些国内的方式相比,明显更为自由。但这并不意味着《游记》游离于流行的帝国和启蒙话语;它的身份认同感是复杂的和自相矛盾的。在他看来,拜伦的旅行话语混合物创造了一种文学的编织物,它能让读者对这种文学的某些前因后果和假定提出质疑。①

《游记》中另一种身份认同困境集中体现在诗人对埃尔金大理石雕(Elgin Marbles)事件的评述上。1801 年,时任大英帝国驻奥斯曼帝国治下希腊大使的托马斯·布鲁斯(埃尔金第七世勋爵),想方设法获得了苏丹王的特许证明,收购了帕特农神庙中的大理石雕塑,将其大卸八块运回英国。当拜伦于 1810 年 1 月 8 日首次进入雅典卫城时,他看到的是已经被洗劫一空的宫殿,只有几根孤零零的大理石柱还保持着古老庄严的景象。诗人被这一景象震撼了。在《游记》第二章第 10—15 节中,他对埃尔金勋爵掠夺希腊古典遗迹的行为进行了强烈的遣责。耐人寻味的是,拜伦有意突出了埃尔金勋爵的苏格兰身份,认为他的行为并不能代表英国。

> ……
> 但最后一个,最可恶、最愚蠢的强盗是谁?
> 是你的居民,喀利多尼亚②,你该羞愧!
> 不是你的儿子,英格兰! 我为你庆幸,
> 你爱自由的人不应把自由的遗物损毁;
> 然而他们也参与劫掠衰老的神明,
> 用船帆运走圣物,虽然连大海也反对这种行径。③
>
> 难道这样的话英国人说得出口:
> 阿尔比温高兴地看着雅典娜流泪?

---

① Paul G. Trueblood, "Chapter 3: 1809-1811 The Eastern Tour", *Twayne's English Authors Series* 78, 1977, 〈http://go.galegroup.com/ps/i.do? &id = GALE% 7CH1472000322&v = 2.1&u = jiang&it = r&p = LitRC&sw = w〉2010-10-22.
② "喀利多尼亚"(Caledonia)是苏格兰的古称,多用于诗中。
③ 乔治·戈登·拜伦:《恰尔德·哈洛尔德游记》,杨熙龄译,上海:上海译文出版社 1990 年版,第 71 页。

## 第十三章　诗性的游记与诗人的成长

  虽然愚者暴徒们以你之名使她忧愁，
  可别告诉欧罗巴，她听了会羞愧；
  抢劫一个多难国家的最后一个盗贼，
  竟是自由的不列颠，海上女皇所生；
  有慷慨之名的她竟以禽兽的行为，
  贪残地拆毁古代遗留下来的名胜，
  这些连善妒的时光和暴虐的君王也不敢毁损。①

  在上述诗句中，拜伦的身份认同徘徊在"爱自由的"英格兰和"劫掠衰老的神明"的苏格兰之间，竭力想在两者之间划清界线。但诗人无法否认的一个事实是，埃尔金勋爵是以英国驻希腊大使这种特殊的文化身份才得到奥斯曼帝国苏丹王的认可，如愿以偿购得希腊的古物的。而且，埃尔金公爵在回到英国后，又将这些文物卖给了大英博物馆。简言之，在这件事情上，英格兰难逃销赃者和同谋犯之嫌。此外，还有一个事实是拜伦一想到内心就会隐约作痛的，即诗人身体中流淌着英格兰和苏格兰两种血液，虽然拜伦的父系属于地道的英格兰世袭贵族，但他的母亲却是苏格兰戈登家族的小姐。如此一来，他对苏格兰贵族——埃尔金勋爵发出的遣责就在某种程度上讽刺性地转化为自我遣责了。

  不仅如此，根据简·斯塔布勒（Jane Stabler）的考证，事实上，在《游记》出版之前，许多目的在于探索、描述性的旅游和来自海外的书信都得到了东印度公司为代表的帝国体制的资助。拜伦的近东之旅也是依赖于同样的大英帝国体制提供的食宿和交通便利才得以顺利成行的。② 无独有偶，和拜伦同行的霍布豪斯也写过一部散文体游记《阿尔巴尼亚游记》，书中描述的事实正好可以拿来与拜伦的诗性《游记》互相印证，说明"他们表面上看来自由自在的旅行事实上是由英国的外

---

  ① 乔治·戈登·拜伦：《恰尔德·哈洛尔德游记》，杨熙龄译，上海：上海译文出版社1990年版，第72页。
  ② Jane Stabler, "Byron's Digressive Journey," *Romantic Geographies*: *Discourses of Travel 1775-1844*, Ed. Amanda Gilroy Manchester, England: Manchester University Press, 2000, pp. 223-239.

交政策所塑造的"。①

  我的朋友(按即拜伦——引者)和我在马耳他待了三周,多次犹豫不决,我们是应该去士麦那,还是去土耳其的某个欧洲部分,最后决定还是后者为好。尽管有事先制定的计划决定旅行者的行程,但还是经常会发生意想不到的变故。一艘战船得到命令护送一支大约有50艘商船组成的小商队到摩里亚半岛西部的主要港口帕特雷,然后再到阿尔巴尼亚海岸的小城普雷维扎。马耳他的总督是如此的乐于助人,让我们坐上这条船到下一地点,因此,我们决定开始我们的行程。②

在此背景下,再细读《游记》第二章第16至19节中诗人对海上生活的生动描述,几乎可以断定,某些使拜伦得以一夜成名的诗句就是在英国皇家海军舰船的甲板上构思成熟的。

  于是,通过《游记》我们看到了这样一个矛盾的诗人形象:一方面享受着作为一个大英帝国臣民所能享受的一切便利之处,一方面又同情处在被压迫地位的东方弱势民族;一方面接受并服膺法国大革命提出的"自由、平等、博爱"等现代性观念,一方面又不愿放弃英国贵族特权和身份地位带来的优越感,这就是拜伦一生面临的最根本的身份认同困境。一般说来,文化身份与自我身份之间的冲突在平时不太容易暴露,只有当主体离开自己的祖国,处在旅行、朝圣或流亡等特殊的生存状态下,才会强烈地凸现出来。当然,指出拜伦的这种身份认同困境,并不意味着否定他出于人类的良知和公正的义愤对艾尔金公爵"抢劫"希腊遗物的行径提出的抗议,以及对希腊民族解放运动的无私援助和倾力支持。正如斯蒂夫·朗西曼爵士(Sir Steven Runciman)指出的,虽然17世纪的雪莱兄弟(the Shirley brothers — Anthony, Thomas, and Robert)是最早的希腊爱好者,预示了拜伦式传统,但拜伦勋爵

---

① Jane Stabler, "Byron's Digressive Journey," *Romantic Geographies*: *Discourses of Travel 1775-1844*, Ed. Amanda Gilroy Manchester, England: Manchester University Press, 2000, pp. 223-239.

② Ibid.

第十三章　诗性的游记与诗人的成长

是第一位生动地表现并播撒了对现代希腊及其品质的一种现实意识的。借助诗歌和个人榜样，拜伦勋爵将爱希腊精神（philhellenism）戏剧化了。① 当然，像萨义德分析过的福楼拜笔下的东方一样，拜伦的东方学也"充满了复活论（revivalist）色彩：他必须为东方带来生机和活力，他必须把东方带给他自己以及他的读者"。② 但比福楼拜实在得多的是，拜伦不仅用话语，而且用行动加入了这场复活运动，并在其中扮演了一个极其重要的角色，直至最终献出自己的生命。

## 三、时空感知模式：从水平移动到垂直上升

在旅行—朝圣这种自我建构的身体—话语实践中，旅行主体的时空感知模式的变化和发展无疑是最为明显的。按照奈杰尔·利斯克（Nigel Leask）的观点，18世纪探索主要关注的一个方面是用不断重复的经纬度标准来填充地图，用时间来衡量距离。但是用经度来衡量的标准化的全球时间并不是旅行者唯一的时间尺度。在研究这一时期的文本对历史和文化的定位两者间的关系发生新的着迷时，我们还需要考虑个人的或"现象学"意义上的时间和历史时间之间的关系，考虑到旅行者在古老土地上的行程的关系。因为当旅行者从中心移动到边缘，或从边缘返回中心时，他们经常会被表述为——或他们将自己表述为既进入了地图学上的空间，也进入了历史时间的"深处"。③

无疑，拜伦从英国到葡萄牙、西班牙、希腊和阿尔巴尼亚的游历，从空间上来说，就是一个从本国中心出发逐渐向欧洲边缘移动的过程；从时间上来说，就是从资本主义工业革命时代逐渐返回到封建的中世纪的过程。在这个时空模式转换的过程中，他脱离了原先熟悉的生存空

---

① Paul G. Trueblood, "Chapter 3: 1809-1811 The Eastern Tour," *Twayne's English Authors Series* 78, 1977, 〈http://go.galegroup.com/ps/i.do? &id = GALE% 7CH1472000322&v = 2.1&u = jiang&it = r&p = LitRC&sw = w〉2010-10-22.

② 爱德华·萨义德：《东方学》，王宇根译，北京：生活·读书·新知三联书店1999年版，第240页。

③ Nigel Leask, *Curiosity and the Aesthetics of Travel Writing, 1770-1840: From An Antique Land*, Oxford New York: Oxford University Press, 2002, p.44.

间,进入了陌生的未知空间,脱离了现代性时间,进入了历史时间的深处,或永恒的时间(其物质表征便是废墟),感觉到现代与古代、中心与边缘两种不同的时空模式之间存在的巨大张力。正是这种张力导致主人公出发时原先统一的时空模式逐渐从融合走向分离。在此分离过程中,他实际上已经置身于一种不即不离的阈限状态——既不在时间内,又处在时间中,既不在空间内,又存在于空间中。正是这种悖论的状态使他能够在旅行—写作中超越时空,任意优游,进而更好地看清历史与当下、自我与他者、个人与人类的某些本质性关系,使自己的人格逐渐趋于成熟和圆满。

一些西方批评家们喜欢将雪莱和拜伦相比,指出两人诗歌中共有的要素,这就是运动性;认为雪莱的运动是向上的、"快捷的"(swiftness),追求的是狂想曲般的提升;而拜伦则从不提升,他的运动是世俗的和水平的。按照卡米尔·帕格利亚(Camille Paglia)的观点,拜伦的空间是由文艺复兴大发现时代创造的,再由启蒙运动加以测量的。拜伦开发了一种线性感(a sensation of linearity)。他的诗歌就像一道快速流动的清澈的溪流。他的情感和对象像溪流中翻滚的卵石。爱与恨、男性与女性、大龙虾色拉与香槟酒,这就是拜伦的激流中的对象世界。一切都在他的诗中融为一体,使我们感到我们正在撇开浮沫:拜伦既不上穷碧落,也不下及黄泉(Byron is attuned neither to sky nor to earth's bowels),而是在介于两者之间的尘世表面掠过。[①]

帕格利亚的概括非常精辟,令人耳目一新,但似有简单化之嫌,笔者认为,实际情况要复杂得多。细读文本,我们可以明显看到,拜伦作为诗人—朝圣者的精神运动有一个从历史世界到自然世界再到心灵世界转移的过程,与此相对应,他的空间感知模式也有一个从水平移动逐渐向垂直模式转化和提升的过程。而这双重的转移和提升过程实际上融合了中世纪以来英国朝圣文学的传统。按照前引当代中世纪文学专

---

① Paglia, Camille, Speed and Space: Byron, *Poetry Criticism*, 1997, ⟨http://go.galegroup.com/ps/i.do? &id = GALE% 7CH1420011755&v = 2.1&u = jiang&it = r&p = LitRC&sw = w⟩ 2010-10-22.

第十三章 诗性的游记与诗人的成长

家狄·迪亚斯的说法,生命作为朝圣的概念包含三层意思:一是内在的朝圣(Interior Pilgrimage);二是道德的朝圣(Moral Pilgrimage);三是实地的朝圣(Place Pilgrimage)。① 从空间意识上考察,无论是何种意义上的朝圣,实际上都会涉及两种不同的空间运动模式。实地的朝圣,主要涉及身体在物理空间中的水平移动(如《曼德维尔游记》和《坎特伯雷故事集》);内在的或道德的朝圣,则更多涉及灵魂在想象空间中的向上运动(如《天路历程》)。而这两种空间模式实际上又是互相补充的,它们暗示了朝圣者的精神发展或人格成长既可表现为肉身在空间中的水平移动,又可表现为精神意识在时间中的绵延和灵魂的向上提升。

综观《游记》整体的空间结构,在第一、二章中,诗人着重讲述了主角哈洛尔德在葡萄牙、西班牙、阿尔巴尼亚和希腊的游历。随着旅行—朝圣的深入,一个未知的陌生世界渐渐在他面前展开,主人公的视野也渐渐扩展,但这种扩展基本上还是身体在空间中的水平移动。从第三章开始,我们看到,虽然主人公的视野还是在持续地展开,但空间模式已经发生了微妙的变化,从水平移动渐渐过渡到垂直的、向上提升的运动,诗人关注的重点不再像前几章那样,放在猎奇式地描述异国情调、历史遗迹和自然景观以吸引读者上,而更注重地点本身蕴含的精神价值和启示录般的意义。在比利时的滑铁卢战场遗址,诗人沉思了拿破仑这个"最伟大而不是最坏的人物"的命运给人类的启示:个人和人类如何克服野心和狂热对自己的折磨,而像大自然那样"沉醉于自己的创造"中。在卢梭的故地,诗人沉思的是人对荣誉的过度追求的负面影响("一生跟自己造成的敌人作战")。在洛桑和费纳,他分别考察了伏尔泰和吉本这两位哲学家和历史学家的性格和文风,尤其是他们最擅长的讽刺,在"激得仇敌咬牙切齿"的同时,也注定了自己"堕入热狂者的地狱"。细加考察,我们不难发现,其实上述四位名人的个性和风格,在某种程度上投射出了拜伦本人复杂的个性和人格。正是在对他

---

① Dee Dyas, *Pilgrimage in Medieval English Literature 700-1500*, D. S. Brewer, Cambridge Unaltered Reprint, 2005, p. 6.

们的观照、沉思和评判中,诗人获得了深刻的启示,对自我中心的价值观有了清醒的认识,而逐渐将关注的重点从历史遗迹和名人故地转移到大自然本身的美景上来。诗人的时空感知模式也逐渐从地面提升到了阿尔卑斯山上,从关注人类历史活动的业绩转到欣赏大自然永恒的创造。

> 且不说人类的业绩,而再来读一次
> 大自然写的杰作。并且结束这一章,
> 我以我的幻想哺育了这一些诗,
> 然而已显得太冗长了,近乎荒唐。
> 云块飞向阿尔卑斯山峰,在我头上,
> 但是我一定要穿越过这些云层,
> 我一步步向上攀登,尽情地眺望,
> 要到此山的最高峰,多云雾的部分,
> 在那儿,大地凭着山峰制服了强有力的风云。①

从第四章开始,诗人将关注的重点转到了人类心灵的创造——意大利的文学、建筑和雕刻。朝圣者的旅行空间从威尼斯、弗拉拉等地逐渐转移到罗马,从宗教人类学角度考察,这是一种从世俗空间到神圣空间的过渡,这个过渡的完成以朝圣者最终进入罗马大教堂为标志。大教堂是最完美的时空代码。因为它不是某个世代一劳永逸地完成的,而是历代的信仰者"一个原子一个原子地堆砌"(里尔克诗句)而成的。从这个意义上我们可以说,大教堂本身是空间化了的时间,又是时间化了的空间;是一个既存在于时间之内又超越了时间的空间。在信徒心目中,大教堂就是永恒的时空表征。在《游记》第四章第 155 到 158 节,我们追随诗人的脚步走进教堂内部,渐渐感觉到精神的超拔和提升:

> 走进去:宏伟的气象毫不使你害怕;
> 为什么?宏伟的气象并不稍减,

---

① 乔治·戈登·拜伦:《恰尔德·哈洛尔德游记》,杨熙龄译,上海:上海译文出版社 1990 年版,第 183 页。

## 第十三章　诗性的游记与诗人的成长

> 而是你的心被这儿的圣灵所扩大，
> 也变得宏伟了，而且你一定会发现，
> 这是珍藏你永生希望的最适宜地点；
> ……
> 你行动，但越进去就越觉得惊异，
> 仿佛爬一座高山，它越来越显得雄峻，
> 你被那伟大而美丽的气概所迷；
> 它越来越宏大，也越来越均匀——
> 博大之中包含着音乐的谐和匀称；
> ……
> 你要集中精神把各部分看个仔细，
> 并控制你的思想，直到你的脑海
> 感受到这宏大整体的雄伟比例；
> 不能一下子感觉无遗，那堂皇的姿态，
> 原来是强有力而缓慢地在你眼前逐步展开。
> ……直到我们的精神终于随着它扩大，
> 扩大到与我们所观瞻的宏大规模不相上下。①

从空间诗学角度考察，第四章罗马大教堂的穹顶与第三章阿尔卑斯山峰顶之间形成一种微妙的结构性对应，体现了"朝圣者的灵魂"对精神超拔的渴求。至此，朝圣者—哈洛尔德的"实地朝圣"终于抵达了终点，而抒情主人公的"内在朝圣"和"道德朝圣"也走到了尽头，完成了自我—文本的建构和完整人格的塑造，从狭隘封闭的"小我"上升为具有世界公民意识和普世情怀的"大我"。全诗结尾，诗人在告别他的影子人物之前邀请他再次共赏海景，于是作为永恒时间象征的大海意象与作为永恒空间象征的大教堂意象合为一体。

按照休姆(Peter Hulme)和杨斯(Tim Youngs)的观点，拜伦的《游记》为大众旅游时代的兴起建立了一个新的范式(paradigm)，凭借其诗

---

① 乔治·戈登·拜伦：《恰尔德·哈洛尔德游记》，杨熙龄译，上海：上海译文出版社1990年版，第276—277页。

句和其旅行人格(traveling personae)的魅力,拜伦似乎有能力复兴最陈腐的景点——他拜访并为它们写下了如此多的诗句,以至于他的诗卷几乎成了默里(Murry)或巴依德尔克(Baedrker)的旅游手册的对等物。据说,19世纪"每个去海外的英国人,都会携带一本默里的旅行指南以获得信息,一本拜伦的诗集以获得情感,凭借这两本书他亦步亦趋地去寻访他想知道的和他想感受的"[①]。但笔者认为,《游记》对后世旅行文学的影响还不仅限于此。在拜伦以后,旅行文学的功能开始发生了变化,旅行不再是探索未知世界、开发殖民地的工具,而成为探索自我、观照自我、超越自我的一种身体—话语实践,并且成为预言和启示后现代游牧状态的一种自我—文本建构。

---

[①] Peter Hulme and Tim Youngs, *The Cambridge Companion to Travel Writing*, New York: Cambridge University Press, 2002, p. 50.

# 第三部分　帝国的怀旧与人性的反思（1824—1924）

从旅行和旅行文学的角度来看,拜伦的去世代表了一个旧时代的终结和一个新时代的开启。1825年,第一辆载客的火车头出现。"拜伦的精神似乎在疾速行驶的火车头中轮回了。"①1830年,从利物浦到曼切斯特的铁路线兴建了。之后,火车逐渐取代马车成为穿越英格兰大地的主要交通工具。1837年,年方18岁的维多利亚女王上台执政,开始了长达64年的统治(1837—1901)。维多利亚时代被一些历史学家称为堪与伊丽莎白时代媲美的"盛世"。正是在她统治期间,英国完成了从传统的农业国向工业国的转型,成为"世界工厂"和欧洲最强大的殖民帝国。

1886年伦敦出版的一幅世界地图

[图像来源:维基百科 http://en.wikipedia.org/wiki/British_Empire]

---

① Paglia, Camille, "Speed and Space: Byron," *Poetry Criticism*, 1997, 22 October 2010, 〈http://go.galegroup.com/ps/i.do? &id=GALE%7CH1420011755&v=2.1&u=jiang&it=r&p=LitRC&sw=w〉.

本尼迪克特·安德森在《想象的共同体:民族主义的起源与散布》中指出,人口调查、地图和博物馆是帝国主义形塑殖民地的三种主要方式,"各帝国的政府(有着)用帝国式的染料在地图上把它们的殖民地涂上颜色的习惯。在伦敦的地图上,英国殖民地的颜色通常是粉红色的,法国殖民地是紫蓝色的,荷兰殖民地则是黄棕色的……既被如此染色,每个殖民地看起来都像是一套拼图游戏中可以分开的一片图样。一旦这个'拼图'看起来很平常以后,每一'片'就可以从它的地理脉络中被完全分离出来了。……作为识别标志的地图深深的渗透到大众想象中……"①

1886年在伦敦出版的一幅世界地图,显示了维多利亚时代后期大英帝国扩张的成就。画面上粉红色的区域是英国本土及其海外殖民地和自治领。地图底边维多利亚女王倚坐在地球仪上,右手握持象征海上霸权的三叉戟,左手靠在圆徽型米字旗上。她的周围簇拥着来自世界各地不同肤色的人种、物产、贡品和奇珍异兽,其间点缀着手持枪支和铁锹的殖民官员,象征着大英帝国对蛮荒世界的征服和管理。地图顶端三位女子手持的标语显示了大英帝国向全球推行的基本价值观:自由、博爱与联邦。

1851年,首届万国博览会在伦敦开幕,来自帝国本土的科技成就和来自殖民地的珍宝奇观,在惊讶的大英帝国臣民面前展开了一个新异的世界。随着铁路的延伸和旅游条件的改善,乘坐火车观光旅行成为大英帝国臣民新的时髦。由许多车厢编组而成的列车(train),一夜之间成为马车(coach)民主化的象征。1860年,主要的铁路网已经开通了。到1910年,从伦敦出发10小时内可以到达包括苏格兰北部在内的所有地方。速度不仅缩小了空间。铁路也意味着更多的人们有了旅行经验。1835年时,差不多有1千万人在乘坐马车旅行。仅仅过了十年,就有3千万人乘坐火车旅行了。到1870年,这个数字增加到令

---

① 本尼迪克特·安德森:《想象的共同体:民族主义的起源与散布》,吴叡人译,上海:上海人民出版社2003年版,第200页。

人吃惊的 3 亿 3 千 6 百万。①

当拜伦于 1816 年离开英国时,他乘坐的是价值 500 英磅的马车,而当时普通英国市民的年收入仅有 100 英磅。他的马车中配备有一张床、一只装有全套刀叉餐具的柜子,还有一个图书室。按照福塞尔的说法,马车显然是一种非平民化甚至是反平民化的交通工具(non-or even an anti-plebeian vehicle),它笨重、高大、排外、私密和昂贵。约翰·罗斯金曾说过,马车发挥了一种社会支配功能,其庄重性效果让看到它的平民百姓觉得窘迫不安。② 但即便如此,私密而高雅的马车,按现代旅游标准来说,还是非常不舒服的。1860—1870 年代火车卧铺车厢的出现,以史无前例的舒适度贬低了马车的特权。1880 年代,火车不再中途停靠用餐,而是配备了餐车。三等车厢的旅客也能享用"奢侈的"餐桌、服务和烹调。仅仅过了两代人时间,旅行就发生了一场"舒适革命"(comfort revolution)。旅行现在能够满足社会地位上升的想象,而游客下榻的酒店的豪华名称则进一步加强了这种幻想。③

铁路为大众旅游提供了机会,也触发了一位名叫托马斯·库克(Thomas Cook)的浸礼教徒的灵感——将旅游者组成团体,既降低了费用,又免除了安排食宿的担忧。1841 年,33 岁的库克第一次组团旅游,用火车将 570 个禁酒主义者从莱斯特(Leicester)运送到 11 公里以外的一处戒酒会场。不久,他又组织了数次苏格兰高地的组团旅游。到 1864 年他更进一步把目光瞄准了欧洲市场,竭力推动欧洲大陆组团旅游,其中一次是 1500 人的巴黎游。这种舒适便利的方式有人喜欢有人愁。当时的小说家查尔斯·勒弗尔(Charls Lever)记下了他看到库克旅游公司广告时的反应:

> 当我在报纸上读到这个计划时,我感到绝望了。我想象以独立著称的英国人会起来反抗这样一个将旅行者贬低为一段木头,

---

① Tim Cresswell, *On the Move: Mobility in the Modern Western World*, London: Routledge, 2006, p. 16.
② Paul Fussell (eds.), *The Norton Book of Travel*, New York, London: W. W. Norton & Company, 1987, p. 271.
③ Ibid.

失去了所有个性特征的计划。但我错了。

他的确错了。随着中产阶级对外国文化的爱好不断增加,库克的旅游团队也不断壮大。

标志着现代工业文明的隆隆前进的火车头将中产阶级的人们带入一个标志着进步和速度的铁路时代,也将人们带入一个更少冒险、更多舒适的旅行时代。

按照艾瑞克·霍布斯鲍姆在《帝国的年代:1875—1914》中的说法,到19世纪末,西方人面对的世界已经是名副其实的全球性世界。世界的每一个角落现在几乎均已为人所知,也都或详或略地被绘制成地图。除了无关紧要的例外情形以外,探险不再是"发现",而是一种运动挑战,往往带有强烈的个人或国家竞争的成分,其中最典型的企图便是想要支配最恶劣、最荒凉的北极和南极。除了非洲大陆、亚洲大陆以及南美洲部分内陆地带以外,铁路和轮船已使洲际和横跨数洲的旅行由几个月的事变成几个星期的事,而不久又将成为几天的事;……电报使得全球各地通讯沟通成为几小时之内的事,于是西方世界的男女便以空前的便捷和数量,进行长距离的旅行和通讯。①

现代化的速度改变了人们的空间感知。15世纪以来由航海发现和帝国主义激发起来的世界广阔和无限的观念,到了19世纪末不能成立了,维多利亚后期的人们感到的不是一种"扩张性的感觉"而是其反面,世界太小了。② 按照詹尼斯·豪(Janice Ho)的说法,哥伦布时代于1911年宣告结束,世界的最后前哨被攻克了。1909年美国探险家罗伯特·皮尔里(Robert Peary)到达北极,两年后挪威探险家罗尔德·阿蒙森(Roald Amundsen)到达南极。与此同时,交通和通讯业的发展促进了制图和探险,催生了一个地理上越来越容易变动,越来越呈网状的世界,遥远的距离变得可以穿越了,远方异域联为一个整体,强化了这

---

① 艾瑞克·霍布斯鲍姆:《帝国的年代:1875—1914》,贾士衡译,南京:江苏人民出版社1999年版,第1—2页。

② Janice Ho, "The spatial imagination and literary form of Conrad's colonial fictions," *Journal of Modern Literature*, 30.4 (Summer 2007): p.1.

个时期人们对空间和距离压缩的认识。正是这种压缩让法国科幻作家凡尔纳能够想象"80天环游世界"。①

这种因空间的日益萎缩而产生的经验在维多利亚时代作家的心灵中打下了明显的印记,对旅行文学的题材、性质和风格都产生了深刻的影响。它揭示了一种张力,谋求逃避但又无可避免地进入一个正在萎缩的世界。正如海伦·卡尔指出的,"如果说19世纪的旅行文学通常是由传教士、探险家、科学家和东方学者写出来的,其文本中提供的权威知识是关注的中心,那么到了20世纪,旅行文学越来越成为一种主观的形式,越来越是回忆而不是指南。简言之,20世纪旅行文学试图做的不是描绘出陌生地方的细节,而是旅行者对这些地方的具体反应和印象。这种从外部空间到内部空间的变化,归因于地球已暴露无遗,在某种意义上宣布旅行已不可能,它已不可能是一种来自全新的空间的召唤。这也难怪旅行文学向内转;如果远方异域已经为人所知,对它的视点就不能不是独特的;强调的重点不是旅行的地方,而是旅行者的视点。不同的地球空间概念肯定会生产出一种更主观性的美学。"②

当然,在具有不同政治倾向和个性风格,运用不同文体和题材的旅行作家笔下,上述这种建立在帝国背景上的美学理念有着不同的表现。在桂冠诗人丁尼生笔下,表现为冒险与思乡之间的诗性张力;在新浪漫主义作家斯蒂文森和哈格德笔下,表现为青少年在寻宝和探险之旅中的成长;在移民作家康拉德笔下,表现为帝国与反帝国的空间表征;在D. H. 劳伦斯笔下,表现为对城市的逃避和对"地之灵"的追寻;在毛姆笔下,表现为中国式屏风中折射出的西方镜像;而在福斯特的印度之行中,则表现为一种融合东方与西方,帝国与殖民地的努力。总之,维多利亚时代的旅行文学经历了一个从外而内,从客观到主观的变化,作家们现在更加注重空间的变化对个人心灵产生的影响;帝国的怀旧和人性的探索纠结在一起,成为19世纪末20世纪初英国旅行文学特有的主题。

---

① Janice Ho, "The spatial imagination and literary form of Conrad's colonial fictions," *Journal of Modern Literature*, 30.4 (Summer 2007): p.1.

② Ibid.

# 第十四章 "帝国的怀旧"与罗曼司的复兴

什么是"怀旧"？按照两位当代旅行文学专家克莱恩·霍普(Clenn Hooper)和蒂姆·杨斯(Tim Youngs)的观点，"怀旧有着一张乌托邦的面孔，这张面孔转向未来的过去，这个过去只在意识形态意义上是现实的"。而从旅行写作的角度看，"怀旧是旅行写作的文化自满和权力差异的标志，历史上正是这种差异使旅行成为可能，并使基于旅行的写作接踵而至。但是，怀旧也是一种文体的标志，这种文体承认它自己无法控制各种姿态，反讽性地通过求助于一个被创造出来的过去来使自己心安理得。旅行作家的追忆经常是精心编织起来的，通过叙事纳入时间和空间，变得栩栩如生——实际上从未发生过"。①

与一般意义上的怀旧相比，"帝国的怀旧"(imperial nostalgia)虽然也有着对失去的时间的追寻和对往事的回溯，但它明显地打上了欧洲中心主义、种族主义和殖民主义的烙印。"帝国的怀旧"怀念的是帝国的少年时代，即所谓的"第一帝国"(the first empire)建立的时代。那是个充满激情、梦想和冒险精神的年代，那时空间尚未收缩，人性尚未萎缩，地球上还有许多未知的区域等待着人们去探索、去征服、去开发；社会还有着多样化的价值取向和人生目标。但到了19世纪后半叶，随着资本主义在欧洲的全面胜利和在非欧洲地区的稳步扩展，如马克思在《共产党宣言》所说，资产阶级已经把"宗教的虔诚、骑士的热忱、小市民的伤感这些情感的神圣发作，淹没在利己主义打算的冰水之中"②。

如何在一个因物质主义和功利主义而变得平庸和乏味的时代中，给萎靡的帝国精神以持续不断的能量刺激，成为维多利亚时代许多作

---

① Clenn Hooper and Tim Youngs(eds.), *Perspectives of Travel Writing*, London: Ashage Publishing Limited, 2004, p. 140.

② 马克思、恩格斯：《共产党宣言》，中共中央马恩列斯著作编译局，北京：人民出版社1997年版，第9页。

家自觉或不自觉的反思和追寻。正是在这种大背景下,出现了一批文学史上称之为"新浪漫主义"(New Romanticism)的作家。他们的创作为维多利亚晚期的旅行文学带来了新的活力和新的面貌。

## 一、诗性的张力:冒险与思乡

1842 年,阿尔弗雷德·丁尼生(Alfred Tennyson)经十年探索、十年磨剑,出版了二卷《诗集》,终于获得成功。丁尼生并非专门以旅行为写作题材的诗人,似乎也较难归入新浪漫主义,但这部诗集中有两首涉及旅行—冒险主题的抒情诗引起了后人的注意,被收进当代一些旅行文集中[①],这就是《食莲人》和《尤利西斯》。这两首诗的题材均来自于荷马史诗《奥德赛》,也可以是说它的改写本或扩展版。按照米兰·昆德拉的说法,尤利西斯是"有史以来最伟大的冒险家也是最伟大的思乡者……"[②]无疑,"冒险"和"思乡"是《奥德赛》吸引后世读者的两个主要的兴奋点,也是丁尼生作品中诗性张力得以建立的两个基点。

据荷马史诗,奥德修斯(罗马名为"尤利西斯")在特洛伊战争结束后的回国途中,漂泊到了一个名叫洛特法戈伊人(意为"食莲人")的国土,他的水手吃了岛民送的洛托斯花("忘忧花",或"莲花")后,都不愿意回家了。这个情节在《奥德赛》中,只占了区区 22 行(卷 9:82—104)[③]。然而,在丁尼生笔下,这个毫不起眼的小片断被演绎成一首长达 176 行的抒情诗《食莲人》(正好是原史诗片断的 8 倍)。诗人以丰富的想象展开细节的描写,将读者带进一个令人昏昏欲睡、仿佛永远是下午的小岛,那里空气慵懒昏醉,夕阳欲落未落,溪水如轻烟般激起催眠的水花;神情忧郁、面容黯淡的食莲人给水手们送来花果,使他们食后沉入了甜蜜的梦境;他们梦见祖国,梦见妻子儿女和奴仆,把生活变

---

① See Paul Fussell(ed.), *The Norton Book of Travel*, New York: W. W. Norton & Company, Inc,1987, pp.325-328.
② 米兰·昆德拉:《无知》,许钧译,上海:上海译文出版社 2004 年版,第 1 页。
③ 荷马:《奥德赛》,罗念生、王焕生译,北京:人民文学出版社 1997 年版,第 173—174 页。

## 第十四章 "帝国的怀旧"与罗曼司的复兴

成冥想、缅怀和回忆,不愿意再在海上流浪。

借用哈罗德·布鲁姆在《影响的焦虑:一种诗歌理论》中给出的诗的误读的六种"修正比",丁尼生对荷马史诗的上述"误读"似可归入第一种,即"克里纳门"(Clinamen)。按照布鲁姆的解释,该术语借自卢克莱修的著作,原意是指原子的偏移,以使宇宙可能起一种变化。"一个诗人'偏移'他的前驱,即通过偏移式阅读前驱的诗篇,以引起相对于这首诗的'克里纳门'。"①《食莲人》正是对荷马的一种偏移式"误读"。通过对"食莲人国"这个细节的放大或扩充,史诗中原有的含义发生了某种微妙的变化,尤利西斯的水手从冒险家和思乡者变成了不愿返乡的食莲人。丁尼生巧妙地用第一人称复数"我们"虚构了水手们的"合唱曲",让读者将自己认同于古希腊的水手,对人间苦难发出了强烈的指控,对诸神表示了怀疑和反叛,并将它上升到某种哲学高度:

> 万物都有休息,为什么唯独我们——
> 万物之灵,却注定要
> 不住地辛劳,不停地呻吟,
> 从悲痛投入悲痛,从苦恼投入苦恼;
> 永不收拢双翅,
> 永远漂泊不止,
> 永不把眉头浸入神圣香甜的睡梦;②

丁尼生写作这首诗的年代,正是维多利亚女王统治下的大英帝国的全盛期。此时的英国已经完成了从传统的农业国向工业国的转型,成为当时世界上最富有、最繁荣的国家。据有关资料统计:19 世纪中期英国的 GDP 总量远在其他国家之上。它的工业生产约占世界的三分之一;铁和煤的产量占世界的二分之一、贸易总额占世界的四分之一。英

---

① 哈罗德·布鲁姆:《影响的焦虑:一种诗歌理论》,徐文博译,南京:江苏教育出版社 2006 年版,第 14 页。
② 飞白编:《英国维多利亚时代诗选》,长沙:湖南人民出版社 1985 年版,第 2 页。

国商船的吨位高居世界各国之首,伦敦成为世界唯一的金融中心。①但是,这个帝国内部也酝酿着巨大的危机:一方面,贫富之间的巨大鸿沟随时都可能爆发为大规模的社会动乱;另一方面,维多利亚时代自然科学的进展也正在消解着传统的秩序和价值观,"宇宙的真实不断揭露,地质学家用锤子敲碎了《创世纪》的纪年,天文学家把人的视野一直推向星系,千余年来基督教的信仰遇到了危机,传统的生活结构与秩序纷纷崩坏,给人造成的感觉是地基在陷落,大陆在漂移"。② 于是,我们明白,尤利西斯的水手之所以不愿意回家,其根本原因与其说是由于他们食用了莲花果,不如说是因为他们的价值观发生了某种"偏移"。

不过,《食莲人》表现的只是时代"偏移"的一个方面。作为一名帝国诗人,丁尼生似乎并没有忘记自己当下的"责任",即用他的诗篇来激发和唤起他的同胞永恒的探索和冒险精神。同一时期创作的另一首名诗《尤利西斯》将这种精神表现得淋漓尽致。诗篇描写尤利西斯回到家乡伊塔卡多年以后,因不安于无所作为的生存状态,决心抛弃炉火边的安宁生活,再次召集旧部,出海远航。读过荷马史诗的读者都知道,《奥德赛》中并无此情节,它只写到尤利西斯返家与妻儿团圆为止。但这个情节也并非丁尼生首创。但丁在《神曲·地狱篇》(第 26 歌:90—142)③中,曾经提到尤利西斯的最后一次航行,以及他最后丧命的经过。不过,按照博尔赫斯的说法,这个情节在《神曲》中,只不过是作者的"离题话"和一个"修饰性的插曲"④,且整个叙事停留在对事件过程的描述上。而在丁尼生版的《尤利西斯》中,诗人舍弃了表面的情节因素,将重点放在对人物深层心理的开掘上。诗人截取了他想象中的尤利西斯离家前对儿子及自己的旧部说的一番话,以戏剧独白体的方

---

① 金开祥:《西欧各国经济》,上海:复旦大学出版社 1987 年版,第 187 页。
② 飞白编:《英国维多利亚时代诗选》,长沙:湖南人民出版社 1985 年版,第 6 页。
③ Dante Alighieri, *The Divine Comedy*, *Volume I*, *Inferno*, with an introduction by Allen Mandelbaum, University of California Press,1980, pp. 243-245.
④ 博尔赫斯:《博尔赫斯全集》(散文卷·下),王央乐等译,杭州:浙江文艺出版社 1999 年版,第 180—181 页。

式,表现了这位西方历史上最伟大的冒险家的精神气质。可以明显听出,这位古希腊英雄的口中透露出了大英帝国的傲慢和自信。作为一个老殖民统治者,尤利西斯已经见识了许多民族的城邦及其风气、习俗、枢密院、政府。他渴望有个接班人来继承他的事业,"谨慎耐心地/教化粗野的民族,用温和的步骤/驯化他们,使他们善良而有用"。而他自己将带着他的水手们再次出发,"驶向太阳沉没的彼方,/超越西方星斗的浴场,至死方止"。

> 长昼将尽,月亮缓缓攀登,
> 大海用无数音响在周围呻唤。
> 来呀,朋友们,探寻更新的世界
> 现在尚不是为时过晚。开船吧!①

以重述经典的优雅方式,丁尼生让《食莲人》和《尤利西斯》两个文本合为一体,将"思乡"与"冒险",人类心灵的两种对立状态和永恒悖论刻画得淋漓尽致,从而进一步深化和扩展了荷马史诗的精神内涵。与此同时,这位帝国时代的桂冠诗人也让大不列颠的帝国梦接续了早已消亡的希腊—罗马帝国梦。借助诗性的张力,他一面含蓄地提醒统治者尽快解决帝国内部的各种危机,一面呼吁他的同胞,要像晚年的尤利西斯那样,永远保持一颗探索未知世界的年轻的心。

## 二、罗曼司的复兴:寻宝与探险

丁尼生这种"帝国的怀旧"也正是维多利亚后期许多被称为新浪漫主义的小说家所共有的。与19世纪初那些梦想恢复中世纪古老的封建宗法制生活的浪漫主义作家相比,世纪末的新浪漫主义作家的幻想明显打上了帝国时代的烙印。他们试图通过构思复杂曲折的故事情节、营造紧张惊险的场面,渲染神秘惊悚的气氛,来呼唤失落的或萎靡的帝国精神,以自己的创作赋予其新的精神能量和活力刺激。新浪漫

---

① 飞白编:《英国维多利亚时代诗选》,长沙:湖南人民出版社1985年版,第14页。

主义的主将罗伯特·斯蒂文森(Robert Stevenson)在 19 世纪 70—80 年代发表了一系列杂文,对当时庸俗的社会风气展开了尖锐的讽刺和抨击。在《乖戾的时代与青少年》(Crabbed Age and Youth,1878)一文中,他指出,当下的社会只鼓励平庸之辈(mediocrity)的小聪明(pocket wisdom),而不鼓励青少年的野心和尝试,使他们普遍地安于平庸。在当时人们的心目中,一个成功的商人比追寻太阳的少年伊卡路斯(Icarus)更受赞扬,更令人羡慕和妒忌。当平庸之辈构成人性的主体时,这种情况的发生是不可避免的。为此,他提出要发扬英国文化中失落的一面(the lost side),即崇尚高等民族的优秀人性(high races and natures),宣扬"当一只死去的狮子也比当一条活着的狗更好"[①]的价值观。另一位新浪漫主义作家赖德·哈格德(Sir Henry Ride Haggard)也对当时的社会风气表示明显的不满,认为"这个时代不是一个浪漫的时代……我们的行为无论是善还是恶,都缺乏一种英雄的气质"[②]。因此,毫不奇怪,新浪漫主义作家自觉地以帝国的青少年,更准确地说,男孩(boys)作为自己的写作对象,将振兴帝国精神的希望寄托在他们身上。于是,一种新型的罗曼司应运而生。

按照当代学者马丁·格林(Martin Green)在《冒险的梦想,帝国的事业》(Dream of Adventure, Deeds of Empire,1980)一书中提出的观点,19 世纪中叶在有关儿童的文化观念上,出现了一种非常惊人和非常重要的变化。贵族军事阶层有效地控制了他们的文学。历险故事取代了童话的地位;历险带上了罗曼司的特点。儿童文学(children's literature)变成了男孩文学(boys' literature);它关注的是帝国和前沿;而它所提倡的道德则是冲撞(dash)、勇气(pluck)和铁石心肠(lion-heartedness),而不是服从、责任和虔诚。[③] 正是在这种语境下催生了斯蒂文

---

[①] Robert Louis Stevenson, *Essay with an introduction*, Ed. William Lyon Phelps, New York, Chicago, Boston:Charles Scribner's Sons,1918,p,124.

[②] See David H. Jackson, "Treasure Island as a Late-Victorian Adults' Novel," *The Victorian Newsletter*.72 (Fall 1987):p.28-32.

[③] Simon Dentith, *Epic and Empire in Nineteenth-Century Britain*, Cambridge UK:Cambridge University Press,2006,p.130.

## 第十四章 "帝国的怀旧"与罗曼司的复兴

森、哈格德和亨梯(Henty)的小说,它们的出现代表了一种"返祖形式的罗曼司的复活"①。从这个角度我们可以说,19世纪维多利亚时代的英国小说其实有两个传统,前期是以狄更斯、萨克雷等为代表的,主要以国内生活为题材的现实主义传统;后期是以斯蒂文森、哈格德、亨梯等为代表的,主要以海外冒险生活为题材的新罗曼司(new romance)写作传统。就其为大英帝国提供了想象性的营养和精神刺激而言,显然后者比前者更为重要。格林还提到了另外一些返祖形式,像史诗和萨伽文学(saga-literature),在19世纪也出现了类似的复活。按照格林的基本观点,经过了伦理上和政治上简化的罗曼司形式,既为历险故事提供了材料,也为帝国政治提供了想象的模式和对它的支持。②

换个角度看,罗曼司的复兴也是对19世纪后期以科学主义为理论基础的现实主义和自然主义潮流的一种反拨。对于那些有着强烈帝国情结的维多利亚作家来说,小说创作的科学化和实证化倾向,实际上代表了叙事艺术的衰落和帝国精神的萎靡。在这方面,斯蒂文森的观点特别值得注意。作为罗曼司复兴的主要提倡者和实践者,斯蒂文森在1880年代发表了一系列文章,全面阐释了自己的小说理论,其中最重要的是《一个关于罗曼司的闲聊》(*A Gossip on Romance*,1882)和《一个谦卑的规劝》(*A Humble Remonstrance*,1884)等。他认为,小说应该描述"在野外冒险中,身体和实用性智慧碰到的问题",其目的是让成人读者有意识地玩一下儿童游戏。在他看来,"小说对成人来说,就像游戏对儿童一样;只有在这儿,他才能改变他生活的环境和进程;当这个游戏与他的想象完全合拍时,他就会全身心地投入于其中"③。让成人扮演儿童的手段是唤醒童年的记忆,并从中引出童年的白日梦。他认为,罗曼司的叙述应该"满足读者无名的渴求,并服从白日梦的理想逻

---

① Simon Dentith, *Epic and Empire in Nineteenth-Century Britain*, Cambridge UK:Cambridge University Press,2006,p.130.
② Ibid.
③ Robert Louis Stevenson, *Essay* with an introduction Ed. William Lyon Phelps, New York, Chicago, Boston:Charles Scribner's Sons,1918,p,231.

辑"。① 最好的罗曼司应该能够对读者的心灵具有一种诱惑力。如果诱惑成功,读者就会逃离当时枯燥的世界观,即自然主义小说的世界观,而进入一个充满激情和欲望的白日梦世界。正是出于这种理念和动机,斯蒂文森创作了一系列以青少年冒险为题材的罗曼司,如《金银岛》(1883)、《诱拐》(1886)《黑箭》(1888)等,牢固地确立了他作为新浪漫主义代表作家的声誉。《斯蒂文森文集》的编者威廉·里昂·菲力普斯(William Lyon Phelps)认为,1884—1904年间罗曼司的复兴(the Romantic Revival)在很大程度上要归功于斯蒂文森,哪怕只有他一个人的成就,也足以使他在英国文学史上占据一席之地了。②

与斯蒂文森同时代的罗曼司作家赖德·哈格德,本人当过六年南非总督的秘书,有着丰富的海外殖民地生活经历。他作为新浪漫主义作家的名声主要建立在他于1885—1892年间出版的一系列以异域(南非、北欧、非洲等)为背景的罗曼司上,包括《所罗门国王的宝藏》(1885)、《阿兰·夸德曼》(1887)、《她》(1887)和《阿霞或她的归来》(1905)等。在致力于罗曼司创作的同时,哈格德也提出了自己的罗曼司复兴理论。按照他的观点,19世纪80年代出现的三类小说,每一种都已走到了尽头。美国自然主义"徒劳无功,空空如也"("an laboured nothingness");法国自然主义是"从生活中摄取的淫秽图像"(an obscene photograph taken from the life),而英国现实主义则"矫揉造作,一派胡言"("namby pamby nonsense")。像所有复兴罗曼司的作家一样,哈格德希望文学具有一种有益于社会道德的影响力。但是,他所抨击的三种现实主义小说,却"降低并败坏了公众的趣味"。他说,时代再也不能容忍文学现实主义将它再进一步往下拉了,因此他呼吁创作一种新的小说,来重申传统的价值观,如英勇、责任和男子气概等。③

斯蒂文森和哈格德在罗曼司复兴运动中作出的一系列努力,与其

---

① Robert Louis Stevenson, *Essay* with an introduction Ed. William Lyon Phelps, New York, Chicago, Boston: Charles Scribner's Sons, 1918, p, 224.
② Ibid. , p. xi.
③ David H. Jackson, "Treasure Island as a Late-Victorian Adults' Novel," *The Victorian Newsletter*. 72 (Fall 1987): pp. 28-32.

## 第十四章 "帝国的怀旧"与罗曼司的复兴

说是出于对 19 世纪小说叙事艺术衰落的担忧,不如说是出于对帝国前景的忧虑和担心,借用詹明信的理论术语,我们可以说,他们的理论和创作其实是维多利亚时代"政治无意识"的表征。随着大英帝国疆域的开拓,帝国急需大量的人才,派往正在不断扩张着的殖民地,以管理和教化"粗野的民族"。维多利亚后期殖民小说、帝国小说和青少年罗曼司的流行既迎合了帝国的现实需要,也促进了青少年阅读市场的扩张。《金银岛》和《所罗门国王的宝藏》的作者在创作之初就将目光瞄准了这个潜力巨大的市场。哈格德将《所罗门国王的宝藏》及其后的同一系列作品"献给所有大大小小的男孩子",斯蒂文森说他的《金银岛》"是一个写给男孩子们读的故事"①,他们两人的作品均迎合和引领了帝国时代的阅读风尚。在《金银岛》《所罗门国王的宝藏》和《诱拐》等新罗曼司作品中,英国中产阶级读者可以看到传统价值的化身,找到帝国的怀旧之感。据统计,《所罗门国王的宝藏》首版于 1885 年 9 月 30 日出版,一下子就卖出 2000 本,同年 10 月、11 月和 12 月又重印三次,到 1886 年底,已卖出 31000 本。两年内总共印了 53000 本。② 正是这种热销势头的鼓励,促使哈格德接着在此后几年中又接连写出了一系列以阿兰·夸德曼爵士(Sir Allan Quatermain)为主角的探险罗曼司,成为当时最畅销的新浪漫主义作家。

从叙事模式看,新罗曼司不相信科学主义,有意将生活理想化,情景异域化,所以其结构特征出现了明显的模式化、类型化倾向。旅行既是罗曼司的题中应有之义,也是其叙事话语展开的基本结构。据艾伦·弗里兰(Alan Freeland)分析,哈格德的故事属于追寻类罗曼司,或者更准确地说,属于其亚类,即维多利亚后期到第一次世界大战后繁荣于英国的帝国罗曼司(imperial romance)。这种冒险叙事的典型结构适

---

① 斯蒂文森:《金银岛》,荣如德译,上海:上海译文出版社 1980 年版,第 236 页。
② H. Rider Haggard, *Allan Quatermain*, introd. by R. L. Green (London: Collins, 1955), p.15. See Alan Freeland, "Versions of the imperial romance: King Solomon's Mines and As Minas de Salomao," *Portuguese Studies*, 23.1 (Spring 2007): p.71.

宜于用弗拉基米尔·普洛普对民间故事类型学的分析。① 按照理查德·帕特森（Richard F. Patteson）对19世纪和20世纪之交帝国小说文类的分析，帝国罗曼司可以概括为12个重复出现的情节功能（recurring plot functions），包括追寻主题、对失落的民族的发现、某种特殊的科学知识的重要性、与本地女性的浪漫邂逅、进入洞穴或地下的通道等。他认为，哈格德的罗曼司几乎是这种文类的"纯粹"范本。② 丹尼尔·伯茨在牛津版《所罗门国王的宝藏》序言中将该书情节概括为："一个入门段落介绍英雄出场，建立起追寻的目标，然后描写旅程的准备工作。然后是英雄和他的帮手上路，奔赴预定的地点，一个遥远的王国，然后他们在那儿与坏人展开斗争，取得胜利，最后成功地踏上回家的旅程。"③

这个时期出现的以青少年为主角和阅读对象的罗曼司，大都建立在与《所罗门国王的宝藏》类似的结构模式和追寻主题上：通常以一位老人对其少年时代的回忆为叙事框架，引出一份旧的手稿或一张寻宝图，之后进入主要情节：一个男孩出于意外（如双亲亡故）或纯粹的好奇，离家出走，踏上旅途，去寻找某种宝物或继承一笔遗产。之后，他进入某个未知的领地，遇到了某个或某些坏人（贪婪的亲戚、邪恶的海盗或叛乱分子），陷入某种危险情景。当然，他也总能得到陌生的好人或神秘人物的帮助。在追寻或逃跑过程中，他们的体能达到了极限，道德信念也受到了一系列考验。最后，少年主人公终于如愿以偿，胜利地带着他的物质的或精神的猎物，回归他由以出发的家园。从人类学意义上考察，追寻罗曼司也是帝国时代青少年成长仪式的文本表征。追寻主题成为一种肯定男子气概的通过仪式。寻求完成之日，或宝藏发现、奥秘揭开之日，也就是主人公成长仪式完成之时，主角从一个天真的少

---

① Alan Freeland, "Versions of the imperial romance: King Solomon's Mines and As Minas de Salomao," *Portuguese Studies*, 23.1 (Spring 2007): p.71.

② Richard F. Patteson, "King Solomon's Mines: Imperialism and Narrative, Structure," *Journal of Narrative Technique*, Vol. 8 (1978): pp.112-23.

③ Alan Freeland, "Versions of the imperial romance: King Solomon's Mines and As Minas de Salomao," *Portuguese Studies*, 23.1 (Spring 2007): p.71.

第十四章　"帝国的怀旧"与罗曼司的复兴

年变成了一个成熟的、符合帝国标准的绅士。

《所罗门国王的宝藏》《金银岛》和《诱拐》等罗曼司的出版复活了冒险小说,成为未来二十年间出现的男孩行动小说的典范,对大英帝国青少年"情感结构"①形成的影响是深刻而持久的。到远方异域寻宝和探险,不仅成为青少年的白日梦,也激活了成年人的欲望和激情。哈格德以非洲为背景的罗曼司,尤其是《所罗门国王的宝藏》和《她》,吸引了大量移民到南非来定居,其影响力可以从《奈达尔实录》的记者对哈格德1914年的南非之行的报道中略见一斑:

> 谁能够说,究竟有多少强健的拓荒者,是由于童年时代沉迷于罗曼司,被一种浪漫的兴趣所吸引,而离开舒适的家乡,将非洲的荒野开发为文明之地的? 在其同时代人对南非还一无所知的时候,哈格德已经在宣传南非方面做了很多。②

## 三、绅士风度的重塑:勇气与团队精神

维多利亚后期罗曼司的复兴,也标志了旅行文学中主体意识的转向。相比于笛福时代,对独来独往的个体历险的描述和赞美逐渐淡化和消失了,维多利亚晚期的帝国作家更注重培养青少年的纪律、服从、勤勉和团队精神。因为帝国时代需要的是富于献身精神,能够为帝国的利益到处奔走,去遥远的殖民地为其服务的人才,而不是资本原始积累时期那种独来独往的个体,因此,培养团队意识和合作精神就成为帝国作家自觉或不自觉的追求。当代学者约瑟夫·布里斯托(Josepy Bristow)在《帝国的男孩:在成人世界中的历险》(*Empire Boys: Adventure in a Man's World*)一书中提出,19世纪末的历险故事提供了一种男子汉式的教育;而且,在这种男子气和帝国主义之间有着某种连续性。

---

① 关于"情感结构",见本书第十章中的相关论述。
② Lindy Stiebel, "Creating a Landscape of Africa: Baines, Haggard and Great Zimbabwe", *English in Africa*, Vol. 28, No. 2 (Oct., 2001), pp. 123-133.

历险小说被指责为代表一种将男孩教育为帝国主义的成年男子的形式。① 麦克唐纳(MacDonald)进一步指出,维多利亚时代公立学校中的几代男孩,除了古典作家之外几乎没有教别的东西,他们在希腊罗马的爱国主义和为荣誉而献身的观念熏陶下成长起来;到1885年,随着新的帝国主义时代达到顶点,爱国战士的形象在伊顿(Eton)、海莱伯雷(Haileybury)和切尔特哈曼(Cheltenham)等贵族学校中得到有意识的强化。② 而新罗曼司的流行,则为帝国时代的男孩教育提供了一条与公立学校的教育并行不悖,但更加生动形象的途径。通过阅读一本又一本扣人心弦的追寻罗曼司,成长中的男孩逐渐将帝国时代强调的教育理念和价值观内化为自己的内心需要和自觉追求,明白了什么是绅士风度、男子勇气和团队精神。

什么是绅士?《所罗门国王的宝藏》中的主角之一阿兰·夸德曼有着自己的理解:

> 我曾经问过一两次什么是绅士,现在我就来回答这个问题:概括说来,皇家海军军官就是绅士,尽管他们中间会有一些败类。我认为只有广阔的大海和上帝的狂风才能够荡涤内心的痛苦,吹走思维中的黑暗,让他们成为真正的绅士。③

夸德曼给出的这个绅士定义,明显体现了"帝国的怀旧"情结。在一个铁路和汽船已成为主要交通工具的时代,这位老猎手和爵士怀念的是"广阔的大海和上帝的狂风",尽管他和他的团队此次出门旅行并非海上冒险,但徒步穿越浩瀚的非洲沙漠和示巴女王的雪山、追寻所罗门国王遗留的宝藏,也足以激发一个"真正的绅士"的探险激情和男子勇气了。

无独有偶,在谈到海洋时,斯蒂文森《金银岛》中的老乡绅(squire)

---

① See Simon Dentith, *Epic and Empire in Nineteenth-Century Britain*, Cambridge UK:Cambridge university Press,2006,pp.130-131。
② Ibid.,p.132.
③ 里德·哈格德:《所罗门国王的宝藏》,徐建萍译,西安:陕西师范大学出版社2007年版,第6页。

## 第十四章 "帝国的怀旧"与罗曼司的复兴

约翰·屈利劳尼也是这样说的,"到海上去!宝藏才不在我心上呢!使我神往的是壮丽辉煌的大海"①。对海的迷恋贯穿了《金银岛》,成为这部以少年为主角的罗曼司展开的广阔背景。叙述者—男孩吉姆尽管住在庄园宅第里,由猎场老总管雷德拉斯照看着,简直像个犯人;"然而航海的幻想占据了我的整个头脑,异国的岛屿和惊险的奇遇在我心目中展现出最诱人的景象"②。吉姆常常一连好几个钟头研究一张标记着藏宝方位的地图,把上面的每一个细节都牢记在心。他坐在管家屋子里的炉火旁,在想象中从各个不同的方向靠近那个岛,甚至把它表面的每一块小地方都考察过了。最后,少年的白日梦终于变成现实,他偷偷跟着乡绅屈利劳尼,登上了伊斯班袅拉号,在经受了一系列惊心动魄的海上奇遇和荒岛磨难后,终于成功地战胜海盗,一路平安回到英国。吉姆最终获得的不仅仅是一份丰厚的财宝,更重要的是成长为一个英国绅士。而整个罗曼司就是以他晚年回忆的方式讲述出来的。

在另一部罗曼司《诱拐》(Kidnaped)中,斯蒂文森将他笔下的少年主人公置于一种更为复杂、危险,同时也更为刺激、惊悚的情景中。小戴维在父亲亡故后前往一个海滨城市继承遗产,却被卷入了一系列阴谋和意外事件中:他先是被他的叔叔出卖,被诱拐上一艘前往殖民地种植园的大船;这个来自苏格兰内地、从未见过大海的乡下男孩不得不经历了海上风浪和沉船事件。接着,在幸运地成为海难余生者后,又不得不过上一段鲁滨孙式的孤独的荒岛生涯;之后,他成功地登上陆地,但不久又陷入一桩与王室内部叛乱相关的谋杀案,成为官方追捕的对象。小戴维与他新结识的陌生朋友一路逃亡,经历了一系列生理的和心理的磨难,几乎濒临崩溃,最后终于成功地摆脱了各种麻烦,回到他的叔叔居住的城市,得到了他应得的遗产。替他办理遗产继承手续的律师兰基姆先生听了小戴维惊心动魄的经历后,说了如下一番意味深长的话:

> 这是个伟大的史诗,是你自己的一部《奥德修记》。等你学识

---

① 斯蒂文森:《金银岛》,荣如德译,上海:上海译文出版社1980年版,第49页。
② 同上书,第46页。

>再丰富一点,先生,你一定要用顶刮刮的拉丁语把它讲出来;愿意的话用英语也行,不过我是宁愿用更有力度的语言的。你到过了很多地方;世界上哪个地区——(用家乡话说)苏格兰的哪个堂区你没到过呀?另外,你还显示出一种独特的陷入险境的倾向;不错,你在这些险境里的表现都很好。①

这段话中,作者借助律师之口有意突出了男孩的个人历险与古老的史诗之间的联系;并且强调这部个人史诗应该用一种"更有力度的语言",事实上是帝国的语言——拉丁语——讲出来,明显表现了一种帝国的怀旧情结和强烈的叙事冲动。

值得注意的是,在上述这些男孩成长小说或青少年罗曼司中,女性基本上是缺席的。《金银岛》是一个由保守而刻板的乡绅集团和无法无天的海盗组成的男性世界。《诱拐》中的男孩处在由一大堆陌生的成年男人(包括邪恶的叔叔、贪婪的船长、陌生而优雅的绅士、粗野的叛乱分子)组成的世界中左冲右突,寻找着自己的角色定位。与斯蒂文森一样,哈格德也严格遵守着维多利亚时代的性话语禁忌。在《所罗门国王的宝藏》的开头,他信誓旦旦地要读者放心,"整个故事中没有一条裙子(petticoat)存在"。② 尽管因情节需要,中间曾有一个短暂的插曲,一位黑人姑娘爱上了她的白人救命恩人,但最终作者还是让她死在了一个邪恶的女巫手中。叙述者夸德曼爵士坦白地说,"我必须说,按古人的观点来看,她的离开是一件幸运的事,否则的话,肯定会发生复杂的事情"③。

这个"复杂的事情"就是异族婚恋。在哈格德的罗曼司中,殖民探险者在东方的寻宝之旅中总会遇到东方女子的青睐,但最终往往以后者的自动退出(或自杀或他杀)为结局。这不光是因为如书中人物福乐塔所说,"因为太阳无法与黑暗结合,白人和黑人也不能结

---

① 斯蒂文森:《诱拐》,张建平译,北京:人民文学出版社 2006 年版,第 180 页。
② 里德·哈格德:《所罗门国王的宝藏》,徐建萍译,西安:陕西师范大学出版社 2007 年版,第 1 页。
③ 同上书,第 219 页。

## 第十四章 "帝国的怀旧"与罗曼司的复兴

合……"①,也因为总的来说,维多利亚时代是一个性压抑的时代。尽管福柯在《性史》对此曾提出过质疑②,但这个时代的青少年罗曼司无疑是排斥性爱的。按照丽贝卡·司托特(Rebecca Stott)的观点,帝国罗曼司中的帝国话语,成为一种男性制造的话语,表现的是男性的幻想、恐惧和焦虑。所以,罗曼司基本上属于"一种强调男子友情的重要性的话语,它暗中对女性柔弱的影响发出警告。它也是一种公开表现了性幻想和恐惧的话语"。③ 作为替代或转换,男性之间的友情取代了异性之间的爱情。年长的男性往往以男孩代理父亲的身份出现,在后者的成长仪式中扮演了榜样和导师的角色,《金银岛》上的老乡绅屈利劳尼、《她》中的霍利先生等均是如此。在《所罗门国王的宝藏》中,我们看到,三个英国绅士组成的探险队,形成了一个老中青结合的"铁三角"。年长的猎手和老殖民者阿兰·夸德曼提供智慧,年轻而没有非洲经历的亨利·柯蒂斯爵士提供的是他的宽阔的肩膀和强壮的臂力;而古德(Good)上尉,则如其名字所暗示,代表了一位英国绅士最优雅的方面,是一个"在任何气候条件下都要喜剧性地保持英国服饰和风度的皇家海军军官"④。这个团队出发之前先缔结契约,明确各自的权利、义务和责任,体现了传统的绅士风度在商业时代的新发展。他们最初的目的是寻找亨利·柯蒂斯爵士的失散的兄弟,其次才是追寻所罗门国王的宝藏。在此过程中,三位英国绅士经历了种种艰难困苦,经历了一系列惩罚性的考验。这些考验是以地形的变化为标志而逐渐变得严峻的,包括酷热的沙漠、严寒的山区以及随之而来的饥饿。最终结局是一石三鸟的皆大欢喜——团队协助一位正统的非洲国王夺回了王位,并发现了藏宝的山洞,而亨利则找到了自己失散多年的兄弟,并取

---

① 里德·哈格德:《所罗门国王的宝藏》,徐建萍译,西安:陕西师范大学出版社2007年版,第203页。
② 米歇尔·福柯:《性经验史》,余碧平译,上海:上海人民出版社2002年版,第9—22页。
③ Rebecca Stott, "'The Dark Continent': Africa As Female Body In Haggard's Adventure Fiction," *Feminist Review*, No. 32 (Summer, 1989): pp.69-89.
④ Norman A. Etherington, "Rider Haggard, Imperialism, and the Layered Personality," *Victorian Studies*, Vol. 22, No. 1 (Autumn, 1978): pp.71-87.

回大量使他们富可敌国的钻石。

这种男性之间的友谊或团队意识在更年轻一些的罗曼司作家吉卜林(Rudyard Kipling)的小说中也有所体现。据一位国内学者的分析,吉卜林的团体都是一种由共同的世界观、喜好和独特的语言等形成的封闭的小圈子,而且带有共济会的民主特征。像其作品《三个士兵》里的穆尔凡尼、李洛伊和奥塞里斯、《丛林之书》里的莫格里与黑豹巴格拉和熊师巴鲁、《斯托凯与其同党》里的斯托凯和默托克、比托尔等都属于这种封闭的小圈子、理想的社会。《勇敢的船长们》中的"我们在这里"号渔船也是这样一个封闭的团体,一个理想的男性社会。论者一般认为,吉卜林小时在寄养人家受到虐待,有很强的孤独感,因而产生了强烈的归属欲望,而封闭的小圈子则满足了他的这种渴望[①]。但如果我们联系前述的维多利亚时代大背景即可发现,寻求归属感的个人动机背后还有着一个更普遍的"帝国的怀旧"情结在起作用。

从根本上说,"帝国的怀旧"与罗曼司的复兴是一体之两面,反映了维多利亚时代后期的政治无意识,即"反讽性地通过求助于一个被创造出来的过去来使自己心安理得"[②],这种叙事动机反映在叙事模式上,是从诗性的反思转到行动和冒险,刺激因物质主义和功利主义而萎靡下去的帝国精神;反映在主体意识上,则是从重视特立独行的个体精神,转为强调青少年的纪律、服从、勤勉和团队精神,为帝国的进一步扩张培养合格的管理人才。不过,强调这种政治无意识,并不表明以哈格德和斯蒂文森为主将的新罗曼司作家完全就是帝国的代言人,事实上,借助笔下的旅行者穿越时空,他们也对人性的本源和文明的意义作了深层次的探索。正如理查德·利罕在评论哈格德时所说,他的作品"让进化的时钟停止,看到了从人类起源直到现今为止的意义谱系。这些意义只有那些可以在时间中回到过去的旅行者才能发现。哈格德笔下的人物旅行的作用,相当于威尔士的时间机器。通过它,人物不仅

---

① 参见陈兵:《论吉卜林〈勇敢的船长〉中的教育理念》,《外国文学评论》2009 年第 4 期,第 70—80 页。
② 同上。

在空间上从英国来到非洲,而且在时间上从现代工业世界来到原始世界——在小说中,就是已消逝的封建农业社会。跨越陆地之旅也是跨越时间之旅;从后启蒙时期到前启蒙时期,从工业城市到早期农业城市。而农业城市的存在,依靠的是现代人已经远离了的神话作为凝聚力量"[①]。从总体上说,新罗曼司的复兴,既是振兴帝国事业的一针兴奋剂,又是反思帝国精神与人类普世价值的一剂清醒药。

---

① 理查德·利罕:《城市与文学:知识与文化的历史》,吴子枫译,上海:上海人民出版社2009年版,第120页。

# 第十五章　帝国与反帝国的空间表征

维多利亚时代罗曼司的复兴为约瑟夫·康拉德(Joseph Conrad, 1857—1924)对非洲内陆心脏地带("黑暗深处")的进一步探索开了先河。康拉德的早期小说可粗略地归属于航海罗曼司(voyage romance),这些罗曼司基本上是以一个名叫马洛的水手回忆其年轻时代的海上冒险经历为叙事模式的。按照卡尔维诺的说法,康拉德经历了英国资本主义与殖民主义的转型期:从帆船转向轮船。"他笔下主角的世界以小船主的帆船文化为基础,这个世界充满清晰的理性、运作中的纪律,以及与追求利润的卑鄙精神相反的勇气及责任。"[①]卡尔维诺认为,康拉德在讨论海洋与船舶时总是沉浸在形而上的深奥的沉思中,"他不断强调对于帆船时代精神气质的消逝而感到的遗憾,也总是在叙述衰落中的英国海军神话"。[②] 不过,我们也应该看到事情的另一方面。其实,康拉德在带着怀旧情绪追寻失落的帝国精神的同时,也一直在孜孜不倦地探索并反思着人性与道德,尤其是人性中潜伏的动物性问题。像他的先驱哈格德[③]那样,康拉德"一次又一次地把有道德的人驱赶进蛮荒之地,显示其隐秘的野性冲动,面对他们最深层自我的令人恐惧的奥秘"。[④] 当代加拿大女作家玛格丽特·阿特伍德准确地看出了哈格德与康拉德之间的联系,这就是"进入自我的未知领域的旅行,无意

---

[①] 伊塔洛·卡尔维诺:《为什么读经典》,黄灿然、李桂蜜译,南京:译林出版社 2006 年版,第 202 页。

[②] 同上。

[③] 有评论家认为哈格德是英国文学史上第一个以"黑色大陆"(非洲大陆)为背景写小说的作家。他的创作为康拉德对非洲内陆心脏地带("黑暗深处")的进一步探索开了先河。参见叶上威:《新浪漫主义、赖德·哈格德和〈她〉》,见赖德·哈格德:《她》,叶上威译,成都:四川人民出版社 1985 年版,第 3 页。

[④] Norman A. Etherington, "Rider Haggard, Imperialism, and the Layered Personality," *Victorian Studies*, Vol. 22, No. 1 (Autumn, 1978): pp.71-87.

识,以及直面潜伏于其中的无论何种形式的危险和荣耀"①。

1890年,康拉德在刚果待了六个月,为比利时皇家刚果贸易公司(Societe Anonyme Pour Le Commerce Du Haut-Congo)工作。他的《刚果日记》(Congo Diary)记录下他从马塔迪到金沙萨250英里的旅行,记下了不安、障碍、病痛,以及目击的被屠杀的非洲人。他的溯流而上的作品《溯流而上》(Up-River Book)是在皇家德贝尔热号(Roi Des Gelges)的甲板上写下的。按照约翰·麦金泰(John McIntyre)的说法,这两本日志传达的信息与《黑暗深处》和《进步的前哨》一样,只是形式不同而已。②

康拉德的密友和编辑爱德华·加内特(Edward Garnett)在回忆与康拉德的谈话时说,"康拉德的刚果经历是他精神生活的转折点……它们使他从一名海员转而成为一名作家"③。康拉德本人则对加内特说,他觉得他的刚果岁月的确是个人转变的原因,但不是从水手转到作家。恰恰相反,康拉德相信,他经历了一个从"头脑中空空如也的完美的动物"转变为一个具有反思精神,能够运用批判的理性的人的过程。从这些话语中,加内特获得了惊人的印象:在刚果,康拉德的青春"幻想"消逝了,"刚果的阴险的声音带着人类愚昧、卑鄙和贪婪的喃喃低语,将他年轻时代的慷慨的幻想一扫而空,让他窥见了无边无际的黑暗深处"。④ 对此,当代康拉德专家托尼·布朗(Tony C. Brown)指出,康拉德创伤性的邂逅将我们引向拉康的 tuche 或"与真实界的邂逅"。简言之,与真实界的相遇就是达到这样一个点,在这个点上,现实,包括与其一致的"幻想框架消失"(the fantasy-frame-loses)的结构性关系土崩

---

① Margaret Atwood, *Survival*, *A Thematic Guide to Canadian Literature* , Toronto: Anansi, 1972, p.113.

② John McIntyre, *Modernism for A Small Planet*: *Diminishing Global Space in the Locales of Conrad*, *Joyce*, *and Woolf*, National Library of Canada, Acquisitions and Bibliographie Services, 2001, p.157.

③ Tony C. Brown, "Cultural Psychosis on the Frontier: The Work of the Darkness in Joseph Conrad's Heart of Darkness," *Studies in the Novel*. 32.1 (Spring 2000): pp.14-28.

④ Ibid.

瓦解了。①

本文想进一步探讨的问题是,康拉德本人的刚果经历是如何转化为《黑暗深处》中马洛的非洲之旅的?在两种不同经验(现实/虚构)的互动—转换过程中,帝国—反帝国的空间表征发挥了怎样的叙事功能,并进而影响到作者的话语策略、修辞手段,以及与之相关的道德立场?

## 一、帝国的空间表征:祛魅化

霍布斯鲍姆指出,康拉德的小说出版的那些年头,正是"新帝国主义"(the new imperialism)在地理上和修辞上统治非洲的年代②。地理和修辞是帝国主义的空间表征,其主要的物质载体是地图及相关的制图学。按照列伏斐尔(Henri Lefebvre)的观点,空间的表征与生产关系和这种生产关系置于其中的秩序有关,并且因此而与知识、符号、符码以及"正面的"关系有关③。从知识社会学的角度看,制图文化"不仅包含物质性的制图技术,而且还包含一个社会拥有的对制图实践的理解、经验和探索世界的表述方式,以及渗透在这些表述中的社会秩序,后者正是借助这些手段来重新铸造和创造其自身的"。④ 历史地考察,近代欧洲正是通过以地图、地球仪、航海日志、旅行文学等多种空间的表征,"将世界放在纸上"(putting the world on paper)⑤,进而从文本和现实两个层面对世界实行地理和修辞的双重控制的。本尼迪克特·安德森在《想象的共同体》中指出,人口调查、地图和博物馆是帝国主义形塑殖

---

① Tony C. Brown, "Cultural Psychosis on the Frontier: The Work of the Darkness in Joseph Conrad's Heart of Darkness," *Studies in the Novel*. 32.1 (Spring 2000): pp.14-28.

② See John McIntyre, *Modernism for A Small Planet: Diminishing Global Space in the Locales of Conrad, Joyce, and Woolf*, National Library of Canada, Acquisitions and Bibliographie Services, 2001, p.108.

③ Henri Lefebvre, *The Production of Space*, Trans. Donald Nicholson-Smith, Blackwell, Oxford UK: Cambridge USA, 1984, p.33.

④ Megan A. Norcia, "The Adventure of Geography: Women Writers Un-map and Re-map Imperialism," *Victorian Newsletter* (Spring 2003): p.19.

⑤ Peter Hulme and Tim Youngs (eds.), *The Cambridge Companion to Travel Writing*, Cambridge UK: Cambridge University Press, 2002, p.17.

民地的三种主要方式,"地图先于空间现实而存在,而非空间现实先于地图存在。换言之,地图是为它声称要代表的事物提供了模型,而非那些事物本身的模型……它已经变成将地球表面的投影具体化的真实工具了。对于新的行政和要支持其领土主张的军队而言,地图如今已是不可或缺之物了……"①地图"作为一种可见的被殖民和可殖民的空间表述,服务于迅速增长的帝国权力。它们通常将世界描述为一个被削了皮的苹果,供应给那些急切渴望得到土地的人们"。②

1897 年,英国探险家斯坦利爵士(Sir Henry Morton Stanley)在伦敦发表的一次演讲中,以一种"帝国主义的怀旧"(imperialist nostalgia)情调讲到了非洲:

> 非洲与文明世界的利益一直来息息相关,尤其是在眼下即将走到尽头的本世纪上半叶;当时它曾经被认为是一块黑暗和神秘的大陆,它的很大部分内陆在世界地图上还是一片空白。如今,它对于富有进取性的探险家来说已经没有多少奥秘了。当时尚未探明的刚果河流域及其支流,赞比西河谷和大中心湖,如今已经像开普顿和桑给巴尔一样耳熟能详了。以往具有异国情调的地理,如今已经不足为奇了。③

这种"帝国主义的怀旧"情调也正是康拉德,这位从水手转变为作家的波兰裔英国作家所深切感受到的。在《黑暗深处》中,康拉德通过马洛之口安排了两次对地图的怀旧式描述。小说开始不久,马洛坐在甲板上回忆少年时代的他对地图的着迷:"要知道在我还是个小不点儿的时候,我就对地图十分感兴趣。我常常会一连几个小时看着南美,或者非洲,或者澳大利亚的地图,痴痴呆呆地想象着宏伟的探险事业。那时

---

① 本尼迪克特·安德森:《想象的共同体:民族主义的起源与散布》,吴叡人译,上海:上海人民出版社 2003 年版,第 198 页。
② See also Megan A. Norcia, "The Adventure of Geography: Women Writers Un-map and Re-map Imperialism," *Victorian Newsletter* (Spring 2003): p.19.
③ John McIntyre, *Modernism for A Small Planet: Diminishing Global Space in the Locales of Conrad, Joyce, and Woolf*, National Library of Canada, Acquisitions and Bibliographie Services, 2001, pp.121-122.

候地球上还有许多空白点,当我看到地图上某个对我特别具有诱惑力的空白点(不过它们似乎全部如此)的时候,我就会把一个指头按在上面说,等我长大了一定要到那里去。……可是还有一个地方——一个最大的、空白最厉害的,我们这么说吧,地方——我一直急于想去看看。"①但是接着,马洛不无遗憾地说,等到他成人的时候,非洲"已经不再是一个空白点了。从我还是个孩子的时候以来,这里已经充满了河流、湖泊和大大小小的地名。它已经不再是一个令人神往的神秘的空白点了——已经不再是一个可以让孩子做各种美梦的空白了。它已经变成了一个黑暗地区"。②

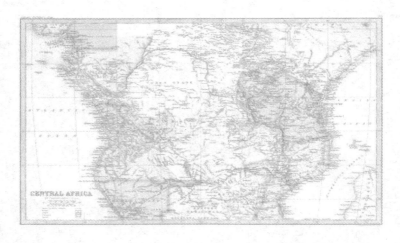

19 世纪末的中非地图,约翰·巴塞罗缪(John Bartholomew)绘制,
伦敦麦克米兰公司 1890 出版。

如果我们回顾一下康拉德本人的非洲经历,他对地理学的兴趣,以及他在少年时代因阅读克林托克爵士的《北冰洋上的狐狸号航行记》而激发的对陌生事物的迷恋,那么,马洛的这种既充满探索的激情,又带有深深的怀旧感的叙述腔调就不难理解了。"这个故事的伟大的现实主义灵魂将我带到对自己内心自我的浪漫主义探索;长时间注视地

---

① 康拉德:《黑暗深处》,黄雨石、方平等译,杭州:浙江文艺出版社 2001 年版,第 109 页。
② 同上。

## 第十五章 帝国与反帝国的空间表征

图而带来的发现体验……我对(地理学的)这种痴迷曾遭受同学室友的嘲笑,一天,我的手指落在当时还是白色的非洲心脏的某个中心点上,我发誓,有一天我要去那儿。"① 对康拉德来说,刚果之旅的价值远不止是给他的小说提供了材料。他说,在这之前,他只是一个动物;在这之后,他失落了幻想,或许只是不再爱普遍人性。因此在发现比利时殖民者在开发中的恐惧、兽性和虚伪后,康拉德像马洛那样发现了一种可怕的情感,自己与丛林中的野蛮人有着割不断的关系。②

《黑暗深处》还有一处提到了地图。那是马洛去非洲之前,在比利时贸易公司的会客室里看到的:

> ……房子的一头是一幅闪闪发光的地图,上面涂满了彩虹所具有的各种颜色。红颜色面积最大——这种颜色无论什么时候谁都看得很清楚,因为我们知道,这表明在那些地方工作已经真正在进行了,蓝颜色的地区也不少,一小块绿色,很少几点橘黄色,在东海岸还有一小片紫色,表明那里正是那些呱呱叫的进步的开路先锋在喝着呱呱叫的浓啤酒的地方。③

在这幅地图中我们看到,随着来自欧洲的不同帝国势力的侵入、分割和规划,非洲——这片充满神秘色彩的前现代的大陆已经被"编码"(encoded)了。自然的地理空间转变成有标记、有符号、有符码的文本—地图。完整、统一的自然空间分崩离析,变成了一张由各种色块拼成的"拼图",表征了不同的帝国势力之间的权力博弈,以及宗主国与殖民地之间的支配—隶属关系。

从地图—文本世界进入现实世界,我们跟随马洛踏上一艘欧洲汽船。汽船标志了18世纪以来欧洲工业革命的成就,也是西方科技、商业和军事三位一体征服未知世界的主要工具。汽船通过压缩时间而征服了空间,又通过征服空间而压缩了时间。沿着刚果河溯流而上的汽

---

① Adam Gillon. "The Appalling Face of a Glimpsed Truth: 'Heart of Darkness'," Joseph Conrad, *Twayne*, 1982, pp.68-77.
② Ibid.
③ 康拉德:《黑暗深处》,黄雨石、方平等译,杭州:浙江文艺出版社2001年版,第112页。

笛声打破了古老的非洲大陆的宁静,预示了一个大规模空间改造和重组时代的到来,其先导就是被称为"文明的前哨"的贸易站。

> 我们的船隆隆前进,停下、抛下几个士兵;然后又向前进,抛下几个海关人员,让他们到那看上去已被上帝抛弃的荒野中,靠着一个难以寻觅的铁皮棚子和一根旗杆,在那里收税;然后再送去更多的士兵——也许就是为了保护那些海关人员。①

贸易站是现代性进程中欧洲商业和帝国扩张的产物,它不是自然形成的原生态空间,而是欧洲殖民者入侵非洲后,对前现代的空间实施测量、绘图和规划的产物。贸易站的空间位置坐落在非洲内陆的刚果河沿岸,其居住者却不是生于斯长于斯的原住民,而是为物质利益所驱动,远涉重洋来到此地的欧洲贸易公司的代理人。对于这些外来者而言,贸易站只是货物和人员的集散地,而不是永久的居留之所。他们对周围的环境既没有认同感,也无意承担伦理责任。这样,非洲空间被糟蹋得千疮百孔就不足为奇了。建立在刚果河沿岸的一个又一个贸易站,在原本完整而统一的非洲大陆上打上了肮脏的补丁,"在层层白色的浪花中,忽然出现几个灰不灰、白不白的污点,污点上方也许正飘扬着一面国旗"②。地图上花花绿绿的代表欧洲"文明"在"野蛮"地区取得进展的空间编码和表征,在现实世界中转化为实实在在的"空间实践"(the spatial practice)。马洛上岸后看到的是一幅自然空间日益萎缩和耗尽,土著居民日益贫困和衰亡的景象——铁路在修建中,矿山在开发中,不断传来爆炸声,土地被炸开,山石飞溅,未完成的铁轨和机器碎片被抛在路边。借用列伏斐尔的话来说,这是"由科学家、规划师、城市规划师、地块划分商、社会工程师设计出来的概念化的空间,是这些人在确定生活的、感知的和设计的空间三者间的统一。在任何社会中这是占主导地位的空间"③。原本神秘的非洲大陆在欧洲帝国的征

---

① 康拉德:《黑暗深处》,黄雨石、方平等译,杭州:浙江文艺出版社2001年版,第117页。
② 同上。
③ Henri Lefebvre, *The Production of Space*, Trans. Donald Nicholson-Smith, Oxford UK: Cambridge USA: Blackwell, 1984, pp. 38-39.

服和开发下正在逐渐失去它的原始魅力:

> 关于那段行程,没有必要给你们讲很多了。反正是东一条路,西一条路,到处都是路;人踩出来的崎岖的道路网展开在那一片荒漠的土地上,穿过很深的野草,穿过被烧过的野草,穿过丛林,在一条阴森的山沟里上来又下去,遇到一个冒着火焰的火山,上去又下来;一片荒凉,看不见人,也看不见一间草房。这里的居民很久以前就已经逃光了。①

马洛的这段描述使人联想到但丁地狱中的景象,但这是欧洲帝国在非洲大陆上制造出来的人间地狱,揭示了西方在空间想象上的萎缩和道德方面的衰败。

这样,我们看到,康拉德借助马洛的眼睛在地图—文本中看到的非洲,与他在旅行—现实中观察到的非洲互相对应、互为表里。地图—文本上的非洲是一个被欧洲书写、分割和符码化的"空间的表征"(the representation of space),而旅行—现实中的非洲则是一个千疮百孔、在西方现代性进程中被编码、被"祛魅",且无法还原的"表征的空间"(the representational space)②。

## 二、反帝国的空间表征:再魅化

在《黑暗深处》中,康拉德一方面无可奈何地宣告了世界的"祛魅化",另一方面又试图通过对刚果河的"再魅化"来对非洲大陆实行补偿和救赎。这种救赎首先体现在地图中河流—蛇意象的引入。

> 可是那里有一条河很特别,一条非常大的河流,你在地图上可以看到,像一条尚未伸展开的大蛇,头放在海里,身子曲曲折折安静地躺在一大片土地上,尾巴却消失在大陆深处。我在一家店铺的窗口的地图上一看见它,就让它迷住了,像蛇迷住了小鸟——一

---

① 康拉德:《黑暗深处》,黄雨石、方平等译,杭州:浙江文艺出版社2001年版,第125页。
② Henri Lefebvre, *The Production of Space*, Trans. Donald Nicholson-Smith, Oxford UK: Cambridge USA: Blackwell, 1984, pp.38-39.

只愚蠢的小鸟。①

充满原始活力的大河—大蛇意象,在死气沉沉的符码化地图中特别显眼,两者之间形成了强烈的对比和空间张力。借助这个能使人产生各种神秘联想和宗教隐喻的空间表征,被"祛魅化"的非洲又部分恢复了它的魅力。曲折伸展的蛇形河流,将被欧洲列强分割为碎片的非洲大陆重新联为一体,似乎体现了一种超越人类意志的、反分割、反征服、非理性的蛮荒之力。这样,我们看到,在马洛的故事展开之前,两种不同的地图—空间表征之间形成的叙事张力——帝国与反帝国、已知与未知、祛魅化与再魅化——已经为整个小说人物和情景的设置埋下了伏笔。在之后展开的故事中,康拉德进一步借助各种叙事策略和修辞手段,试图修复或还原非洲大陆原有的神秘性,进而为在空间和道德两方面都无可挽回地走向衰败的欧洲文明,找到一条自省和救赎之路。

希利斯·米勒(J. Hillis Miller)在《重访〈黑暗深处〉》一文中曾提出,康拉德是在用一种启示录般的语言讲述马洛和库尔茨的故事。他特别提到了小说开头叙述者讲的一段话,来说明马洛讲述其故事的独特方式:

> 海员们的故事都是简单明了的,它的全部意义都包容在一个被砸开的干果壳中。但是马洛这个人(如果把他喜欢讲故事的癖好除外)是很不典型的,对他来说,一个故事的含义,不是像果核一样藏在故事之中,而是包裹在故事之外,让那故事像灼热的光放出雾气一样显示出它的意义来,那情况也很象雾蒙蒙的月晕,只是月光普照下才偶尔让人一见。②

从这段引文出发,米勒用了大量的例证来辨析寓言、隐喻和启示录之间的联系与区别,强调《黑暗深处》具有启示录式的语言特征③。米勒的

---

① 康拉德:《黑暗深处》,黄雨石、方平等译,杭州:浙江文艺出版社2001年版,第109—110页。
② 同上书,第106页。
③ J. Hillis Miller, "Heart of Darkness Revisited," *Conrad Revisited:Essays for the Eighties*. Ed. Ross C. Murfin,The University of Alabama Press, 1985,pp.31-50.

## 第十五章　帝国与反帝国的空间表征

分析令人耳目一新,但遗憾的是,他没有进一步剖析启示录式的语言特征与空间表征之间的关系。在笔者看来,这两者之间的关系非常重要。康拉德之所以要采用启示录式的语言,是为了给已被祛魅化的非洲空间来一番再魅化和再符码化,进而部分恢复非洲的原始神秘性。而这种再魅化和再符码化正是通过反帝国的空间表征与叙述策略的紧密结合来达到的。

反帝国的空间表征采用的第一种手段是将叙事语境神秘化和再魅化。如所周知,《黑暗深处》中的整个故事,无论是对非洲大陆的描述,还是对现身于其中的人物的刻画和事件的再现,均是通过马洛之口讲述出来的。整部小说是一个大的讲述,是讲述中的讲述,是关于讲述的讲述。黑暗和阴影笼罩了整篇小说,无论是叙述框架还是叙述内容都被蒙上了一层神秘朦胧的色彩。马洛讲述非洲故事的时间从涨潮一直持续到退潮,从傍晚一直延伸到深夜。在此过程中,他的外在形象经历了一个从清晰到模糊直至消失的过程,声音与形象逐渐分离、凸现、独立;到最后,我们只听得到叙述者的声音而看不到他的形象了。换言之,马洛的个人声音被"非人格化",甚至"非人化"了。听者觉得,马洛讲述的故事"似乎并非假人之口,而是在河水上空重浊的夜空中自己形成的故事"[1]。于是,讲述本身就成了一种仪式,带上了本雅明式的"灵氛"或"光晕"。

从马洛讲述的内容来看,他的非洲之旅本身也被笼罩在一种神秘的氛围中。他乘坐的汽船一直在月光下或大雾中行进,只有上岸的时候才偶尔见到阳光。但阳光似乎并未给马洛的观察带来便利,反而遮蔽了真相的显现——"太阳忽然迸发出一阵强光,让人一时间什么也看不见了"[2]。托尼·布朗指出,在《黑暗深处》中,马洛在雾中的迷失与他在荒野中遇见库尔茨时的困惑在某个方面形成反差。前者代表了盲目的白色的迷失,后者则是与一种不可穿透的黑暗相遇;这两种状态产生的根本性差别——尽管绝不是互相排斥的——主要分别与认识论

---

[1] 康拉德:《黑暗深处》,黄雨石、方平等译,杭州:浙江文艺出版社2001年版,第136页。
[2] 同上书,第119页。

和意义有关。雾的不可分辨性表现了认识论上方向感的迷失,在某种意义上可以归因于马洛切断了与启蒙的联系,失去了判断力。这就是说,马洛关注的是在雾中认识的困难。汽船的两侧模糊不清,一切都被剥夺了视觉和听觉,剩下的世界化为无声无形的"乌有"。简言之,马洛在这里面对一个因产生知识而必要的感觉冗余所造成的认识论问题,结果是"世界化为乌有"[1]。但笔者认为,康拉德的本意似乎并不在于表现抽象的认识论或认知问题,而是有意想给被欧洲帝国编码和祛魅的非洲大陆重新蒙上一层认知的"雾气",使其再魅化,进而恢复或部分恢复其神秘性。这种叙事策略不光体现在月光或雾气与阳光的对立中,也体现在形象与声音,人为声音与自然音响的对立中。

综观整个文本中的描述,岸上的世界与河上的世界似乎是对立的,马洛的视觉和听觉好像也是分离的。在岸上时,马洛更多用视觉来观察世界,他在阳光下看到的是一个被分割得七零八落,被开发得面目全非的非洲大陆;而在汽船上,他更多用的是听觉,感觉到的是一个统一的、带有某种原始意味,且令人恐怖的非洲大陆——不断传来的荒野的呼吸声、风声、树叶的簌簌声、波浪的拍击声,以及土人发出的尖叫声、鼓声和箭矢的嗖嗖声,构成一种超越人类语言的"阈下交流"(subliminal communication),传递出一种更高、更神秘的意义。因此,整部小说中,声音盖过了形象,无意义的噪音盖过了有意义的人声。来自不同源头的物体不断发出声音(人声、鼓声、喊声、尖叫声等),但传递出来的信息不断地被误读和误解,形成交流的困难和不畅,进而造成人与人之间,尤其是白人与黑人之间的冲突。两个不同的世界、两种不同的感官之间的差异,实际上反映了非洲大陆在欧洲帝国的强权压迫下,正以自然的感知空间(space perceived)对抗着人为的规划空间(space conceived)[2],以反帝国的空间表征对抗着帝国的空间表征。

如上文所引,马洛的讲述的确非同一般,他的讲述是漫谈式、发散

---

[1] Tony C. Brown, "Cultural Psychosis on the Frontier: The Work of the Darkness in Joseph Conrad's Heart of Darkness," *Studies in the Novel*, 32.1 (Spring 2000): pp.14-28.

[2] Henri Lefebvre, *The Production of Space*, Trans. Donald Nicholson-Smith, Oxford UK: Cambridge USA: Blackwell,1984,pp.41-42.

## 第十五章 帝国与反帝国的空间表征

式的,叙述的意义与空间不可分离,小说中旅行空间的转换与叙事空间的转换是互为因果、无法分离的;空间不断地在超越意义,增生意义,而意义也在不断地超越空间,溢出空间。而这种叙述方式也就是小说开头所说的,不是像一般海员讲述的那种意义"像果核一样藏在故事之中"的传统讲述方法,而是意义"包裹在故事之外,让那故事像灼热的光放出雾气一样显示出它的意义来"的独特叙述手法。

更为重要的,但也一直被批评家们忽视的一个问题是,马洛到非洲来的动机是什么?对此,无论是马洛本人,还是小说中无名的叙述者,似乎都没有交代清楚。小说开头马洛自述,他是出于一种探险的兴趣("弄条汽船来驾驶驾驶"),通过他的老姨妈托熟人、找关系,才找到一份内河汽船上当船长的工作的。由此看来,马洛的动机似乎更多出于非功利性的冒险冲动,而不是出于功利性的谋划和打算。故事的核心人物库尔茨原本不在马洛的视野范围内。他是在前往贸易站的半途中偶然听到会计主任说起这个神秘人物后,才对库尔茨发生兴趣的。尤为重要的,他是在听说库尔茨主动放弃了回欧洲当经理的机会、自愿和几个土人坐着独木舟进入非洲荒野深处之后,才忽然对这个人物产生了强烈的好奇心,并进而执著地追寻这个谜一般的人物的。换言之,马洛的非洲探险动机有一个明显的转换,从抽象地追求一种冒险生活转到具体地追寻一个冒险人物。而这个转换也正是我们理解作者创作意图的关键。在小说的整个叙述过程中,马洛不断转换着他的空间,进入不同的情景,遇到不同的烦恼和琐事,与不同的人相遇,听他们讲库尔茨的故事。马洛不断地追寻着库尔茨的行踪,而库尔茨却始终隐匿不见,并且一直在有意躲避他(他命令土人攻击汽船就是一个明证)。等到马洛最终与库尔茨面对面相遇时,他已经濒临死亡。而小说的叙事也差不多接近尾声了。

这样,库尔茨的神秘性就成了非洲的神秘性的一部分。他从文明世界进入"黑暗深处"的过程,也就是从已知空间走向未知空间,并借助尚处在前现代阶段的非洲荒野和原住民将自身神秘化和神圣化的过程。令马洛着迷的正是这一点。因为在这个人身上,他发现了自我中的另一面,而这个另一面本身又具有两重性。从正面来看,库尔茨代表了一种现时代已经失落或正在失落的帝国精神——冒险的热情、探索的勇气和毅力；从负面来看，则又代表了道德上的堕落和自我放纵。库尔茨放纵自己的本能欲望，无所约束地"返祖"到人类最原始最野性的"黑暗深处"，完全按照恐怖的丛林法则行事，在原住民中建立起独裁统治。而马洛本人则在库尔茨"跨出那悬崖的边缘"的时候，"收回了……犹豫不决的脚步"①。换言之，库尔茨的所作所为，在某种意义上正是马洛想做而最终没有做的。因此，非洲荒野就被表征为一个既充满神秘的魅力，又具有道德危险性的原始空间。作为帝国的一员，在一个祛魅化的时代中，康拉德既希望非洲大陆保持其原始魅力和蛮野活力，又希望欧洲帝国保持其冒险精神和探索勇气。如果没有了未知的空间，一切都如阳光照耀下的大陆那般清晰，一切都可以放在地图上加以编码、规划、分割，那么帝国精神就将荡然无存。但这是一个永远无法解决的悖论。探索总会有所发现，总会将未知的变为已知的，神秘的变为祛魅的，而一旦文明占据并改造了野性的空间，神秘性消失殆尽，人类就会丧失其冒险精神和原始活力。从《黑暗深处》可以明显看出，帝国不但在道德上堕落了，而且也失去了昔日的空间想象和冒险精神——殖民冒险家要么变成疯狂的象牙掠夺者，要么转化为打扮入时、工于算计的会计主任之类的代理人；昔日帝国的开拓者已成为汽船上那些胆怯、懒散、穿着睡衣的移民，他们只会享受已有的文明成果，面对土人的攻击吓得连枪也不敢放。如何解决这个因帝国的扩张、科技的发展而造成的空间的压缩、世界的祛魅化所带来的文明与野蛮、进步与退化的悖论，无疑是康拉德在《黑暗深处》中既给自己，也给他的同时代人提出的一个关键问题。

## 三、女性形象与空间表征

由于康拉德小说中的故事主要发生在全是男性的船上，或是其他全是男性的社会空间或工作场所中，因此，女性形象或多或少被一些批

---

① 康拉德：《黑暗深处》，黄雨石、方平等译，杭州：浙江文艺出版社2001年版，第119页。

## 第十五章　帝国与反帝国的空间表征

评家忽视了。约翰·彼得斯(John Peters)认为,在《黑暗深处》中女性是"置身事外"(out of it)的。她们生活在一个远离男性世界的严酷现实的社会中①。但笔者认为,事实恰恰相反。细读文本可以发现,在《黑暗深处》的空间表征中,女性不但没有"置身事外",而且对男性世界的行动产生了至关重要的影响。小说中两个主要人物马洛与库尔茨均是通过欧洲女人才进入非洲,并与之发生联系的。从叙事学角度看,欧洲男性与欧洲女性之间形成一种转喻关系,非洲女性与非洲大陆之间又形成一种隐喻关系;而这种微妙的转喻—隐喻关系又与帝国—反帝国的空间表征紧密相关。

马洛自述,他的非洲之旅是通过他的姨母托关系走门路才得以成行的。当他进入贸易公司办公室签约时,看到两个身穿黑衣的女子坐在门道里,不停地编织着黑羊毛线,马洛在描写这些女人时以冷峻的反讽口气,引用了一句拉丁语:编织黑羊毛线的女人万福,死神向你致敬。② 按照莉斯·布伦特(Liz Brent)的观点,这两个女人编织的黑毛线和她们身上穿的黑衣,与整个小说的核心意象"黑暗"形成对应——黑暗与死亡、未知和罪恶相关。因此,这些女人守卫的"黑暗之门"对于那些天真地与公司签约的男人来说就是一条死亡通道③。笔者认为,黑暗之门—死亡通道的意象与巴赫金在《小说的时间形式和时空体形式》中分析过的"门坎时空体"有着某种相似之处。按照巴赫金的看法,"门坎"一词本身在实际语言中,"具有一种隐喻意义(与实际意义同时),并同下列因素结合在一起:生活的骤变、危机、改变生活的决定(或犹豫不决、害怕越过门坎)"。④ 从人类学角度看,门坎属于既不在此、也不在彼的"阈限空间"(liminal space),跨过"黑暗之门"就是越过

---

① John G. Peters, *The Cambridge Introduction to Joseph Conrad*, Cambridge UK: Cambridge University Press, 2006, p.27.
② 康拉德:《黑暗深处》,黄雨石、方平等译,杭州:浙江文艺出版社2001年版,第113页。
③ Liz Brent, "Critical Essay on 'Heart of Darkness'." *Short Stories for Students*. Ed. Jennifer Smith. Vol. 12. Detroit: Gale Group, 2001. 〈http://go.galegroup.com/ps/start.do?p=LitRC&u=jiang〉. 2010-1-9
④ 巴赫金:《巴赫金全集》第三卷,钱中文主编,石家庄:河北教育出版社1998年版,第450页。

存在的界线,从欧洲城市来到非洲大陆,处在善与恶、文明与野蛮、道德与邪恶交织在一起的帝国—反帝国的空间表征中。

女性对马洛来说主要起到引导他跨越熟悉的空间、进入陌生的异域空间的作用,而对库尔茨来说,则有着更为亲密的关系和重要的意义。库尔茨是在其欧洲未婚妻的支持下来到非洲的,之后又与一位非洲女性发生了性关系。按照弗洛伦斯·瑞德利(Florence H. Ridley)的观点,两个女人代表了两种控制库尔茨的相反的力量。一种是野蛮本身,狂野而黑暗,宏伟而危险;另一种则是信念,光明,美丽,用马洛的话来说,是忠诚的力量的象征,在一切外在的约束都消失后,这是必要的①。对此,罗伯特·汉普森(Robert Hampson)提出不同看法,认为非洲女人与生命、活力和激情相关,而欧洲女人则与无生气和死亡联系在一起②。上述两种观点都过于绝对,将复杂的关系作了简单的两分法处理。笔者认为,要准确理解两位女性在文本中的叙事功能,还得进一步联系与之相关的空间表征和作者采用的话语策略。

细读文本我们发现,库尔茨的两位女性都没有名字,叙述者只提到了她们的身份——未婚妻(the intended)和情人(the mistress)。从社会学角度看,未婚妻是经过社会编码、属于男性可以合法拥有的财产(在19世纪尤其如此),而情人则是未经社会编码、尚未被男性合法拥有的女性。这个看起来不显眼的细节与小说中的空间表征是互相呼应的。小说中与非洲情人相对应的是尚未被编码、因而尚未失却其原始魅力的感知空间,而与欧洲未婚妻相对应的则是已经过帝国编码和规划的人为空间。作为一个来自欧洲的男性—殖民者,库尔茨先是借助帝国的暴力进入非洲内陆—身体,之后再通过性进入非洲女性身体。非洲女性就是小说开头地图上出现的那条既迷人又凶恶的河流—蛇的化身,在马洛的描述中,女性—非洲这两个身体(body)是合二为一的:

---

① Florence H. Ridley, "The Ultimate Meaning of Heart of Darkness," *Nineteenth-Century Fiction*, 18.1 (June 1963): pp. 43-53.
② Robert Hampson, "'Heart of Darkness' and 'The Speech that Cannot be Silenced'," *English*, 29.163 (Spring 1990): pp. 15-32.

## 第十五章 帝国与反帝国的空间表征

> 她显得既野蛮又无比高贵,眼神既狂野又威严;在她那不慌不忙的步伐中,既有某种不祥的威胁,又有一种庄严的气概。在忽而降临到整个那片悲伤的土地上的宁静之中,那无边的荒野、那充实而神秘的生命的巨大身躯,似乎正凝望着她,思虑万千,仿佛她所观望的正是它自己的神秘而热情的灵魂。①

在马洛心目中,库尔茨对蛇—河流—非洲的征服,代表了帝国初创阶段的冒险和探索精神的复活。但与此同时,他又在女性—蛇—荒野的诱惑下,放纵自己,跨越了道德底线,堕落为一个自我崇拜狂和杀人恶魔。在执掌"漫无止境的权力"时,库尔兹也从自身见证了人性的极端堕落,见证了人心中最黑暗的深渊。这深渊是如此黑暗,以至于连他自己都感到了恐怖。库尔兹临终前著名的喊叫:"太可怕了!太可怕了!"可以理解为既是对他自己,也是对西方殖民者内心黑暗的一种恐惧的反应。马洛既崇拜库尔茨身上残存的帝国冒险—探索精神,又拒斥与之相关的帝国主义行径,并对之进行了遣责和批判。

马洛在结束溯河而上、进入黑暗深处的非洲旅行之后,回到了另一个黑暗的深处——欧洲,"那个坟墓城",生活在这里的人们虽生犹死,犹如但丁地狱中的鬼魂,失去了得救的希望,既没有远大的理想,也没有探索的激情和空间想象,"他们匆匆地从大街上跑过,目的不过是彼此偷盗几个小钱,去吞下他们恶心的饭食,去喝下他们的几杯不卫生的啤酒,去做他们的毫无意义的愚蠢的梦"。② 在马洛看来,这是另一种恶,平庸之恶。与这些人们相比,库尔茨的激情之恶似乎反倒具有了某种价值。这里,康拉德再次触及了文明与野蛮、道德与邪恶、帝国的冒险精神与小市民的安逸生活之间的悖论。正如安德列·怀特(Andrea White)所说,康拉德既赞赏19世纪以来的冒险传统取得的成就,又试图摒弃与之相关的帝国主义包袱③。

---

① 康拉德:《黑暗深处》,黄雨石、方平等译,杭州:浙江文艺出版社2001年版,第179页。
② 同上书,第193页。
③ John G. Peters, *The Cambridge Introduction to Joseph Conrad*, Cambridge UK: Cambridge University Press, 2006, p. 132.

在上述背景下,欧洲女性的出现尤为引人注目。马洛特别强调了库尔茨的未婚妻出现的空间——"这时天已经黑下来。我得在一个高大的会客室里等待着,这会客室有三个从顶棚直通到地面的长窗子,看上去很像三根用布幔遮着的光亮高大柱子。屋里家具的闪着金光的曲腿和椅背,在眼前呈现出一些轮廓不清的曲线"①。在这个特定的空间中,光与阴影的对比被强化了。在两人谈话的过程中,随着时间的流逝,屋里显得越来越暗,她的整个身体被笼罩在黑暗中,只有她的额头被光照耀着,"仿佛那个阴郁的黄昏的凄凉光线全都聚集在她的额头上了"。② 这里,康拉德再次突出了空间与身体的转喻/隐喻关系。库尔茨未婚妻身上光明与黑暗的融合与对比,象征性地对应了欧洲这个"表征的空间"在文明与野性,自由与约束,警察与肉铺之间的对立。她对库尔茨始终抱有的信心代表了一种失落的帝国精神,她额头上的光芒照亮了马洛的内心世界。总之,看起来似乎"置身事外"的女性,无论是非洲的还是欧洲的,均以其特殊的方式介入了严酷的男性世界,成为帝国—反帝国空间表征中的有机组成部分。

综观《黑暗深处》,马洛的旅行形成一个完整的空间循环,他从欧洲出发来到非洲,在经历了一番痛苦的磨难和震惊的体验后,又回到了欧洲。这是一个从此处到彼处,再回到此处的过程。然而,这不是身体在空间中简单的位移和重复运动,而是灵魂经历的一种仪式性折磨(ritual ordeal)和升华。对康拉德来说,通过马洛的非洲之旅,他再次穿越了两个不同的表征空间,进而看透了西方帝国和都市的现实,这样,康拉德-马洛就"颠倒了西方作为文明和光明场所的理想自我形象,并为打破这个自我形象的永恒性提供了某种批评的杠杆作用"③。

---

① 康拉德:《黑暗深处》,黄雨石、方平等译,杭州:浙江文艺出版社2001年版,第196页。
② See Victor Turner, *Image and Pilgrimage in Christian Culture: Anthropological Perspectives*, New York: Columbia Universitu Press, 1978.
③ Tony C. Brown, "Cultural Psychosis on the Frontier: The Work of the Darkness in Joseph Conrad's Heart of Darkness," *Studies in the Novel*. 32.1 (Spring 2000): pp.14-28.

# 第十六章　机械时代的"地之灵"追寻

在维多利亚时代的英国作家中，D. H. 劳伦斯（D. H. Lawrence）似乎是个异数。这位出生于英格兰心脏地带——诺丁汉的矿工的儿子，几乎一辈子处在旅行、逃离或自我放逐中。正如当代旅行文学专家福塞尔（Paul Fussell）所说，"对他（劳伦斯）来说，正如对大多数工业时代的旅行家一样，旅行既是一种逃避也是一种追寻。在他那里，是逃避一个他讨厌的谨慎和情感退化的英国，是追寻任何一个活生生的、充满力量的、不自私的地方"[①]。诺丁汉大学劳伦斯专家约翰·华森教授（Prof. John Worthen）在其新版的《劳伦斯传》（D. H. Lawrence: The Life of An Outsider，2005）中进一步指出，他的生活由"一系列的逃离（escapes）"组成，逃离"闭塞和窒息的感觉"[②]。从劳伦斯身后留下的50卷小说、诗歌、散文和书信来看，这些不同类型的作品基本上是在不停的旅行、逃离或自我放逐的过程中构思、写作、或修订完成的。安东尼·伯吉斯（Antony Burgess）认为，劳伦斯的所有作品中，最迷人的（the most charming）是他写的游记作品。[③] 劳伦斯一生去过无数地方，欧洲的德国、意大利、撒丁岛、瑞士和法国，亚洲的锡兰（斯里兰卡）、澳大利亚和塔希提岛，北美的纽约和墨西哥都留下了他的足迹，但他似乎对意大利情有独钟。如所周知，劳伦斯总共写了4部游记，其中3部都与意大利有关，即《意大利的黄昏》《大海与撒丁岛》和《伊特鲁利亚人的灵魂》。我们不禁要问，意大利究竟有什么东西吸引他，促使他一而再、再而三地踏上这片土地，细察之，寻访之，思索之，并书写之？

---

[①] Paul Fussell, *The Norton Book Of Travel*, New York &London: W. W. Norton &Company, 1987, p. 475.

[②] Raymond Carr, "New Age Traveler," *The spectator* (March 2005): p. 44.

[③] See Bridget Chalk, "I am not England: Narrative and national Identity in Aaron's Rod and Sea and Sardinia," *Journal of Modern Literature*, Volume 31, Number 4, p. 67.

## 一、意大利灵魂的两极

一些西方评论家认为,第一次世界大战是劳伦斯生命中"决定性的危机"(a defining crisis),对他来说,这不是一场英雄主义自我牺牲的战争,而是人类依附机器犯下的一桩野蛮的大屠杀罪行。① 《意大利的黄昏》(Twilight in Italy)写于大战爆发前的 1913 年,出版于大战正酣的 1916 年。劳伦斯开始时想把它起名为《意大利岁月》(Italy Days),但他的出版商不喜欢这个标题,认为它既会引起误解,也不够醒目。改用《意大利的黄昏》之后,作家的意图和动机更加明确了。按照巴巴拉兄弟和朱丽娅·葛吉兹(Barbara Brothers and Julia M. Gergits)等人的说法,"黄昏"(Twilight)一词具有多重含义,不仅指字面上的白天与黑夜的融合,而且也是太阳与月亮,智力与心灵,理性意识与血性意识,现代工业世界与更为原始的情感世界的相交。② 这个标题暗示着正在描述的古老的意大利的终结,也给本书的大部分内容笼罩上一层神秘的氛围。③

旅行家汤姆林森(H. M. Tomlinson)说,劳伦斯是"一个优雅而敏感的感觉器官(sensorium),对任何物理性的事实都会发出颤抖和嚷叫"④。而在赫胥黎(Aldous Huxley)眼中,劳伦斯似乎属于"那种神秘的物质主义者"(a kind of mystical materialist)⑤。这个"优雅而敏感的器官"对物理性的地域和神秘的灵魂间的关系,似乎有着特别灵敏的感知和意识。

"地之灵"(the spirit of place)这个概念,是劳伦斯后来在《美国文

---

① Raymond Carr, "New Age Traveler," *The spectator* (March 2005):p.43.
② Barbara Brothers and Julia M. Gergits (eds.), *British Travel Writers, 1910-1939*, Detroit, Washington, D. C., London:A Bruccoli Clark Layman Book, Gale Research 1998, p. 182.
③ See Barbara Brothers and Julia M. Gergits (eds.), British Travel Writers, 1910-1939, Detroit, Washington, D. C., London:A Bruccoli Clark Layman Book, Gale Research 1998, p. 187.
④ Ibid.
⑤ Paul Fussell, *The Norton Book Of Travel*, New York &London: W. W. Norton &Company, 1987, p.475.

## 第十六章 机械时代的"地之灵"追寻

学经典研究》(Studied in Classic American Literature)中提出的。劳伦斯认为,"每一个大陆都有其伟大的地域之灵。每一国人都被某一特定的地域所吸引。地球上的不同地点放射着不同的生命力,不同的化学气体,不同的星座放射着不同的磁力——你可以任意称呼它。但是地域之灵确是一种伟大的真实"①。这个带有某种神秘的宿命意味的思想,在《意大利的黄昏》中已经初露端倪,只不过其范围尚未从旧大陆扩展到新世界。劳伦斯在这里追寻的不是一个大洲或一片大陆的灵魂,而是一个更为具体的、狭窄的地之灵。

首篇《跨越群山的十字架》记录了作家从慕尼黑穿过蒂罗尔,徒步行走在通向意大利的皇家大道时,一路看到的乡村景观——"一座十字架接着一座十字架带着它们的篷顶渐渐地、朦胧地隐现出来,这些十字架似乎在整个乡村制造了一种新的氛围,一种黑暗,一种在空中的凝重"②。在劳伦斯看来,十字架上那些由当地农民自己亲手雕刻的耶稣像,它们那或粗俗或精致的风格,或痛苦或高贵的表情,体现了不同地域的民族特征和文化个性,是构成地域之灵的重要内容和核心。物理性的地方与精神性的灵魂之间有着某种神秘的联系。"地域的物理面貌与生活于其中、并被其塑造的人们融为一体了。"③

共由8章组成的《在加尔达湖上》,是整个游记的核心内容。劳伦斯通过一系列细致入微的观察和精心的描写,刻画出了意大利民族灵魂的两极——白天与夜晚、光明与阴影、本能与理智、感官与精神,以及身体与心灵的矛盾与对比。年老的纺纱女代表了意大利人感性的、本能的、无意识的一极。作家着意描写了老妇人的纺线动作,那是一种无意识的、出于本能、不假思索的动作。纺纱女从身体到感官,完全沉浸于自己的劳作中,完全与自然力合为一体了。她几乎不需要费多大力气,本能地就能让自己手指的动作适应于纺车的转动,纺出一梭梭毛线来。纺纱女的本能与感官、身体与心灵完全协调一致,她甚至注意不到

---

① D. H. 劳伦斯:《劳伦斯论美国名著》,黑马译,上海:三联书店2006年版,第7页。
② D. H. 劳伦斯:《意大利的黄昏》,文朴译,北京:中国文联出版公司1997年版,第2页。
③ Barbara Brothers and Julia M. Gergits (eds.), *British Travel Writers, 1910-1939*, Detroit, Washington, D.C., London: A Bruccoli Clark Layman Book, Gale Research, 1998, p.179.

周围的世界,注意不到陌生人的存在。劳伦斯说:"对她来说,我只是周围环境的一部分。仅此而已。她的世界是明朗的、纯粹的,没有自我意识。她没有自我意识,因为她并不知道除了她的世界以外,世界中还有任何东西。在她的世界中,我是陌生人,一个外国先生(signore)。我有一个属于自己而不属于她的世界,是她想象不出的世界。"①"她似乎就像《创世纪》,就像世界的开端,就像第一次清晨。她的眼睛就像天地间的第一个清晨,永远不老。"②老妇人代表的这个世界,是与机械主义相对的、前工业时代的遗存,也是一个正在无情的现代化过程中飞快消逝的世界。

与纺纱女形成对照的,是作家从教堂高处向下望的时候,看到的两位正在散步的僧侣。他们用僧侣特有的一种大而懒散的步子走着,边走边说着悄悄话。除了大而诡秘的步子和靠向一起的头,什么动作也没有。但是,作家感觉到,"他们的谈话有一种渴望。仿佛幽灵般的生物从它们寒冷、隐蔽的地方冒险跑出来一样,他们在荒凉的花园中走来走去,以为没有人能看到他们"。③"他们的谈话中既没有热血也没有精神,只有法律,只是平均的抽象。阳性与阴性乃是无限的。但平均只是中庸。而这两个僧人在公允的路线上踏过来又踏过去。"④这里,僧侣的神秘性、精神性、沉思性和无动作性,与纺纱女出于感官的、本能的、忘我的、无意识的动作形成了鲜明的对比。在劳伦斯看来,前者代表了夜晚的灵魂,后者代表了白昼的灵魂,两者合在一起,就构成了意大利的"地之灵"。但两者的结合是一种理想的状态,在现实中是不可能实现的。

巴巴拉兄弟和朱丽娅·葛吉兹认为,"劳伦斯的旅行写作与其说是描述了其所拜访过的人们和地方,不如说是记录了他自己对之作出的反应。地方是物理性的存在,但读者能够进入劳伦斯的内心世界,知

---

① D. H. 劳伦斯:《意大利的黄昏》,文朴译,北京:中国文联出版公司1997年版,第26页。
② 同上书,第28页。
③ 同上书,第33页。
④ 同上书,第34页。

## 第十六章 机械时代的"地之灵"追寻

道他对这些地方和人群的情感。"①不仅如此,笔者认为,在许多场合,劳伦斯是在借旅行写作之便,不断地提出、印证、重述、修正或完善自己的血性意识和阴茎崇拜理论。

在《柠檬园》中,作家从他下榻的旅馆的整体空间布局、色彩搭配,以及房间内外的明暗对比等细节出发,沉思"意大利的灵魂"。他认为,意大利人之所以具有吸引力、讨人喜欢、漂亮,就在于他们崇拜肉体中的神性。这一点,他从旅馆老板这里得到了证明。旅馆老板因自己没有孩子而感到羞愧,在自己的太太面前,在前来住宿的客人面前感到抬不起头来。"他存在的理由似乎就是要有个儿子。可是他没有孩子。因此他就没有存在的理由。他是虚无,是一个消失在虚无中的阴影。他感到羞愧,他被自己的虚无消磨了。"②对此,作家在感到惊诧之余,发了一段宏论:"于是我明白了,这就是意大利人对我们具有吸引力的秘密,这是对男性生殖器的崇拜。对意大利人而言,男性生殖器是个人创造性不朽的象征,而对每个男人而言,这是他自己的神性。孩子只是这种神性的证明。"③

由此,作家反躬自问,作为一个英国人,"我们的优越在哪里呢?只因为我们在追寻神性时、在追寻创造源泉时,超越了男性生殖器。我们找到了物质的力量和科学的秘密"。④但是,悖论就在于,北欧人在发展科学、发明机械、征服自然、获得财富的过程中,走到了另一个极端,变得乖张,具有破坏性,满足于在肉体的毁灭中得到快乐。机械已经使人变得不近人情,使人成为它的一些属性。"……由于这个机械化的社会是无私的,因而也是无情的。它机械地运转着,毁灭着我们,它是我们的主宰、我们的上帝。"⑤这里,作家从自己独特的生命—机械对立的哲学出发,给出了导致第一次世界大战爆发的深层原因。

---

① Barbara Brothers and Julia M. Gergits (eds.), *British Travel Writers, 1910-1939*, Detroit, Washington, D. C., London: A Bruccoli Clark Layman Book, Gale Research, 1998, p. 179.

② D. H. 劳伦斯:《意大利的黄昏》,文朴译,北京:中国文联出版公司1997年版,第54页。

③ 同上书,第55页。

④ 同上。

⑤ 同上书,第56页。

劳伦斯不无沮丧地看到,在机械日益统治世界的时代,旧日的秩序正在意大利急剧地消逝。土地已经被废弃,金钱取而代之。农民正在消逝,工人取而代之。那么,意大利人还能保持其与生俱来的地之灵,保持那种对肉体的崇拜,对男性生殖力的崇拜吗?在加尔达湖上的一家小酒店里,劳伦斯似乎看到了希望。那些来自荒野山中的农民、伐木者或烧炭工,在酒酣耳热之际,情不自禁地跳起了舞蹈。"这是一场奇妙的舞蹈,奇妙、轻快,随着乐曲的变化变化着。但是,它总有一种从容闲适的高贵,这是一种曼妙的波尔卡-华尔兹,亲切、激昂,然而绝不匆忙,它的激情中从来没有狂暴,但它却总能变得越来越紧张。"[1]随着乐曲的弹奏越来越快,舞蹈的节奏也变得越来越快。"男人仿佛要飞起来,仿佛在用另一种奇妙的交叉节奏的舞蹈包围着那些女人,而女人则飘舞着,浑身抖动着,似乎有一阵微风轻妙地吹拂着、掠过了她们,她们的心灵在风中颤动了、发出了回声;男人们越来越急速、越来越活泼地舞动着双脚和双腿,乐曲达到了一个几乎无法承受的高潮,舞蹈进入了如醉如痴的时刻……"[2]这段描写性意味实足,不禁使人联想到劳伦斯在《查泰莱夫人的情人》等小说中的性描写场面。

在瑞士边境,作家遇见了一小群"背井离乡的意大利人",他们在结束白天的打工之后,晚上还兴致勃勃在咖啡馆里排戏。"在舞台的灯光里,这个小小的剧团朗读着、排练着,映衬着空荡荡、黑黔黔的宽大房间。这似乎有些怪异和凄凉,这是一个与瑞士的荒漠不可同日而语的小巧、哀婉动人的魔幻地域。我相信在古老的神话故事中,在顽石被打开的地方,就会出现一个魔幻的地下世界。"[3]

在劳伦斯心目中,舞者们和排戏者们在舞蹈、演戏中迸发的生命活力,是夜晚对白天,酒神对日神,肉体对理智,生命对机械,混沌对秩序,南欧对北欧,意大利灵魂对英国—北欧灵魂的挑战。从这些意大利人中,劳伦斯看到了希望。"一朵新的幼小的花朵正在他们的内心之中

---

[1] D. H. 劳伦斯:《意大利的黄昏》,文朴译,北京:中国文联出版公司1997年版,第128页。
[2] 同上。
[3] 同上书,第177页。

第十六章 机械时代的"地之灵"追寻

挣扎着开放,这是一朵精神的花朵。意大利的基质一直都是非基督教的、都是感性的,都是那强劲的象征,那种性感象征。"① 尽管这些意大利的儿子永远也不会回去了,但他们对祖国的爱,对村庄的爱,也可以称之为乡土观念或诸如此类的东西,却深深地打动了作家。劳伦斯动情地说,"每当我的记忆又触及到他们,我的整个灵魂就凝住了,麻木了,我无法再想下去。"②

## 二、海之魂与岛之灵

《意大利的黄昏》出版后3年,劳伦斯离开英国,以逃避一个对他来说难以忍受的世界。他与妻子弗丽达在佛罗伦萨、罗马、卡普利作了短暂逗留,然后去了西西里,他在陶尔米纳(Taormina)租了一套农舍的顶层。1921年,他又完成了一部意大利游记:《大海与撒丁岛》(*Sea and Sardinia*)。

按照巴巴拉兄弟和葛吉兹等人的说法,《大海与撒丁岛》是一本比《意大利的黄昏》要阴郁得多的作品。这部分要归于寒冷的天气、糟糕的住宿、难以下咽的食物,以及经常前来打扰的不速之客。③ 对此,笔者有不同看法。细读整个文本我们不难发现,与《意大利的黄昏》相比,《大海与撒丁岛》更具个性化、更有抒情倾向,如诗般的语言融合了拜伦的愤世嫉俗、雪莱的浪漫气质和柯勒律治的想象力,而深层的思考又为它增添了某种理性的光辉。在这部游记中,劳伦斯不仅发展了他的"地之灵"思想,而且还引入了一个新的元素,这就是海之魂。

去撒丁岛首先要渡海。海,对于劳伦斯就像对于其他英国人一样,始终有着某种不可名状的吸引力。作家充满激情地写道:

船体缓缓抬起以及它慢慢向前滑动时产生了一种使我快活得

---

① D.H.劳伦斯:《意大利的黄昏》,文朴译,北京:中国文联出版公司1997年版,第181页。
② 同上书,第188页。
③ Barbara Brothers and Julia M. Gergits (eds.), *British Travel Writers, 1910-1939*, Detroit, Washington, D.C., London: A Bruccoli Clark Layman Book, Gale Research, 1998, p.189.

心怦怦跳动的东西。那就是自由的姿态。感受它欠起身来又慢慢滑向前方,再倾听海浪船身的声音就像在空中、在大自然的空间里骑着一匹有魔力的马狂奔。啊,上帝啊,船身这有节奏的缓缓上下摆动和像是从它鼻孔里发出的鼻息似的海浪声,这对于放荡不羁的灵魂是何等的慰藉!我终于自由了,在缓缓飘动的风风雨雨中踏着轻捷的节拍向外飞去。啊,上帝啊,摆脱所有封闭生活的羁绊是多么好啊!那是人与人之间的紧张状态赞成的恐惧,也是机器的强制作用带来的人心灵的彻底迷乱。……啊,上帝啊,自由,自由,这是最本质的自由。我打心眼里渴望这次航行一直延续下去,希望大海无边无际,这样我便可以永远飘浮在这晃动、震颤、总是波涛起伏的海面上,只要时光永驻。我希望前方没有终点,而且自己不用回头,甚至不必回头望一眼。①

这段描写继承了英国浪漫主义诗歌的传统,使我们联想到拜伦的《恰罗德·哈洛尔德游记》中的某些诗句(船儿,船儿带我乘风破浪,/横渡那波澜起伏的海洋;/随你把我送到哪里,/只要不是我的故乡)。但它又超越了后者,加上了对现代性的反思。

船,一直以来是旅行文学的核心意象之一。在传统的英国文学作品中,人们往往用换喻手法,用制船的材料"橡木"(oak)来代替船本身。劳伦斯也不例外,但其出新之处在于,他将对木船的赞美与对前工业时代人与自然和谐共存的怀旧感,以及对现代机械主义的批判联系起来了。"这块橡木没有一处不完美、不漂亮。整件作品用木铆钉套接在一起。比焊接在一起的钢铁漂亮得多,也更有生气,焕发着生命力,活生生的古老木头哟,她像血肉一样不会生锈,钢铁永远不会像她那样快活。她十分自如地航行,非常优雅自在地拥抱大海,就像在做一件很自然的事。"②

劳伦斯写出了海之魂,也写出了岛之灵。他之所以选择了撒丁岛

---

① D.H.劳伦斯:《大海与撒丁岛》,袁宏庚、苗正民译,北京:中国文联出版公司1997年版,第37—38页。
② 同上书,第39页。

## 第十六章 机械时代的"地之灵"追寻

作为他此次旅行的目的地,是因为在他看来,"撒丁岛与别处不同,撒丁岛没有历史,没有年代,没有门第,也不会给人什么东西。……无论是罗马人、腓尼基人还是希腊人或阿拉伯人都不曾征服撒丁岛。它处于外围,处于文明圈之外……",远离现代工业文明,远离机械化的生活。尽管"现在它已经意大利化了,有了铁路和公共汽车。不过不可征服的撒丁岛依旧存在,它躺在这张欧洲文明之网里,尚未被人拖上岸。这张网日益破旧,许多鱼儿正从这张古老的欧洲文明之网里溜出去……也许撒丁岛也会溜走。那么就去撒丁岛好了"。①

在撒丁岛游历时,劳伦斯特别赞赏的是南部港口城市和首府卡利亚里,因为这使他"联想到马耳他——失落于欧洲与非洲之间、不属于任何一洲的马耳他。它不属于任何一洲,也不曾归属于什么地方,对西班牙人、阿拉伯人和腓尼基人而言尤为如此。然而它遗留在时间和历史之外,仿佛从来不曾有过自己的命运,从来没"。② 更为重要的是,这个地方具有某种精神,是机械时代试图蹂躏之,践踏之,却始终没有成功的。在卡利亚里,作家观察到了当地农民的精神状态,他们从穿着、外貌到气质都"仍流露出传统的剽悍本色"。作者感慨地说,"同那些柔声细气的意大利人接触之后再看看裹在马裤里的小腿,轮廓清晰,充满男子气,这真是一件赏心悦目的事情。人们会惊恐不安地意识到欧洲的男人已濒临绝境,只剩下基督式的英雄、崇拜女人的登徒子以及狂暴却又出身低微平凡的混血儿。往昔吃苦耐劳、不屈不挠的男性不见了,其剽悍的特性也归于灭绝,最后几颗火花正在撒丁岛和西班牙熄灭。除了群氓式的无产阶级、凡夫俗子式的芸芸众生以及一颗充满渴求、怀有恶意、自我牺牲式的、在涵养的灵魂之外,我们已一无所有。多么可恨"③。

在曼达斯,劳伦斯看到的景象令他沮丧,当地的农民已经不穿当地的传统服饰,而是统一穿上了士兵的伪装色,即灰绿色的意大利卡其

---

① D. H. 劳伦斯:《大海与撒丁岛》,袁宏庚、苗正民译,北京:中国文联出版公司1997年版,第4—5页。
② 同上书,第77页。
③ 同上书,第87页。

布。甚至连孩子瘦小的身躯也被裹在这种笔挺、晦暗的长袍和外套里。在劳伦斯看来,这种布料"象征着宇宙间有灰濛濛迷雾,笼罩在人头上,消灭个性中一切美好的东西、遮掩一切放任不羁的执着行为。"① 灰绿色的卡其布泯灭了人的个性差异,将一个个丰富多样的活生生的人,降格为同质化、一体化的社会大机器中的零部件。更为可怕的是,这种同质化、符号化和机械化倾向已经影响到人们的思维方式。劳伦斯敏感地注意到,当火车上的意大利人得知他是英国人时,马上就把他与煤、与汇率联系在一起,于是,独一无二的有血有肉的个体——"我"——就成了一个"完美的抽象概念",一个被贴上"英国人"标签的,由统计数字构成的符号。

在前往索葛洛的途中,劳伦斯遇见了一群刚刚上车、吵吵嚷嚷的农民,他们穿着古怪、举止粗鲁,自信而充满活力。作家一方面讨厌这些似乎尚生活在中世纪,没有受到现代文明教化,自我封闭,对外界毫无兴趣的农民;另一方面又觉得,相对于世界大同化、一体化的现代性进程,他们又成为一种对抗同质化和机械化的力量。他"喜欢撒丁岛山上的那些固执而粗俗的人们,喜欢他们的绒线帽,喜欢他们那超绝的、具有动物灵性的愚鲁。但愿世界大同的余波不会将他们那别致的头冠——他们的帽子冲刷得无影无踪"。② 出于对机械文明的厌恶,劳伦斯甚至把这些农民的生活理想化、乌托邦化了。他注意到,当这些农民下车时,"我们看见了远处高坡上的托那罗村,看见两个女子牵着匹小马来接那满是污垢,身穿黑白衣服的老农民。那是他的两个女儿,穿着鲜艳的玫瑰红和绿色衣服,漂漂亮亮的。男男女女的农民,男的有的穿着黑色衣服,有的穿着深棕色衣服;马裤紧贴在壮实的大腿上;女人穿着玫瑰色与白色相间的衣服。小马身上驮着褡裢,开始沿着山路慢慢向上爬去,构成一幅极为优美的剪影,爬向远处山巅上阳光灿烂的托那

---

① D. H. 劳伦斯:《大海与撒丁岛》,袁宏庚、苗正民译,北京:中国文联出版公司1997年版,第100页。
② 同上书,第127页。

第十六章 机械时代的"地之灵"追寻

罗村。这是个大村子,像一个新耶路撒冷一样光芒四射。"①

当然,这只是作家带着怀旧情绪和乌托邦情结描绘出来的理想共同体,一个远离现代文明的污染,保持了中世纪习俗的"新耶路撒冷"。

## 三、从地之灵到地下之灵

仿佛觉得光有撒丁岛的旅行尚不足以抓住意大利民族的整个大灵,劳伦斯在写作并出版了《大海与撒丁岛》的 7 年之后,又开始了一场更为诡秘的、真正的奥德赛之旅。这次,他从地表世界进入了地下世界,他的目标不再是活生生的当代人,而是转向了那些已经不会开口说话,却把他们的灵魂写在了坟墓的壁画上,刻画在雕像和浮雕中的古老的伊特鲁利亚(Etruria)人。作家自述,他是在参观意大利中部小镇派拉加的博物馆时,开始第一次关注伊特鲁利亚文化的。伊特鲁利亚人是罗马人之前进入亚平宁半岛的一个农耕民族,他们在公元前 11 世纪左右登上历史舞台,活动在意大利中部台伯河和亚诺河之间的托斯坎尼亚地区,从公元前 6 世纪到公元前 7 世纪,曾创造了地中海地区灿烂的农业文明,之后被罗马人所灭,其民族文化也随之消声匿迹。

一个民族从崛起到消亡究竟有什么样的因素在起作用,消亡的民族中是否还存在着某种不为人知的东西,渗透到其后代的灵魂或气质中?劳伦斯试图通过自己的旅行写作,给出自己独特的答案。

《伊特鲁利亚人的灵魂》(*Etruscan Places*)描述了劳伦斯在 1927 年 4 月 6 日到 11 日,与布鲁斯特伯爵(Earl Brewster)两人在古老的伊特鲁利亚之地结伴而行的经历。劳伦斯将他的实地考察的体验,与他从希腊人和罗马人撰写的历史书中绅绎出来的不多的事实结合起来。② 既然伊特鲁利亚人没有留下任何文字资料,坟墓是他们提供给后人的唯一的第一手信息源,那么,作家就可以凭借自己的想象力,任意驰骋

---

① D. H. 劳伦斯:《大海与撒丁岛》,袁宏庚、苗正民译,北京:中国文联出版公司 1997 年版,第 129 页。

② Barbara Brothers and Julia M. Gergits (eds.), *British Travel Writers, 1910-1939*, A Bruccoli Clark Layman Book, Gale Research Detroit, Washington, D. C., London, 1998, p.192.

在往昔的岁月中,把自己的生命哲学投射在这些逝者身上。尽管劳伦斯在历史书中没有发现多少有关伊特鲁利亚人的记载,但他还是能够从他们的坟墓中找到证据,证明他们像他那样遵循着"伟大的宗教"。①

像前两部意大利游记一样,劳伦斯关注的不是地表的景观,而是地域中蕴含的灵气,一个民族或族群的精神气质。他说,"我来过伊特鲁利亚人呆过的地方,每次总觉得有种奇怪的宁静感及平和的好奇感。……这些巨大的、草绒绒的、带着古代石头围墙的古墓里有种宁静和温和,走上墓中大道,我仍能感觉一种萦绕不去的家庭气氛和幸福感"②。但是,更吸引劳伦斯的,是伊特鲁利亚人那种对生命的热爱和享受,"伊特鲁利亚人在他们平易的几个世纪中,如呼吸般自然平易地干着自己的事情,他们让心胸自然而愉快地呼吸,对生活充满了满足感,甚至连坟墓也体现了这一点。……对于伊特鲁利亚人,死亡是伴随着珠宝、美酒和伴舞的牧笛声的生命的一种愉快延续,它既非令人心醉神迷的极乐世界,既非一座天堂,亦非苦难的炼狱,它只是美满生活的一种自然延续,一切都与活着的生命、与生活本来一样"③。这一点,与劳伦斯本人的生命哲学十分合拍。

在劳伦斯看来,20 世纪对机器、知识和金钱的崇拜已经腐蚀了人类最深的根基;只有脱离软弱无力的理性,获得健康的"血性意识",才能把人类的生命力和创造力拯救出来。他对维多利亚时代的道德标准提出了大胆挑战,公开宣称:"我的伟大教义是对血性和肉体的信仰,它们比理智要明智。我们在头脑里可能搞错。但是,我们的血所感到,所相信,所说的事情总是真的。"④他相信,一个人只有通过他的个人经历——他完全不加思索地进入其中的那些经验——才能达到同他的存在来源的结合;而通向这种经验的途径之一就是女人的身体。性是被

---

① Barbara Brothers and Julia M. Gergits (eds.), *British Travel Writers, 1910-1939*, A Bruccoli Clark Layman Book, Gale Research Detroit, Washington, D. C., London,1998, p.192.

② D. H. 劳伦斯:《伊特鲁利亚人的灵魂》,何悦敏译,北京:新星出版社 2006 年版,第 15—16 页。

③ 同上书,第 21 页。

④ See Barbara Brothers and Julia M. Gergits (eds.), *British Travel Writers, 1910-1939*, Detroit, Washington, D. C., London: A Bruccoli Clark Layman Book, Gale Research, 1998, p.192.

## 第十六章 机械时代的"地之灵"追寻

血液所领悟的隐藏的神秘力量,身处"极端处境中的雄龟/发出的最后一声/奇异、微弱的相交的叫喊,/从遥远遥远的生命地平线的边缘/发出的微弱的叫喊,/强于我记忆中的一切声音,/弱于我记忆中的一切声音"(《乌龟》)。

在伊特鲁利亚人的坟墓中,劳伦斯似乎找到了支持自己观点的最有力的证据。"在地下坟墓中,每个妇女之墓的通道上都有一个石室,而每个男子之墓的墓道前则都有一个阴茎石或阴茎崇拜物。由于大墓都是家庭墓,或许它们两者兼有。"①劳伦斯借给他带路的男孩之口,对此现象作出了自己的解释,认为前者代表了子宫,用于保障生命,后者代表了阴茎,是用来创造生命的。伊特鲁利亚人的意识是十分愉快地植根于这些象征物之中的,而这也是这个民族被罗马人摧毁的原因。因为罗马人憎恨阴茎和子宫。他们想要王国和君权,更想要财富和社会成就。但鱼和熊掌不可兼得,要统治各国又要攫取财富,于是伊特鲁利亚人在他们眼中便成了邪恶的化身,他们摧毁了这个民族,夷平了这个城市。留存下来的只有一些大大小小的坟墓。然而,"借助这些墓冢美丽的圆顶——代表了死者伟大业绩的巨大圆顶,高高的阴茎头为死者从圆顶上升起"。②

在伊特鲁利亚人的坟墓中,劳伦斯特别看重塔奎尼亚的彩绘坟墓,在这个墓葬群中,他看到了一幅幅小巧玲珑、欢快灵敏、充满生机,充满年轻生命才有的冲动的彩绘画——波浪起伏的海面、跃起的海豚、跳入纯蓝的海水中的潜水者,以及急切地尾随他爬上岩石的小男人;然后是靠在宴会床上的满脸胡子的男子,手中举着一枚代表神秘的再生与复活的鸡蛋。在这些画面中,还有一些引人注目的舞蹈画面。一个女子在疯狂而欢快地跳着舞,几乎她身上的每一部分:其柔软的靴子、滚边的斗篷、手臂上的饰物,都在舞蹈,直跳得让人想起一句古老的格言:身体的每一部分、灵魂的每一部分都该知道宗教、都该与神灵保持联系。劳伦斯认为,伊特鲁利亚人留下来的这些充满活力的彩绘坟墓,体现的

---

① D. H. 劳伦斯:《伊特鲁利亚人的灵魂》,北京:新星出版社2006年版,第24页。
② 同上书,第25页。

是一种生命的宗教,甚至是一种生命的科学、一种宇宙观以及人在宇宙中所处位置的观念,即整个宇宙是个伟大的灵魂,每个人、每个动物、每棵树、每座山和每条小溪都有自己的灵魂,并有自己特有的意识。这种宇宙观和生命观使人能够利用最深的潜能而快乐完满地活着,但现代工业社会和机械文明却反对这种宇宙观,把完整的生命之流降格为单一的机械运动,使人沦为僵死的机械的零部件。

显然,劳伦斯在这里借助自己的想象力,发思古之幽情,表现的是他自己对原始生命力的崇拜,对苍白的现代文明的批判。正如罗纳德·德雷伯(Ronald P. Draper)指出的,"劳伦斯与他的朋友进入伊特鲁利亚坟墓的地下世界,不是为了逃避现实,而是为了创造性地表现对衰弱的地表世界的不满。"①

那么,伊特鲁利亚的灵魂还活着吗,它还能超越时空的限制,依然存活于现代意大利人的灵魂中吗,劳伦斯的回答是肯定的——"当你在下午四时许的阳光下坐进邮车,一路晃悠着到达那儿的车站时,你可能会发现汽车边围着一群健美而漂亮的妇女,正在对她们的老乡说再见,在她们那丰满、黝黑、俊美、快活的脸上,你一定能够找到热爱生活的伊特鲁利亚人那沉静的、光彩四溢的影子! 有些人脸上有某种程度的希腊式眼眉。但显然还有些生动、温情的脸仍闪烁着伊特鲁利亚人生命力的光彩,以及伴随处女子宫之神秘感的、由阴茎知识而来的成熟感和伴随着伊特鲁利亚式的随意而来的美丽!"②

巴巴拉兄弟和朱丽娅·葛吉兹认为,《伊特鲁利亚人的灵魂》适合作为劳伦斯的最后一本旅行书。如果说《意大利的黄昏》反映了劳伦斯第一次游历意大利时的新鲜体验,那么《伊特鲁利亚人的灵魂》则完成了他对过去、现在的观点,总结了他的生命哲学。……劳伦斯的旅行书以一种比他在小说、故事和诗歌中更随意,更无拘无束的方式,显示

---

① Ronald P. Draper, Chapter 1: Introduction, *Twayne's English Authors Series*7, 1964, 〈http://go.galegroup.com/ps/i.do? &id = GALE%7CH1472000047&v = 2.1&u = jiang&it = r&p = LitRC&sw = w〉2010-7-1.

② D.H. 劳伦斯:《伊特鲁利亚人的灵魂》,北京:新星出版社 2006 年版,第 28 页。

## 第十六章 机械时代的"地之灵"追寻

了劳伦斯本人。① 与此同时,这些旅行书也显示了自中世纪以来一直贯穿整个近代英国文学传统的"朝圣者的灵魂"对自我和他者的追寻。通过意大利—撒丁岛—伊特鲁利亚之旅,作家不仅发现了意大利的地之灵、地中海的海之魂和撒丁岛的岛之魂,以及伊特鲁利亚人遗存的生命精神,也重新发现了自己的灵魂。

> 意大利不仅使我找回了许多、许多我自己的东西,尽管我不知道这是什么东西;它也使我发现了许多早已失去的东西,就像一个复原的奥西里斯。今天早晨,坐在公共汽车里,我意识到人必须回头重新发现自我,只有这样才能成为完整的自我,但除此之外,还应向前迈进。还有未知的、未曾开垦的土地,那里的盐还未失去其咸味。但要涉足这些地方,得先在伟大的过去中完善自我。②

---

① Barbara Brothers and Julia M. Gergits (eds.), *British Travel Writers, 1910-1939*, Detroit, Washington, D.C., London: A Bruccoli Clark Layman Book, Gale Research, 1998, p.192.

② D.H.劳伦斯:《伊特鲁利亚人的灵魂》,北京:新星出版社2006年版,第168—169页。

# 第十七章 中国屏风中的西方镜像

差不多就在 D. H. 劳伦斯追寻地中海之魂、撒丁岛之灵的同时,毛姆踏上了去往古老的东方的旅途。萨默塞特·毛姆(Somerset Maugham)属于最多产、多才和成功的英国作家。他一生写了 80 多本书,其中有 5 本可归入旅行文学。这些作品的创作年代跨度长达 40 多年,说明他对旅行和旅行文学始终保持着浓厚的兴趣。①毛姆自己也说"我喜欢旅行,因而周游列国"②,除了非洲以外,他几乎将世界各大洲尽收眼底——碧波万顷的南太平洋、丛林莽莽的北婆罗洲、椰林环礁的东印度群岛、牧歌环绕的墨西哥庄园,乃至船舶云集的大阪……都留下了他的探索足迹,旅行使他的作品充满了迷人的魅力,也使他对普遍的人性及其复杂性有了更直观的经验和更深刻的认识。

1919—1920 年,毛姆游历了中国。他在这个古老的帝国待了四个月,参观了长城、天坛等著名文化景点,拜访了京城的一些官员和学者;还深入到边远乡镇,观察了平民、苦力、农夫和小商贩的日常生活,同时也了解了一些在华经商或传教的西方人的生活状况。最后,他将旅途中记录的印象残片带回英国,作了一番整理修订后,冠之以《在中国屏风上》(On A Chinese Screen,1922)正式出版。在 1935 年版的序言中他自谦说,此书很难被称为一本书,只是可以写成一本书的素材(not a book but the materials for a book),但是他"希望这些文字可以给读者提供我所看到的中国的一幅真实而生动的图画,并有助于他们自己对中

---

① Stanley Archer, "W(illiam) Somerset Maugham," *British Travel Writers, 1910-1939*. Ed. Barbara Brothers and Julia Marie Gergits, Detroit, Washington, D. C., London: A Bruccoli Clark Layman Book, Gale Research, 1998, p. 238.

② 萨默塞特·毛姆:《序言》,《在中国屏风上》,唐建清译,南京:江苏人民出版社 2006 年版,第 1 页。

## 第十七章　中国屏风中的西方镜像

国的想象。①"

众所周知,西方关于中国的书写由来已久。早在13世纪,意大利旅行家马可·波罗(Marco Polo)就在其著名的《马可·波罗游记》,写下了他对元大都(今北京)和行在(今杭州)的印象。此后一些欧洲旅行家,如博韦的文森特(Vincent Beauvais)、柏朗嘉宾(John de Plano Carpini)、鄂多立克(Odoric of Pordenone)和门多萨(Gonzales de Mendoza)等,分别在他们的《世界镜鉴》《蒙古行记》《东游记》和《中华大帝国史》等书中,展开了对中国的书写。近代西方作家对中国和中国人的刻板印象(stereotype)基本上是由这些虚实相间、真假难辨的旅行文本建构起来的。18世纪,英国小说家笛福在《鲁滨孙漂流记》续集(《鲁滨孙的沉思》)中描述了他想象中的中国人形象——不讲信用、自私、狭隘、保守、讲求虚伪的礼节等等。② 19世纪初,英国诗人柯勒律治在其未完成的长诗《忽必烈汗》中书写了他梦境中见到的蒙古汗国首都(上都)的景象,反映了浪漫主义时代的欧洲对东方和中国的想象。20世纪初,奥地利作家卡夫卡在他的短篇小说《中国长城建造时》中,对他想象中的中国长城进行了描绘,突出了其建造过程的荒诞性,将其视为自我衍生、自我复制的古老帝国官僚体制的象征。③

那么,毛姆的中国书写与他的这些前辈或同辈西方作家相比有什么特色呢,他能否避开欧洲的"东方主义"话语关于中国和中国人的刻板印象,真正给读者提供"一幅真实而生动的图画",像他自己所声称的那样?

## 一、衰败的帝国与神秘的美感

先从题目说起。毛姆为什么要用"屏风"(screen)作关键词来命名

---

① 萨默塞特·毛姆:《在中国屏风上》,唐建清译,南京:江苏人民出版社2006年版,第3页。
② 有关这方面的论述可参见方汉文主编:《东西方文学史》(上),北京:北京大学出版社2005年版,第405—445页。
③ 参见拙文《卡夫卡的中国想象——解读〈中国长城建造时〉》,宁波大学学报2009年第2期。

自己写的中国游记？罗兰·巴特曾说过,领子的开口处不是最迷人的地方吗？① 屏风的美学功能也大抵如此。它既拒绝又吸引,既遮蔽又呈现;既是对空间的分割和隔断,又是不同空间的过渡和连接。屏风上的画往往似有似无,若隐若现,介于明晰与模糊、真实与虚幻之间。毛姆选择这样一个极具东方色彩和神秘美感的物件来为其游记命名,无疑是非常聪明的。通过这个命名,他既满足了那些对中国的历史和现状一无所知、又迫切渴望一窥其究竟的西方读者的猎奇心理,又成功地为自己浮光掠影式的描述预留了自我辩解的空间。《屏风》之名似乎已经暗示了某种不完整性、不系统性和不确定性,但同时又承诺透过58个长短不一的随笔组成的"中国屏风",将读者引进这个神秘的国度,一窥这个古老帝国的自然、地理、文化景观和民族性格的某些特色。

毛姆来到中国的年代,辛亥革命刚刚成功不久,古老的封建帝国已经垮台,新生的民国正处在内忧外患的风雨飘摇之中。与此形成对照的是,毛姆自己的祖国刚刚经历了一次世界大战的梦魇,大英帝国惊魂未定,虽然还在一定程度上维持着体面的外表,但其威权显然已不复当年。通过游记文学,引入他者的视野,给本土文化提供一种参照和镜鉴,向来是英国旅行文学的传统模式和现成套路。从这个意义上说,古老的中华帝国的命运对于现代的大英帝国似乎有着某种启示意义。毛姆对中国的印象和感情中,未始没有一种"惺惺相惜"的成分在内。那么,毛姆看到的究竟是怎样的一个中国呢？

总的说来,《在中国屏风上》呈现了一个衰败的古老帝国的形象。借助他的生花妙笔,毛姆给西方读者勾勒出了一幅宏伟与衰弱、高贵与卑贱、美丽与肮脏并存的画面。整个文本中,中国的形象大多是在黄昏或夜晚,昏暗的油灯或摇弋不定的灯笼中呈现出来的,具有一种神秘而病态的,符合西方想象的"东方美感"。

第一篇《幕启》,画面开头呈现的是一段"年久失修的城墙",它虽然"早已坍塌,然而雉堞还依稀可辨,看上去就像古画中一座十字军占

---

① 罗兰·巴特:《文之悦》,屠友祥译,上海:上海人民出版社2002年版,第18页。为行文风格统一,此处引文有所改动。

据的巴勒斯坦城堡"。① 城里的街道、店铺、细雕花窗格子,"呈现出一种特有的衰败的光华"。最后一个镜头是,"北京轿车似乎载着所有东方的神秘,消失在渐浓的夜色中"。②"坍塌""衰败""神秘"和"夜色",这就是毛姆向英国读者传达的他对中国的第一印象。此一印象为全书定下了基调,以后的中国叙事和描述基本上是它的变奏和插曲。

在《天坛》一文中,毛姆描述了庄严、神圣的皇家祭典,但是给他留下更深印象的画面是——"在巨大火炬昏黄的火光下,官员们的朝服发出暗淡的光亮"③。光明与阴暗、庄严与衰败的色调形成的强烈对比,在《女主人的客厅》一文中又再次出现。作家告诉我们,女主人的客厅是由一座小寺院改建的。"它历经风吹雨打,绿色的琉璃瓦上早已长满野草。雕梁画栋的朱红底色和描金的飞龙都已褪色,但仍不失其优美。"④

在毛姆笔下,古老的中华帝国从皇家到民间、从自然风景到人文景观都涂上了一种阴暗的色调,京城是如此,边远地区也莫不例外。黎明前的客店,"天尚未亮,客店的院子里还是黑沉沉的。灯笼忽明忽暗的光线投在苦力身上"⑤。作家走出客店,"灯笼投下一圈淡淡的光亮,一路走来你隐约看见……一片竹林、泛着天光的一方水田,或者大榕树漆黑的影子"⑥。广州的鸦片烟馆中,"灯光昏暗,房间低矮而污浊。房间角落有一盏灯,光线暗淡,照得人影有些可怕。香气弥漫,使整个戏院里充满了奇异的气息"⑦。昏暗肮脏的南方集镇上,住在小阁楼中的那些中国人,店员和顾客,"露出一种愉快的神秘表情,好像在进行什么见不得人的交易"⑧。

---

① 萨默塞特·毛姆:《在中国屏风上》,唐建清译,南京:江苏人民出版社2006年版,第1页。
② 同上书,第2页。
③ 同上书,第17页。
④ 同上书,第3页。
⑤ 同上书,第45页。
⑥ 同上书,第46页。
⑦ 同上书,第36页。
⑧ 同上书,第25页。

尽管如此,毛姆还是在一片衰败的景象中发现了神秘的东方美感和中国人的创造力。毛姆书中引用了他所拜访的中国哲学家辜鸿铭的话,"在中国仍是一个未开化的国家时,所有的读书人至少会写几行风雅的诗句"。① 在《画》中,一位不知名的中国官员,在出差途中,为了打发闲暇的时光,取出笔砚,顺手在墙壁上画了一幅梅花图。"虽是一挥而就,却游刃有余。我不知是何种好运给了画家这般灵感:鸟儿在枝头雀跃,而梅花娇嫩羞涩。和煦的春风似乎从画中拂面而来,吹进这陋室,而在这一瞬间,你便领悟了永恒的真谛。"②

毛姆发现,在中国,不只是文人和官员具有敏锐的审美力和创造力,"哪怕是在最贫穷的村子里依然会发现人们乐于装饰,那儿,简朴的门上饰有一幅可爱的雕刻,窗户上的花格构成一种复杂而优美的形状。你很少经过一座桥,不管它在多么偏僻的地方,不会看到一个手艺人的匠心独运"。③ 这就是中国,永远令西方人惊讶的神秘的古老帝国。

上述这些看似漫不经意的印象式描述,其实已经透露出作家的价值评判。毛姆选择了最能表现衰败之美的时刻,以黄昏与阴影,朦胧的夜色与摇晃不定的灯光,贫穷的村落与精致的美感,拼凑出一幅幅具有神秘美感的"中国屏风"上的图案,暗示了这个古老的文明国度昔日的辉煌与前景的渺茫。

## 二、讽刺的笔调与移情的叙事

西方评论家罗伯特·考尔德(Robert L. Calder)认为,"《在中国屏风上》像毛姆的其他作品一样,对人性的兴趣要远过于对风景的描绘"。④

---

① 萨默塞特·毛姆:《在中国屏风上》,唐建清译,南京:江苏人民出版社2006年版,第110页。
② 同上书,第33页。
③ 同上书,第147—148页。
④ Robert L. Calder, "W(illiam) Somerset Maugham," *Modern British Essayists*: *Second Series*. Ed. Robert Lawrence Beum, Detroit: Gale Research, 1990, Dictionary of Literary Biography Vol. 100.

## 第十七章　中国屏风中的西方镜像

这个观点无疑是正确的,不过需要进一步指出的是,在对人物的刻画中,作家更关注的是人物内在的灵魂而不是外在的形象。

整体来看,毛姆透过他的"中国屏风"给读者呈现的中国人形象基本处在两极分化中。上层阶级(官员、政客和文人)利用手中的权力贪污腐败,无所不用其极,但又保持着十分高雅的美感和鉴赏力;而下层阶级(农夫、村妇、船工和苦力)则在艰辛和麻木中生活着,已经完全安于自己的命运;两者交织在一起,构成了20世纪初一幅奇特的中国素描。

在《内阁部长》中,毛姆刻画了一个虚伪的中国官员形象。这位官员"表情忧郁"地对他谈起中国的状况,显出一副忧国忧民的样子,但实际上,作家"……从一开始就知道他根本就是个恶棍,腐败渎职、寡廉鲜耻、为达目的不择手段。他是一个搜括的高手,通过极其恶劣的手段掠夺了大量财富。……中国沦落到他所悲叹的这个地步,他本人也难辞其咎"。然而,在毛姆笔下,这个虚伪、残忍、报复心强、行贿受贿的人,又有着精细入微的美感和高雅的艺术鉴赏力。"当他拿起一只天青色小花瓶时,带着一种迷人的温情,忧郁的目光仿佛在轻轻地抚摸,他的双唇微微张开,似乎发出一声充满欲望的叹息。"[①]寥寥数笔,一个"优雅的"中国贪官形象跃然纸上。

毛姆对于中国的上层阶级,基本采用的是讽刺和反讽的手法,揭示其灵魂中丑陋的一面。而对于普通中国人,尤其是下层的苦力、农夫和村妇等,则多用同情的笔调,着力表现他们内在的人性的光辉。

《驮兽》中,观察者—叙述者的笔调明显有着一个移情的过程。最初,他以纯粹局外人的目光来看待中国苦力,说"当你开始看见一个苦力挑着担子走在路上,他在你眼中有一种动人的丰采"。不仅如此,在毛姆眼中,这个苦力身上穿的补丁上打补丁的破旧的蓝布衣服,也与周围的景色非常相衬,显示了"从湛蓝到青绿直到天空的浅蓝色"等丰富的色调变化。而路上走来的苦力队伍,则"构成了一种宜人的风景。

---

① 萨默塞特·毛姆:《在中国屏风上》,唐建清译,南京:江苏人民出版社2006年版,第12页。

看着稻田水中映出的他们急匆匆而过的身影是很有趣的"。① 从这些描述中不难看出,这里的毛姆与大多数西方旅行家一样,是以一种居高临下的优势视野,在远距离地"凝视"着中国的普通百姓。

但是,随着叙述的深入,作家的口气渐渐发生了变化,他的情感也从局外人的冷眼旁观转为局内人的设身处地。叙述者与其叙述对象间的距离在慢慢拉近。毛姆注意到,随着天气渐渐热起来,苦力们不得不脱去上衣赤膊行走。这时,医学专业出身的作家"感觉到在他(苦力)肋骨下那颗疲惫不堪的心的跳动,就像你在医院能听到一些心脏病门诊病人的心跳。如此情景,你见了一定会感到一种莫名的难受"。于是,他发出了同情的叹息,"他们的劳苦让你心中觉得沉重,你充满怜悯之情却又爱莫能助","在中国,驮负重担的不是牲畜,而是活生生的人啊!"②

在《江中号子》中,毛姆更以浓笔重彩,饱含深情地描述了他在长江上听到的纤夫发出的号子。"那是与汹涌波涛战斗的号子。我不知道该如何形容这号子努力要表述的东西,我想它表述的是绷紧的心弦、撕裂的肌肉和人战胜无情的自然力量的不屈不挠的精神。"③作家从伟大的人道主义同情心出发对此精神发出了赞叹和感慨,"他们的号子是痛苦的呻吟,是绝望的叹息,是揪心的呼喊。这声音几乎不是人发出的,那是灵魂在无边苦海中的、有节奏的呼号,它的最后一个音符是人性最沉痛的啜泣"④。由此,特定民族中特定人群的苦难,上升为人类普遍的苦难和命运的叹息。

在《小城风景》中,作家描述了他看到的一处"风景",穷人用来遗弃婴儿的婴儿塔。与一般西方旅行家相反,毛姆并没有将弃婴这种行为归结于中国人的残忍,而认为这只是因为他们无力抚养而不得已作出的举动。他动情地说"哦,你设想那些把婴儿带到这儿来的人,母亲

---

① 萨默塞特·毛姆:《在中国屏风上》,唐建清译,南京:江苏人民出版社2006年版,第50页。
② 同上书,第51页。
③ 同上书,第91页。
④ 同上书,第92页。

## 第十七章　中国屏风中的西方镜像

或奶奶,接生婆或热心的朋友,他们也都有着人的情感,不忍心将新生儿带丢到塔底……"①当他在孤儿院中看到一些被西班牙修女收留的弃婴,看到"他们这么小,这么无助"时,不禁"觉得喉咙里一阵哽咽"②。

　　出于人道主义的同情和理解,毛姆既看到了普通中国人生存的痛苦和艰辛,也看到了他们潜藏的自信和活力,似乎想给人一点希望的亮色。在《小伙子》中,作家描述了一个中国年轻人的形象。他的全部家当就是背在肩上的一个蓝色棉布小包。但他"举手投足透出年轻人的快乐和大胆"。他怀着发财的梦想踏上大路,坚定地向他的目的地——城市——走去。"他昂着头,对自己的力量十分自豪"。③

　　从毛姆描述的上述中国人形象看来,毛姆似乎并没有像一些中国学者所说,完全落入"东方主义"的窠臼或殖民主义的偏见④,从流行的刻板印象出发来描述中国人的形象。他反对那些在华生活的传教士对中国人的偏见和成见(《恐惧》),也反对那些只从古代典籍中理解中国文化的汉学家的做法(《汉学家》),而是尽可能广泛游历,以一个目击者的身份,通过自己的眼睛来观察中国,理解中国文化。他说,"心灵的眼睛会使我完全盲目,以致对感官的眼睛所目睹的东西反倒视而不见"。⑤按笔者理解,这里,"心灵的眼睛"是指受意识形态、习惯思维和心理定势影响而形成的优势视野;而"感官的眼睛"则指摒弃了成见和偏见,从自己的亲身体验出发来观察异民族和异文化的那种重感官、重体验的现象学式的态度,只有这样,才能抓住其所游历民族的文化之魂,从而进一步理解普遍人性。

---

①　萨默塞特·毛姆:《在中国屏风上》,唐建清译,南京:江苏人民出版社2006年版,第120页。
②　同上书,第122页。
③　同上书,第85页。
④　谢亚军、彭威:《画屏上的东方情调——毛姆〈在中国屏风上〉的"中国形象"》,牡丹江大学学报,Vol.16 No.8,2007年8月,第16—18页。
⑤　萨默塞特·毛姆:《在中国屏风上》,唐建清译,南京:江苏人民出版社2006年版,第131页。

## 三、中国的屏风与西方的镜像

　　罗伯特·考尔德认为,"毛姆的都市化和哲理性使他对中国文明中内在的信仰和礼节特别能够产生同感"①。尽管如此,由于毛姆的中国书写从本质上说是一种跨文化书写,因此不可避免地会产生对异文化的误解和误读。对此,毛姆似乎也颇有自知之明。他对中国众多的人口、拥挤的空间和多样的生存方式感到非常困惑,说"你说不出你身边涌动着的这些众多的生命意味着什么。凭你对自己同胞的同情和了解,你有了一个支点:你可以进入他们的生命,至少是在想象的层面上,而一定程度上也能够真正拥有他们。借助你的想象,你差不多可以将他们当作你自己的一部分。但这些人对你来说毕竟是陌生的,正如你对他们也是陌生的一样。你没有线索可以破解他们的神秘。他们与你即使有诸多的相像也帮不上你多大的忙,而毋宁更说明他们与你的不同。……你无所凭依,你不知道他们的生活状况,于是你的想象就很受挫"。②

　　文化人类学家们认为,造成文化误读的原因多种多样,但最根本的是书写主体将自己的意志和愿望投射在客体身上而形成的扭曲的镜像。因此,这种镜像映照出的更多是书写主体的自我形象,而不是被书写的文化他者的客观形象。

　　在《中国屏风上》有不少片断显示了毛姆对中国文化的误读。《鸦片烟馆》中,作家极力渲染鸦片烟馆环境的舒适和温馨,而有意无意地回避了鸦片酊的刺激给人的精神带来的麻木和萎靡。在毛姆笔下,鸦片烟馆虽然"灯光昏暗,房间低矮而污浊",但"香气弥漫,使整个戏院

---

① Robert L. Calder, "W(illiam) Somerset Maugham," *Modern British Essayists: Second Series*. Ed. Robert Lawrence Beum, Detroit: Gale Research, 1990.
② 萨默塞特·毛姆:《在中国屏风上》,唐建清译,南京:江苏人民出版社2006年版,第167页。

里充满了奇异的气息"。① 毛姆对这个环境的整体感觉简直是"宾至如归"。他说"这地方真令人愉快,像家里一样,舒适而温馨,它令我想起那些我最喜欢的柏林的小酒馆,每天晚上,劳累了一天的人们常在那里享受着安逸的时光"。② 显然,这是一种文化误读,从中折射出的是作家本人的思乡之情和怀旧心态。而他却将这些心态和情感投射给了中国的"瘾君子"们。

《罗曼司》也是如此。作家讲述自己白天整天在船上顺流而下,晚上在临时搭建的窝棚里睡觉,听着旁边中国船工时断时续的呼噜声。"这时,我突然感到,这儿,在我面前,几乎触动我的,就是我寻找的罗曼司。"③他想起了自己经历过的一系列旅行经验,包括在纽约的旅馆、南太平洋的一个珊瑚岛、英国海岸布列塔尼的农舍中的类似"狂喜"的体验,进而想到自己"犹如从西奈山上下来的摩西,他因与上帝交谈而容光焕发"。这里,毛姆借助想象,将自己的现时经验与往时回忆瞬间结合,升华为一种宗教性体验,但他显然忘了,没有这些中国船工的辛苦劳动,他如何能够舒适地躺在船舱里天马行空般展开想象,"听到罗曼司的翅膀的拍击声"④。

《民主精神》中讲述了作者亲眼看到一个场面,一位矮胖的官员与一伙衣衫破旧的苦力一同坐在客栈前院的小桌子边。"他们愉快地交谈着,那官员静静地抽着旱水烟。"⑤之前,这位官员曾经因为没有弄到好房间而发过火,但他的所作所为看来只是为了使自己不丢面子,而这一目的达到之后,他就有了找人聊天的愿望,也不介意与苦力们的社会差异了。接着,作者就此现象发了一大段感慨:"在我看来,这似乎就是真正的民主。东方人的这种平等观念既不同于欧洲人也有别于美洲人。在他们看来,职位和财富造成的人与人之间地位的尊卑完全是偶

---

① 萨默塞特·毛姆:《在中国屏风上》,唐建清译,南京:江苏人民出版社2006年版,第36页。
② 同上书,第37页。
③ 同上书,第65页。
④ 同上书,第66页。
⑤ 同上书,第100页。

然的,并不妨碍人的交往。"而作家接下来的自问自答更为奇特和有趣了。他问自己"为什么在专制的东方,人与人之间比自由民主的西方有更多的平等,我得承认,必须到臭水沟里去找答案"。因为在西方,人们是凭嗅觉来划分三六九等的。大清早的一个澡要比出身、财富和教育更能区分出不同的阶级。而在这儿,中国人一生都在和各种难闻的气味打交道,他们自己并未察觉。他们的嗅觉不能分辨对欧洲人不适的气味,所以他们并不介意和田里的农夫、苦力和手艺人平等交往。毛姆最后得出的结论居然是"也许臭水沟比议会制度更有利于民主。卫生设备的发明破坏了人的平等观念。……当第一个人拉下抽水马桶的把手,他其实已不自觉地敲响了民主制度的丧钟"①。不知毛姆的结论是讽刺还是调侃,但无疑这一结论他是在误读了中国客店中的官民交往的场景后得出的。

在与中国人交往的过程中,毛姆也在不断地反思着自己的文化面临的问题。在《哲学家》一文开头,他站在面向落日的城楼上,反思这个庞大的中国城市,"一千英里内没有铁路,河道很浅,只有载重不大的平底船才能安全航行。坐舢板需要五天才能抵达长江上游。在心神不安的时刻,你会自问:是否火车和轮船对生活的正常进行是必需的?我们每天使用这些交通工具,我们也认为是必需的;而在这儿,一百万人在成长、婚嫁、生儿育女和衰老死亡;这儿一百万人也忙碌地从事商业、艺术和思想创造。"②

在与辜鸿铭的谈话中,毛姆又借助这位学贯中西、精通多国语言、而又坚持中国传统文化本位的中国哲学家之口,对西方文明进行了深刻的反思和批判:

> 你们知道你们在做什么吗?你们粉碎了我们哲学家的梦想:世界能以法律和秩序的力量来治理。如今你们正在教育我们的年轻一代懂得你们的秘密。你们将可怕的发明强加给我们。你们不

---

① 萨默塞特·毛姆:《在中国屏风上》,唐建清译,南京:江苏人民出版社2006年版,第101页。
② 同上书,第104页。

## 第十七章 中国屏风中的西方镜像

知道我们学习机械的天才吗？你们不知道在这个国家有四万万世界上最务实、最勤劳的人吗？当黄种人能够造出跟白种人同样精良的枪炮并射击得同样准确时，那你们的优势何在呢？你们诉诸于枪炮，你们也将会由枪炮来裁决。①

这段话义正辞严，振聋发聩，与其说是出自一位古老帝国的哲学家之口，不如说是毛姆借助这个文化上的他者的声音，对西方读者发出的警示和预言。

总的说来，毛姆对中国的印象性书写中，既有对古老帝国的哀叹、惊奇和惋惜，也有对上层人士的反讽和对普通民众的赞美。尽管作为一个西方作家，毛姆很难避免"东方主义"的猎奇心理，也难以避开跨文化交流和书写中常有的误解和误读。但从总体来看，毛姆的态度是严肃的，真诚的，他对人性的观察也是细致入微，有时甚至是入木三分的。看似信手拈来、随意拼贴在"中国屏风上"的片断文字，其实体现了他对主题的"自我意识和精心选择"②。通过中国书写，毛姆在探索这个古老民族的特性，也在探索普遍人性和普世价值；在探索一个东方帝国的衰败命运的同时，也在反思另一个风光不再的现代西方帝国的前景，并进而对整个西方文明提出明确的警示。

---

① 萨默塞特·毛姆：《在中国屏风上》，唐建清译，南京：江苏人民出版社2006年版，第108页。
② Stanley Archer, "W(illiam) Somerset Maugham" in *British Travel Writers, 1910-1939*, Ed. Barbara Brothers and Julia Marie Gergits, Detroit, Washington, D. C., London: A Bruccoli Clark Layman Book, Gale Research,1998, p.240.

# 第十八章　跨文化交往的出路与困境

　　以 E. M. 福斯特(E. M. Forster)的《印度之行》(*A Passage to India*, 1924)作为本书的压轴之章,主要是出于以下考虑。如所周知,印度是大英帝国最大的东方殖民地,也是相关的文献资料收集得最为丰富,记录和分类最为齐全的。据有关统计,在大英博物馆的印度馆中,光是有关东印度公司的资料占的书架就长达 9 英里①,足见这个古老而神秘的东方大国在大英帝国心目中的地位。19 世纪以来,印度在英国作家笔下代表了一个不可企及的对象,尽管他们从本族中心主义观点出发,根据西方的想象和文学的幻想持续不断地描述着印度、非洲和阿拉伯世界,但只有对印度既有"入于其内"又有"出乎其外"的观察经验,同时又具有跨文化交往意识的 E. M. 福斯特,才有机会看到大英帝国在印度各个层面的运作情况,并对之作出独特的描述、深刻的反思和睿智的评论。

　　福斯特与印度的结缘始于 20 世纪初。1906 年,福斯特在剑桥认识了一位聪明而富有魅力的印度青年马苏德(Syed Ross Masood),当时后者正在剑桥学习,需要找一位导师。福斯特先当了他的导师,之后又成了他的朋友。按照巴巴拉兄弟等人(Barbara Brothers and Julia M. Gergits)的说法,"马苏德改变了福斯特的生活,使印度成了他的想象力围绕的中心"②。1912 年,福斯特急切地踏上了去印度拜访马苏德的旅程,与他同行的还有剑桥的一些朋友。按照福班克(Furbank)的说法,福斯特的目的不是像一般英国旅游者那样去"看"(see)印度,而是"去

---

　　① Pramod K. Nayar, *English Writing and India, 1600-1920: Colonizing Aesthetics*, London and New York: Routledge, 2008, p. 2.
　　② Barbara Brothers and Julia M. Gergits, ed., *British Travel Writers, 1910-1939*, Detroit, Washington, D. C., London: A Bruccoli Clark Laymen Book, Gale Research, 1998, p. 106. "去

## 第十八章 跨文化交往的出路与困境

了解印度人"(get to know Indians)。① 他没打算把时间花在那些英国—印度人身上,尽管他也拜访了一些已经与印度人打成一片的"不寻常的"英国人。在一年的拜访中,福斯特在自然的背景下见到了马苏德,还拜访了他的家人。由于他与马苏德的关系,福斯特以一种比大多数旅行者更为个人化的方式进入了印度。他沉迷于印度的风景中,从阿里格尔(Aligarh)到德里的城市,从克什米尔的山谷到埃洛拉(Ellora)和巴拉加(Baragar)山的洞穴无不留下了他的脚印(后者成为《印度之行》中马拉巴山[Maraba]洞穴的原型)。他观看了印度舞女表演(nautch),参加了一个伊斯兰教徒的婚礼,还会见了 Vishnwarath 信徒、查塔普邦的土邦主等。为了尽可能成为一个印度人,他有时还穿上印度服装,缠上"紫色加金色"的包头布。他还学会了品尝印度食物,而拒绝提供给他的英国食品。尽管如此,当他于 1913 年结束印度之旅时,他感到他还是没有真正理解印度,无法从整体上描述或把握它的含混性和矛盾性。"他的首次印度之旅只是进一步激发了他重访印度并书写它的欲望。"②

按照当代学者班尼塔·帕瑞(Benita Parry)的说法,随着 1914 年第一次世界大战的爆发,及其随之而来的旧秩序的土崩瓦解,福斯特曾庇荫于其中、从未质疑过的自由人文主义被彻底摧毁了。面对既有价值的崩溃、欧洲劫后余生的残迹、英国国内加剧的阶级冲突,以及殖民地人民日益增长的不满情绪,他迫切渴望着"去英国以外寻求一个把这种种混乱集结起来的支点,选择一条通过小说将英国的现状置于由帝国主义创造的全球语境的中心,与他所处的特定时代条件联接起来"③。

1921 年,福斯特怀着急切的心情重访了印度。这次是受印度中部城市海德拉巴(Hyderaba)当地土邦主德沃斯(Dewas Senior)之邀,担任

---

① Barbara Brothers and Julia M. Gergits, ed., *British Travel Writers*, 1910-1939, Detroit, Washington, D. C., London: A Bruccoli Clark Laymen Book, Gale Research, 1998, pp. 106-107.
② Ibid.
③ Benita Parry, "The Politics of Representation in A Passage to India", *A Passage to India: Essays in Interpretation*, Ed. John Beer, The Macmillan Press Ltd, 1985, p. 27.

其临时秘书,该职务原先是一位英国上校代理的。福斯特很快同意接受了这个职位。这个职位既给他提供了近距离观察印度社会文化的机会,也给他带来了多重交织的文化身份。"作为一位英国臣民,在一个印度王公手下工作,他得做一个反殖民主义和反种族主义的声明。作为一个德沃斯王室中的局内人,他能比大多数非印度人能够更近距离地'看'印度人。作为一个作家,他能获得新的素材,而且,他希望有充裕的时间完成他的印度小说。"[1]正是这种多重交织的文化身份使他能够超越民族、文化和宗教的界线,对跨文化交流这个重大的主题作出自己独特的解答。

## 一、旅行者与旅游者

按照班尼塔·帕瑞的观点,《印度之行》出版的1924年,大英帝国与印度的关系,轻一点说已经"无法调和"("irreconcilable"),重一点说则已处在火山口上。福斯特将自己定位为某种处在东西方两极之间的人文主义气压表,作为帝国的机器,面对殖民地不断上升的叛乱威胁,不时向英国的无知和自负提出预报和警告。[2] 巴巴拉兄弟进一步指出,可以将《印度之行》看作福斯特对英国在印度的统治所作的继承和质询。[3] 笔者认为,除了为大英帝国的前途考虑之外,福斯特还有一种更加高远的理想。如所周知,福斯特很喜欢采用名人诗句作小说的名字[4]。《印度之行》的标题来自美国诗人惠特曼发表于1871年的一首同名诗作,原作第二节如是咏唱道:

  Passage to India!

---

[1] Barbara Brothers and Julia M. Gergits (ed.), *British Travel Writers*, *1910-1939*, Detroit, Washington, D. C., London: A Bruccoli Clark Laymen Book, Gale Research, 1998, p. 109.

[2] Benita Parry, "The Politics of Representation in A Passage to India," *A Passage to India*: *Essays in Interpretation*, Ed. John Beer, The Macmillan Press Ltd, 1985, pp. 27-43.

[3] Barbara Brothers and Julia M. Gergits (ed.), *British Travel Writers*, *1910-1939*, Detroit, Washington, D. C., London: A Bruccoli Clark Laymen Book, Gale Research, 1998, p. 103.

[4] 见 E. M. 福斯特:《印度之行》(译后记),杨自俭、邵翠英译,合肥:安徽文艺出版社1990年版,第401页。

# 第十八章 跨文化交往的出路与困境

Lo, soul! seest thou not God's purpose from the first?
The earth to be span n'd, connected by net-work,
The people to become brothers and sisters,
The races, neighbors, to marry and be given in marriage
The oceans to be cross'd, the distant brought near,
The lands to be welded together.

通向印度之路!
瞧,灵魂哟!难道你没看出上帝最初的旨意?
地球将被跨越,以网络联结,
人类将成为姐妹和兄弟,
各族人民,毗邻而居,互相通婚,
大洋将被跨越,距离将被缩短,
大洲将被紧密地结合在一起。①

惠特曼没有去过印度,但是,像当时的许多欧洲诗人一样,这个美国浪漫主义诗人对印度这个神秘的东方古国充满了幻想和憧憬。在他心目中,印度成了地球上最复杂多样的自然地理、民族文化和不同宗教和谐共存的标本,通过印度这个通道(passage)理解人与人、与自然、与宇宙的相处之道,就能理解和把握世界的本质,进而实现全人类和谐共存的理想。而对于福斯特这个对印度既有远距离观察经验、又有近距离接触体验的作家来说,借用惠特曼的诗句作标题,通过来自英国的旅行者在印度的旅行来探讨实现上述理想的可能性,无疑是最佳的叙事策略。

说到这里,必须联系一下福斯特对"旅行者"这个概念的理解。在发表于1903年8月的短篇小说《一个恐慌的故事》(*The Story of a Panic*,1903)中,福斯特对"旅行者"(traveller)和"旅游者"(tourist),这两个一般人习焉不察的概念作了区分。在他看来,前者指的是身体和心灵都能进入旅行之地的,而后者则是身体进入而心灵没有进入的。福斯特警告说,并不是所有人都能从旅行走向自我实现(self-actualiza-

---

① 本诗为笔者试译。

tion);有些人永远是旅游者,永远成不了旅行者。① 在《印度之行》中,福斯特刻画了两个从英国来到印度旅行的女性,进一步说明、印证和发展了他的这个理论。

摩尔夫人是福斯特心目中真正的旅行者,而不是一般意义上的旅游者。按照约翰·塞耶·马丁的说法,摩尔夫人是一个带有神秘主义色彩的基督教人道主义者。② 她来印度的目的不仅是为了看看这个古老神秘的东方大国,更是为了印证基督教人道主义的信念,"因为印度也是这个世界上的一部分。上帝让我们降生在这个世界上,为的是让我们都和谐相处,生活愉快"。③ 在印度逗留期间,她基本上克服了大英帝国的傲慢和殖民主义的偏见,努力以平等的态度与当地人交往,以宽容的心态理解和对待具有"他者性"的文化习俗。在抵达印度的当天晚上,她就去拜访了一家清真寺,并尊重穆斯林习俗,脱了鞋子进清真寺。尽管一开始她的行为使当时正在祈祷的当地医生阿齐兹产生了误解,但通过她真诚的解释,误解不久就得以消除,两人成了心灵相契的朋友。这种超越种族、文化和信仰的个人友谊,正是作家所竭力提倡和赞赏的。总的说来,摩尔夫人的印度之行,既为她的儿子朗尼和其他殖民官员引进了一个新的看待异文化的态度和立场,也为缓和殖民者与当地居民之间的紧张关系作出了积极的贡献。

换个角度看,摩尔夫人的印度之行,也是一次自我探索之旅。到印度不久,她就面临了一场精神危机。昌德拉普尔闷热的气候和单调的风景,当地印度社会的活力与无序,以及马拉巴山洞内神秘的回声,所有这一切既让她兴奋,也使她震惊,更使她产生了幻觉,从而加重了她的精神危机,使她"既不能行动起来,也不能抑制住而不行动……既不

---

① Barbara Brothers and Julia M. Gergits(ed.), *British Travel Writers*,*1910-1939*, Detroit, Washington, D.C., London:A Bruccoli Clark Laymen Book, Gale Research, 1998,p.106.
② 约翰·塞耶·马丁:《论〈印度之行〉》,见 E. M. 福斯特:《印度之行》,杨自俭、邵翠英译,合肥:安徽文艺出版社 1990 年版,第 374 页。
③ E.M.福斯特:《印度之行》,杨自俭、邵翠英译,合肥:安徽文艺出版社 1990 年版,第 54 页。

能对什么都置之不理,也不能崇拜一切"①。她没有意识到,这种空无或虚空的状态正是从"小我"(阿特曼)进入到"大我"(梵)的必由之途。可惜的是,摩尔夫人没有能够通过这场精神考验,完成她的灵魂的更新,只能带着遗憾和失望,离开了这个她既深爱着又无法理解的神秘国度。尽管如此,摩尔夫人的仁慈、平和与宽广的胸怀得到了以阿齐兹医生为首的当地人的肯定,她营造出的友好气氛弥散在昌德拉普尔,成为一种无形的精神力量,在一定程度上消解了不同种族和文化之间的猜疑与不信任。因此,从生物学层面来说,摩尔夫人的印度之行是一个从生到死的旅行;但从精神层面来看,这是一个从死到生,从狭窄的自我扩展到普世的自我的"内在朝圣"之旅。

小说中与摩尔夫人一起来到印度的阿德拉小姐是一个纯粹的旅游者。她的旅游既出于现实的动机,又带有某种猎奇成分。她想通过印度之行决定自己的婚姻大事,同时又想满足看看"真正的印度"的好奇心。但由于她始终带着某种居高临下的心态,注定了她不可能成为真正的旅行者,只能远远地望着她的猎奇对象,而无法靠近它。她所看到的印度"永远像一种壁缘饰带,绝对不是印度的灵魂"。② 另一方面,正如玛丽亚·M.戴维迪斯(Maria M. Davidis)敏锐地指出的,阿德拉想看看印度的愿望似乎又是好奇地倒退的。她对罗曼司的渴求中回荡着以往时代男性探索者的声音,他们侵入肥沃的阴性的土地,以便为大英帝国带来果实。从这一点来看,阿德拉提醒人们,伟大的帝国探险时代已经结束,帝国已经被规划和文明化,足以让妇女能够进入,将冒险变成旅游。但矛盾的是,它也清楚地表明,一个想要探索的女性过分男性化了,"她对帝国传奇的渴望同时对维多利亚的和现代的感觉提出了挑战"③。由于阿德拉缺乏摩尔夫人般开放的心态和博爱的胸怀,结果

---

① 约翰·塞耶·马丁:《论〈印度之行〉》,见 E. M. 福斯特:《印度之行》,杨自俭、邵翠英译,合肥:安徽文艺出版社1990年版,第379页。

② E. M. 福斯特:《印度之行》,杨自俭、邵翠英译,合肥:安徽文艺出版社1990年版,第50页。

③ Maria M. Davidis, "Forster's Imperial Romance: Chivalry, Motherhood, and Questing in A Passage to India," *Journal of Modern Literature*, 23.2 (Winter 1999): p.259.

印度之行没有给她带来任何精神上的提升,只是给她带来了羞辱和愧恨。最后,她是带着失败、不满足和"她的灵魂的锁链"离开印度的①。

## 二、洞穴幻像与回声

从人类学角度考察,福斯特笔下两位英国旅行/旅游者的印度之行既是她们形而下的身体在异域空间中的一次旅行,又是形而上的精神或灵魂经历的一场通过仪式(rite of passage);从文化学意义上说,它更是一种超越种族、信仰和文化的交流实践。这三重意义上的 passage,在小说中主要是通过空间的转移和人物心理的变化得以逐步展开的。

班尼塔·帕瑞指出,《印度之行》的三个部分,"清真寺"、"洞穴"和"寺庙"在福斯特的三重结构中有着象征意义。它们分别代表了印度的寒季、热季和雨季;它们受到了三种宗教,伊斯兰教、基督教和印度教的控制;分别包含了展示、灾难和解决。② 希尔达·D. 斯比尔(Hilda D. Spear)进一步指出,清真寺、洞穴和寺庙是一个具有多重意义的序列,其中之一是本体论和心理学的意义,与三种印度主要的哲学—宗教体系有关:它们分别代表了意识和现在,无意识和过去,以及超意识和未来。③

上述两位学者从印度自然地理和宗教文化入手解读小说的空间结构,对于我们进一步理解小说的深层意蕴无疑非常有帮助。可惜的是,他们都忽略了小说的越界旅行和跨文化交流这个大背景。笔者认为,小说中的三个空间固然体现了印度地理、文化和宗教的精髓,但更重要的是,它们同时也是三个不同的交流空间,作家将小说人物置于其中,目的是通过他们的活动和感受突出跨文化沟通中的交互性或互动性

---

① Roger L. Clubb, "A Passage to India: The Meaning of the Marabar Caves," *Contemporary Literary Criticism Select*, Detroit: Gale, *CLA Journal*, 2008, p. 186.

② Parry, Benita. "The Politics of Representation in A Passage to India," *A Passage to India: Essays in Interpretation*, Ed. John Beer. The Macmillan Press Ltd, 1985, pp. 27-43.

③ Hilda D. Spear, "A Passage to India: Overview," *Reference Guide to English Literature*, Ed. D. L. Kirkpatrick, Chicago: St. James Press, 1991.

## 第十八章 跨文化交往的出路与困境

(interactivity)问题。小说中的情节设置、人物塑造和景物描写等细节都是围绕这个根本问题展开的。小说一开头,作家就借助男主角阿齐兹与他的同胞穆罕默德·阿里和哈米杜拉之间的一场谈话,向英国的和印度的读者抛出了一个问题,这就是"有没有可能和英国人结成朋友"①。而在小说结尾,作家又通过阿齐兹与他的英国朋友菲尔丁的对话再次提出了同样的问题②。由此可见,英—印之间跨越民族、宗教和文化的交往始终是作家关注的中心,离开这个中心进行纯宗教学理或心理现象的探讨不但无助于问题的解决,反而会遮蔽问题本身。

第二部"山洞"是整个小说的中心,也是最难以理解的部分。在好客的阿齐兹的安排下,摩尔夫人和阿德拉小姐进入马拉巴山洞观光,但结果事与愿违,两位英国女子不但没有获得快乐,反而陷入了各自的精神危机。摩尔夫人被山洞经验所压倒,对基督教的博爱产生了怀疑,进而认识到人生的虚无性,甚至对生命本身也感到了厌倦;而阿德拉在山洞中,幻想自己受到了阿齐兹的性攻击,她对后者的指控造成了查德拉普尔人际关系的混乱,暴露了大英帝国与印度之间、殖民统治者与被殖民者之间长期存在的隔阂和矛盾,最后导致了一场文化危机。

那么,马拉巴山洞究竟象征了什么,有着怎样神秘的力量,在整个小说中发挥了怎样的叙事功能? 在这个问题上,罗格·L. 克拉布(Roger L. Clubb)的解释似乎最为全面,也最为奇特。在他看来,洞穴不仅代表了智力和情感活动的原始状态,而且代表了宇宙中那些神秘的东西,这是人类永远无法理解的,因为毕竟人在物质世界中是有限的。尤其是,它们象征了生命自身之谜,这个奥秘深藏在创世背后,以非物质的方式出现,被我们称为灵魂或意识。③ 与此同时,克拉布又提出,应该将洞穴理解为子宫的象征。这种意义加强了洞穴代表生命起源的奥秘的观点。于是我们可以说,洞穴在两个层面上象征了这种奥

---

① E. M. 福斯特:《印度之行》,杨自俭、邵翠英译,合肥:安徽文艺出版社1990年版,第7页。
② 同上书,第371页。
③ Roger L. Clubb, "A Passage to India: The Meaning of the Marabar Caves," *Contemporary Literary Criticism Select*, Detroit: Gale, *CLA Journal*, 2008, p. 185.

秘:一个是形而上的,一个是性的。① 阿德拉声称她在马拉巴山洞旅行时,在洞穴中遭到了阿齐兹的性攻击,其实反映了她本人意识和无意识的冲突。在意识层面上她拒绝罗尼,而在潜意识层面上她欲望着阿齐兹。意识与潜意识之间开始了争执,而阿德拉通过将潜意识的欲望转化为一种假想中的阿齐兹对她的性侵犯,解决了这种争执。她从洞中逃出时,否定了自己的性欲,此时此刻,洞穴象征了子宫或性高潮。②

克拉布的解释集中于洞穴的整体隐喻功能,但忽略了与洞穴相关的两个重要细节。福斯特告诉我们,马拉巴山洞中最奇怪的一个现象是,圆形洞室的墙壁被岁月磨得无比光滑,人一进入山洞点燃火柴,光滑的石壁上马上会映出另一朵火光,但一旦真的火花熄灭,它的影子也随之消失。此外,马拉巴山洞还有一个奇特的现象,那就是单调的回声。进入封闭的山洞后,人们发出的任何丰富复杂的声音——"充满希望的呼喊,文雅的交谈,擤鼻子的声音,皮靴发出的咯吱咯吱的响声,都会产生这种单调的回声'boum'"。③ 从这两个现象来看,山洞有着神秘的两重性。在洞壁映象中,山洞似乎给人以希望,它对人与宇宙沟通的努力作出了即时即刻的回应。而在回声现象中,山洞似乎又显示了人与人、与宇宙之间交流的无效性,不管人类如何努力,这个无情的宇宙始终无动于衷,只会按照自己的方式发出单调空洞的回声。那么,福斯特通过这种神秘的双重现象究竟想说明什么呢?

从跨文化交流的视野出发,笔者认为,山洞既是封闭的自我(集体和个人)的空间表征,也代表了宇宙中某种既阻碍又促进人类交流的神秘力量。一个个互相分离和自我封闭的山洞象征了人类的生存状况,即人们虽然在灵魂上息息相通,但在个体上却是互相分离的。要打破这种个体—肉身间的隔膜,只能放弃狭隘的人类中心主义立场,代之以更为广阔的宇宙中心主义。从人类中心主义来看,不同的个体发出

---

① Roger L. Clubb, "A Passage to India: The Meaning of the Marabar Caves," *Contemporary Literary Criticism Select*, Detroit: Gale, *CLA Journal*, 2008, p. 185.
② Ibid., p. 186.
③ E. M. 福斯特:《印度之行》,杨自俭、邵翠英译,合肥:安徽文艺出版社1990年版,第167页。

## 第十八章 跨文化交往的出路与困境

不同的声音,应该在山洞中得到相应的回声。但从宇宙中心主义的角度看,不同的人类个体发出的声音在浩翰的宇宙中最终只能融汇成同一种声音,那就是人类的声音。山洞单调的回声实际上是宇宙间一种试图将整个人类融合起来的神秘力量发出的。从这个角度看,山洞之行是人的灵魂穿越封闭自我的通过仪式。可惜的是,两个来自英国的女主人公最终都没有能够通过这场灵魂的秘仪。用本尼塔·帕瑞的话来说,她们"都对印度的'他者性'的理解作出了否定性的反应"。① 摩尔夫人囿于基督教人道主义,无法理解这些融汇在一起的神秘回声,产生了虚无主义和宿命论思想,陷入无法解决的精神危机中。而阿德拉则囿于个人隐秘的无意识情欲,在幻觉中想象自己受到了印度男人的性攻击,不但造成了自己的心理危机,也引发了昌德拉普尔的英—印社会的文化冲突。

与回声现象相对的是映象。映象也是宇宙中一种既分离又结合的力量。洞壁对火光作出的即时即刻的映象其实是个假象。正如小说中所说,"两个火焰在相互靠近,而且要奋力结合在一起,然而却不能,因为其中一个火焰需要呼吸空气,而另一个则是石头上映出的影子"。② 另一方面,洞穴映象也可以视为英—印关系的镜像。阿齐兹出于好意,热情邀请并精心安排了马拉巴山洞之行,他的真情如同在黑暗的洞穴中擦亮了一根火柴,在对方心灵的洞壁中折射出另一朵虚假的火焰,"两朵火焰相互接触了,亲吻了,但接着便熄灭了。这个山洞又恢复了它原有的黑暗,依然像所有的山洞一样"③。换个隐喻,我们也可以说,阿齐兹的善意举动,在阿德拉自闭的心理洞穴中引起的只是单调的回声。

其实,阿德拉的困惑是双重性的,除了个人潜意识中的性冲动以外,还有民族文化身份意识在起作用。对于阿齐兹这个印度青年,她既

---

① Benita Parry, "The Politics of Representation in A Passage to India," *A Passage to India: Essays in Interpretation*, Ed. John Beer, The Macmillan Press Ltd, 1985, pp. 27-43.
② E. M. 福斯特:《印度之行》,杨自俭、邵翠英译,合肥:安徽文艺出版社1990年版,第141页。
③ 同上。

具有一个性意识觉醒的女性对英俊漂亮的年轻男性的幻想,同时又有一个来自帝国中心的旅行者对殖民地当地人的好奇心,而这种好奇心背后又隐隐交织着"东方主义"的偏见和成见。在进山洞观光之前,阿德拉想到:

> ……阿齐兹可能有几个妻子,听达顿夫人说,伊斯兰教徒一直主张,一个男子最多可以娶四个妻子。在这块永存的大石头上,再没有其他人跟他讲话,她便任意地想象起婚姻问题来,她以真诚、有礼而又好奇的态度问过阿齐兹:"你是只有一个妻子,还是有几个妻子?"①

从这段话中可以看出,虽然阿德拉的态度是"真诚、有礼的",但"好奇心"显然更占了上风,她并没有把阿齐兹看作人类的普通一员。在她心目中,阿齐兹作为一个东方男性,是危险的、极具攻击性的,只要一有机会就可能会攻击本民族本阶层的女性,何况像她那样一个来自西方的小姐。双重困惑的结果,加上自然环境的作用,使她在幻想中感到自己受到阿齐兹的性攻击就不难理解了。正如杰弗里·M. 里尔本(Jeffrey M. Lilburn)指出的,"阿德拉对阿齐兹的控告似乎确认,这种恐惧和种族主义的假定证明了帝国存在的正当性,土著的世界是混乱的,无法控制的和邪恶的,因此有必要维持英国的统治"②。而她在法庭作证时提供的自相矛盾的证词,在昌德拉普尔的英—印社会中产生了强烈的反响,结果融汇成一个类似马拉巴山洞中的回声,"回声又生回声,就像一条大蛇占据了这个山洞,这大蛇里面有许多小蛇,小蛇都任意地翻滚"③,最终引发了一场原本潜伏的文化冲突,使整个城镇陷入了混乱和无序。因此,马拉巴山洞事件虽然起因于一场个人精神危机,其所表征的却是大英帝国本身的症候,正如马尔科姆·布拉德伯雷(Malcolm

---

① E. M. 福斯特:《印度之行》,杨自俭、邵翠英译,合肥:安徽文艺出版社1990年版,第173页。

② Jeffrey M. Lilburn, "An overview of A Passage to India," Detroit: Literature Resource Center, Gale, 2010. Literature Resource Center. Web. 2010-5-13.

③ E. M. 福斯特:《印度之行》,杨自俭、邵翠英译,合肥:安徽文艺出版社1990年版,第167页。

# 第十八章　跨文化交往的出路与困境

Bradbury)一针见血指出的：

《印度之行》包含了一个最有力的招魂术，它招出了我们文学中的虚无主义之魂：我们的内部世界和外部世界，在浪漫式发泄的极端，从洞穴中发出了回声；幻想的希望面对一个异化的、不可言说的、自我反思的自然。[1]

## 三、向心力和离心力

到此为止，我们一直在讨论两位英国旅行者的感受和体验，现在让我们转到小说中的其他英国人和印度人，通过他们内部的交往，以及他们与文化上"他者"的交往，来看福斯特对跨文化交往的看法。

小说第一部描述了三个不同层次或类型（个人的、官方的和民间的）的跨文化交往实践。首先是阿齐兹与摩尔夫人的交往，这是一次偶然的、非正式的、纯粹个人的交往。在某种神秘的宇宙力量的作用下，两人都抛开了自己的文化和宗教偏见，敞开心扉与对方真诚地交流，建立起一种超越性别、年龄、种族和信仰的友谊。

由殖民市政当局组织的"搭桥茶会"是一次失败的跨文化交往实践，从一开始，交往双方无论在空间位置还是主体心态上都是不平等的。以网球场草地为界，界线的"那一边"，是一些早早来到茶会现场、密密麻麻地站在那里等着被招待的印度上层人士。界线的这一边，则是由傲慢的殖民官员及其家属组成的团队，他们从殖民者的优势立场出发，根本没有交流的诚意，只是像看风景画般注视着对方，最多作出一些友善的姿态来敷衍一下。

"去应酬一下，玛丽，去应酬一下。"特顿市长说着，并用手杖轻轻触动了一下他妻子的肩头。

特顿夫人很笨拙地站了起来，问道："你想让我做什么？哎

---

[1] Malcolm Bradbury, "E. M. Forster as Victorian and Modern: 'Howards End' and 'A Passage to India'," *Possibilities: Essays on the State of the Novel*, Oxford UK: Oxford University Press, 1973, pp. 91-120.

呀！去招待那些没出过闺房的女人！我从来没有想到她们会来参加招待会。哎呀，天哪！"①

相比于官方组织的正式茶会，福斯特更看重个人自发组织的非正式聚会，因为它完全建立在平等、友好和自愿的基础上，无论是主办者还是参与者都是怀着真诚的意愿前来参加的。小说第七章菲尔丁举办的茶会就属于这一类。受邀前来的阿齐兹特别注意到，菲尔丁的"会客室里的摆设是豪华的，但很没有次序——贫穷的印度人来到这儿，一点也不会有威严和窘迫的感觉"②。不仅如此，菲尔丁还免除了许多烦琐的礼节，"阿齐兹发现此时此地和英国女士交流并非难事，他像对待男子一样对待她们"。③ 不幸的是，这场民间自发组织的、非正式的家庭茶会，进行到一半就被来自官方的力量粗暴地打断了。尽管朗尼闯入茶会的目的只是为了带自己的未婚妻去看马球会，但他表现得非常无礼，根本没有理睬茶会上的其他印度人，因为"他自己认为，他和印度人的唯一的联系就是官方事务的往来"④。

上述三种不同层次的跨文化交流实践背后，有两种不同的神秘力量在起作用，一种来自宇宙，一种来自人间，前者将不同的人们结合在一起，后者将本可结合的同类分离开来，两者之间的张力也在一定程度上决定了小说的空间结构。小说开头，作家以恒河为中心，设置了两个不同的社会空间。一个是印度当地社会，"在这儿所看到的一切，都是那么卑微而败落，那么单调而无生气"，"活像一种低等的而又不能毁灭的生物体"。⑤ 与此相对的，是英国殖民当局所在的"城内"，这里的一切，从广场、医院、火车站、住宅区、行政公署、俱乐部、食品杂货店到公墓，都是"按精确的计划建造起来的"⑥。超越于这两种互相分离的

---

① E. M. 福斯特：《印度之行》，杨自俭、邵翠英译，合肥：安徽文艺出版社1990年版，第42页。
② 同上书，第69页。
③ 同上书，第74页。
④ 同上书，第84页。
⑤ 同上书，第3页。
⑥ 同上书，第4页。

## 第十八章　跨文化交往的出路与困境

人间秩序之上的是宇宙的空间秩序，其间运行着某种神秘的向心力量——"天空主宰着万物"①。在福斯特看来，天空不仅主宰着气候和时令，还主宰着人的心理、人的活动和人与人之间的关系。对于这种神秘的力量，人类只能感应它，领悟它，顺从它，而无法从理性上去把握它，更不能去抵制它，违抗它。而英国式思维的特征恰恰在于非得把一切搞得井井有条。作为法官的朗尼傲慢地认为自己是"为了用强权控制这个国家才到这儿来的"②。为了强调秩序，他甚至幻想着用白漆把马拉巴山洞一一写上编号。阿德拉事件之所以最终会演变为一场文化冲突，根本原因就在于英国殖民当局从习惯思维出发，试图以法律手段来解决因文化差异而引起的问题。于是，一场本可解决的"个人的心理危机、身份困惑，演变为一场法律诉讼，而这场法律诉讼又突出了帝国的法律危机，演变成一场文化冲突，成了昌德拉普尔反帝国意识的催化剂"③。

综观整部小说可以明显看出，作家是根据某种神秘的集向心/离心于一体的宇宙力量的运动而逐步展开其叙事结构的。如果说清真寺中的跨文化沟通体现了这种神秘的宇宙力量之向心的一面，那么马拉巴山洞危机则反映了这种力量的离心一面，它是由于人为的外来因素的介入而被引发的；而印度教寺庙中的狂欢仪式则重新确认并肯定了这种神秘的向心力的存在。这样，通过一个从向心到离心再到向心的否定之否定，人类跨文化交往的美好愿望似乎最终得到了实现，人与人、人与自然、人与宇宙重新融为一体。

此刻已是午夜时分。那海螺突然吹起了悲哀的音调，接着便可听到喇叭一样的声音，那是大象在吼叫；拿香粉袋的人们把香粉全部抛到了祭坛上，人们在玫瑰色粉末和弥漫的香烟中，发出了叮

---

① E.M.福斯特：《印度之行》，杨自俭、邵翠英译，合肥：安徽文艺出版社 1990 年版，第 5 页。
② 同上书，第 53 页。
③ Elizabeth Macleod Walls, "An Aristotelian Reading of the Feminine Voice-as-Revolution in E. M. Forster's A Passage To India," *Papers on Language & Literature*, 35.1（Winter 1999）: p. 56.

叮当当和大声呼喊的声音,无限的爱都献给了尊敬的爱神讫里什那(即黑天),把整个世界从苦难中拯救了出来。一切悲伤都统统被赶走,不仅印度人不再悲伤,而且外国人,甚至连空中的飞鸟,神奇的山洞,长长的铁路和天上的星星也都抛弃了悲哀;整个世界都沉浸在欢乐之中,万物皆在欢笑;好像世界上从来没有疾病,没有怀疑,没有误解,更没有残忍和恐惧。①

但是,这种人神合一、宇宙共欢、东西方和融共存的境界只是昙花一现的理想。作为一个清醒的现实主义作家,福斯特并不企望通过营造一个英—印社会大团圆的结局,给读者提供一种虚幻的乌托邦境界,而是"公然挑战了读者的希望和期待,采取了现代的现实主义的手法"②;虽然作家安排了菲尔丁与摩尔夫人的女儿结婚,暗示摩尔夫人的精神在下一代中的延续;并在最后一章中让菲尔丁前往阿齐兹移居的城市寻找老友重修友谊,暗示了英国与印度和解的可能。但在小说结尾,又通过阿齐兹的激烈反应暗示,被压迫民族绝不可能与其征服者达成妥协。小说结局说明个人关系不足以克服种族藩篱,天空和大地都高喊着否定这种可能性。

"为什么我们现在不能成为朋友呢?"菲尔丁满怀深情地抓着阿齐兹的手说,"这是我的愿望,也是你的愿望。"

然而他们的坐骑没有这种愿望——它们转向各自东西;大地没有这种愿望,它在路上布下重重巉岩,使他俩不能并辔而行;他们走出山口的时候,脚下的茂城便一览无余;那些寺庙,那个监狱,那个神殿,那些飞鸟,那个兵营,那个宾馆,所有这一切它们都没有这种愿望,它们异口同声地喊道:"不,你们现在还不能成为朋

---

① E.M.福斯特:《印度之行》,杨自俭、邵翠英译,合肥:安徽文艺出版社1990年版,第330页。
② Hilda D. Spear, "A Passage to India: Overview," *Reference Guide to English Literature*. Ed. D. L. Kirkpatrick. 2nd ed, Chicago: St. James Press, 1991, Literature Resource Center. Web. 2010-5-13.

## 第十八章 跨文化交往的出路与困境

友!"苍天也在呼叫:"不,你们在这儿不能成为朋友!"①

这里,我们看到,小说开头出现过的同一种神秘的宇宙力量再次出现了,曾经作用于马拉巴山洞中的离心力和向心力同时发挥了作用,它既揭示了困境又暗示了出路;既令人沮丧,又给人希望,"现在还不能"(not yet)、"在这儿还不能"(not there)似乎暗示着,换个时间和地点,东西方之间的友谊还是可能的,这既取决于人类自身的努力,也取决于神秘的宇宙力的参与。就这样,"福斯特在相反的意识模式之间,在西方和印度各自发明的不同信条和目标进行协商,创作了一部既不完全接受也不完全拒绝两者的标准和惯例的小说"②,并在超越民族、文化和宗教界限的基础上,对跨文化交流这个重大的主题作出了预言式的回答。

---

① E. M. 福斯特:《印度之行》,杨自俭、邵翠英译,合肥:安徽文艺出版社1990年版,第371页。
② Benita Parry, "The Politics of Representation in A Passage to India," *A Passage to India: Essays in Interpretation*, Ed. John Beer, The Macmillan Press Ltd, 1985, pp. 27-43.

# 结　语

　　贯穿本书的一个基本观点是,只有把旅行文学置于现代性的语境中才能真正理解它的意义和价值,反过来,现代性也只有从旅行和旅行文学的角度加以考察,才能凸显出其"流动的"[①]本质中内含的结构性矛盾。从根本上说,旅行是现代性的产物,是现代性空间想象与主体意识双重建构的产物。"空间呼唤行动,而行动之先,是想象力在运作。"[②]正是在此双重建构过程中,诞生了一个具有全球想象的现代帝国。无论是在古代还是在现代,帝国的崛起从来就不只是凭借其经济实力和军事强力,它一定也需要包括政治、宗教、文化和意识形态等在内的软实力作为精神内核,而旅行和旅行文学无疑是其中最重要的构成因素之一。因为旅行是一个民族整体的生机和活力,空间想象和空间实践能力的综合反映,而与之紧密相关的旅行文学(撇开其作者身份、话语方式和叙事形式等方面的差异)的发达程度,则是其整体的叙事能力的重要表征。如前所述,几乎从产生帝国愿景(vision)的那一天起,大英帝国的最初设计者们就将帝国的命运与航海—旅行文学紧密联系在了一起。帝国鼓励冒险和旅行,也鼓励旅行者将自己的见闻写下来,使之成为塑造和扩展自己的空间想象的符号载体,从而"将世界放在纸上"[③],对未知空间进行分类,谋划,设想和规划。另一方面,也正是在帝国强权的特许和授权下,现代的旅行者才能在异域空间任意地漫游,以"帝国的眼睛"凝视他者的世界,满足其冒险的冲动、发财的欲望、传道的热情和乌托邦的幻想。

---

[①]　参见齐格蒙特·鲍曼:《流动的现代性》,欧阳景根译,上海:三联书店2002年版。
[②]　Gaston Bachelard, *The Poetics of Space*, trans. from the French by Maria Jolas, Boston: Beacon Press, 1994, p.12.
[③]　Peter Hulme and Tim Youngs, *The Cambridge Companion to Travel Writing*, Cambridge UK: Cambridge University Press, 2002, p.17.

# 结　语

　　从 14 世纪中叶曼德维尔爵士踏上东方朝圣之路,到 20 世纪初 E. M. 福斯特完成他的印度之行,其间相隔了近 6 个世纪,在这个历史长时段中,英国完成了从传统的农业国到现代工业国的转型,从一个偏于欧洲西北一隅的岛国,发展为一个横跨欧、美、亚、非、澳五大洲,领土面积超过母国一百倍以上的世界帝国[①];旅行文学完成了从想象的空间到现实的空间的转换,并以其杂糅的话语—文本方式进入英国的现代性工程,积极参与了一个世界帝国的建构;借助帝国和旅行的力量,英语也从单一的民族语言扩展成为一种跨越民族文化界限的国际化语言。旅行文学的发展刺激了帝国的跨文化想象力,而帝国的崛起和扩张也促进了旅行文学的发展和繁荣。两者之间形成一种互补互动,相辅相成的关系。

　　从时间与空间、历史与地理互动的角度考察,英国旅行文学大致经历了三个发展阶段。以 1356 年《曼德维尔游记》的发表为起点,英国旅行文学进入初创阶段。虔诚的教徒、热忱的骑士和世俗的市民在基督教朝圣传统的影响下,形成了对东方的想象和模糊的跨文化交往意识。之后,随着地理大发现时代的到来,"内心空间在世界中展开"[②]——朝圣的渴望与传教的热情,发财的欲望与乌托邦的追寻合为一体,"内心空间和外部空间互相激励,共同成长"[③],促使古老的英格兰完成了一场空间革命。不列颠人开始面对海洋,加入欧洲各国的航海探险活动,建构起自己的空间身份、全球视野和世界帝国的愿景。在这场空间革命中,以航海日志、商业报告、虚构的或实录的旅行见闻等各种杂糅的形式出现的旅行文学在建构"新世界话语"、拓展殖民空间的过程中发挥了极其重要的作用,它们既为莎士比亚戏剧和玄学派诗人提供了充满传奇性的异域背景和丰富意象,也为 17 世纪的散文叙事

---

　　① 据亨德利克·威廉·房龙(Hendrik Willem van Loon)1930 年代的统计,大不列颠帝国的面积是其母国的 150 倍大,而且掌控着当时世界上 1/6 的人口。见《房龙地理:关于世界的故事》,纪何、滕华译,北京:中国人民大学出版社 2003 年版,第 14 页。

　　② Gaston Bachelard, *The Poetics of Space*, trans. from the French by Maria Jolas, Boston: Beacon Press, 1994, p.202.

　　③ Ibid., p.201.

带来了一种新的叙事框架和修辞策略。

1719年笛福的《鲁滨孙漂流记》的发表,标志着英国旅行文学进入了其繁荣阶段。空间的生产和主体的建构成为这个阶段旅行文学的主要特征。频繁的航海活动、庞大的文本堆积、广泛的作者群和读者群,使得旅行文学成为塑造大英帝国臣民的全球意识的最有影响力的文类。现实世界中的空间实践与文本世界中的空间表征互补互动,在后启蒙时代的英国和欧洲的地理学想象中,建构起自我/他者、中心/边缘、帝国/殖民地等一系列矛盾对立的关系,这种想象不但肯定了作为统治主体的英国的地位,而且也标明了一种与之相异的并经常是对立的异域空间。对于这种陌生的地理空间的探索与拓殖、谋划与占有,既是英国现代性工程的必要议程,也成为这一时期英国旅行文学的主要内容和复现的主题。借助航海时代以来流行的旅行文学热,近代小说作为一种新兴的话语也从杂糅的文学话语中脱颖而出,成功地制造/打破了读者对逼真性的阅读期待,从而在事实/新闻、虚构/小说这两类不同的话语之间作了明确的划分,最终发展成为一门独立的叙事艺术。与此同时,在旅行文学的影响下,启蒙时代英国人的"情感结构"也发生了微妙而深刻的变化。持续不断的旅行刺激了文化感受力的复苏,激发了旅行主体的移情能力,使其获得了替代性经历,从而更加深刻地认识了自己。通过时空的转换,旅行主体持续不断地躲避着固定的身份和定义,持续不断地发现自我和确认自我。"情感结构"中出现的这种主体性倾向,在浪漫主义时代的旅行文学中获得了进一步发展。

以1824年浪漫主义诗人拜伦的逝世为标志,近现代英国旅行文学进入衰落期。随着大英帝国统治的稳固和航海探险技术的发展,陌生的世界已经基本上探索完毕,帝国的冒险精神逐渐趋于萎靡,旅行与旅游开始分化为两种不同的文化实践,真正的探险家和旅行者越来越少,大众旅游成为整个社会趋之若鹜的休闲活动。与此同时,旅行文学也经历了一个由外到内、从地理空间到心理空间的转换过程。"帝国的怀旧"和人性的探索纠结在一起,成为这一历史阶段英国旅行文学特有的文化和美学品格。

就现代性的展开而言,上述三个阶段旅行文学的发展给英国社会

结 语

文化带来的最重要的影响莫过于一系列结构性矛盾的凸现。这个结构性矛盾包括自我与他者、主体与客体、秩序与混沌、中心与边缘、帝国与殖民地、全球化与地方性等一系列对立因素在不同文化空间中的并置和运动。当一个旅行家穿越不同的文化空间时,他实际上就处在这种结构性矛盾形成的张力(tension)中,他必须对此作出自己的回答,提出自己的解决之道。在这一系列对立因素中,自我与他者,或主体与客体的对立是最根本的。旅行是主体与他者在异域空间的相遇。旅行者在探索他者的同时,也在探索着自己;在描述他者形象的同时,也在书写着自我形象。旅行者的主体身份是在把对象"他者化的过程"(the process of othering)中建构起来的。旅行的跨文化接触产生了一种新型的文化自我意识,一种集体的自我觉醒。正如人类学家列维-斯特劳斯指出的,现代思想至关紧要的时刻是,由于伟大的发现之旅,一个曾经以为自己是完全自足的人类社会忽然认识到,它不是孤立的,它是一个更大的整体的组成部分,而且,为了达到自我认识,它必须首先在这面镜子中沉思它尚未认出的形象。①

个人的主体意识与民族身份的认同是一体之两面。在现代性展开的过程中,帝国主义在很大程度上成为英国身份认同中至关重要的建构因素。② 正如一些西方学者指出的,在不列颠帝国戏剧性扩张的一个时期,有文化的英国人通过阅读旅行文学塑造了全球意识,这种全球意识也塑造了他们对自己的岛国的概念。反过来,某种程度上,探险家、殖民者和其他冒险家通常也是在其阅读的国内旅行文学的培育下,携带着他们的国家意识(a sense of their home country)踏上旅途的③。旅行文学激发了跨文化想象力,促使更多的探险家和旅行者怀着梦想和欲望,跨越国家、民族和文化的地理界线,积极参与到新的文化—地

---

① 列维-斯特劳斯:《忧郁的热带》,王志明译,北京:生活·读书·新知三联书店2000年版,第420页,译文据英文版有所改动。
② Martin Daunton and Rich Halpern, *Empire and Others*: *British Encounters with Indigenous Peoples*, 1600-1850, London: UCL Press limited, 1999, p. 1.
③ Elizabeth A. Bohls and Ian Duncan, *Oxford World's Classics*, *Travel Writing*, 1700-1830: Anthology, New York: Oxford University Press Inc., 2005, p. xxv.

理空间的发现、建构、拓殖或重组的现代性工程中来。

尽管如此,作为旅行主体的英国作家的身份认同并不像某些后殖民批评家所认为的那样,完全被编织进了文化与帝国主义合谋的社会—历史语境中。实际情况似乎要复杂得多。固然,有不少旅行作家将自己完全认同于不列颠民族文化身份,自觉地借助旅行写作,为帝国的崛起出谋划策,建构起集体的身份意识,但更多情况下,我们看到的是复杂多样的主体意识和含混杂糅的身份认同。综观出于不同历史阶段和不同作家之手的旅行文本,主体和他者之间的关系是复杂而微妙的。旅行扩大了旅行者的心胸,使他的感觉变得分外敏锐。正如福塞尔指出的,在海外,人们会以一种反常的方式感到,看到,听到许多东西。旅行者学习的不光是外国的风土人情、奇闻异俗、奇特的信仰和新奇的政府形式。如果可能的话,他们还学会了谦卑。他们的感官体验到的世界不同于他们自己的世界,他们明白了自己的狭隘(provincialism),承认了自己的无知。[1] 旅行者身处的既不在此、也不在彼的"阈限空间",使他能够自由出入于各种不同文化的夹缝中,从"固定的主体视域"(fixed subject vision)转到"视域的不确定性"(uncertainty of vision)[2],同时观察本土/异域、主体/对象、自我/他者,对不同地域不同族群的文化特性作出客观的定位和评判,从而对文化多样性有了更深刻的理解。借助旅行文学这种特殊的文类,旅行作家既可以将自己完全认同于旅行者,客观描述其所观察到的异域地理文化景观,为本国读者提供陌生化的自我镜像;也可以从双重乃至多重的"优势视野"出发,用"帝国主义的眼睛"凝视异域的他者,为本国读者提供增强自我优越感的参照物。旅行作家既可以怀着乌托邦冲动,去异域空间追寻失落的伊甸园;也可以以东方为镜鉴,超越文化本位视野,反思西方文明和体制中的弊端;既可以在异域空间看到"野蛮人"的高贵之处,也可以在蛮荒地带瞥见文明人"黑暗深处"潜伏的兽性的爆发;既可以通

---

[1] Paul Fussell, *The Norton Book of Travel*, New York and London: W. W. Norton & Company, 1987, p. 14.

[2] 关于这两个概念,参见琳达·哈琴:《后现代主义诗学:历史·理论·小说》,李杨、李锋译,南京:南京大学出版社 2009 年版,第 217 页。

过旅行逃离机械主义的现代体制,也可以在陌生的世界中找回想象中失落的帝国,恢复创造活力和创新精神……

因此,似乎悖论的是,旅行者在借助帝国势力扩展自我,遭遇他者的同时,又对现代帝国体制的合法性、合理性提出了质疑和批评,进而超越了欧洲中心主义和本族中心主义,获得了跨文化交往意识,走向了文化多元主义。借用霍姆斯的话,"就实践而言,人注定是地方性的,为他的扎根之地献出生,必要时也献出死。但他的思考应当大气,且无所偏倚。他应当有能力批评他尊敬和他热爱的。"①而旅行则为他超越本族中心主义的立场提供了契机。正如萨义德在引用圣维克多的雨果(Hugo of Saint-Victor)的《世俗百科》时所总结的:"一个人离自己的文化家园越远,越容易对其做出判断;整个世界同样如此,要想对世界获得真正了解,从精神上对其加以疏远以及以宽容之心坦然接受一切是必要的条件。同样,一个人只有在疏远与亲近二者之间达到均衡时,才能对自己以及异质文化做出合理的判断。"②旅行作家行使了他们作为现场的文化评论家的权利,记录、解剖并分析了他们遇到的异民族文化主体及其价值观;与此同时,他们也传播了欧洲世界观,修正或部分修正了"社会刻板印象",在建构和培养"世界公民"意识方面起到了积极作用。

对旅行文学的研究不仅使我们理解了帝国与旅行、内心空间与外部空间、个体身份与民族身份之间复杂的缠绕关系,也提出了一些涉及文艺美学和创作诗学的问题。旅行和旅行文学既是社会变迁的产物,也积极参与了社会变迁和话语转型。旅行文学在欧洲扩张主义的轨道上为欧洲读者描述欧洲以外的世界,用"帝国的眼睛"凝视前现代的自然景观和风土人情,体现了知识与权力、现代性与怀旧之间的张力。旅行在促使旅行者形成新的时空意识的同时,也形成了具有现代意义的"情感结构"和一系列全新的美学理念。旅行文学的观察、描述和记录

---

① 转引自苏力:《走不出的风景:大学里的致辞,以及修辞》,北京:北京大学出版社 2011 年版,第 301 页。
② 爱德华·W·萨义德:《东方学》,王宇根译,北京:生活·读书·新知三联书店 2009 年版,第 331—332 页。

方法引发了读者对中心与边缘、主体与客体、表述与被表述、真实与虚构、想象与现实等问题的反思。旅行文学不但孕育了小说这种新型的话语类型,并使之最终脱离其母体而独立成形;也丰富了传统的文学话语类型,以来自异域的意象和背景给它带来了新的活力。旅行写作的特殊性,使旅行者和叙述者形成了一种时分时合、若即若离的关系,为我们进一步理解近代小说的叙事模式提供了丰富的原材料。

无论我们对旅行作何理解,对旅行文学下何定义,无可否认,作为西方现代性的重要组成部分,它已深深地嵌入了其深层结构,并已经创造了自己独特的历史、话语方式和叙事模式。通过阅读这些旅行、探索和冒险的故事,我们不仅看到了不同的民族和地方,而且也看到了叙述者/作者对差异作出的反映。正如从精神分析到后殖民主义等许多理论流派所宣称的,人类必须承认他者才能认识自我。借助这个承认的过程,我们才能理解和接受存在于不同个体、文化或任何意识形态阵营之间的深刻的、无法化解的差异性。[①] 从这个意义上说,旅行和叙事记录实际上就是关于个人成长和文化交流的大事的寓言[②]。旅行文学中涉及的不同民族、人群、宗教和文化间的交往,促使我们更深刻地理解了文化多样性的意义。借助旅行文学,边缘获得了价值,中心受到了质疑,另类得到了重视。所有这些,对于生活在全球化时代的我们,特别具有借鉴作用和启示意义。当代中国要真正地走向世界,在国际政治中发挥一个新兴大国的影响,对西方文化中至关重要的旅行文学及其相关的空间想象、主体意识与帝国崛起的关系,必须有全面深入的了解和客观准确的认识。

受时间、资料和本人学术功底的局限,本课题研究并不充分完整,尚未涉及的内容、或尚需细化的问题,仍然为数不少。目前提交的研究报告,只能说是阶段性的初步成果,其所揭开的只是旅行文学这个庞大的冰山的一角。全书所论及的几十个不同类型的旅行文本,不过是从

---

① Christopher K. Brown, *Encyclopedia of Travel Literature*, Santa Barbara: ABC-CLIO, 2000, p. 2.

② Ibid., p. 3.

厚重的历史沉积层中翻拣出的较为显眼、较为完整的文物而已。更有价值、更加宝贵的文物埋藏在更深的地层中,有待于进一步发掘、整理、甄别和研究。在当代中国的学科体系中,旅行文学研究属于正在发展中的新兴学术领域,在学科建设、资料积累和人才培养等方面,都明显滞后于其他学科。就此而言,强化并不断推进该领域的学术研究,应该受到必要的支持与重视。

对旅行文学的研究既是一场知识的考古,也是一次精神王国的漫长旅行。真正的旅行者知道,旅行是一个无穷往返,既无起点也无终点的圆。更准确地说,在这个圆中,终点就是起点,回归就是出发。正如丁尼生在《尤利西斯》中所说,旅行者自己是他全部经历的一部分,"而全部经验,也只是一座拱门,/尚未游历的世界在门外闪光";随着旅行者一步一步的前进,"它的边界也不断向后退让"。因此,一个不屈不挠的精神王国的旅行者,只能将已经到达的港口作为下一阶段旅行的出发点,以尤利西斯的召唤来激励自己:

> 长昼将尽,月亮缓缓攀登,
> 大海用无数音响在周围呻唤。
> 来呀,朋友们,探寻更新的世界
> 现在尚不是为时过晚。开船吧!①

---

① 飞白:《英国维多利亚时代诗选》,长沙:湖南人民出版社1985年版,第14页。

# 附　录

## 大事年表

（说明：加黑的条目涉及欧洲及其他国家和地区）

1458　英国商业航行首次到达黎凡特地区
**1492　[意]哥伦布发现美洲**
1496　亨利七世颁发同意约翰·卡波特父子开发新世界的执照
**1497　[葡]达·伽马航行到印度**
1499　首版《曼德维尔旅行记》（写于14世纪中叶）出版
1502　纽芬兰英国冒险公司（The English Company of Adventure to the New Found Lands）建立。
1503　英文首版《马可·波罗游记》出版
1516　托马斯·莫尔《乌托邦》（拉丁文版）发表，英文版于1551年发表
**1519　[葡]麦哲伦开始首次环球航行**
**1543　[波兰]哥白尼发表《天体运行论》**
1552—1553　首家英国股票公司，"新贸易发现商业投资者公司"（The Merchant Adventurers for the Discovery of New Trades）成立
1558　伊丽莎白女王在英格兰登基执政
1562—1563　英国开始首次奴隶贸易（在约翰·霍金斯指挥下）
**1572　[葡]卡蒙斯发表《卢西尼亚人之歌》**
1574　威廉·伯恩出版《航海操作指南》（A Regiment for the Sea）成为当时流行的航海操作标准
1577　弗兰西斯·德雷克开始环球航行（1580年完成）

1578　汉弗雷·吉尔伯特获得开发和定居北美的执照

1579　商业冒险获得官方批准

1582　理查德·哈克路特发表《若干航行活动》

1583　吉尔伯特第二次远征纽芬兰

1584　英国船队首航维吉尼亚

1585—1586　弗兰西斯·德雷克爵士袭击加勒比海地区

理查德·格林维尔为华尔特·端利爵士建立首个弗吉尼亚殖民地种植园。

1588　英格兰击败西班牙无敌舰队

托马斯·哈略特发表《关于新发现的弗吉尼亚的简短而真实的报告》

**[法]蒙田发表《关于食人族》(收入《沉思录》)**

1589　理查德·哈克路特出版《主要的航海活动》

1590　约翰·怀特在罗阿诺克(Roanoke)建立殖民地

1591—1594　詹姆斯·兰开斯特率英国舰队首航东印度

1596　华尔特·拉莱发表《关于宏大、富饶而美丽的圭亚那帝国的发现》

1598—1600　哈克路特《主要的航海活动》第二版(扩编版)出版

1600　东印度公司和弗吉尼亚公司成立

英国皇家学会(全称"伦敦皇家自然知识促进学会")成立

威廉·亚当斯到达日本

1603　伊丽莎白女王去世

1604　英国与西班牙媾和

**1605　[西]塞万提斯发表《堂·吉诃德》**

1607　英国人开始在詹姆斯顿(Jamestown)定居

1611　莎士比亚发表《暴风雨》

帕切斯出版《帕切斯,他的朝圣》

约翰·史密斯船长出版《弗吉尼亚全史》

约翰·诺顿出版《英格兰,英国旅行者指南》

1626　培根发表《新大西岛》

| 1629 | 马萨诸塞海湾公司成立 |
| --- | --- |
| 1636 | 亨利·布劳恩特出版《航行在黎凡特地区》 |
| 1642 | 英国内战(持续到1651年) |
|  | 詹姆斯·豪威尔出版《外国旅行指南》 |
|  | [法]笛卡尔发表《方法论》 |
| 1656 | 哈林顿发表《大洋国》 |
| 1660 | 斯图亚特王朝复辟 |
| 1670 | 哈德孙湾公司成立 |
| 1672 | 皇家非洲公司成立 |
| 1678 | 约翰·班扬发表《天路历程》 |
| 1688 | 英国光荣革命 |
|  | 阿芙尔·贝恩发表英国文学史上第一部女性作家写的旅行小说《奥鲁诺克》 |
| 1691 | 约翰·丹顿发表《环球航行》 |
| 1693 | 约翰·莱发表《奇妙的旅行和航海集》 |
|  | 威廉·丹皮尔发表《环球航行记》(1699年补遗) |
| 1699 | 威廉·汉克发表《最早的航海集》 |
| 1703 | 威廉·丹皮尔发表《新荷兰航行记》 |
| 1716—1718 | 玛丽·蒙田夫人写作《外交书简》(1763年出版) |
| 1719 | 丹尼尔·笛福发表《鲁滨孙漂流记》 |
| **1721** | **[法]孟德斯鸠发表《波斯人信札》** |
| 1726 | 斯威夫特发表《格列佛游记》 |
| **1734** | **[法]伏尔泰发表《英国书简》** |
| 1740 | 乔治·安森开始环球航行,1744年完成 |
| 1745 | 丘吉尔兄弟(A.J.)出版《新航海、旅行大全》 |
| 1748 | 斯摩莱特发表《兰登传》 |
|  | **[法]孟德斯鸠发表《论法的精神》** |
| 1749 | 托马斯·纽吉特发表第一本欧洲旅行指南《大陆旅行》 |
| 1755 | 亨利·费尔丁发表《里斯本游记》 |
| 1756 | 七年战争开始(1763年结束),英国进入欧洲受到严格限制 |

| | |
|---|---|
| 1757 | 大不列颠博物馆建立 |
| 1759 | 沃尔夫将军攻占魁北克 |
| 1760 | 麦克弗森发表《在苏格兰高地收集的古代诗歌断片》,即所谓的"奥西安诗歌"第一卷 |
| 1764 | 哥尔斯密发表《旅行者》 |
| | 沃尔普尔发表《奥特浪图堡》(哥特小说代表作) |
| | 鲍斯威尔发表其在德国和瑞士的游记 |
| | 斯摩莱特发表《法国和意大利游记》 |
| 1767 | 欧洲人在撒缪尔·威利斯船长的率领下发现塔西提岛 |
| 1768 | 詹姆斯·库克船长首航太平洋 |
| | 劳伦斯·斯特恩发表《感伤旅行》(《多情客游记》) |
| | 托马斯·格雷发表《湖区游记》 |
| | 亚瑟·杨格发表《英格兰和威尔士南部各省游记》 |
| 1770 | 詹姆斯·库克船长在澳洲东海岸登陆,将其命名为新南威尔士 |
| 1775 | 约翰逊博士发表《苏格兰西部诸岛游记》 |
| **1776** | **美国《独立宣言》发表** |
| | 亚当·斯密发表《国富论》 |
| 1777 | 库克船长发表《南极和环球航行日志》 |
| | J. R. 福斯特发表《环球航行观感》 |
| | 约翰·汉密尔顿发表《新航海和旅行大全》 |
| 1779 | 库克船长在夏威夷被土著杀死 |
| 1780 | "旅游者"(tourist)一词首次进入《牛津英语词典》 |
| 1783 | 英国承认美国独立 |
| | 安德尔·史帕曼发表《好望角之旅》 |
| 1788 | 第一支英国舰队到达澳洲波塔尼湾,正式宣布英国对澳洲的占领 |
| | 旨在促进和开发非洲西北内陆的非洲学会建立 |
| **1789** | **法国大革命爆发** |
| 1790 | 詹姆斯·布鲁斯发表《尼罗河源头考察记,1768—1773》 |
| | 威廉·贝克福特发表《牙买加岛记实》 |

|  |  |
|---|---|
|  | 威廉·帕特拉姆发表《穿越南北加利福尼亚的旅行》 |
| **1792** | **法国革命战争开始** |
|  | 威廉·吉尔品发表《关于特色旅行》 |
|  | 威廉·华兹华斯发表《阿尔卑斯山徒步漫游随笔》 |
| 1795 | 拿破仑战争关闭了英国旅游者去欧洲的通道,直至1815年开放 |
|  | 伦敦传教会成立 |
| 1796 | 蒙哥·帕克沿尼日尔河旅行 |
|  | 玛丽·沃尔斯通克拉夫特发表《逗留瑞士、挪威和丹麦期间书简》 |
|  | 乔治·温哥弗发表《发现太平洋和环球航行记》 |
|  | 约翰·伽百列·史特德曼发表《远征苏里南平定马珑暴动五年记》 |
| 1798 | 拿破仑舰队在尼罗河战役中被英军打败,法国对埃及的文化征服以失败告终 |
|  | 柯勒律治发表《古舟子咏》 |
| **1799** | **[德]亚历山大·洪堡探索南美(到1804年)** |
|  | 蒙哥·帕克发表《非洲内陆旅行记》 |
| 1801 | 大不列颠与爱尔兰合并法令批准 |
|  | 亚历山大·麦肯泽发表《从蒙特利尔到极地和太平洋的航行,1789—1793》 |
| 1804 | 利维斯和克拉克从陆路远征太平洋地区(完成于1806年) |
| 1807 | 英国废除奴隶贸易 |
| 1810 | 华兹华斯发表《湖区旅行指南》 |
|  | 司各特发表《湖上夫人》 |
| 1812 | 拜伦发表《恰罗德·哈洛尔德游记》1、2章(完成于1818年) |
| 1814 | 司各特发表《沃弗莱,或60年以来》 |
|  | 简·奥斯丁发表《曼弗莱德庄园》 |
| 1816 | 詹姆斯·塔克船长远征刚果 |
| 1817 | 詹姆斯·密尔发表《英属印度史》 |
|  | 雪莱和夫人发表《大陆旅行六周记》 |

|      | 托马斯·史丹福·拉福斯发表《爪哇史》 |
|------|------|
| 1818 | 横穿大西洋的定期轮船开始首航 |
|      | 玛丽·雪莱发表《弗兰肯斯坦》 |
| 1820 | 威廉·史柯斯比发表《北极考察实录》 |
| 1823 | 约翰·富兰克林发表《南极海岸旅行记》 |
| 1824 | 英国承认西班牙统治的南美独立 |
| 1830 | 曼切斯特—利物浦间的蒸汽机车开始运行 |
|      | 皇家地理学会(RGS)成立 |
| 1832 | 马修·利维斯发表《一个西印度经营者的旅行》 |
| 1834 | 英国开始废除奴隶制(完成于1838年) |
| 1836 | 爱德华·兰发表《现代埃及人的风俗习惯》 |
| 1837 | 维多利亚女王当政 |
| 1838 | 伦敦和伯明翰修铁路局首创时间表(timetable)一词 |
| 1839 | 第一次鸦片战争爆发 |
|      | 达尔文发表《HMS 比格尔号航行记》 |
| 1841 | 托马斯·库克组织首批570人旅游团开始国内游 |
| 1842 | P&C 轮船公司开始把埃及作为旅游目的地 |
|      | 阿尔弗雷德·丁尼生发表《尤利西斯》 |
|      | 狄更斯发表《美国游记》 |
| 1843 | 民族志学会成立 |
| 1844 | 萨克雷发表《巴黎与爱尔兰游记》 |
| 1845 | 爱尔兰大饥荒,导致人口下降为200万 |
|      | 约翰·查尔斯·福莱芒发表《洛基山考察记》 |
|      | 爱德华·约翰·艾尔发表《澳洲中部的发现》 |
| 1846 | 哈克路特学会成立 |
|      | [美]赫尔曼·麦尔维尔发表《泰皮》 |
|      | 狄更斯发表《意大利游记》 |
| 1847 | 夏洛蒂·勃朗特发表《简·爱》 |
| **1848** | **墨西哥将加利福尼亚割让给美国** |
|      | **加利福尼亚发现金矿** |

欧洲爆发革命
英国爆发宪章运动
1849　卡莱尔发表《黑人问题》
1851　[美]麦尔维尔发表《莫比·迪克》
　　　[法]杰拉德·奈瓦尔发表《东方游记》
1853　大卫·列维斯顿(David Livingstone)开始横穿非洲大陆之旅(到1856年)
1854　克里米亚战争爆发(到1856年)
　　　[美]亨利·大卫·梭罗发表《瓦尔登湖》
1855　托马斯·库克组织首次欧洲旅游
　　　列维斯顿到达维多利亚瀑布(位于赞比亚)
**1856　第二次鸦片战争爆发(到1858年)**
1857　列维斯顿发表《南非的传教旅行和探索》
　　　[法]波德莱尔发表《航行》
　　　[德]马克思发表《资本论》
1859　达尔文发表《物种起源》
1860　新西兰战争(到1863年)
1863　伦敦人类学会成立
1869　苏伊士运动竣工,欧洲与亚洲之间直通航运
　　　横穿美国大陆的铁路竣工
　　　[美]马克·吐温发表《傻子出国旅行记》
1871　爱德华·泰勒发表《原始文化》
1875　英国购买苏伊士运河股票
　　　亨利·詹姆斯发表《横渡大西洋游行记》
1877　亨利·莫顿·史丹利穿越非洲到达刚果河口
　　　维多利亚女王加封为印度女王
1878　亨利·莫顿·史丹利发表《穿越黑暗的大陆》
　　　R. L. 斯蒂文森发表《与猴子一起旅行》
1879　英国—祖鲁(Zulu)战争爆发
1883　连接巴黎和伊斯兰堡的"东方快车"开通

R.L.斯蒂文森发表《金银岛》
1884 [美]马克·吐温发表《哈克贝利·费恩历险记》
1885 H.R.哈格德发表《所罗门国王的宝藏》
1891 [法]高更在塔西提岛生活和创作(至 1903 年去世)
1895 H.G.威尔斯发表《时间机器》
R.L.斯蒂文森发表《在南洋》
1899 第二次安哥拉—布尔战争爆发(到 1902 年)
约瑟夫·康拉德写作《黑暗深处》(出版于 1902 年)
1900 **中国发生义和团运动**
约瑟夫·康拉德发表《吉姆爷》
[奥]弗洛伊德发表《梦的解析》
1901 英国开始为时 15 年的南极考察
跨越大西洋的无线电台开播
澳大利亚联邦成立
吉卜林发表《金》
1905 弗兰西斯·杨赫斯班特远征中国西藏
1909 罗伯特·皮尔里到达北极
1911 罗尔德·阿蒙森到达南极
1914 **第一次世界大战爆发**
巴拿马运河开工
1915 J.R.弗雷泽发表《金枝》
1917 **俄国发生十月革命**
**列宁发表《帝国主义是资本主义发展的最高阶段》**
1922 马林诺夫斯基发表《西太平洋上的阿戈诺特人》
乔伊斯发表《尤利西斯》
T.S.艾略特发表《荒原》
1924 E.M.福斯特发表《印度之行》

# 参考书目

(说明:本书目只列本书引用过的学术著作和作品集,不包括期刊论文,后者详见正文脚注)

## 英文部分

A. James Arnold et al(eds.), *A History of Literature in the Caribbean*, Volume3. Amsterdam/Philadelphia: John Benjamins Publishing Company, 2001.

Alba Amola and Bettina L. Knapp, *Multicultural Writers from Antiquity to 1954*, Westport, Connecticut London: Greenwood Press, 2002.

Alison Russell, *Crossing Boundaries: Postmodern Travel Literature*, New York: Palgrave, 2000.

Amanda G. Manchester(ed.), *Romantic Geographies: Discourses of Travel, 1775-1844*, England: Manchester University Press, 2000.

Andrew Ashfield and Peter De Bolla(eds.), *The Sublime: A Reader in British Eighteenth-Century Aesthetic Theory*, Cambridge UK: Cambridge University Press, 1996.

Andrew Hadfield, *Literature, Travel, and Colonial Writing in the English Renaissance, 1545-1625*, New York: Oxford University Press, 2007.

Aphra Behn, *Oroonoko: or the Royal Slave, A True History* with an introduction to the Norton Library Ed. by Lore Metzger, New York, London: W. W. Norton & Company, 1973.

Arthur F. Marotti, *John Donne, Coterie Poet*, Oregon USA: Wipf & Stock Publishers, 2008.

Barbara Brothers and Julia M. Gergits(eds.), *British Travel Writers, 1910-1939*, Detroit, Washington, D. C., London: A Bruccoli Clark Layman Book, Gale Research, 1998.

Benjamin Colbert, *Shelley's Eye: Travel Writing and Aesthetic Vision*, London: Ashgate Publishing Limited, 2005.

Christopher K. Brown, *Encyclopedia of Travel Literature*, Santa Barbara: ABC-CLIO, 2000.

Clenn Hooper and Tim Youngs (eds.), *Perspectives of Travel Writing*, London: Ashage Publishing Limited, 2004.

David Roessel, *In Byron's Shadow: Modern Greece in the English & American Imagination*, Oxford UK: Oxford University Press, 2001.

Dee Dyas, *Pilgrimage in Medieval English Literature, 700-1500*, D. S. Brewer, Cambridge Unaltered Reprint, 2005.

Earl Leslie Griggs (ed.), *Collected Letters of Samuel Taylor Coleridge*, Oxford and New York: Oxford University Press, 1956.

Elizabeth A. Bohls and Ian Duncan (eds.), *Travel Writing, 1700-1830: Anthology*, New York: Oxford University Press Inc., 2005.

Elizabeth Hallam and Brian V. Street, *Cultural Encounters: Representing Otherness*, London; New York: Routledge, 2002.

Gaston Bachelard, *The Poetics of Space*, trans. Maria Jolas, Boston: Beacon Press, 1994.

H. Rider Haggard, *Allan Quatermain*, introd. by R. L. Green, London: Collins, 1955.

Harold Bloom (ed.), *Caliban*, New York and Philadelphia: Chelsea House Publishers, 1992.

Harriet Guest, *Empire, Barbarism, and Civilisation: James Cook, William Hodges, and the Return to the Pacific*, Cambridge; New York: Cambridge University Press, 2007.

Henri Lefebvre, *The Production of Space*, Trans. Donald Nicholson-Smith, Oxford UK, Cambridge USA: Blackwell, 1984.

Homi K. Bhabha, *The Location of Culture*, London and New York: Routledge, 1994.

Iain Macleod Higgins, *Writing East: The 'Travels' of Sir John Mandeville*, Philadelphia, Pennsylvania: University of Pennsylvania Press, 1997.

J. C. Beaglehole (ed.), *The Journals of Captain James Cook on His Voya-*

ges of Discovery, *The Voyage of the Resolution and Adventure, 1772-1775*, Cambridge published for Hakluyt Society at the University Press,1961.

J. Michael Dash, *The Other America: Caribbean Literature in A New World Context*, Charlottesville and London: University Press of Virginia,1998.

James Duncan and Derek Gregory( ed. ), *Writes of Passage: Reading Travel Writing*, London and New York: Routledge,1999.

James Winny, *A Preface to Donne Revised edition*, London and New York: Longman Group Limited,1981.

Janice H. Koelb, *The Poetics of Description: Imagined Places in European Literature*, New York: Palgrave, Macmillan, 2006.

Jean Vivies, *English Travel Narratives in the Eighteenth Century*, London: Ashgate Publishing Company,2002.

Jeffrey Knapp, *An Empire Nowhere: England, America, and Literature from Utopia to The Tempest*, Berkeley,Los Angles, Oxford: University of California Press,1992.

Jeremy Black, *France and the Grand Tour*, New York: Palgrave, Macmillan,2003.

John G. Peters, *The Cambridge Introduction to Joseph Conrad*, Cambridge University Press,2006.

Jonathan P. A. Sell, *Rhetoric and Wonder in English Travel Writing, 1560-1613*, London: Ashgate Publishing Ltd,2006.

Kate Darian-Smith, Liz Gunner and Sarah Nuttall ( eds. ), *Text, Theory, Space: Land, Literature and History in South Africa and Australia*, London and New York: Routledge, 1996.

Krishan Kumar, *Utopia and Anti-Utopia in Modern Times*, New York: Basil Blackwell Ltd,1987.

Laurence Sterne, *A sentimental journey through France and Italy*, New York: Williams, Belasco and Meyers,1930.

Lennard J. Davis, *Factual Fictions: The Origins of the English Novel*, New

York: Columbia University Press, 1983.

Marius Bewley, *Introduction to the Selected Poetry of Donne*, Washington: the New American Library Inc, 1979.

Martin Daunton and Rich Halpern (eds.), *Empire and Others: British Encounters with Indigenous Peoples, 1600-1850*, London: University College of London Press limited, 1999.

Mary L. Pratt, *Imperial Eyes: Travel Writing and Transculturation*, London and New York: Routledge, 2008.

Michel Foucault, *Ditset ecrits 1954-1988*, Gallimard, 1994.

Nicholas Delbanco, *Anywhere out of the world: Essays on Travel, Writing, Death*, New York: Columbia University Press, 2005.

Nigel Leask, *Curiosity and the Aesthetics of Travel Writing, 1770-1840: From An Antique Land*, New York: Oxford University Press, 2002.

Paula R. Backscheider and Catherine Ingrassia, *A companion to the Eighteenth- Century English Novel and Culture*, Malden USA, Oxford UK: Blackwell Publishing House, 2005.

Paul Fussell (eds.), *The Norton Book of Travel with Introduction*, New York, London: W. W. Norton & Company, 1987.

Paul Fussell, *Abroad: British Literary Traveling between the Wars*, New York: Oxford University Press, 1980.

Percy G. Adams, *Travel Literature and the Evolution of the Novel*, Lexington: The University Press of Kentucky, 1983.

Peter C. Mancall, *Hakluyt's Promise, An Elizabethan's Obsession for An English America*, New Heaven & London: Yale University Press, 2007.

Peter Hulm, *Writing, Travel and Empire: In the Margins of Anthropology*, London; New York: I. B. Tauris; New York: Palgrave Macmillan, 2007.

Peter Hulme and Tim Youngs (eds.), *The Cambridge Companion to Travel Writing*, Cambridge UK: Cambridge University Press, 2002.

Phillip Edwards, *The Story of the Voyage: Sea-Narratives in Eighteenth-Century England*, New York: Cambridge University Press, 1994.

Pramod K. Nayar, *English Writing and India, 1600-1920: Colonizing Aesthetics*, London and New York: Routledge, 2008.

Raymond Williams, *Marxism and Literature*, New York: Oxford University Press Inc, 1977.

Richard Hakluyt, *Voyages and Documents*, selected with an introduction and a glossary by Janet Hampden, London; New York and Toronto: Oxford University Press, 1958.

Robert J. Mayhew, *Landscape, Literature and English Religious Culture, 1660-1800: Samuel Johnson and Languages of Natural Description*, New York: Palgrave MacMillan, 2004.

Robert L. Stevenson, *Essays* with an introduction Ed. William Lyon Phelps, New York, Chicago, Boston: Charles Scribner's Sons, 1918.

Saree Makdisi, *Romantic Imperialism: Universal Empire and the Culture of Modernity*, Cambridge UK: Cambridge University Press, 1998.

Simon Dentith, *Epic and Empire in Nineteenth-Century Britain*, Cambridge UK: Cambridge university Press, 2006.

Steve Clark (ed.), *Travel Writing and Empire: Postcolonial Theory in Transit*, London & New York: Zed Books, 1999.

Susan Bassnett, *Comparative Literature: A Critical Introduction*, Oxford UK & Cambridge USA: Blackwell, 1993.

Tim Cresswell, *On the Move: Mobility in the Modern Western World*, London: Routledge, 2006.

Victor Turner, *Image and Pilgrimage in Christian Culture: Anthropological Perspectives*, New York: Columbia University Press, 1978.

William Keach (ed.), *The Complete Poems/Samuel Taylor Coleridge*, Penguin, 1997.

**中文部分**

艾勒克·博埃默:《殖民与后殖民文学》,盛宁等译,沈阳:辽宁教育出版社、牛津大学出版社,1998年。

艾瑞克·霍布斯鲍姆:《帝国的年代:1875—1914》,贾士衡译,南京:江苏人民出版社,1999年。

爱德华·萨义德:《东方学》,王宇根译,北京:生活·读书·新知三联书店,1999年。

爱德华·萨义德:《萨义德自选集》,谢少波等译,北京:中国社会科学出版社,1999年

爱德华·萨义德:《文化与帝国主义》,李琨译,北京:生活·读书·新知三联书店,2003年。

本尼迪克特·安德森:《想象的共同体:民族主义的起源与散布》,吴叡人译,上海:上海人民出版社,2003年。

彼得·伯克:《欧洲近代早期的大众文化》,杨豫、王海良等译,上海:上海人民出版社,2005年。

C. 施密特:《陆地与海洋——古今之"法"变》,林国基、周敏译,上海:华东师范大学出版社,2006年。

D. H. 劳伦斯:《大海与撒丁岛》,袁宏庚、苗正民译,北京:中国文联出版公司,1997年。

D. H. 劳伦斯:《劳伦斯论美国名著》,黑马译,上海:三联书店,2006年。

D. H. 劳伦斯:《伊特鲁利亚人的灵魂》,何悦敏译,北京:新星出版社,2006年。

D. H. 劳伦斯:《意大利的黄昏》,文朴译,北京:中国文联出版公司,1997年。

丹尼·卡瓦拉罗:《文化理论关键词》,张卫东等译,南京:江苏人民出版社,2006年。

笛福:《鲁滨孙飘流记》,郭建中译,南京:译林出版社,1996年。

E. M. 福斯特:《印度之行》,杨自俭、邵超英译,合肥:安徽文艺出版社,1990年。

飞白编:《诗海》,桂林:漓江出版社,1989年。

飞白编:《世界诗库·英国卷》,广州:花城出版社,1994年。

飞白编:《英国维多利亚时代诗选》,长沙:湖南人民出版社,1985年。

弗兰西斯·培根:《培根散文选》,何新译,天津:天津人民出版社,

2007年。

郭少棠:《旅行:跨文化想象》,北京:北京大学出版社,2005年。

哈罗德·布鲁姆:《影响的焦虑:一种诗歌理论》,徐文博译,南京:江苏教育出版社,2006年。

汉娜·阿伦特等:《耶鲁撒冷的艾希曼:伦理的现代困境》,孙传钊译,长春:吉林人民出版社,2003年。

鹤见祐辅:《拜伦传》,陈秋帆译,长沙:湖南人民出版社,1981年。

亨德利克·威廉·房龙:《房龙地理》,纪何、滕华译,北京:中国人民大学出版社,2003年。

黄梅:《推敲"自我":小说在18世纪的英国》,北京:生活·读书·新知三联书店,2003年。

杰弗里·马丁:《所有可能的世界:地理学观念史》,成一农、王雪梅译,上海:上海人民出版社,2008年。

杰弗里·乔叟:《乔叟文集》,方重译,上海:上海译文出版社,1979年。

J.M.布劳特:《殖民者的世界模式:地理传播主义和欧洲中心主义史观》,谭荣根译,北京:社会科学文献出版社,2002年。

J.M.库切:《异乡人的国度:文学评论集(1986—1999)》,汪洪章译,杭州:浙江文艺出版社,2010年。

J.温迪·达比:《风景与认同:英国民族与阶级地理》,张箭飞、赵红英译,南京:译林出版社,2011年。

拉尔夫·沃尔多·爱默生:《英国人的特性》,张其贵等译,北京:中国社会科学出版社,2008年。

拉曼·塞尔登:《文学批评理论——从柏拉图到现在》,刘象愚等译,北京:北京大学出版社,2000年。

劳伦斯·斯特恩:《多情客游记》,石永礼译,北京:人民文学出版社,1990年。

雷蒙·威廉斯:《关键词:文化与社会的词汇》,刘建基译,北京:生活·读书·新知三联书店,2005年。

雷纳·韦勒克:《近代文学批评史》(第二卷),杨自伍译,上海:上海译文出版社,1997年。

里德·哈格德:《所罗门国王的宝藏》,徐建萍译,西安:陕西师范大学出版社,2007年。

理查德·利罕:《城市与文学:知识与文化的历史》,吴子枫译,上海:上海人民出版社,2009年。

列维-斯特劳斯:《忧郁的热带》,王志明译,北京:生活·读书·新知三联书店,2000年。

罗伯特·金·默顿:《十七世纪英格兰的科学、技术与社会》,北京:商务印书馆,2000年。

罗伯特·路易斯·斯蒂文森:《金银岛》,荣如德译,上海:上海译文出版社,1980年。

罗伯特·路易斯·斯蒂文森:《诱拐》,张建平译,北京:人民文学出版社,2006年。

米哈伊尔·巴赫金:《巴赫金全集》,钱中文主编,石家庄:河北教育出版社,1998年。

佩雷菲特:《停滞的帝国——两个世界的撞击》,王国卿、毛凤支等译,北京:生活·读书·新知三联书店,1995年。

萍译,西安:《她》,叶上威译,成都:四川人民出版社,1985年。

齐格蒙特·鲍曼:《流动的现代性》,欧阳景根译,上海:三联书店,2002年。

齐格蒙特·鲍曼:《现代性与矛盾性》,邵迎生译,北京:商务印书馆,2003年。

乔纳森·斯威夫特:《格列佛游记》,张健译,北京:外国文学出版社,1979年。

乔治·戈登·拜伦:《拜伦书信选》,王昕若译,天津:百花文艺出版社,1992年。

乔治·戈登·拜伦:《该隐》,杜秉正译,上海:上海文化工作社,1950年。

乔治·戈登·拜伦:《海盗》,杜秉正译,上海:上海文化工作社,1951年。

乔治·戈登·拜伦:《可林斯的围攻》,杜秉正译,上海:上海文化工作社,1951年。

乔治·戈登·拜伦:《恰尔德·哈洛尔德游记》,杨熙龄译,上海:上海译文出版社,1990年。

乔治·戈登·拜伦:《堂璜》,查良铮译,北京:人民文学出版社,1980年。

让-克里斯蒂安·珀蒂菲斯:《十九世纪乌托邦共同体的生活》,梁志斐、周铁山译,上海:上海人民出版社,2007年。

萨默塞特·毛姆:《面纱》,阮景林译,重庆:重庆出版社,2006年。

萨默塞特·毛姆:《在中国屏风上》,唐建清译,南京:江苏人民出版社,2006年。

申丹、韩加明、王丽亚:《英美小说叙事理论研究》,北京:北京大学出版社,2005年。

史蒂文·布拉萨:《景观美学》,彭锋译,北京:北京大学出版社,2008年。

斯图亚特·布朗:《英国哲学和启蒙时代》,北京:中国人民大学出版社,2009年。

苏珊·桑塔格:《在土星的标志下》,姚君伟译,上海:上海译文出版社,2006年。

王佐良:《英国文学名篇选注》,北京:商务印书馆,1983年。

威廉·莎士比亚:《新莎士比亚全集》,方平译,石家庄:河北教育出版社,2000年版。

维克多·特纳:《仪式过程:结构与反结构》,黄剑波、柳博赟译,北京:中国人民大学出版社,2006年。

吴景荣、刘意青:《十八世纪英国文学史》,北京:外语教学与研究出版社,2000年。

亚力山大·科耶夫:《黑格尔导读》,姜志辉译,南京:译林出版社,2005年。

叶利斯特拉托娃:《拜伦传》,周其勋译,上海:上海译文出版社,1985年。

伊恩·P.瓦特:《小说的兴起》,高原、董红钧译,北京:生活·读书·新知三联书店,1992年。

约翰·班扬:《天路历程》,赵沛林、陈亚珂译,西安:陕西师范大学出版社,2003年。

约翰·但恩:《艳情诗与神学诗》,傅浩译,北京:中国对外翻译出版公司,1999年。

约翰·曼德维尔:《曼德维尔游记》,郭泽民、葛桂录译,上海:上海书店出版社,2006年。

约瑟夫·康拉德:《黑暗深处》,黄雨石、方平等译,杭州:浙江文艺出版社,2001年。

詹巴蒂斯塔·维科:《新科学—关于各民族的共同性质的新科学的原则》,朱光潜译,北京:人民文学出版社,1987年。

## 译名对照表

### A

阿尔弗雷德·丁尼生　Alfred Tennyson
阿尔冈纪人　Algonkians
阿芙拉·贝恩　Aphra Behn
《阿拉斯特》　Alastor
《阿兰·夸德曼》　Sir Allan Quatermain
《阿霞或她的归来》　Chardonnay or Her Return
埃尔金大理石雕　Elgin Marbles
埃及古物　Egyptian antiquity
《埃及记述》　Description de l'Egypte
埃及美学　Egyptian aesthetics
艾伦·弗里兰　Alan Freeland
艾瑞克·霍布斯鲍姆　Eric Hobsbawm
爱德华·加内特　Edward Garnett
爱德华·萨义德　Adward Said
爱德蒙德·博克　Edmund Burke
爱希腊精神　philhellenism
安德鲁·玛弗尔　Andrew Marvell
安东尼·伯吉斯　Antony Burgess
安妮·霍金斯　Anne H. Hawkins
安妮·雷德克利夫　Ann Radcliffe
《奥鲁诺克，或王奴：一段信史》　Oronooko: or the Royal Slave, A True History
《奥西曼底亚斯》　Ozymandias

### B

B.J. 索科尔　B.J. Sokol
柏朗嘉宾　John de Plano Carpini
班尼塔·帕瑞　Benita Parry
保拉·贝克席德　R. Paula R. Backscheider
保罗·福塞尔　Paul Fussell
《暴风雨》　The Tempest
本尼迪克特·安德森　Benedict Anderson
彼得·迈克尔　Peter C. Mancall
彼得·休姆　Peter Hulme
表演性的语言行为　performative speech act
表征的空间　the representational space
波西·G. 亚当斯　Percy G. Adams
博韦的文森特　Vincent Beauvais

### C

查尔斯·勒弗尔　Charls Lever
重复出现的情节功能　recurring plot functions
朝圣　pilgrimage
朝圣者　pilgrim
赤道无风带　the equatorial Pacific doldrums
崇高　sublime
《崇高之观如何提升心灵》　How the Mind Is Raised by the Sublime
初始场景　initiative scene

次话语　subdiscourses

## D

大不列颠　Britannia
《大海与撒丁岛》　Sea and Sardinia
大卡尔特修道院　Grand Chartreuse
大陆旅行/欧洲大陆旅行　the Grand Tour of Europe
大探险时代　the Age of Discovery
大西洋历史　Atlantic history
《大洋国》　The Commonwealth of Oceana
戴维·赫伯特·劳伦斯　David Herbert Lawrence
丹尼尔·笛福　Daniel Defoe
到达场景　arrival scenes
道德的朝圣　Moral Pilgrimage
德·昆西　De Quincy
德瑞克·布鲁尔　Derek Brewer
狄·迪亚斯　Dee Dyas
地方性知识　local knowledge
地之灵　the spirit of place
帝国的崇高　imperial sublime
帝国的怀旧　imperial nostalgia
《帝国的男孩：在成人世界中的历险》　Empire Boys: Adventure in a Man's World
《帝国的年代》　The Age of Empire
《帝国的眼睛：旅行写作与文化嫁接》　Imperial Eyes: Travel Writing and Transculturation
帝国罗曼司　imperial romance
"第三人称"叙述"it" narrative
第一帝国　the first empire
都铎王朝时代　the Tudors（1485-1603）
对跖地　antipodes

## E

莪相　Osian
《莪相民谣》　Osian Ballads
鄂多立克　Odoric of Pordenone
儿童文学　children's literature

## F

《法兰西和意大利游记》　The French and Italian Travel Notes
法兰西斯·德雷克　Francis Drake
反结构　anti-structure
反人文主义　counter-Humanism
《非洲内陆地区旅行记》　Travels in the Interior Districts of Africa: Performed in the Years
非洲学会　Association for Promoting the Discovery of the Interior Districts of Africa
菲力普·爱德华兹　Phillip Edwards
菲力普·锡德尼爵士　Sir Philip Sidney
《菲力普总督的植物湾之航行》　A Voyage of the Governor Philip at Botany Bay
《废墟：对各大帝国革命的考察》　Les Ruines, ou méditations sur les révolutions des empires
丰富性　the luxuriant
弗兰西斯·培根　Francis Bacon
弗洛伦斯·瑞德利　Florence H. Ridley
复活论　revivalist

## G

G. 威廉姆斯　Glyndwr Williams
感伤　sentemental
《感伤旅行》/《多情客游记》　A Sentimental Journey
感伤主义　sentimentalism
感知空间　space perceived
《刚果日记》　Congo Diary
高贵的野蛮人　the noble savage
《格列佛游记》　Gulliver's Travels
葛里格·德宁　Greg Dening
共同体　communitas
共同体状态　a state of communitas
古老的威严　ancient majesty
固定的主体视域　fixed subject vision
《乖戾的时代与青少年》　Crabbed Age and Youth
怪异　the monstrous
《观察家》　The Examiner
归化　domestication
规划空间　space conceived
过渡仪式　the rite of passage

## H

《哈克路特遗著,或帕切斯游记》　Hakluytus Posthumus or Purchas, His Pilgrimes
哈里特·葛斯特　Harriet Guest
哈罗德·布鲁姆　Harold Bloom
海登·怀特　Hayden White
海敦亲王　Haiton the younger
《海上移民手册》　The Emigrant Yoyager's Manual
汉弗莱·吉尔伯特　Humphry Gilbert
《汉弗莱·克林克》　Humphry clinker
汉斯·斯隆　Hans Sloane
航海罗曼司　voyage romance
合恩角　（Cape Horn）
贺拉斯·史密斯　Horace Smith
贺拉斯·沃尔普　Horace Walpole
赫里福德世界地图　Hereford Mappa Mundi
《黑暗深处》　Heart of Darkness
《黑箭》　The Black Arrow
亨利·列伏斐尔　Henri Lefebvre
《忽必列汗》　Kubla Khan
互文性　contextuality
《环球航行记》　Voyage Round the World
皇家德贝尔热号　Roi Des Gelges
皇家刚果贸易公司　Societe Anonyme Pour Le Commerce Du Haut-Congo
皇家学会　Royal Society
霍米·巴巴　Homi K. Bhabha

## J

J. 保罗·亨特　J. Paul Hunter
基督的朝圣　peregrinatio por christo
"疾速号"　the Speedwell
《祭司王约翰的书信》　The Letter of Priest-king John
夹缝　in-between
简内特·汉普登　Janet Hampden
交互性/互动性　interactivity
接触场景　contact scene

接触地带　contact zone
杰弗里·M.里尔本　Jeffrey M. Lilburn
杰弗里·乔叟　Geoffrey Chaucer
《金银岛》　Treasure Island
惊奇　the marvellous
"决心号"　HMS Resolution

K

卡尔·冯·林奈　Carl von Linn
卡伦·R.布鲁姆　Karen R. Bloom
卡米尔·帕格利亚　Camille Paglia
开端　threshold
开罗研究所　Institute de Caire
凯瑟琳·斯肯　Catherine Skeen
凯瑟琳·英格拉西娅　Catherine Ingrassia
凯特·黛安娜-史密斯　Kate Darian-Smith
《坎特伯雷故事集》　The Canterbury Tales
康斯坦丁·沃尔内　Constantin Volney
柯勒律治　Samuel Taylor Coleridge
《可怜的不幸的弗龙在美洲弗吉尼亚14年的流放生涯》（The Poor Unhappy Transported Felon's Sorrowful Account of his Fourteen Years Transportation at Virginia in America. By James Revel, the Unhappy Surrerer
克莱夫·普洛宾　Clive Probyn
克劳德·洛兰　Claude Lorrain
克里斯多弗·K.布朗　Christopher K. Brown
克里斯托夫·哥伦布　Christopher Columbus
克利·霍普尔　Clenn Hooper
刻板印象　stereotype
空间的表征　the representation of space
空间革命　space revolution
跨教派的伦敦传教会　the non-denominational London Missionary Society
宽容派　latitudianarian

L

拉开距离的叙述策略　Distance Strategy
《拉塞莱斯》　Rasselas
《来自新门监狱牢房的詹姆斯·达尔顿的生平》　The Life and Actions of James Dalton: As Taken from his cell at Newgate
赖德·哈格德　Sir Henry Ride Haggard
朗吉努斯　Longinus
劳尔·梅茨格　Lore Metzger
《劳伦斯传》　D. H. Lawrence: The Life of An Outsider
劳伦斯·斯特恩　Laurence Stern
《老水手行》　The Rime of the Ancient Mariner
乐逾于教　pleasurable overwhelmed the demand for instruction
莉兹·布伦特　Liz Brent
理查德·艾登　Richard Eden
理查德·哈克路特　Richard Hakluyt
理查德·哈文　Richard Haven
理查德·霍尔姆　Richard Holmes
理查德·拉塞尔斯　Richard Lassels
理查德·梅特兰勋爵　Richard,

Lord Maitland
理查德·帕特森　Richard F. Patteson
理查德·威尔斯　Richard Wells
理查德·威斯特　Richard West
利亚·利纳曼　Leah Leneman
列纳德·戴维斯　J. Lennard J. Davis
列维·斯特劳斯　Levi Strauss
灵氛　aura
卢克·斯特朗曼　Luke Strongman
《鲁滨孙漂流记》　The Adventure of Robinson Crusoe
鲁德亚德·吉卜林　Rudyard Kipling
陆相　land formation
路易斯·德·桑塔戈尔　Luis De Santangel
旅行人格　traveling personae
旅行者　traveller
旅游者　tourist
伦敦传教会　London Missinary Society
《论崇高》　On the Sublime
《论崇高与美》　Philosophical Enquiry into the Origin of Our Ideas of the Sublime and the Beautiful
罗伯特·汉普森　Robert Hampson
罗伯特·路易斯·斯蒂文森　Robert Louis Stevenson 适度的恐惧 agreeable of horror
罗伯特·皮尔里　Robert Peary
罗尔德·阿蒙森　Roald Amundsen
罗格·L. 克拉布　Roger L. Clubb
罗曼司/传奇　romance
罗曼司的复兴　the Romantic Revival
罗姆阿德·拉柯威斯基　Romuald I Lakowski

## M

马丁·弗洛比歇　Martin Frobisher
马丁·格林　Martin Green
马尔科姆·布拉德伯雷　Malcolm Bradbury
马嘎尔尼勋爵　Lord Gerorge Macartney
马可·波罗　Marco Polo
玛丽迪丝·安妮·斯库拉　Meredith Anne Skura
玛丽·简·卢普顿　Mary Jane Lupton
玛丽·路易斯·普拉特　Mary Louise Pratt
玛丽亚·M. 戴维迭斯　Maria M. Davidis
麦金德爵士　Sir Halford Mackinder
麦克菲森　Macpherson
麦克劳德·希金斯　Iain Macleod Higgins
《曼德维尔游记》　The Travels of Sir John Mandeville
《冒险的梦想，帝国的事业》　Dream of Adventure, Deeds of Empire
梅尔海峡　(the Straits of Le Maire
《美国文学经典研究》　Studied in Classic American Literature
美丽新世界　brave new world
门多萨　Gonzales de Mendoza
蒙戈·帕克　Mungo Park
米哈依尔·巴赫金　Бахтинг, Михаил Михайлович
米歇尔·福柯　Michel Foucault

摩根-拉塞尔　Morgan- Russell
墨卡托　Gerardus Mercator

# N

N. A. M. 罗杰　N. A. M. Rodger
《南太平洋的传教之旅》　*A Missionary Voyage to the Southern Pacific Ocean*
内在的朝圣　Interior Pilgrimage
尼格尔·利斯克　Nigel Leask
《匿名者》　*Incognita*
诺斯洛普·弗莱　Northrop Frye

# P

P. J. 马赛尔　P. J. Marshall
帕拉蒙德·纳亚尔·K　Pramod K. Nayar
平庸之恶　banality evil
《评论季刊》　*the Quarterly Review*
珀西·比西·雪莱　Percy Bysshe Shelley

# Q

奇喻　conceit
《恰罗德·哈洛尔德游记》　*Childe Harold's Pilgrimage*
恰那克条约　Treaty of Chanak
前-结构　pre-formation
前结构　prestructure
前沿/边陲　frontier
乔纳森·塞尔　Jonathan Sell
乔伊斯·莫斯　Joyce Moss
乔治·安逊　George Anson
乔治·贝克莱　George Berkeley
乔治·福斯特　George Foster
乔治·戈登·拜伦　George Gordon Byron
乔治·萨莫斯爵士　Sir George Somers
乔治·威尔逊　George Wilson
乔治·谢尔沃克　George Shelvocke
巧智　wit
《青春》　*Youth*
情感结构　structures of feeling
全球意识　the global consciousness

# R

日志写作　journal writing
如画性　the picturesque
入会仪式　rites of initiation

# S

撒缪尔·帕切斯　Samuel Purchas
萨尔瓦多·罗莎　Salvator Rossa
萨伽文学　saga-literature
萨默塞特·毛姆　Somerset Maugham
善感性　sensibility
《上下埃及游记：在波拿巴将军作战期间》　*Voyage dans la basse et la haute Egypt, pendant les campagns du general Bonaparte*
圣维克多的雨果　Hugo of Saint-Victor
诗性人格　poetic persona
时空体　chronotope
实地的朝圣　Place Pilgrimage
《食莲人》　*The Lotus Eater*
史密斯船长　Captain John Smith
视角主义　perspectivism

视域的不确定性　uncertainty of vision
舒适革命　comfort revolution
斯蒂芬·格林布拉特　Stephan Greenblatt
斯蒂芬·柯亨　Steven Cohan
斯坦利爵士　Sir Henry Morton Stanley
苏珊·巴斯内特　Susan Bassnett
《溯流而上》　Up-River Book
《所罗门国王的宝藏》　King Solomon's Mines

## T

他者化　othering
他者化的过程　the process of othering
《她》　She
坦布尔爵士　Sir William Temple
梯姆·杨斯　Tim Youngs
《天路历程》　The Pilgrim's Progress
挑战性的流氓文学类型　a genre of defiant rogue-literature
通过仪式　rites of passage
托比阿斯·乔治·斯摩莱特　Tobias George Smollet
托马斯·格雷　Thomas Gray
托马斯·怀亚特　Thomas Wyatt
托马斯·库克　Thomas Cook
托马斯·莫尔　Thomas More
托马斯·纽简特　Thomas Nugent
托马斯·詹姆斯　Thomas James
托尼·布朗　Tony C. Brown
脱语境化　decontextualization

## W

《外国旅行指南》　Instructions for Foreine Travel
威尔·朗格兰　Will Langland
威廉·艾利斯　William Ellis
威廉·戴维逊　William Davidson
威廉·格林　William Green
《威廉·格林七年流放的苦难生涯》　The Sufferings of William Green, being a Sorrowful Account of His Seven Years Transportation: Written by W. Green, the Unhappy Sufferer
威廉·华兹华斯　William Wordsworth
威廉·霍奇斯　William Hodges
威廉·金斯敦　William Kingston
威廉·康格瑞夫　William Congreve
威廉·科顿　William T. Cotton
威廉·里昂·菲力普斯　William Lyon Phelps
威廉·莎士比亚　William Shakespeare
威廉·威尔士　William Wales
威廉·威尔逊　William Wilson
维凡·德农　Vivant Denon
维克多·特纳　Victor Turner
文本式相遇　textual encounter
文化表征　cultural representation
《文化的定位》　The Lacation of Culture
文类　genry
我思　cogito
《乌托邦》　Utopia

## X

西北航道　Northwest Passage

西美尔　Georg Simmel
希尔达·D.斯比尔　Hilda D. Spear
希尔德布兰·雅各布　Hildebrand Jacob
希利斯·米勒　J. Hillis Miller
《夏威夷之旅,包括对三明治岛居民的历史、传统、习俗和语言的评论》 Narrative of a Tour through Hawaii, or owhhhee; With Remarks on the History, Traditions, Manners, Customs, and Language of the Inhabitants of the Sandwich Island
《项狄传》 The Life and Opinions of Tristram Shandy, Gentleman
《新大西岛》 New Atlantis
新帝国主义　the new imperialism
新教工作伦理　the Protestant work ethic
新浪漫主义　New Romanticism
新罗曼司　new romance
新世界话语　New World discourse
新闻书　newsbook
《新月刊杂志》 New Monthly Magazine
星球意识　planetary consciousness
兄弟化　brothering
虚构的传记　Fictional biography
玄学派诗人　The Metaphysical Poets
雪莉·福斯特　Shirley Foster

## Y

《1794年夏荷兰和德国西部边界游记》 A Journey Made in the Summer of 1794, through Holland and the Western Frontier of Germany, with a Return Down the Rhine

亚美利哥·韦斯普契　Amerigo Vespucci
亚瑟·菲力普　Arthur Phillip
《一个关于罗曼司的闲聊》 A Gossip on Romance
《一个谦卑的规劝》 A Humble Remonstrance
伊兰·邓肯　Ian Duncan
伊丽莎白·波尔　Elizabeth A. Bohls
伊特鲁利亚　Etruria
《伊特鲁利亚人的灵魂》 Etruscan Places
仪式性折磨　ritual ordeal
异化/陌生化　defamiliarization
《意大利的黄昏》 Twilight in Italy
《意大利航行》 The Voyage of Italy
《印度之行》 Travels in India
应许之地　the promised land
《英国民族重大的航海、航行、旅行与发现》 The Principal Navigations, voyages, Traffiques and Discoveries of the English Nation
《影响的焦虑:一种诗歌理论》 The Anxiety of Influence: A Theory of Poetry
《仪式过程:结构与反结构》 The Ritual Process: Structure and Anti-Structure
《尤利西斯》 Ulysses
《诱拐》 Kidnaped
语境还原　contextual restoration
阈下交流　subliminal communication
阈限空间　liminal space
阈限人格　liminal personae
阈限人群　liminal entities

阈限性　liminality
寓教于乐　pleasurable instruction
愿景　vision
约翰·艾金　John Alkin
约翰·班扬　John Bunyan
约翰·彼得斯　John Peters
约翰·丹顿　John Dundon
约翰·迪博士　Dr. John Dee
约翰·多恩　John Donne
约翰·亨尼迪　John F. Hennedy
约翰·罗登贝克　John Rodenbeck
约翰·麦金泰　John McIntyre
约翰逊博士　Dr. Johnson
约瑟夫·艾迪生　Joseph Addison
约瑟夫·奥梯斯　Joseph M. Ortiz
约瑟夫·班克斯爵士　Sir Joseph Banks
约瑟夫·布里斯托　Josepy Bristow
约瑟夫·康拉德　Joseph Corade

## Z

杂语性　heteroglossia
再语境化　recontexualization

《在中国屏风上》　*On A Chinese Screen*
增势　empower
颤栗感　frisson
詹姆斯·达尔顿　James Dalton
詹姆斯·哈林顿　James Harrington
詹姆斯·豪威尔　James Howell
詹姆斯·克利福德　James Clifford
詹姆斯·库克船长　Captain James Cook
詹姆斯·温尼　James Winny
詹尼斯·豪　Janice Ho
张力　tension
殖民相遇　colonial encounter
朱莉亚·施莱克　Julia Schleck
主导叙事　master narrative
自反意识　consciousness of self-reflectivity
自居作用/身份认同　identification
《自然体系》　*The System of Nature*
自我认识　self-knowledge
自我实现　self-actualization
自我主义　egotism